Fantasy

Herausgegeben von Friedel Wahren

Von **Tom Holt** erschienen in der Reihe
HEYNE SCIENCE FICTION & FANTASY:

Wer hat Angst vor Beowulf? · 06/5059
Der Fliegende Holländer · 06/5079
Wir haben Sie irgendwie größer erwartet · 06/5107
Der Ziegenchor · 06/5191
Der Garten hinter der Mauer · 06/5192
Liebling der Götter · 06/5193
Wenn die Zeit aber nun ein Loch hat … · 06/5326
Im Himmel ist die Hölle los · 06/5359
Faust und Konsorten · 06/5426
Snottys Gral · 06/5499
Auch Götter sind nur Menschen · 06/5630
Flaschengeister · 06/5896 (in Vorb.)
Immer Ärger mit Georgie · 06/9009
Mein Held · 06/9025 (in Vorb.)

Richards Blockbuster
(enthält die Romane ›*Der Fliegende Holländer*‹ und
›*Wir haben Sie irgendwie größer erwartet*‹) · 06/5679

Weitere Bände in Vorbereitung

TOM HOLT

IMMER ÄRGER MIT GEORGIE

Roman

Aus dem Englischen
von
MICHAEL KOSELER

Deutsche Erstausgabe

WILHELM HEYNE VERLAG
MÜNCHEN

HEYNE SCIENCE FICTION & FANTASY
Band 06/9009

Titel der Originalausgabe
PAINT YOUR DRAGON
Übersetzung aus dem Englischen von
MICHAEL KOSELER
Das Umschlagbild malte
KRZYSZTOF WLODKOWSKI

Redaktion: Friedel Wahren

Printed in Germany 1998
Umschlaggestaltung: Atelier Ingrid Schütz, München
Technische Betreuung: M. Spinola
Satz: Schaber Datentechnik, Wels
Druck und Bindung: Presse-Druck, Augsburg

ISBN 3-453-14030-3

Für

LESLIE FISH
Den Besten von uns allen

und

JONATHAN WAITE
Der alle Talente besitzt,
außer einem

ERSTES KAPITEL

Einstmals, vor langer Zeit und weit von hier entfernt, fand eine große Schlacht zwischen Gut und Böse statt. Das Gute siegte, und infolgedessen lebt die Menschheit seither glücklich und in Frieden.

Aber angenommen, die Bösen haben den Kampf absichtlich verloren …

Und angenommen, die Guten haben gemogelt …

Er stieg aus dem Flugzeug und trat in den Bauch der Schlange, jenen langen, gewundenen Schlauch, den man direkt bis zur Kabinentür schiebt, so daß gerade angekommene Ausländer keinen allzu genauen Blick auf das gute alte England werfen können, bis sie die Paßkontrolle hinter sich haben und es zu spät ist.

Er besaß gar keinen Paß, erklärte aber an der Sperre aufs genaueste, warum er keinen brauchte, und deshalb ließen sie ihn durch. In Beantwortung seiner höflichen Frage teilten sie ihm mit: »Großbritannien.« Sie wünschten ihm sogar nachdrücklich einen schönen Tag, was ungefähr so war, als bitte man Benzin inständig, zu brennen.

Er ging die Treppen hinunter und kam in die Gepäckhalle. Das Förderband war noch leer, und die Anzeigetafel gab die Ansicht zum besten, das Gepäck von Flug BA 666 werde in etwa einer halben Stunde, vielleicht vierzig Minuten, sagen wir vorsichtshalber einer Stunde da sein, immer unter der Voraussetzung, daß es nicht versehentlich ins falsche Flugzeug geraten war; in dem Falle erlebte es wahrscheinlich einen Urlaub, der weitaus exotischer aussah als der, aus dem seine Besitzer gerade zurückgekehrt waren, und würde sich vermutlich dort drüben niederlassen, sich neue Besitzer aneignen und ein viel erfüllteres, reicheres Leben führen, als ihm in einem feuchten, erbärmlichen Land wie diesem je hätte zuteil werden können. Er las die Anzeigetafel und schmunzelte nachsichtig. Dann konzentrierte er sich.

Das erste Gepäckstück, das durch die kleinen Gummiklappen herausrollte, war ein altmodischer großer Kabinenkoffer. Er betrachtete ihn mit leicht zur Seite geneigtem Kopf, schürzte die Lippen und schüttelte den Kopf. »Kleiner«, sagte er. Der Kabinenkoffer machte die Runde auf dem Förderband und verschwand wieder.

Als nächstes kam ein schweinsledernes, aus drei zueinander passenden Teilen bestehendes Designerreiseset mit sehr kunstvollen Messingschlössern, kleinen, den Transport erleichternden Rädern und Gurten mit Monogramm. Er schüttelte heftig den Kopf, und das Reiseset machte sich dünn und ließ vor Scham die Griffe hängen.

Dann kam ein einfacher mittelgroßer Koffer aus Vinyl und ohne Räder, der ihn offensichtlich reizte, da er ihn aufnahm und sein Gewicht prüfte. Doch er war ihm wohl zu schwer oder zu unhandlich, denn er stellte ihn wieder hin, und einen Augenblick später entschwand auch dieses Teil durch die Gummiklappen. Ein Gepäckstück, das dem vorhergehenden abgesehen von der Farbe und der Form des Griffs genau glich, tauchte als nächstes auf, wurde aber mit einem leichten Schürzen der Lippen und einer schwachen Seitwärtsbewegung des Kopfes weitergeschickt.

Dem folgte einen Moment später eine schlichte schwarze Reisetasche aus Leinen mit Griffen aus gewebtem Material und einem Schulterriemen. Er betrachtete sie, nickte und nahm sie auf. Er öffnete den Reißverschluß; sie war leer. Als er den Reißverschluß wieder zuzog, war sie voll. Er schaute umher, bis er das Ausgangsschild entdeckte, auf das er forschen Schrittes zusteuerte. Unnötig zu sagen, daß die Zöllner ihn nicht einmal zu bemerken schienen.

Bevor er den Flughafen verließ, ging er zur Herrentoilette, um sich das Haar zu bürsten und festzustellen, wie er aussah. Seit er gestorben war, hatte er keine Möglichkeit gehabt, in einen Spiegel oder einen Teich zu blicken, und obwohl er entschlossen war, so wenig Zeit wie möglich in diesem schäbigen Kleinstwagen von einem Körper zu verbringen, stellte sich doch mit der Hardware eine gewisse menschliche Neugier ein. Er trat zum Spiegel.

Wenn er eine Enttäuschung erwartet hatte, dann wurde er enttäuscht. Man hängt es zwar nicht an die große Glocke, aber Tatsache ist, daß sich auf dem Männerklo in Heathrow der letzte Wahrsagespiegel befindet, den es auf der Welt gibt, ein auf unsoziale Weise raffiniertes Ausstattungsstück, das den äußeren Schein mit jener Verachtung behandelt, die Mercedesvertreter sich für Leute vorbehalten, die in Sozialwohnungen leben, und das einem zeigt, wie man wirklich ist. In der heroischen Vergangenheit ging kein Zauberer, der was auf sich hielt, ohne einen solchen Spiegel aus dem Haus; das war die einzige Methode, um alle die als Sterbliche verkleideten Götter, die als Frösche maskierten Prinzen, die Wölfe in Großmuttertracht und alle anderen Nervensägen zu identifizieren, die das Leben im frühen Mittelalter so anstrengend und kompliziert machten. Der Spiegel, um den es sich hier handelt, gehört dem Konsortium, das die Duty-free-Konzession für den Flughafen innehat. Er ist mit dem Videoüberwachungssystem verbunden und ermöglicht es den Verantwortlichen, jemanden, der mit falscher Visage reist, ausfindig zu machen, noch bevor er sein Gepäck aufgegeben hat.

Er sah eine riesige Gestalt. Wenn man Understatements liebt und einem die Finanzierungsgesellschaft gerade das Hirn beschlagnahmt hat, könnte man sagen, er sah ein wenig wie eine Eidechse aus, bloß daß Eidechsen im allgemeinen kleiner sind als beispielsweise Jersey und nicht über enorme Flügel verfügen und selbst Naturkundler (die es bezahlt bekommen, alle Geschöpfe Gottes zu lieben) dazu neigen, unverzüglich an die Verwandten ihrer Gattin zu denken, wenn sie das Gesicht einer Eidechse betrachten.

Das Gesicht im Spiegel hingegen war schön, und zwar in der gleichen Weise, wie Waffen, Kriegsschiffe und heftige elektrische Stürme über dem Meer bei Sonnenuntergang schön sein können.

Der Drache schnalzte ungehalten mit der Zunge. Den Anblick kannte er bereits. Genauer gesagt war diese wunderbare, gefährlich attraktive Gestalt, die er gerade betrachtete, seit Jahrtausenden durch und durch tot, nachdem ein gewisser George de la Croix (alias Drachenschorsch Cody; den Theologen eher unter dem Namen heiliger Georg bekannt) sie mit einem irrsinnig langen Speer aufgespießt hatte. Eines Tages, vermutlich recht bald, würde er einen neuen Drachenkörper bekommen und wieder so aussehen; im Moment jedoch trug er ein zweibeiniges, zweiarmiges, rosafarbenes, haarloses Affenkostüm in Standardausführung von Woolworth – das Pendant zu dem billigen grauen Anzug, den man erhält, wenn man von der Armee oder aus dem Gefängnis entlassen wird – und wollte wissen, wie er darin aussah. Er wandte sich dem nächsten Spiegel an der Wand zu und erblickte einen Menschen männlichen Geschlechts, mittelgroß und nach menschlichem Maßstab kräftig gebaut, mit ziemlich langen dunklen Haaren, einem kurzgeschnittenen graumelierten Bart und runden gelben Augen, die anstelle der Pupillen schwarze Schlitze hatten.

Nun ja, dachte er, wenn man Sachen von der Stange trägt, muß man nehmen, was man bekommt. Er war kein Experte auf dem Gebiet der menschlichen Mode; zu seiner Zeit hatten nahezu alle Menschen, denen er begegnete, Overalls aus Stahl und Helme getragen, die wie Kohleneimer aussahen, und das war sehr lange her. Dieses Outfit schien ihm annehmbar, bis er die Drachenkluft zurückbekäme. Und dann wäre natürlich sowieso alles anders.

Sobald er draußen war, hob er die Hand, worauf ein Taxi vorfuhr, dessen Tür sich öffnete. Das war für sich genommen eigentlich ein seltsames Ereignis, denn der Taxifahrer konnte sich als letztes daran erinnern daß er von der Regent Street nach links abgebogen und einem Maserati mit Rechtssteuerung ausgewichen war. Auch war er der Ansicht, einen Fahrgast im Wagen gehabt zu haben. Offensichtlich nicht, denn das Taxi war leer.

»Wohin?« fragte der Fahrer.

»Zu einem Lokal mit Schankkonzession«, antwortete der andere. Dann warf er seine Tasche auf den Rücksitz und stieg ein.

Der Fahrer, ein Londoner, kannte eigentlich keine Pubs in der Gegend von Heathrow und gestand das auch ein. Sein Fahrgast erwiderte, daß sie sich in dem Fall gemeinsam sachkundig machen könnten. »Fahren Sie einfach umher«, schlug er vor, »bis wir einen Pub sehen, der mir zusagt.«

Und das taten sie dann. Nachdem sie vielleicht eine halbe Stunde in den Straßen auf und ab gekreuzt waren, beugte er sich plötzlich vor, klopfte gegen die Trennscheibe und sagte: »Der da.«

»Sie haben zu bestimmen.«

»Ja.«

Nachdem er dem Fahrer genau erklärt hatte, warum er

ihm eigentlich kein Geld schuldete, winkte er ihm zum Abschied zu, schulterte seine Reisetasche und ging mit knirschenden Schritten den Weg zur Eingangstür hoch. Zu ebendiesem Zeitpunkt lag der Wirt des Pubs *Zum Drachentöter* schlafend im Bett – es war zehn nach zehn am Morgen, und letzte Nacht hatte man lange Darts gespielt –, so daß es ihn nicht wenig verwirrte, als er sich etwa eine Sekunde, nachdem der Türklopfer auf das kupferne Unterteil gehämmert hatte, vollständig bekleidet in der Bar wiederfand und die Türriegel zurückzog.

»Morgen. Haben Sie geöffnet?«

»Denke schon.«

»Prima. Einen großen Whisky bitte, ohne Eis.«

Der Gast besaß eine bemerkenswerte Trinkfestigkeit; zehn große Whiskys, die er einen nach dem anderen kippte, schienen nicht mehr Wirkung zu haben als gegen die Wand eines Kriegsschiffs gefeuerte Luftgewehrkügelchen. Nun ja, dachte der Wirt, offensichtlich ein äußerst begnadeter Mensch. »Noch einen?« schlug er vor.

»Ja, bitte«, erwiderte der Gast. »Was enthält die Flasche mit dem grünen und schwarzen Etikett?«

Der Wirt spähte in die betreffende Richtung. »Bourbon«, antwortete er und nannte den Markennamen. »Ein hundertfünfprozentiger«, fügte er hinzu.

Der Gast lächelte. »Ah«, sagte er. »Das nenne ich Feuerwasser. Einen dreifachen, und schenken Sie sich auch einen ein.«

Während der Gast das sagte, wurde dem Wirt klar, wie sehr er in ebendiesem Moment einen Drink brauchte. Er betätigte die Ausschenkvorrichtung von neuem, murmelte »Auf Ihre Gesundheit« und goß sich den Inhalt des Glases hinter die Binde, der in seinem Kopf das anrichtete, was Guy Fawkes mit dem Parlament vorgehabt hatte. »Guter Stoff«, krächzte er.

»Vermutlich nicht schlecht«, entgegnete der Gast. »Das gleiche noch mal.«

Dem Wirt kam der Gedanke, daß es nur höflich wäre, ein wenig Konversation zu treiben. Deshalb fragte er seinen Gast, was er beruflich mache. Offenbar hatte er unabsichtlich einen Witz gerissen, denn der Gast grinste.

»Lassen Sie mich überlegen«, antwortete er. »Sagen wir mal, ich bin Flieger.«

»Pilot, meinen Sie?«

»So was Ähnliches.« Er fummelte in seiner Reverstasche herum, holte eine Zigarette hervor, zog kräftig daran und atmete aus. Der Rauch schien die ganze Bar zu erfüllen.

»Zivil- oder Militärluftfahrt?« fragte der Barkeeper.

»Ein bißchen von beidem. Was ist das farblose Zeug in der Flasche mit dem roten Etikett?«

»Kirschwasser.«

»Dann davon einen dreifachen, und als nächstes möchte ich das andere farblose Gesöff mit dem grünen Etikett probieren.«

»Polnischer Wodka ist das. Hundertvierzigprozentiger. Mir ist schleierhaft«, fuhr der Wirt fort, »wie etwas hundertvierzig Prozent soundso haben kann. Ich dachte immer, einhundert Prozent sei das Limit, von wegen hundert vom Hundert, wissen Sie?«

Kurze Zeit später stand der Gast auf, dankte dem Wirt und ließ ihn nachdenklich zurück. Es waren drei Punkte, die diesem Kopfzerbrechen bereiteten. Keinen davon bekame er so recht in den Griff, wahrscheinlich weil ihm von dem Bourbon immer noch der Schädel dröhnte.

Erstens: Wie hatte es der Mann, der gerade gegangen war, bloß fertiggebracht, in zehn Minuten etwa siebenundneunzig Zentiliter Schnaps zu verputzen, ohne daß ihm die Luft wegblieb? Ganz abgesehen davon, daß er frisch und munter, ohne erkennbare Beeinträchtigung seiner motorischen Funktionen zur Tür hinausgegangen war!

Zweitens: Seine Begründung, warum er nicht bezahlte, war absolut überzeugend gewesen, alles bestens, kein Problem, aber wie hatte sie noch mal gelautet?
Drittens: Wie zum Teufel war er bloß in der Lage gewesen, fünf Minuten lang zu rauchen, ohne die Zigarette tatsächlich anzuzünden?

Das erste Mal hatte Bianca Wilson am Polytechnikum von Norton Aufsehen erregt, als sie mitten im Unterricht plötzlich aufstand und sich anzog.

Dann verließ sie, ohne auf die Kommentare zu achten, das Podium, bemächtigte sich einer freien Staffelei und machte sich daran, ein atemberaubendes Stilleben mit drei Heringen und einem Schreibmaschinenfarbband zu malen. Danach konnte dann keine Rede davon sein, daß sie sich mit albernen Bewerbungsformularen herumschlagen mußte; sie wurde nicht nur in die Mal- und Zeichenklasse aufgenommen, sie war deren Star. Wenn sie gefragt wurde, was sie veranlaßt habe, vom Modellsitzen zur Kunstausübung überzuwechseln, antwortete sie, das sei wärmer, und man müsse nicht stillsitzen.

Die Bildhauerei erwies sich als ihr eigentliches Medium. Als handle es sich um eine Zellophanumhüllung, schälte sie den Marmor ab, um die stets darin verborgene Statue freizulegen. Sobald sie die handwerklichen Grundlagen erlernt hatte – zum Beispiel wie man einen Meißel schärft und wie man es am besten vermeidet, sich auf den Daumen zu hauen –, wurde klar, daß man ihr am Polytechnikum nichts mehr beibringen konnte. Deshalb dankte sie allen vielmals, gab ihren Tagesjob auf, indem sie sich des einfachen, aber ausdrucksvollen Mittels bediente, dem Büroleiter mitzuteilen, was er damit machen könne, und investierte ihre letzten zehn Pfund in eine Fahrkarte nach London. Sie reiste natürlich im Gepäckwagen; fünf Gepäckträger, der Schaffner und drei leichtgläubige Matrosen der Königlichen Marine waren erforderlich gewesen, um ihr Gepäck an Bord zu schaffen, und der Geist des Weltfriedens mußte die Reise machen, indem sein linkes Bein aus dem Fenster ragte.

Das Kleinstadtmädel in der großen Stadt; nun, Johanna von Orléans war schließlich auch eins gewesen, von Maggie Thatcher ganz zu schweigen. Ein Talent wie das Biancas läßt sich immer schwer verheimlichen, besonders wenn seine Manifestationen zehn Fuß hoch sind und fast anderthalb Tonnen wiegen. Der in Paddington aus dem Zug steigende Besitzer der Herries Street Gallery brauchte fünfzehn Sekunden, um das echte Genie zu erkennen, das er da vor sich sah; eine Dreiviertelstunde, um einen für Schwertransporte geeigneten Lastwagen zu mieten; und sechs Wochen demütigender Verhandlungen, um Bianca dazu zu bringen, einen Vertrag zu unterschreiben. Der Rest ist Kunstgeschichte, mit Querverweisen auf Wirtschaftswissenschaft, Steuerwesen und Betriebswirtschaft.

Deshalb kam, als etwa achtzehn Monate später der Stadtrat von Birmingham den dritten Anlauf nahm, um den berühmten Victoria Square der Stadt künstlerisch gestalten zu lassen, und die Leute von Kawaguchiya Integrated Circuits einen sechsstelligen Gartenzwergfonds rausrückten, nur eine Person für den Auftrag in Frage, vorausgesetzt, daß sie ihn annahm. Vierzehn sehr lange Tage dachte sie über das Angebot nach; die Wahl des Sujets stand ihr frei (»Ausgenommen«, fügten die Stadtväter hinzu, »das Thema Weltfrieden, denn bei diesem speziellen Gegenstand neigen Sie dazu, sich ein klein wenig hinreißen zu lassen, und wir brauchen auf dem Platz auch ein bißchen Raum für Gebäude und so«), und sie konnte so lange daran arbeiten, wie sie wollte; an Material würde sie so viel bekommen, wie sie brauchte, und außerdem hätte sie natürlich die ungeheure Genugtuung, bei der Verschönerung von Europas schönster und blühendster Stadt mitzuhelfen. Konnte irgend jemand ein solches Angebot abschlagen? Offenbar ja.

Die Stadtväter faxten an Kawaguchiya Integrated Circuits und gaben taktvoll zu verstehen, daß die Zwei im diesbezüglichen Brief der Firma ein Druckfehler gewesen sei und es wohl Drei heißen müsse. Die Leute von KIC, die sehnsüchtig an die sechzig Morgen Land in Tyseley dachten, auf die sie ganz erpicht waren, faxten ihre Bestätigung zurück. Bianca nahm den Auftrag an.

Nach sorgfältiger Überlegung hatte sie die Auswahl an Sujets auf zwei begrenzt. Das eine, so teilte sie dem Stadtrat mit, war eine Darstellung der industriellen Revolution, die die Natur vergewaltigte; auf den Sockelfriesen sollten Industrieführer aller Zeiten gezeigt werden, die in der Hölle die ihnen zukommenden Qualen erlitten. Wollten sie hören, was sie als zweites gewählt hatte? Nein, Miss Wilson, das genügt vollauf. Nein, das andere Thema sei schlichtweg großartig, was immer es sein mochte.

Zu ihrer Überraschung und Erleichterung stellte sich heraus, daß es sich um eine Darstellung des heiligen Georg mit dem Drachen handelte. Niemand vermochte zu sagen, warum, am allerwenigsten Bianca Wilson selbst.

Nachdem er den Pub verlassen hatte, schlenderte er eine Weile die ruhige, sich dahinschlängelnde Straße entlang. Er mußte über vieles nachdenken.

Nun, es war zweifellos gut, wieder da zu sein. Die Gestalt; tja, die schränkte ihn ziemlich ein, ganz zu schweigen davon, daß sie unbequem und durch und durch albern war, doch recht bald wäre er sie los, und dann wäre er wirklich wieder da. Er schwenkte die Reisetasche am Griff hin und her und lächelte, als er den Inhalt klirren hörte.

England; nicht daß er schon sonderlich viel davon gesehen hätte, aber für seine Zwecke vermutlich genug. Unmengen von Bäumen, stellte er fest. Heuhaufen. Felder mit wogendem, sonnengereiftem Getreide. Strohgedeckte Häuschen. Perfekt. Es war erstaunlich, daß die Vereinten Nationen das Land nicht veranlaßt hatten, sich ein Etikett mit der Aufschrift *Leichtentzündlich* umzuhängen. Ein Lastwagen voller Strohballen tuckerte an ihm vorüber, und er grinste.

Er fühlte sich gut. Gewiß, der tatsächliche Brennstoffgehalt in fermentiertem Alkohol war nicht allzu hoch, und unter praktischen Gesichtspunkten hätte er wahrscheinlich besser daran getan, eine Tankstelle aufzusuchen und einen kräftigen Schluck aus der Benzinpumpe zu nehmen. Aber es hatte keinen Sinn, etwas Ungewöhnliches zu tun und aufzufallen, zumindest noch nicht. In Kürze würde er so auffällig sein, daß man ihm einen Wochenendjob als Leuchtturm anbieten würde. Geduld, Geduld.

Der warme Sommerwind fächelte gegen seinen Rücken, und instinktiv blickte er nach oben. Gute Thermik, wenn er sich nicht irrte. An einem schönen stillen Tag wie diesem war es schrecklich frustrierend, auf dem Erdboden festzusitzen. Wie im Einklang damit begannen seine Schulterblätter zu jucken, und er blieb für einen Moment stehen, um sich an einem Türpfosten zu kratzen.

Während er dastand und zum Himmel blickte, wurde er ein ungewöhnliches Geräusch gewahr – ein bißchen wie Donner, ein bißchen wie das Dröhnen einer auf Hochtouren laufenden Nahrungsmittelverarbeitungsmaschine –, das in verlockender Weise auf Bewegung und Kraft schließen ließ. Einen Augenblick später fegten zwei Düsenjäger, die vielleicht ein wenig niedriger als erlaubt flogen, über den Himmel. Sie waren höchstens anderthalb Sekunden zu sehen, doch in dieser kurzen Zeit erfaßten seine außergewöhnlichen

Augen sie und gaben jedes Detail ihres Aussehens und ihrer Konstruktion an ein plötzlich liebeskrankes Hirn weiter. Gewiß, er hatte schon mit Flugzeugen zu tun gehabt, zum Beispiel mit dem großen fetten, schwerfälligen Ding, das ihn hergebracht hatte – eine riesige fliegende Metallschnecke, eine Parodie aufs Fliegen. Diese hier waren jedoch völlig anders. Es war, als wäre ein Mann, der in strikter Abgeschiedenheit von ältlichen Nonnen aufgezogen worden ist, auf einer hochkarätigen Modenschau gerade in den Umkleideraum der Models geraten. Ja, schrie jede Faser seines Wesens, von denen möchte ich unbedingt eins haben.

Er konzentrierte sich, und kurz darauf kam einer der Düsenjäger zurück. Als er später vor dem Kriegsgericht stand, war der Pilot außerstande, irgendeine Erklärung vorzubringen. Als einziges hatte er dazu zu sagen, daß es ein sonniger Tag gewesen war, die Umgebung hübsch gewirkt und auf der Straße unten dieser freundlich aussehende Mann gestanden hatte, der mit seinem Daumen das Anhalterzeichen machte.

»Hei.«

Der Pilot drückte auf einen Knopf, und das Glasgehäuse der Kanzel glitt zurück. »Hallo«, erwiderte er. »Was ...?«

»Eine schöne Maschine haben Sie da.«

»Ja. Äh ...«

»Besonders gefällt mir, wie sie runterkommt, indem sie sich sozusagen einfach fallen läßt. Ich dachte immer, man müsse sich ein flaches offenes Gelände suchen und allmählich runtergehen.«

»Nicht mehr«, antwortete der Pilot. »Senkrechtstart und Senkrechtlandung. Hören Sie ...«

»Haben Sie was dagegen, wenn ich sie mal ausprobiere?«

»Tja, eigentlich gehört sie ja nicht mir, also vielleicht ...«

»Ach, kommen Sie schon.«

»Na gut.«

Als er ins Cockpit kletterte, bemerkte er allerlei Knöpfe und Hebel und ähnliche Sachen, die das Ding vermutlich in Bewegung setzten, in seinem Fall aber natürlich überflüssig waren. Er machte es mit Geisteskraft.

»Hören Sie!«

Er blickte zu dem Piloten hinunter. »Ja?«

»Schließen Sie die Kanzel wieder, bevor Sie abheben!« schrie der Pilot und versuchte, das Dröhnen der Motoren zu übertönen. »Sonst werden Sie davon ...«

»Danke, aber lieber nicht. In engen Räumen kriege ich Beklemmungen.« Wie wahr. In der Tat, wie wahr. »Tschühüs.«

Dann ... geradewegs nach oben in die Lüfte, ohne weitere Umstände. Daran konnte er sich gewöhnen. Wenn er bedachte, daß die armen Schwachköpfe – als er das letzte Mal hier gewesen war – nichts weiter fertiggebracht hatten, als sich mit Bienenwachs Federn an die Arme zu kleben und von Felsen zu springen, dann waren sie inzwischen wirklich fleißig gewesen. Alle Achtung.

Während der Sog vergeblich an seinem Gesicht zerrte und weit unter ihm der Erdboden zu einem dahinrasenden Fleck wurde, lehnte er sich behaglich in seinem Sitz zurück, seufzte vor Zufriedenheit und schickte seinen Geist auf die Suche nach dem Waffensystem.

Bianca war an Inspiration gewöhnt. Kaum ein Tag verging, ohne daß eine ebenso ausgefallene wie großartige Gabe der Götter durch das Katzentürchen ihres Geistes hereinschlüpfte und sich vor dem Radiator ihres Genies mit der Nase auf der Schwanzspitze zusammenrollte. Es war fast schon soweit gekommen, daß sie nicht mehr an einem aus Stein errichteten Gebäude vorbeigehen konnte, ohne Hunderte von verlockenden Bildwerken zu sehen, die aus dem Innern des Mauerwerks hervorlugten und sie anblickten wie Socken, die durch die Glastür einer Trockenschleuder linsen.

Bei dem Birminghamer Auftrag verhielt es sich jedoch völlig anders. Natürlich war die Behauptung, das Ding habe ein eigenes Leben angenommen, ein furchtbares Klischee, aber darauf lief es in etwa hinaus. Je weiter die Arbeit voranschritt – und es verblüffte sie, wie weit sie in solch einer kurzen Zeit schon gekommen war –, desto weniger wirkliche Kontrolle schien sie darüber zu haben. Nicht daß die Arbeit minderwertig gewesen wäre; im Gegenteil, sie war ausgezeichnet, sofern man Naturalismus bei einer Skulptur mochte. Aber das Ganze war merkwürdig, weil weder der heilige Georg noch sein schuppiger Kumpel in irgendeiner Weise so gerieten, wie sie es sich vorgestellt hatte. Sie konnte sich des Gedankens nicht erwehren, daß Georg größer und heroischer sein müßte, nicht so – nun ja, untersetzt und ältlich. Er dürfte nur ein Kinn haben, und zwar eines à la Kirk Douglas, so beschaffen, daß es vom Meer umspült werden und obendrauf eine Konzertgesellschaft stattfinden konnte. Ganz gewiß sollte er keine runden kleinen Schweinsäuglein haben und keinen so wulstigen kleinen Mund, der aussah wie zwei kopulierende Schnecken. Und was den Drachen betraf …

Doch sie mußte zugeben, daß sie den Drachen durchaus mochte. Er hatte Stil. Er hatte sogar soviel Stil, daß man an jeder Ecke ein Rad hätte anschrauben und ihm einen italienischen Namen hätte geben können. Er war anmutig, attraktiv, gefährlich; man konnte die Kraft in diesen enormen Muskeln sehen und das Pfeifen des Windes in diesen erstaunlich breiten, feinstrukturierten Flügeln hören. Vor allem legte einem das Ganze den Gedanken nahe, daß man, wenn jemand an einen heranträte und einem eine Geldwette um den Ausgang des Kampfes anböte, auf Georg nicht unter fünfundsiebzig zu eins setzen würde. Das Ergebnis mußte von vornherein feststehen.

Etwas in dieser Richtung sagte sie eines Tages zu ihrem Freund Mike, als er ihr mit den Abdeckplanen half. Mike nickte.

»Eine Lebensversicherung würde ich Georg nicht gern verkaufen«, sagte er. »Eine Jahresrente mit einmaliger Prämienzahlung schon eher. Ich glaube, da würde ich mich auf ziemlich sicherem Boden bewegen. Aber eine normale Lebens- oder Unfallversicherung – nein.«

»Seltsam«, sagte Bianca zustimmend. »Glaubst du, das Ganze könnte eine symbolische Bedeutung haben?«

»Halte ich für wahrscheinlich. Woran dachtest du denn?«

»Nun ja.« Bianca trat zurück und warf einen langen leidenschaftslosen Blick auf die Skulptur. »Sie könnte eigentlich alles mögliche symbolisieren.«

»Zum Beispiel?«

»Hm. Die endgültige Niederlage des Imperialismus?«

»Versuch's noch mal.«

»Hm. Männliche Gewalt gegenüber Frauen?«

»Könnte sein. Wobei allerdings der Mann gerade im Begriff ist, anständig durchgeprügelt zu werden, es sei denn, du meißelst Georgs Schnurrbart ab und machst die Brustplatten ein bißchen gewölbter. Übrigens, da wir gerade von seinem Schnurrbart sprechen, ist dir die große Ähnlichkeit mit Ekel Alfred aufgefallen?«

»Na schön«, sagte Bianca. »Wie wäre es mit *Der Weltfrieden*?«

»Ah«, meinte Mike und nickte. »Wie dumm von mir, daß ich da nicht gleich drauf gekommen bin.«

Bianca seufzte. »Du hast recht«, sagte sie, »die Sache ist total daneben. Komm, hilf mir, die Plane darüberzudecken, bevor ich in eine Depression falle.«

»Hab ja nicht gesagt, daß mir das Standbild nicht gefällt«, entgegnete Mike, während ein Windstoß die Abdeckplane in ein Großsegel verwandelte. »Ich finde es ganz toll. Es ist bloß ...«

»Ja. Eben.«

»Wieviel willst du noch daran machen?«

»Ich weiß nicht recht«, antwortete Bianca nachdenklich. »Entweder ich lasse es mehr oder weniger so, wie es ist, oder ich bearbeite es gleich morgen früh mit einem Vorschlaghammer. Was meinst du?«

»Ich meine«, sagte Mike, »daß ich Verwendung für die Splitter hätte, falls du dich für Plan B entscheidest. Es wären genug, um damit jede Auffahrt in den West Midlands zu bedecken.«

In ebendem Moment hielt der Düsenjäger, der Erdklumpen von der Größe einer Kathedrale aus der Ebene von Salisbury geschossen hatte, plötzlich mitten in der Luft an, sackte ab und geriet ins Trudeln, um dann wie ein abgeschossener Vogel nach unten zu plumpsen.

In die Arme eines warmen Aufwinds geschmiegt, beobachtete der Drache den Absturz und zuckte die Achseln. Er hatte sich getäuscht. Im Vergleich zu seiner wahren Gestalt war das bloß ein Spielzeug, ein Maskenkostüm, ein Mantel aus Blech. Als das Flugzeug auf den Boden auftraf und explodierte, schlug er wie ein Goldfisch mit dem Schwanz, stieg in die Höhe und schwebte über dem aufquellenden Pilz aus Rauch und Feuer. Und auch verflixt gefährlich, fügte er hinzu. Ein kleiner Aufprall auf die Erde, und das Ding geht in die Luft. Scheiße, beinahe hätte ich noch drin gesessen. Sollte lieber nicht drüber nachdenken.

Er schaltete auf ein langsames, äußerst angenehmes Gleiten zurück und begann mit einer Bestandsaufnahme seiner neuen Gestalt. Tadellos. Und auch grell, was er mochte. Ein kleines bißchen mehr Gold und hier und da vielleicht ein paar wertvolle Steine mehr hätten nicht geschadet, aber was konnte man schon von einer Sache erwarten, die ihre ursprüngliche Entstehung der Kommunalverwaltung verdankte? Doch was Funktionen, Effizienz und das Verhältnis von Kraft und Gewicht anging, konnte er nicht meckern. Einen Augenblick lang wünschte er fast, daß es noch andere Drachen auf der Welt gäbe. Es hätte ihm Spaß gemacht, ihnen den Namen seines Schneiders zu verraten.

Als Bianca am nächsten Morgen vor Ort anlangte, war die Plane bereits abgenommen, und Mike mühte sich, sie zusammenzulegen; bei diesem Wind war das ein wenig so, als versuche man, das Universum in eine Papiertüte zu stopfen. Er blickte auf und lächelte sie traurig an.

»Ich habe dich doch gebeten, mir die Splitter aufzuheben«, sagte er.

»Pardon?«

»Ist schon in Ordnung. Nächstes Mal.«

»Nein, *pardon* im Sinne von: *Wovon zum Teufel redest du?*«

Mike runzelte die Stirn. »Vom Drachen«, sagte er und zeigte auf die betreffende Stelle. »Du bist letzte Nacht zurückgekommen und hast ihn abgewrackt. Fixe Arbeit.«

»Nein, habe ich nicht«, entgegnete Bianca und zeigte auf die betreffende Stelle. »Er ist immer noch ...«

Verschwunden.

Wenn man ein Drache ist, kann es ein übles Erlebnis sein, wieder nüchtern zu werden.

Der Rest des polnischen Wodkas verbrannte just in dem Moment, da er – etwa siebzigtausend Fuß über dem Meeresspiegel und neunundsechzigtausend Fuß über den sehr spitzen Spitzen irgendwelcher Berge – einen prächtigen dreifachen Looping versuchte. Auf einmal boxte ihn etwas in die Rippen, grinste ihn höhnisch an und sagte: »Hei, erinnerst du dich an mich?« Es war die Schwerkraft.

Glücklicherweise hatte er genügend Höhe und genügend Wind, um ganz gemütlich hinunterzugleiten und auf eine flache grüne Fläche inmitten der großen menschlichen Ansiedlung zuzuhalten, die er gerade überflog. Als er sich näherte, bemerkte er, daß die Landebahn seiner Wahl mit Menschen gesprenkelt war, die alle weiße Kleidung trugen und zu ihm hochstarrten, während um das Feld herum mehrere Tausend anderer Menschen dicht an dicht auf hölzernen Bänken saßen und ebenfalls hochstarrten. Einen Moment lang war der Drache verdutzt. Einen Hosenschlitz hatte er nicht, also konnte der auch nicht offen sein. Hatten die noch nie einen Drachen gesehen?

Nachdem er die Windrichtung festgestellt hatte, klappte er die Flügel zurück, streckte die Beine aus, überließ sich der Brise und landete auf dem Rasen so sanft und vorsichtig wie eine Katze, die auf einen vollgestellten Kaminsims springt. Die weißen Männer waren, wie er bemerkte, alle weggerannt, und die Zuschauer – er nahm jedenfalls an, daß es sich um solche handelte; entweder das, oder sie stellten irgendeine Jury dar – versuchten es ihnen gleichzutun, was ihnen jedoch nicht recht gelang, da sie es alle zur gleichen Zeit versuchten. Einige blaue Männer kamen mit dem langsamen, gemessenen Schritt von Leuten auf ihn zu, die meinen, daß ihr Gehalt nicht hoch genug sei, um dafür ins Gras zu beißen. Er wünschte, etwas tun zu können, um sie zu beruhigen. Er war jedoch Realist; zur Entspannung menschlicher Wesen konnte er nur dann beitragen, wenn er sich davonmachte, und sofern er sich nicht mindestens eine Gallone eines starken Getränks beschaffen konnte, gehörte das nicht zu den Möglichkeiten, die ihm zur Verfügung standen.

Oder vielleicht doch. Die grüne Fläche war von den Bankreihen durch eine dünne Wand aus bemalten Brettern abgetrennt, auf denen Wörter standen: ›National Westminster Bank‹, ›Wuest and Roth‹ und – diesen Ausdruck erkannte er wieder – ›Bell's Whisky‹. Das war, wenn er sich nicht täuschte, eine der Treibstoffmarken, die er im Pub an Bord genommen hatte. Wenn man den Namen auf einen Bretterzaun geschrieben hatte, hatte man vielleicht auch etwas von dem Zeug da. Es konnte nichts schaden zu fragen.

»Hallo«, sagte er.

Abrupt blieben die blauen Männer stehen und fingen an, aufgeregt mit kleinen rechteckigen Kästen zu sprechen, die an den Kragen ihrer Jacken befestigt waren. Das verwunderte den Drachen zunächst, bis ihm aufging, daß die Kästen so etwas wie Schmusetiere waren, daß seine ziemlich laute, dröhnende Stimme sie erschreckt hatte und die blauen Männer sie mit besänftigenden Worten trösteten. Der Drache schalt sich ob seiner Rücksichtslosigkeit und senkte die Stimme ein wenig.

»Hallo«, wiederholte er. »Können Sie mir vielleicht helfen? Haben Sie wohl Bell's Whisky?«

Möglicherweise hielten die kleinen Kästen nichts von Whisky, denn diesmal erforderte es noch mehr Mühe, sie zu beruhigen. In dem schmerzlichen Bewußtsein, daß Takt nie seine starke Seite gewesen war, schraubte der Drache seine Lautstärke auf ein leises, süßliches Summen herunter und gab dem am nächsten Stehenden der blauen Männer ein Zeichen.

»Entschuldigen Sie, bitte«, säuselte er. Der blaue Mann starrte ihn derart an, daß der Drache fürchtete, die Augäpfel könnten ihm aus dem Kopf fallen, versicherte seinem Schmusekästchen, daß das schon in Ordnung sei, und trat nervös einige Schritte vor. Der Drache zog ein freundliches Lächeln in Erwägung, besann sich aber eines Besseren. Sein freundliches Lächeln neigte, wie man zugeben mußte, stark dazu, dem Discountlager eines Elfenbeinjägers zu ähneln. Vermutlich würde es das arme Kästchen so erschrecken, daß es den Verstand verlor.

»Sprechen Sie mit mir?« fragte der blaue Mann mit ziemlich zittriger Stimme.

»Ja«, antwortete der Drache. »Bell's Whisky. Gibt's hier welchen?«

»Wozu brauchen Sie denn Whisky?«

Die sanfte Tour ist zwar gut und schön, aber der Drache wurde allmählich ungeduldig. »Dreimal dürfen Sie raten«, erwiderte er. »Hören Sie, entweder Sie haben welchen, oder Sie haben keinen, so groß ist die Auswahl ja schließlich nicht.«

»Ich weiß es nicht«, antwortete der blaue Mann. »Ich bin Polizist und kein Barkeeper.«

»Verstehe. Wüßten Sie es, wenn Sie Barkeeper wären?«

»Denke schon. Warum?«

Der Drache seufzte. Hätte er eine Benzinuhr gehabt, dann hätte sie inzwischen auf Rot gezeigt, aber nichtsdestotrotz waren die Flammen, die daraufhin unabsichtlich hervorschossen, vier Fuß lang und heiß genug, um Titan zum Schmelzen zu bringen. »Vielleicht«, sagte er, als er bemerkte, daß das Gesicht des Polizisten eine äußerst seltsame Farbe angenommen hatte, »könnten Sie so lieb sein und mir einen Barkeeper herholen, damit wir diesen Punkt ein für allemal klären.«

»Äh. Ja. In Ordnung.«

»Vielen herzlichen Dank.«

»Äh. Nicht der Rede wert.«

»Hoffe, die Flammen haben Ihr Kästchen nicht erschreckt.«

Der blaue Mann wich zurück, drehte sich um und rannte davon, und der Drache saß lange Zeit still und ruhig da, sparte seine Energie und sah den Tauben zu, die auf dem Gras umherwatschelten. Bis auf zwei oder drei der blauen Männer, die weit hinten hinter Bänken kauerten, war das ganze Areal mittlerweile menschenleer. Es dämmerte dem Drachen, daß irgend etwas im Gange war. Er runzelte die Stirn. Das kam ihm alles recht übertrieben vor. Damals, in der guten alten Zeit, hatten die Menschen nicht solches Theater gemacht, wenn er kurz mal in einer Stadt vorbeigeschaut und eine Prinzessin zum Mitnehmen (ohne Zwiebeln) verlangt hatte.

Man könnte meinen, wiederholte er bei sich, daß die noch nie einen Drachen gesehen haben.

Hey!

Vielleicht hatten sie *wirklich* noch nie einen Drachen gesehen.

Möglich ist alles. Vielleicht waren Drachen in diesem merkwürdigen und ziemlich schäbigen Jahrhundert eine Seltenheit geworden. Wenn dies hier eine abgelegene, hinterwäldlerische Gegend war (seine außergewöhnlichen Augen suchten die Umgebung nach einem Anhaltspunkt ab und stießen auf den Namen Old Trafford, der auf einem Schild stand, ihm aber nichts sagte), dann war es durchaus denkbar, daß er der erste Drache war, den diese Leutchen je zu Gesicht bekommen hatten. In diesem Licht betrachtet, wurde das Verhalten der Menschen halbwegs plausibel. Also ganz von vorn und logisch drüber nachgedacht!

Angenommen, sie haben tatsächlich noch nie einen Drachen gesehen. Trotzdem werden sie von Drachen gehört haben; das hat jeder. Als Realist war er nicht so naiv und nahm an, daß das, was sie gehört hatten, unbedingt der Wahrheit entsprach. Die Menschen, das wußte er, sind komische Käuze, die am Morbiden und Sensationellen Vergnügen finden und hinsichtlich dessen, was sie in Erinnerung behalten und was sie lieber vergessen, sehr eklektisch vorgehen. Höchstwahrscheinlich war das auch der Fall bei dem allgemein verbreiteten Bild, das man von Drachen hatte. Wenn er die Menschen richtig einschätzte, dann ließen sie die Tatsache außer acht, daß ein Drache neunundneunzig Prozent seiner Zeit damit verbringt, ziellos umherzufliegen, in großer Höhe Sonnenbäder zu nehmen, Regenwolken dorthin zu jagen, wo sie am meisten gebraucht werden, und Winde dazu zu überreden, sich anständig zu benehmen. Statt dessen würden sich die perversen Geschöpfe mit ziemlicher Sicherheit auf die kaum fünf Prozent seines Lebens konzentrieren, die ein Drache auf dem Erdboden verbringt, um die Welt von unerwünschten und lästigen Waffenfetischisten zu befreien und Königen die Mühe zu ersparen, für ihre überzähligen jüngeren Töchter Ehemänner zu finden.

In diesem Falle ...

Verdammt.

Daß mir ausgerechnet jetzt der Treibstoff ausgegangen ist! überlegte der Drache trübselig. Denn gleich kommt irgendein Trottel von einem Macho mit einem überdimensionalen Cocktailspießchen unter dem Arm auf einem weißen Schlachtroß durch das Tor galoppiert, der ganz versessen darauf ist, mich in die Rippen zu piken. Normalerweise würde das natürlich nicht das geringste Problem darstellen; ein Nieser, und alles, was übrigbleibt, ist ein Häufchen feiner grauer Asche und eine Lache aus geschmolzenem Eisen, das langsam abkühlt. Doch ohne Treibstoff wäre er auf Zähne und Fingernägel angewiesen, was blöde wäre, weil man sich an diesen albernen Eisenhüten, die sie unbedingt tragen zu müssen meinen, ganz leicht einen Backenzahn ausbeißen kann, und wenn Drachen tatsächlich eine Seltenheit sind, gibt es in erwatschelbarer Nähe aller Wahrscheinlichkeit nach lausig wenig brauchbare Lindwurmdentisten.

Was mir fehlt, murmelte der Drache vor sich hin, ist ein guter steifer Drink, am besten Kerosin. Langsam drehte er den Kopf von einer Seite zur anderen, blähte die Nüstern und schnupperte. Da drüben ...

Am hinteren Teil der Umzäunung flog ein hohes Eisentor auf, und vier seltsame grüne Fahrzeuge kamen hereingerollt. Sie waren groß, bestanden aus Eisen und hatten lange Eisenbänder unter den Rädern – Einlegesohlen? Fußabtreter für unterwegs?

Und als der Drache seine außergewöhnlichen Ohren spitzte, hörte er, wie am Tor ein blauer Mann einem Kollegen zurief, jetzt komme alles in Ordnung, die Tanks seien da.

Tanks.

Ja, richtig, sagte der Drache zu sich, *Tanks*, jetzt erinnere ich mich. Große Metallbehälter, die man zur Aufbewahrung von Flüssigkeiten verwendet. Hier kommt endlich der Bell's Whisky. Und ich habe gedacht, sie wären darauf aus, mich zu erledigen.

ZWEITES KAPITEL

Er kann doch nicht einfach verschwunden sein«, sagte Bianca empört.

Mike zuckte die Achseln, klopfte im Scherz auf seine Taschen und tat so, als suche er in Biancas Werkzeugtasche nach dem Vermißten. »Bia, Liebes, er ist 'ne Idee zu groß, um einfach weggekullert und irgendwo in einen Gully gerutscht zu sein. Klar ist er verschwunden, Herrgott noch mal! Offensichtlich ist er geklaut worden.«

»Geklaut worden? Die fünfzehn Fuß lange Statue eines Drachen? Von Kindern vielleicht? Oder von einer frustrierten Hausfrau, die nicht wußte, was plötzlich über sie kam? Red nicht solchen Müll. Es würde schon einen ganzen Tag dauern, um ihn bloß vom Sockel zu sägen.«

»Stimmt.« Mike beäugte das Gestein unterhalb der Hufe von Sankt Georgs Schlachtroß. »Und Sägespuren sind auch nicht zu sehen. Es sind überhaupt keine Spuren da, weder der einen noch der anderen Art. Das ist ausgesprochen seltsam, weißt du.«

»Seltsam.« Bianca, der der Unterkiefer heruntergeklappt war, schloß den Mund wieder. »Mike, wenn der Mars uns je zu einem Wettkampf im Formulieren von Understatements herausfordern sollte, werde ich dich als Mannschaftskapitän vorschlagen. Was zum Teufel soll ich denn jetzt *tun*?«

Mike kratzte sich am Kopf. »Zunächst mal könntest du es ja jemandem melden. Der Polizei. Dem Stadtrat von Birmingham. Kawaguchiya Integrated ...«

Biancas Blick traf ihn. Ein vergleichbares Renkontre war zum Beispiel die Begegnung von Napoleon und Wellington bei Waterloo oder auch die von Mohammed Alis Solarplexus und Joe Fraziers Faust im Jahre 1974. »Ganz recht«, sagte er. »Verstehe, was du meinst. Das wird ein ziemliches Problem, was?«

»Ja.«

»Glaubst du«, schlug Mike vor, nachdem er kurz nachgedacht hatte, »du könntest dich irgendwie herausreden? Ich meine, es ist ja schließlich deine Statue. Überzeug die Leute davon, daß es von Anfang an gar keinen Drachen gab. Der heilige Georg und der *implizierte* Drache, so in der Art. Der heilige Georg, der den Drachenkampf übt? Der heilige Georg und sein Freund Harvey, der Drache?«

»Nein.«

»Haut wahrscheinlich nicht hin. Oder wie wäre es, wenn du die Rüstung abmachst, das Schwert ein bißchen umfunktionierst und das Ganze *Der Polospieler* nennst?«

»Mike.«

»Okay, okay, ich reiße hier ja nur ein paar Ideen an. Hör mal, warum nennst du es nicht einfach *Studie für den heiligen Georg mit dem ...*«

Bianca schloß die Augen und massierte sie mit den Handballen. »Mir ist absolut schleierhaft«, sagte sie, »was zum Teufel damit passiert sein kann. Ich meine, Drachen stehen doch nicht einfach auf und gehen weg. Um etwas von dieser Größe auch nur zu bewegen, braucht man Winden, offene Lastwagen, Hebevorrichtungen, lauter solche Sachen. Ich weiß, wovon ich rede«, fügte sie hinzu, »das kannst du mir glauben. Als ich letztes Jahr diese Reliefgruppe von Mutter und Kind in Macclesfield abgeliefert habe, mußten man fünfzehn Straßen absperren.«

Sie standen noch einige Augenblicke lang da und starrten die Leere an – eine eindeutig drachenförmige Leere, aber dennoch eine Leere. Im Vergleich zu Biancas Ansichten über Vakua war die Natur ehrenamtlicher Schatzmeister ihres Fanklubs.

»Nun«, sagte Bianca schließlich, »es hat keinen Sinn, hier wie auszubildende Laternenpfähle herumzustehen. Hilf mir, das verfluchte Ding abzudecken, und dann werde ich beim Großhandel neuen weißen Carrara-Marmor bestellen. Ich hoffe nur, daß die welchen mit der gleichen Maserung liefern können.«

Mike nickte. »Was ist mit ihm?« fügte er hinzu und wies mit dem Daumen auf den heiligen Georg. »Soll ich ihm ein Vorhängeschloß oder so was verpassen?«

Bianca warf ihm den letzten einer Reihe vernichtender Blicke zu; wenn die Amerikaner 1972 über solche Blicke verfügt hätten, dann hätte der Vietcong nie eine Chance gehabt. »Hör auf zu spinnen«, seufzte sie. »Wer zum Teufel soll denn eine Statue stehlen?«

Töff, töff, töff. Ein ältlicher Autobus von der Art, die sich ungestraft noch Elektromobil nennen darf, brummelt gemächlich und vergnügt wie eine Hummel in Urlaubsstimmung eine sich durch Oxfordshire schlängelnde Landstraße entlang.

Zu beiden Seiten der Straße stehen Schafe, auf so selbstbewußte Weise pittoresk wie ein hochbezahltes Topmodel, und käuen in zeitlos-heiterer Gelassenheit wieder. Strohgedeckte Häuschen, mit Ziegeln gedeckte Bauernhäuser aus goldgelbem Naturstein, malerisch verfallende alte Scheunen und die letzten altmodischen Telephonzellen, die es in Albion noch gibt, sind die einzigen Spuren, die die Menschheit auf ihrem langen Marsch durch die Zivilisation hier hinterlassen hat; und wenn diese Zeugnisse seines Schaffens alles wären, wonach man urteilen könnte, dürfte man mit einigem Recht annehmen, daß der Mensch doch kein so übler Patron ist. Denn wir sind hier im ländlichen Themsetal, dem Land, in dem die Zeit stehengeblieben und die Szenerie in Formalin eingelegt ist. Wenn England Dorian Gray wäre, dann wäre dies die mit Aquarellfarben gemalte Landschaft, die er in seiner Dachkammer aufbewahrt.

Zwangsläufig und wie nach Plan findet zur Linken des Busses gerade ein dörfliches Kricketspiel statt, und der große kräftige, rotgesichtige Mann, der sich zur Linie heranarbeitet, ist – wie könnte es anders sein – der Dorfschmied. Wenn Sie die Urzeit live erleben wollen, dann vergessen Sie *Jurassic Park* und kommen Sie einfach nach Nordoxfordshire.

Und da ist das Dorf, da ist der Dorfanger, da sind die Enten. Mit drolligem Schnaufen hält der Bus an, und die Passagiere wuseln heraus: fünfzehn ältere Damen mit Thermosflaschen und Sandwiches, Liegestühlen und Strickzeug. Es ist alles so süß, daß man seinen Tee damit zuckern könnte.

Dreißig Sekunden später gleitet ein schwarzer Lieferwagen mit getönten Scheiben geräuschlos heran und parkt auf der anderen Seite des Dorfangers. Seine Türen bleiben geschlossen. Er liegt auf der Lauer.

Die alten Damen haben ihre Decken mit Schottenmuster ausgebreitet und stellen, nachdem sie ein bißchen herumgealbert haben, unter fröhlichem Gelächter ihre Liegestühle auf. Die Sonne scheint. Der Tee fließt in Strömen. Die Sandwiches werden verzehrt.

Die Zeit ist natürlich keine konstante Größe. Die Wissenschaft möchte uns einreden, daß sie sich mit fester, unveränderlicher Geschwindigkeit dahinschleppt, ohne je schneller oder langsamer zu werden, etwa so wie ein Milchwagen. Mumpitz. Die Zeit hat durchaus eine Gangschaltung; sie kann trödeln, und sie kann rasen. Das wiederum kann zu absolutem Chaos führen.

Das Prinzip von Angebot und Nachfrage, die Doppelsäule, auf der der Kosmos ruht, gilt für alle Dinge, und die Zeit bildet keine Ausnahme. An manchen Orten, wie zum Beispiel in diesem verschlafenen, idyllischen Dorf, verbrauchen sie von dem Zeug kaum etwas. In Los Angeles, Tokio und der City von London hingegen, wo Zeit Geld ist, verheizen sie es mit rasender Geschwindigkeit. Und sosehr sie auch versuchen, aus jeder Sekunde, die verstreicht, noch den letzten Tropfen an Wert herauszupressen, reicht doch die ihnen offiziell zugeteilte Ration nicht hinten und nicht vorn.

Skeptisch? Hier ein konkreter Beweis. Überlegen Sie mal, wieviel Zeit Sie sich für zwanzig Pence auf einem Parkplatz in Chipping Norton kaufen können und wieviel Sie für die gleiche Summe im Zentrum von London bekommen. Wo Angebot und Nachfrage herrschen, wo es Versorgungsengpässe gibt, gibt es auch immer Unternehmer, die willens und in der Lage sind, einzugreifen und die Dinge wieder ins Lot zu bringen. Bei dieser Regel gibt es keine Ausnahmen. Der schwarze Markt in Sachen Zeit hat vermutlich die größte Wachstumsrate im ganzen Bereich der inoffiziellen Wirtschaft. Er ist auch der unsozialste von allen und ebendeshalb ein so streng gehütetes Geheimnis.

Die Sandwiches sind aufgegessen. Jetzt kommen Marmeladentörtchen dran. Wie aus dem Nichts holt jemand ein aufziehbares Grammophon hervor.

Gleich wird etwas wirklich Schreckliches passieren.

Die Sache ist folgende: Wenn man sich amüsiert, fliegt die Zeit im wahrsten Sinne des Wortes dahin, oder, etwas wissenschaftlicher ausgedrückt, Freude und Vergnügen elektrolysieren die Zeit. Die bloße Tatsache, daß ein menschliches Wesen sich hemmungslos amüsiert, wirkt als Katalysator und beschleunigt den Zerfall der in der Atmosphäre vorhandenen, unverdünnten Zeit. Trübsal, Leid und der Umstand, daß man zur Arbeit gehen muß, hemmen den Zerfall der Zeit hingegen, was dazu führt, daß das Zeug sich gewaltig staut. In primitiven ländlichen Gemeinden zum Beispiel, wo die Bauern ihr Leben mit freud- und aussichtsloser Plackerei hinbringen, scheint die Zeit stillzustehen, bis selbst die Mauersteine der Häuschen und der Boden der Felder von dem Zeug durchtränkt sind.

Deshalb muß man, will man nach Zeit bohren, einen Ort suchen, wo unzählige Generationen von kreuzunglücklichen Leibeigenen jeden Morgen um halb sechs aufstehen mußten, um schlechtgelaunte Kühe zu melken. Hat man einen solchen Ort ausfindig gemacht, dann rufe man »In den Bergen dorten gibt es Zeit!« und stelle seine Bohrausrüstung zusammen. Diese sollte aus etwa sieben bis zwanzig glücklichen Seelen bestehen, die mit der seltenen Fähigkeit gesegnet sind, sich total zu amüsieren, unbefangen und ohne jede Einschränkung.

Forschungen haben ergeben, daß kleine alte Damen, die einen Ausflug machen, das am besten können, wobei sie allerdings nur knapp vor durstigen Australiern männlichen Geschlechts rangieren. Man lasse die kleinen alten Damen auf das idyllische, unverdorbene Dorf los und trete dann weit zurück, weil man gerade eine Kettenreaktion ausgelöst hat, die die Kernspaltung zu einer vergleichsweise mickrigen Angelegenheit macht. Und seien Sie gewarnt; es ist kein schöner Anblick.

In dem schwarzen Lieferwagen setzt sich eine kleine Maschine in Gang. Jemand kichert unangenehm, murmelt »Geben Sie mir etwas mehr Zeit« und drückt einen Hebel hinunter.

In den ersten dreißig Sekunden geschieht nicht viel, jedenfalls nichts Sichtbares. Die ersten wahrnehmbaren Veränderungen finden an den Gebäuden statt. Dachstroh vermodert, aus losen Steinen errichtete Mauern stürzen ein, Eichenbalken biegen sich durch. Die Entropie, die so schnell wirkt wie die lösliche Aspirintablette Ihrer Träume, reißt den Ort in Stücke, während die überschüssige Zeit aus allem herausgesogen wird. Dann, da die Natur unausgefüllte Räume verabscheut, flutet die unverdünnte Gegenwart herein, um den Platz der versteinerten Vergangenheit einzunehmen, genau so, wie eine ausgebeutete Kiesgrube sich mit Wasser füllt. Dachstroh wird durch Dachziegel ersetzt, Naturstein durch Backstein und Beton. Scheunen schwinden dahin, und an ihre Stelle treten umgebaute Scheunen mit dazugehörigen Bewohnern des gehobenen Mittelstands und zwei Porsches auf der Auffahrt. Im alten Obstgarten hinter dem Dorfanger entstehen plötzlich sechsundneunzig Alterswohnsitze für leitende Angestellte. Wo vor einer Minute nur Kühe standen, schießt ein Bürokomplex wie ein Pilz aus der Erde. Neben der Hauptstraße sprießen Autos wie frisch gesäte Drachenzähne. Die Handpumpen im Wirtshaus gehen nahtlos in Plastikkästen über, und am Schalter der Post erscheinen per Jungfernzeugung drei Gestelle mit Computerbildschirmen. Wir haben Sie ja gewarnt; das ist kein Anblick für empfindliche Gemüter. Es ist so schlimm, daß danach selbst Stephen King eine Woche lang nur bei brennendem Licht schliefe.

Die alten Damen scheinen von alldem nichts bemerkt zu haben. Sie zeigen einander Photographien ihrer Enkelkinder und spielen Schnippschnapp, während um sie herum der Dorfanger bebt, als hätte die San Andreas-Falte einen Wutanfall, und Fertighäuser für junge Familien aus dem Boden schnellen wie die Figuren eines Flipperautomaten.

Die kleine Maschine in dem schwarzen Lieferwagen, der jetzt auf dem Parkplatz der brandneuen Plastikfabrik steht, summt wie eine malträtierte Wespe. Langsam füllt sich eine große Glasflasche, die sich in einer nach Art eines Gyroskops konstruierten Hängevorrichtung befindet und sorgsam von Blei und Watte geschützt wird. Als die Flüssigkeitsoberfläche die Zwanzigzentilitermarke erreicht, reißt der Operator den Hebel wieder nach oben, öffnet die Tür des Lieferwagens und bläst in eine Trillerpfeife. Schlagartig beenden die alten Damen ihre Lustbarkeiten, schnappen sich ihre Liegestühle und ihre leeren Picknickkörbe und rennen zum Bus. Beide Fahrzeuge lassen die Motoren aufheulen und rasen, den Geruch von verbranntem Gummi zurücklassend, mit quietschenden Reifen davon, denn ein Dorfanger, auf dem es allmählich brenzlig wird, ist kein anheimelnder Ort. In der Tat sind sie fast zu spät losgefahren; direkt hinter ihnen gerät die Straße in Wallung, dreht und windet sich wie ein verwundeter Python, um eine Reihe kleiner Kreisverkehrsanlagen zu bilden und sich in mehrere Zufahrtsstraßen zu verzweigen, die zu dem neuen Supermarktkomplex außerhalb der Stadt führen. Als sie gerade auf der Höhe der Dorfkirche sind, explodiert diese und verwandelt sich in ein Drive-in-Freizeitcenter, und nur indem er das Gaspedal durchtritt, schafft der Busfahrer es, das jakobäische Herrenhaus hinter sich zu lassen, bevor es implodiert und zum Managementtrainingscenter (südöstliche Region) der Firma Kawaguchiya Integrated Circuits wird.

Das hätte ins Auge gehen können, und die Welt ist dem Fahrer zu großem Dank verpflichtet, auch wenn er ein Helfershelfer des obersten Bosses der Zeitdiebe ist. Der Lieferwagen transportiert nämlich zwanzig Zentiliter unverdünnte Zeit (dazu bestimmt, einem lukrativen Auftrag aus der Wall Street nachzukommen, wo man hektisch versucht, die letzten paar Wochen unter republikanischer Regierung noch nach Kräften auszunützen), und allein der Gedanke, was passieren würde, wenn eine solche Menge achtundneunzigprozentigen Stoffs in die Luft ginge, läßt einem das Blut gefrieren.

Unverdünnte Zeit, die spontan im chronologischen Feld der Erde detoniert. Eine historische Kernschmelze. Eine Zeit-Bombe.

Der Mann im schwarzen Lieferwagen heißt Chubby Stevenson und ist auch unter den Namen Der Zeitgewinner und Mister Zeitzuteiler bekannt. Verzögerungen hatten das Nachsehen; Chubby ist der größte Zeitdieb, den die Welt je gesehen hat. In seinem eigens dafür gebauten Silo, fünfhundert Fuß unter der Wüste von Nevada, hat er vierhundertundsechzehn Liter von dem Zeug, genug, um die Renaissance wiederaufleben zu lassen oder sich in präkolumbische Zeiten zurückzuversetzen. Leiden Sie ständig an Nostalgie? Wünschen Sie sich die sechziger Jahre zurück? Dann brauchen Sie bloß eine Bestellung abzuschicken, zusammen mit einem Scheck, auf dem mehr Nullen stehen, als die Wand eines Ozeandampfers Bullaugen hat, und zwar an Mr. C. Stevenson, PO Box 666, Las Monedas, Nevada.

Wie der Drache zu seinem Verdruß feststellte, war der Versuch, das Benzin aus einem Panzer zu bekommen, etwa so, als bemühe man sich, eine Coladose aufzukriegen, wenn der Ring zum Ziehen abgebrochen ist und man keinen Dosenöffner hat. Das Ganze erfordert Findigkeit, Geduld und sehr robuste Fingernägel.

Zwei von dreien reichen im Notfall, und nachdem der Drache seinen Durst gelöscht hatte, entspannte er sich, schloß die Augen und dachte unter kurz- wie unter mittelfristigen Aspekten über die Situation nach.

Er war zwar, wie er selbst meinte, nicht übermäßig dünnhäutig (glücklicherweise, wenn man bedachte, was in den letzten zwölf Minuten so alles auf ihn abgefeuert worden war), konnte sich aber des Eindrucks nicht erwehren, daß die Menschen aus irgendeinem Grund etwas gegen ihn hatten. Die Tanks hatten ihm – sah man von einer abgebrochenen Kralle und einigen leichten Quetschungen ab – nicht viel anhaben können, und das Benzin war wesentlich mehr nach seinem Geschmack als alle diese komischen Drinks, doch die nächste Stufe menschlicher Mißbilligung würden vermutlich Flugzeuge darstellen, und er wußte aus eigener Beobachtung, daß diese Dinger beträchtlich mehr Power hatten als die kleinen Cocktailshaker mit Selbstantrieb. Mit Bedauern kam er zu dem Schluß, daß es an der Zeit war, sich dünne zu machen, was hieß, daß er diesen außerordentlich stilvollen und gut konstruierten Körper eine Zeitlang verlassen und sich wieder in seine langweilige, alberne zweibeinige Zivilkluft werfen mußte. Zu schade, besonders nachdem er doch jetzt so schön aufgetankt und einsatzbereit war.

Er hatte hier in England etwas zu erledigen, aber das würde nicht lange dauern. War das erst einmal unter Dach und Fach, dann stand ihm die Welt offen, und irgendwo gab es zweifellos große, flache, weitläufige Landstriche, wo ein Drache *leben* konnte, ohne daß er dauernd von kulturell verkommenen Typen beschossen wurde. Also galt es, die Sache in aller Stille zu erledigen, und dann ab durch die Mitte. Er konnte es offen gesagt kaum erwarten.

Er öffnete seine Schwingen und stieg, nachdem er sich des Leerguts säuberlich entledigt hatte, indem er es ins Meer fallen ließ, hoch auf, bis über die Wolken, machte um jedes Flugzeug, das seine außergewöhnlichen Sinne orteten, den größtmöglichen Bogen und kreiste umher, bis er sah, was er suchte. Als sich ihm eine günstige Gelegenheit bot, stieß er hinab.

Etwa zur gleichen Zeit, da der Drache auf einem Spielfeld in Lancashire gepanzerte Kampffahrzeuge aufmischte, erwachte jemand, der sehr lange geschlafen hatte.

Sie wissen ja, wie das ist, wenn man verschlafen hat. Im Kopf völlige Leere. Die Augenlider so schwer zu öffnen wie über den Rand gestrichene Fensterrahmen. Im Mund einen Geschmack, der so widerlich ist, daß man sich fragt, wer da drin was gemacht hat, während man geschlafen hat. Multiplizieren Sie das mit zweitausend Jahren, dann können Sie sich die richtige Vorstellung machen.

»Wo zum Teufel bin ich?« murmelte Georg vor sich hin.

Eine Taube, die auf seinem Kopf saß, zog den Kopf unter dem Flügel hervor und blickte sich um. »Wer hat da eben gesprochen?« fragte sie.

Georg, der die Sprache der Vögel verstand, räusperte sich. »Ich hier unten«, sagte er.

»Was, du?«

»Ja, ich.«

»Die *Statue*?«

»Ja.«

»Gute Güte!« Die Taube erstarrte vor lauter Verlegenheit. »Ich wußte nicht, daß Statuen ... Du, das tut mir furchtbar leid. Ich werde alles saubermachen, Ehrenwort.«

»In Wirklichkeit bin ich keine Statue«, erklärte Georg.

»Verstehe. Du bist einfach ein sehr großes graues Individuum, das absolut reglos dasitzt. Nun ja, die Welt ist bunt, wie ich sehe. Ich habe naturgemäß angenommen, daß du eine Statue bist. Wenn du dich einen Moment gedulden kannst, hole ich schnell ein Wischtuch und ein Putzmittel, um ...«

»Halt die Klappe und hör zu, du blöder Vogel. Ich stecke in der Statue. In gewisser Weise. Ich bin ein Heiliger.«

Die Taube zögerte kurz, bevor sie antwortete. »Na prima«, sagte sie. »Wo ich herkomme, nennt man das eine irrige Schlußfolgerung, aber das macht ja nichts. Logik ist was für Einfaltspinsel, richtig?«

»Ich bin ein Heiliger«, wiederholte Georg, dessen Geduldsfaden hörbar riß. »Ich scheine mich in einer Statue meiner selbst reinkarniert zu haben. Und um deiner Frage zuvorzukommen: Ich habe keine Ahnung, warum. Also, was ist das hier ...« Georg schaute sich um; da er den Kopf nicht bewegen konnte, sah er nicht viel, aber für seine Zwecke reichte es. »... für ein gräßlicher, scheußlicher, gottverlassener Ort? Als letztes erinnere ich mich an freie Natur.«

»Birmingham«, antwortete die Taube unverzüglich. »Landeshauptstadt der West Midlands, England, Europa. Einwohnerzahl ...«

»Nie davon gehört.«

»Tatsächlich?« Die Taube klang überrascht. »Bist wohl lange weg gewesen?«

»Als ich das letzte Mal nachgesehen habe, war es einhundert und etwas nach Christus.«

Leider können Tauben nicht pfeifen. »Mensch, Kumpel, das ist ja ganz schön lange her. Achtzehnhundert Jahre, über die Kralle gepeilt. Jetzt haben wir ...« Die Taube zählte es an den Federn ab. »... neunzehnachtundneunzig. Juni. Willkommen zu Hause«, fügte sie zaghaft hinzu.

Georg verdrehte die Augen. »Ich hoffe aufrichtig, daß ich mich nicht lange hier aufhalten werde«, entgegnete er. »Was ist denn mit dem Gras passiert? Zu meiner Zeit hatten wir Unmengen davon.«

Die Taube ruckte die Flügel hin und her. »Davon gibt's immer noch 'ne Menge«, erwiderte sie. »Aber wir sind hier mitten in einer Stadt. Gab es damals auch Städte?«

»Ein paar.« Georg verstummte und zuckte zusammen. In seinen seit zweitausend Jahren eingeschlafenen Gliedern machte sich ein Kribbeln bemerkbar; es war entsprechend. »Uuuuu«, stöhnte er.

»Irgendwas nicht in Ordnung?«

»Mein Bein tut weh, aber red nur weiter.«

»Über Birmingham? Okay. Gilt als Großbritanniens zweitgrößte Stadt und verdiente während seiner Blütezeit im neunzehnten Jahrhundert zu Recht den stolzen Titel ›Werkstatt der Welt‹. Nachkriegsrezessionen und der Niedergang der britischen Industrie im allgemeinen haben zwar zwangsläufig ihre Spuren hinterlassen, doch die Stadt strahlt weiterhin eine trotzig-positive und wirtschaftlich dynamische ...«

»Hör mal, Taube.«

»Ja?«

»Ich glaube«, sagte Georg, »ich kann jetzt den rechten Arm bewegen. Wie dir vielleicht aufgefallen ist, halte ich ein sehr großes Schwert in der rechten Hand. Wenn du nicht aufhörst zu sülzen, stoße ich dir dieses sehr große Schwert in den A ...«

»Schon gut«, antwortete die Taube gekränkt. »Du hast mich ja schließlich gefragt. Außerdem muß ich sagen«, fügte sie hinzu, »daß ein Heiliger wohl nicht so redet.«

Georg zog die Augenbrauen hoch, die jetzt wieder beweglich waren. »Tatsächlich?«

Die Taube nickte. »Aber klar. Du solltest ganz sanft und fromm und so sein.«

»Quatsch.«

»Doch, doch. Ich weiß Bescheid über solche Dinge. Meine Adresse lautet: Zur Alten Verstopften Regenrinne, Westliches Dach, St. Chads Kathedrale, Birmingham 4. Ich weiß eine Menge über Religion«, fuhr die Taube stolzgebläht fort, »besonders über die Lilien auf dem Felde und den heiligen Franz von Assisi. Heilige fluchen nicht herum, das ist Vorschrift.«

»Da kann man mal sehen, was du weißt«, entgegnete Georg. »Na schön, ich werde mich jetzt in Bewegung setzen, deshalb schlage ich vor, daß du dich verpißt und dich woanders hinsetzt. Aber bevor du abhaust, kannst du mir noch sagen, wo man hier was zu trinken bekommt.«

»Was zu trinken«, wiederholte die Taube. »Milch?«

»Red keinen Stuß.«

»Also Wasser?«

»Schnaps«, knurrte Georg. »Spirituosen. Alkoholische Getränke.« Ihm kam ein furchtbarer Gedanke. »Solche Sachen gibt's doch wohl noch, oder? Bitte sag, daß sie nicht abgeschafft worden sind, denn ...«

»Klar gibt's die noch«, versicherte ihm die Taube. »Bier und Wein und Gin und dergleichen; führt dazu, daß die Leute viel singen und hinfallen. Heilige trinken aber nicht. Das weiß jeder.«

»Was du über Heilige weißt«, murmelte Georg, »das könntest du in Großbuchstaben auf einen Weintraubenkern schreiben. Zeig mir einfach die richtige Richtung, und dann verdufte, bevor ich mir mit dir die Nase putze.«

Die Taube gab, so gut sie es vermochte, ein mißbilligendes »Ts, ts« von sich und streckte einen Flügel aus. »Guinness vom Faß«, sagte sie. »Zuvor jedoch noch ein warnendes Wort.«

»Nämlich?«

Tauben – das fliegende diplomatische Korps von Mutter Natur. »Das Schwert«, sagte sie. »Die Rüstung. Das Pferd. Die Tatsache, daß du sieben und einen halben Fuß groß bist. Erregt alles Befremden.«

»Ah ja?«

»Die Zeiten ändern sich«, sagte die Taube. »Von der Mode ganz zu schweigen. Kannst du da irgendwas dran drehen?«

»Ich bin mir nicht ganz sicher.« Georg konzentrierte sich. »Offenbar doch. Ist das besser?«

Die Taube blickte nach unten. Sie saß jetzt auf dem Kopf eines untersetzten, kahlköpfigen Mannes in blauer Windjacke, Jeans und schmuddeligen Turnschuhen. »Toll«, sagte sie. »Wie hast du das gemacht?«

Georg zuckte die Achseln. »Keine Ahnung. Wen kümmert's? Wenn ich in der Kneipe bin, was sollte ich da verlangen?«

»Hm.« Die Taube kramte in ihrem Gedächtnis herum – das ungefähr die Größe einer Erbse hatte und genauso leistungsstark war – und suchte nach einer Phrase, die sie in kartoffelchipsreichen Biergärten aufgeschnappt hatte. »Bitte ein großes Helles, Kumpel, und ein Päckchen geröstete Erdnüsse. Das funktioniert normalerweise.«

»Bitte ein großes Helles, Kumpel, und ein Päckchen geröstete Erdnüsse.«

»Du kannst es.«

»Okay. Bitte ein großes Helles, Kumpel, und ein Päckchen geröstete Erdnüsse. Bitte ein großes Helles, Kumpel, und ein Päckchen geröstete Erdnüsse. Mach's gut, Spatzenhirn. Bitte ein großes ...«

Vom leeren Sockel aus beobachtete die Taube, wie Georg, der immer noch seinen Text probte, durch den Pub-Eingang verschwand. Sie wartete ein Weilchen. Dann putzte sie sich. Dann begann sie, an einem Zigarettenstummel herumzupicken. Etwa zwei Minuten später war der ganze Vorfall aus der aktiven Datei ihres Gedächtnisses ausgeschieden und wartete in der Rumpelkammer darauf, gelöscht zu werden. Und dann …

Die Taube blickte nach unten.

Sie stand wieder auf einer Statue.

Dunkel erinnerte sie sich an etwas, das sie vor kurzem über Statuen gelernt hatte. Sie schaute nochmals hin, um festzustellen, worauf sie stand. Au *Scheiße*, sagte sie zu sich.

»Mike.«

»Ja?«

»Komm doch mal und sieh dir das an, ja?«

Statt die Abdeckplane zusammenzufalten, ließ Bianca sie einfach fallen. Dann standen sie eine Weile da und warfen einen langen, intensiven Blick auf das, was sich vor ihnen befand.

»Der eine kommt, der andere geht«, sagte Mike schließlich. »Wie gewonnen, so zerronnen. Vielleicht sogar: Alles fließt.«

»Wie?«

Mike zuckte die Achseln. »Ich versuche nur, ausgeglichen zu sein und nicht hysterisch zu werden«, erwiderte er. »Jetzt haben wir also den Drachen wieder. Gewiß, es scheint so, als hätten wir den heiligen Georg verloren, aber …«

Langsam und äußerst vorsichtig beugte Bianca sich vor. Sie legte die Handfläche auf die schuppige kalte Flanke des Drachen. Marmor. Solides, kühles, verflucht schwer von der Stelle zu bewegendes Gestein. »Das geht mir allmählich auf die Nerven«, sagte sie schließlich.

»Vielleicht ist das eine fortgeschrittene Form von Job-sharing«, mutmaßte Mike. »Wie gleitende Arbeitszeit, weißt du. Ich glaube, die Kommunalverwaltung der West Midlands ist ganz dafür, und in gewisser Weise könnte man diese beiden ja als Angestellte der Kommunalverwaltung betrachten.«

»Mike.«

»Mm?«

»Bitte verschwinde.«

Als sie mit ihrer Schöpfung allein war, dachte Bianca lange und angestrengt nach. Bisweilen lehnte sie sich gegen die Statue und hielt sie fest. Bisweilen preßte sie ihr Ohr dagegen, als lausche sie auf etwas. Von Zeit zu Zeit trat sie sie.

Nach einer Weile öffnete sie ihre Mappe und studierte verschiedene Skizzen und Pläne. Sie holte ein Bandmaß heraus und nahm einige Abmessungen vor, sowohl an der Statue als auch in der näheren Umgebung. Sie kletterte auf die Vorderpfoten des Drachen und schnupperte an seinem imposanten, weit aufgerissenen Maul.

Es heißt, eine Mutter wisse instinktiv, was ihr Baby denkt und fühlt. Wenn es Probleme hat, spürt sie das im tiefsten Innern. Bianca runzelte die Stirn. Nein, *Probleme* hatte er nicht direkt. Eher führte er etwas im Schilde. Aber was?

Schließlich packte sie ihre Sachen zusammen, deckte die Plane wieder über den Drachen und ging davon. Nachdem sie zehn Yard zurückgelegt hatte, drehte sie sich noch einmal um, sah die Statue an und setzte ihre herrischste Miene auf.

»Platz!« kommandierte sie. Dann stolzierte sie in Richtung Colmore Row davon.

DRITTES KAPITEL

Nachdem er seine Gestalt auf dem Victoria Square abgestellt hatte, schlenderte der Drache die Colmore Row hinunter nach Snow Hill und konsultierte den Eisenbahnfahrplan. Drei Minuten später fuhr ein ziemlich verwirrter Zug ein (der sich unter anderem fragte, wie zum Teufel er es geschafft hatte, in hundertachtzig Sekunden von Dumfries nach Birmingham zu gelangen), und der Drache stieg ein.

»Nach Colchester«, sagte er laut.

Die Stimme des Zuges, die außer dem Drachen niemand zu hören vermochte, wies darauf hin, daß die Snow Hill-Linie nicht nach Colchester geht. Der Drache lächelte freundlich und forderte den Zug auf, sich nicht so albern zu haben und lieber Taten sehen zu lassen.

Als er in Colchester ausgestiegen war, einem Ort, von dem er zwar schon gehört, den er aber noch nie besucht hatte, fuhr der Drache mit einem Taxi zur Vespasian Street 35, erklärte dem Fahrer, warum er nicht zu bezahlen brauchte, und kletterte die Treppen hoch.

Das oberste Stockwerk von Vespasian Street 35 wird von einer Anzahl zusammenhängender Büroräume eingenommen, deren Einrichtung aus einem Stuhl, einem Schreibtisch, einem Computerterminal, einem elektrischen Wasserkessel, einem ungewöhnlichen Telephonanschluß und siebenhundertdreiundvierzig Aktenschränken besteht. Die Tür trägt die Aufschrift:

L. KORTRIGHT & PARTNER
Agentur für Übernatürliches

Als der Drache hereinkam, benutzte Lin Kortright gerade den ungewöhnlichen Telephonanschluß. Er erklärte Horus, dem altägyptischen Sonnenlenker, daß es, um ihm Vollbeschäftigung zu garantieren, nicht mehr ausreiche, den feurigen Ball einfach nur aufzunehmen, ihn geradenwegs über den Himmel zu tragen und ihn wieder abzusetzen, ohne ihn zwischendurch fallen zu lassen; habe er zum Beispiel schon mal in Erwägung gezogen, damit zu jonglieren oder ihn auf einem Stock zu balancieren, während er selbst auf einem Einrad fuhr?! Als die Tür sich öffnete, schaute Kortright gar nicht auf, sondern machte lediglich eine Jetzt-nicht-Bewegung. Gerade wollte er noch vorschlagen, der Sonne einfache Kunststückchen beizubringen, da bemerkte er, daß der Hörer wieder auf der Gabel lag und er in seine Handfläche sprach. Beeindruckt hob er den Blick.

»Hey«, sagte er, »wie haben Sie denn das gemacht?«

»Was gemacht?«

»Geht bei Ihnen ganz automatisch, wie? Na, egal. Was kann ich für Sie tun?«

»Ich suche«, antwortete der Drache und setzte sich auf einen Stuhl, auf dem noch vor zwei Sekunden ein Verwaltungsbeamter in Stroud gethront hatte und der sehr gut angewärmt war, »eine Stelle. Ich nehme an, daß Sie mir da weiterhelfen können.«

Mister Kortright studierte den Stuhl eine Weile, dann nickte er. »Schon möglich«, sagte er. »Was können Sie denn?«

»Was wird denn gebraucht?«

Mister Kortright runzelte die Stirn. »Nein, nein,

nein«, erwiderte er, »so funktioniert das nicht. Sie müssen eine Nummer haben, bevor Sie mich behelligen. Lassen Sie mich überlegen. Sie können Telekinese, richtig?«

»Tatsächlich?«

»O Mann, ein Naturtalent.« Mister Kortright seufzte in etwa so, wie der heilige Sebastian es getan hätte, wenn ihm in dem Moment, als ihm der letzte Pfeil in den Brustkorb flitzte, noch eingefallen wäre, daß er von zu Hause losgegangen war, ohne den Herd abzuschalten. »Verstehen Sie mich nicht falsch«, fügte er hinzu, »vielleicht kann ich trotzdem was für Sie finden, wenn Sie nichts dagegen haben, auf Tournee zu gehen. Schon mal als Poltergeist gearbeitet?«

Nachdenklich zog der Drache die Stirn in Falten, bis diese aussah wie zwei aneinandergeratene Ligusterhecken. Seit seiner Rückkehr hatte er sein Unterbewußtsein veranlaßt, so viele Bildungslücken wie möglich zu schließen, hauptsächlich indem er eine direkte Verbindung zwischen seinen außergewöhnlichen Ohren und seinem Gedächtnis hergestellt hatte. Infolgedessen waren die hinteren Kammern seines Gehirns mit Tausenden von unverarbeiteten, aufgeschnappten Daten vollgestopft, die darauf warteten, gefiltert und zu verwendbaren, gebrauchsfertigen Hintergrundinformationen kondensiert zu werden. »Poltergeister«, sagte er in Gedanken versunken und rief den Ausschnitt einer Dokumentarsendung ab, den er mitangehört hatte, als das Taxi an einem eine Meile entfernten Fernsehstudio vorbeigefahren war. »Das sind Gespenster oder ähnlich geartete böse Geister, die mit Sachen werfen, stimmt's?«

»Genau.«

»Nein. Tut mir leid.«

Mister Kortrights Schultern gingen rauf und runter wie die Aktienpreise während einer Wahl auf Messers Schneide. »Okay«, meinte er. »Wollen Sie's lernen?«

»Nein, eigentlich nicht. Das Ganze kommt mir ziemlich sinnlos vor, wenn Sie mich fragen. Und außerdem habe ich nicht vor, sehr lange hierzubleiben, so daß es wenig Zweck hat, sich neue Fertigkeiten anzueignen.«

»Wählerisch, was? Sie haben Nerven.«

»Ja, mehrere«, antwortete der Drache zerstreut. »Jedenfalls in diesem Körper hier. Der andere ist bloß belebtes Gestein.«

Mister Kortrights Gehirn brauchte eine dreiviertel Sekunde, um bei den Worten *in diesem Körper hier* und *der andere* auf Touren zu kommen, über ihre Bedeutung nachzusinnen und das Ganze als zu kompliziert abzutun. »Was haben Sie denn früher gemacht? Hatten Sie damals eine Nummer?«

Der Drache nickte. »Ich bin umhergeflogen, habe Feuer gespuckt, Regen gemacht und solche Sachen.«

»Drache, wie?«

»Sie sind sehr scharfsinnig.«

Nach kurzem Zögern interpretierte Mister Kortright die Bemerkung des Drachen korrekterweise als Kompliment. »Für Drachen ist zur Zeit nicht viel im Angebot«, sagte er. »Artenschutzgesetz«, fügte er hinzu.

»Ah.« Das schien die Vermutung des Drachen, daß nationale Drachenknappheit herrschte, zu bestätigen. »Drachen sind also geschützt, ja?«

Mister Kortright grinste. »Drachen?« entgegnete er. »Nix da. Drachen sieht die Gesetzgebung nicht vor. Krokodile hingegen schon. Was bedeutet, daß die Rohstoffversorgung beim Handtaschengewerbe auf dem letzten Loch pfeift. Wenn man aber geschickt ist, kann man es so hindrehen, daß Drache wie Kroko *aussieht* … Sie verstehen, was ich meine?«

Im Mundwinkel des Drachen zuckte es. »Ich meine mich zu erinnern, daß ihr Menschen da ein Sprichwort habt«, sagte er. »Bevor man jemanden hängt …«

»Sind lange weg gewesen, was?« Kortrights Grinsen

wurde immer breiter, bis es aussah wie das Ergebnis eines Erdbebens. »Deshalb gebe ich Ihnen einen Tip. Wenn Sie durch die Gegend fliegen und etwas Langes, Graues, Röhrenförmiges mit kleinen Schwanzflossen direkt auf sich zukommen sehen, dann versuchen Sie nicht, damit zu flirten oder es ins Kino einzuladen. Diese Dinger heißen Fernlenkraketen und …«

»Ja, danke«, sagte der Drache. »Mit denen habe ich schon Bekanntschaft gemacht. Es gibt also immer noch Drachen, ja? Die Leute tun irgendwie so, als sei ich ausgestorben.«

»In dieser Gegend«, erklärte Mister Kortright, »seid ihr das auch. In diesem Jahrhundert, um genau zu sein. Das kratzt aber transtemporale Wilderer nicht im geringsten; es bedeutet bloß, daß die Waren zu der Zeit, da sie sie auf den Markt bringen, auch echte Antiquitäten sind und deshalb legal verkauft werden können.«

»Ah.« Der Drache zuckte die Achseln. »Aber solange ich in der Gegenwart bin, bin ich relativ sicher?«

»Sicher.« Mister Kortright ließ sich das Wort auf der Zunge zergehen. »Vielleicht vor Wilderern. Ich meine, wenn Sie in der Nähe eines Jahres bleiben, das mit neunzehn anfängt, besteht wenig Aussicht, daß Sie sich plötzlich als Aufbewahrungsort von Puderdosen und mit einem Reißverschluß am Rücken wiederfinden. Aber es gibt andere Gefahren«, fügte er hinzu.

»Dachte mir schon, daß das der Fall sein könnte«, antwortete der Drache. »Genau deshalb bin ich in Zivil und suche eine Stelle. Wissen Sie, ich habe im Hier und Jetzt etwas zu erledigen. Sobald das getan ist, hau ich in eine Zeit und an einen Ort ab, wo es nicht ganz so paranoid zugeht. Aber ich habe gedacht, daß mir eine Stelle helfen könnte, die Zeit totzuschlagen und mich einzubinden, während ich hier bin.«

»Sehr weise. Also«, fuhr Mister Kortright fort und legte seine Finger dachförmig aneinander, »wo waren wir stehengeblieben? Ex-Drache. Ex-Drache. Wollen mal sehen.«

Der Drache wartete geduldig, während Mister Kortright an seinem Computer herumspielte.

»Was gefunden?«

Mister Kortright schürzte die Lippen. »Nun«, antwortete er, »wie ich immer zu den jungen Leuten sage, die gerade ins Berufsleben eintreten: Wenn ihr euren Weg machen wollt, müßt ihr manchmal auch Sachen tun, die ihr lieber nicht tätet. Sind Sie sicher, daß Sie nicht als Poltergeist arbeiten wollen?«

»Absolut.«

»Schade, schade. Hallo, was haben wir denn hier?« Er spähte auf den Bildschirm. »Ich kann Ihnen sechs Wochen vulkanische Tätigkeit in Hawaii anbieten, als Vertretung für den einheimischen Feuergott, der mit seinen Kindern einen Ausflug nach Disneyland machen will. Sie haben nichts zu tun, als auf dem Rücken zu liegen und Rauch durch ein kleines Loch zu blasen.«

»Tut mir leid, aber es muß in diesem Land sein. Wo ist überhaupt Hawaii?«

»Wie Sie wollen. Wird aber schwierig. Was halten Sie von Halluzinationen?«

»Wie bitte?«

»Halluzinationen. Für Junkies, die auf ihre Gesundheit achten. Gruselige Visionen, aber ohne Drogen zu nehmen. Ein Wachstumsbereich, stabiler Posten.«

»Irgendwie nicht mein Fall. Ich wäre zu befangen. Außerdem … muß man da nicht eine weiße Maus sein?«

»Junge, Junge, Sie leben hinter dem Mond.« Mister Kortright runzelte die Stirn und drückte auf ein paar weitere Tasten. »Okay, okay, das wird Ihnen gefallen. Das ist ganz bestimmt Ihr Fall. Sicherheitsbeamter.«

»Sicherheitsbeamter?«

»Hier steht: Sicherheitsbeamter *der alten Schule* für umfangreiche Kunstsammlung gesucht. Kost und

Logis frei. Bewerber sollten mindestens vierzehn Fuß lang, grün und mit Schuppen bedeckt sein. Andernfalls Bewerbung zwecklos. Tja, was soll ich weiter sagen?«

»Okay«, erwiderte der Drache. »Wann kann ich anfangen?«

In elegantem Bogen segelte Georg durch die Luft und landete in einer Mülltonne. Hinter ihm ertönte eine Stimme, die ihm wärmstens empfahl, sich nicht wieder blicken zu lassen. Nachdem er sich kurz gesammelt hatte, kletterte er aus der Tonne, säuberte sich vom Abfall und torkelte die Gasse hinunter.

Ganz wie in alten Zeiten, dachte er bei sich, dieser Rausschmiß aus dem Wirtshaus. Manches hatte sich natürlich geändert; zum Beispiel war es heutzutage wesentlich einfacher, rausgeworfen zu werden. Zweifellos eine bedauerliche Tendenz zu Überreaktionen.

Seine Erinnerung schweifte zurück zu den Kneipen seiner Jugendzeit. *Zur Aureole,* die wüsteste Heiligenkneipe in Albion. Der *Laurentius-Grillroom. Grendels Schwemme.* Was zum Teufel war los mit diesem gottverfluchten Land?

Nachdem er eine halbe Stunde durch die Gegend gelatscht und getaumelt und gegen dieses und jenes Hindernis geprallt war, gelangte er wieder zum Victoria Square. Ihm wurde klar, daß er kein Nachtquartier hatte. Da sah er …

»Sofort«, sagte Mister Kortright. »Hier ist die Adresse. Viel Erfolg.«

Der Drache trottete die Treppen hinunter. Als er wieder auf der Straße stand, stieß er einen Pfiff aus. Einen Augenblick später sank eine riesige grüne Gestalt, die schneller als der Wind flog, auf ihn herab, und er verschwand.

… einen leeren Sockel. Er dachte an seine schöne warme Statue; guter, solider Marmor, der nicht so herumwackelte wie dieses verfluchte, ärmliche Ding aus Fleisch und Blut. Nachdem er auf den Sockel geklettert war, seufzte er, schloß die Augen und wurde wieder zu Stein.

»Ich sage ja nicht«, meinte Chubby Stevenson, dessen Gehirn auf Hochtouren arbeitete, »daß es unmöglich ist. Nichts ist *unmöglich*. Ich sage nur, daß es knifflig wird.«

Fünfzehn ausdruckslose japanische Gesichter sahen ihn an, bis er das Gefühl hatte, um seine letzte Zigarette und eine Binde vor den Augen bitten zu müssen. Diese Leute, so begriff er, wollen das nicht hören. Bedauerlich.

»Das hat alles«, fuhr er fort, indem er sein Lächeln mit Charme anreicherte, »mit der grundlegenden Natur der Zeit zu tun. Mit meinen Vorräten an unverdünnter Zeit kann ich die Gegenwart verlängern, gar keine Sache. Unter gewissen Umständen kann ich manchmal die Vergangenheit wiedererschaffen – nicht in der Zeit zurückreisen, denn das *ist* unmöglich. Das kann niemand. Was ich manchmal für besonders bevorzugte Kunden mache, ist die synthetische Wiedererschaffung einer bestimmten Episode aus der Vergangenheit, wobei ich als Basis unverdünnte Zeit benutze und …«

Das interessierte sie nicht. Er beantwortete nicht die Frage, die sie ihm gestellt hatten. Herrgott noch mal, diese Typen!

»Die Zukunft«, sagte er deshalb, »ist etwas völlig anderes. Sie unterscheidet sich von der Vergangenheit und der Gegenwart, verstehen Sie. Die Zukunft hat sich noch nicht ereignet. Da sie sich noch nicht ereignet hat, wissen wir nicht, wie sie aussieht. Wenn man nicht weiß, wie sie aussieht, kann man sie nicht reproduzieren. Nun …«

Einer der fünfzehn beugte sich vor und räusperte sich extrem höflich. Das wußten sie bereits, mit Verlaub gesagt, wie sein Gesichtsausdruck verriet; seine Lippen bewegten sich nicht, und er gab keinen Laut von sich, aber das war auch nicht nötig; man muß ja auch nicht fließend revolverisch sprechen, um zu wissen, daß einem ein Vierundvierziger, wenn er einen mit seinem einzigen großen Auge anstarrt, mitteilen will, daß man vermutlich gleich abserviert wird. Was sie nicht wußten und was sie von ihm erfahren wollten: ob es möglich sei, eine künstliche Zukunft zu schaffen, in der bestimmte Ereignisse geschehen würden; und falls ja, wieviel das kosten würde. Wenn er keine Antwort darauf wußte, fuhr der Gesichtsausdruck fort, dann sollte er vielleicht so gut sein, es zu sagen.

Chubby seufzte und riß sich zusammen. »Das ist machbar«, sagte er. »Das Prinzip ist ganz unkompliziert, simpel sogar. Die praktische Durchführung ...«

Bitte erläutern Sie die praktische Durchführung.

»Okay. Das ist alles eine Sache der Relativität, klar? Man reist schneller als das Licht um die Erde, um sich durch die Zeit vorwärtszukatapultieren. Sobald man an Ort und Stelle oder vielmehr Ort und Zeit ist, setzt man das, was in der Zukunft passieren soll, in Szene. Will man zum Beispiel schweres Geld auf den Supercup setzen, flitzt man in die Zukunft zum Tag des Spiels, stellt fest, wer gewinnt, und kann dann seine Wette abschließen – vorausgesetzt, man kann in die eigene Zeit zurückkehren oder zumindest eine Nachricht zurückschicken; daß man nicht selbst zurückkommen kann, ist klar, weil Rückwärtsreisen nicht drin ist, siehe oben. Eine Nachricht zu schicken, ist aber kein Problem.«

Tatsächlich?

»Berufsgeheimnis«, sagte Chubby. Normalerweise hätte er auch noch dazu gezwinkert, aber irgend etwas an der Mauer unbeweglicher, ihn prüfend betrachtender Gesichter vor ihm brachte ihn von dem Gedanken ab. »Jedenfalls ist es machbar. Das technische Problem besteht natürlich darin, einen Kurier zu finden, der sich schneller als Licht bewegt.«

Ein lösbares Problem?

»Ich bin sicher, daß wir es deichseln können«, log Chubby. »Wenn wir wüßten, daß wir Erfolg haben, würden wir den Kurier natürlich einfach veranlassen, zusammen mit den Supercup-Ergebnissen aus der Zukunft auch durchzugeben, wie wir es geschafft haben; aber das ist in meinen Augen ein bißchen zu sehr aufs Geratewohl. Schludrig, verstehen Sie?«

Das taten die fünfzehn durchaus. Schludrigkeit, so gab der Gesichtsausdruck ihm zu verstehen, war ihnen ein Greuel. Chubby übertünchte die Risse in seiner Gelassenheit mit einem Lächeln und fuhr fort. »Also geben Sie unserem Recherchierteam ein oder zwei Tage Zeit, um die Sache zu bekaspern«, sagte er. »Sobald wir die Lösung ha ...«

Sie geben uns also in achtundvierzig Stunden Bescheid? Sehr schön.

Chubbys Adamsapfel hopste auf und ab wie ein Pingpongball. »Wenn ich sage, ein oder zwei Tage, dann meine ich nicht genau zwei Tage, sondern ...«

Sie schlagen bereits einen Aufschub vor. Also dann zweiundsiebzig Stunden.

»Wie wäre es denn«, krächzte Chubby, »wenn wir uns bei Ihnen melden, sobald wir soweit sind? Wir machen natürlich so schnell wie möglich.«

Sie bitten um einen unbegrenzten Aufschub, während Sie versuchen, einen gangbaren Weg zu finden?

»Ja.«

Wir zögen, sagten fünfzehn Gesichtsausdrücke gleichzeitig, ein genau festgelegtes zeitliches Limit vor. Das ist unsere Art, Geschäfte zu machen. Wir hoffen, daß Sie uns in diesem Punkt entgegenkommen können.

»Geben Sie mir wenigstens eine Woche, ja?« Chubbys

Ton ließ darauf schließen, daß er sich vorkam wie Faust, der dem Teufel anbot, alles auf eine Karte zu setzen, und noch während er sprach, fragte ihn ein kleiner, ziemlich naiver Teil seines Gehirns: *Warum hast du vor diesen Typen solche Angst?* »Dann kann ich Ihnen genaue Pläne vorlegen, mit Kostenvoranschlag und allem Drum und Dran. Einverstanden?«

Eine lange Pause trat ein, die jenem Moment am Siebten Tag der Schöpfung ähnelte, als der Mensch, nachdem Gott ihm versichert hatte, es sei ein hübsches kleines Modell, so gut wie neu (normalerweise bekomme man Ozeane von dieser Qualität nur bei den ganz teuren Fabrikaten), nachdenklich zögerte, bevor er sagte: Okay, wir nehmen es. Dann nickten fünfzehn Köpfe. Einen Augenblick später war das Konferenzzimmer bereits leer, und irgendwo auf dem Dach sprang ein Hubschraubermotor an.

»Hurra«, sagte Chubby voller Unbehagen zu sich. »Ich glaube, diesen Supervertrag hab ich in der Tasche.«

Es war ein dreckiger, beschissener Job …

Platsch! Ein kleiner Tropfen kalkreichen Wassers klatschte von der Höhlendecke auf den Fußboden.

… aber irgend jemand mußte ihn schließlich machen. Offenbar. Aua! Herrgott noch mal, ist dieses Zeug aber *unbequem*.

Sicherheitsbeamter der alten Schule, umfangreiche Kunstsammlung. Derjenige, der diese Stellenanzeige entworfen hatte, hatte vermutlich eine Zeitlang als Grundstücksmakler gearbeitet und dabei die Kunst erlernt, Angaben zu machen, die fast, aber nicht total unrichtig sind.

Die Kunstsammlung war in einer zweihundert Fuß unter den Pennine Hills gelegenen Höhle untergebracht und bestand aus etwa dreihundert Tonnen goldenen Geschirrs – sehr alt, sehr vulgär und extrem unangenehm, wenn man drauflag. Kalt. Hart. Unmengen von Griffen und Knäufen und Wappenschildern, die sich einem ins Fleisch bohrten.

Hinzu kam natürlich noch die reizende Aussicht, sobald man eingeduselt war, von irgendeinem bis an die Zähne bewaffneten Amateurhelden aufgeweckt zu werden, der nicht nur ungeheuren Mut, sondern auch eine Kolonne Lastwagen mitgebracht hatte, die mit laufendem Motor vor dem Höhleneingang standen. Das Ganze war so schlimm, als wäre man irgendwo Wachhund, und er hatte noch nicht einmal einen Freßnapf, auf dem sein Name stand. Der Drache kam zu dem Schluß, daß dieser Job ihn ankotzte.

»Hallo?«

Die Stimme kam aus einiger Entfernung und war hoch, fast weiblich. Eine Kriegslist, dachte der Drache, und überdies eine kotzerbärmliche. Ich wette hundert zu eins, daß das irgendein Muskeltyp im Blechoverall ist, der seine Stimme verstellt, um mich zu überrumpeln. Er atmete tief ein und genoß die würzige Wärme seines eigenen Atems.

»Jemand zu Hause?«

Er kann nur auf einem Weg hereinkommen, und zwar direkt durch das Loch dort. Soll er seinen Kopf ruhig hereinstecken, dann können seine Kumpel ihn in einem Asbestsack nach Hause bringen.

»Da sind Sie ja.« Der Kopf erschien, wie der Drache vorhergesagt hatte. Aber es war der Kopf einer Frau. Von einem Helm war ebensowenig zu sehen wie von einem wippenden weißen Federbusch. Der Drache war so überrascht, daß er seinen Atem hinunterschluckte und Schluckauf bekam. Unangenehm …

»Sind Sie«, fragte die Frau, »Mister Wayne Popper?«

Der Drache sah sie an.

»Mein Name«, fuhr sie fort, »ist Marjorie Evans. Ich komme vom Finanzamt.«

Eine kleine grüne Flamme schoß aus dem rechten

Ohr des Drachen, Symptom der ziemlich komplizierten, unerfreulichen Halsnasenohrenprobleme, die er gerade hatte. »Tatsächlich?« krächzte er. »Hören Sie, ich bin bei diesen Dingen von einer gewissen Zurückhaltung, deshalb werde ich jetzt bis fünf zählen, und dann … Hicks, ach, *Scheiße*, entschuldigen Sie bitte vielmals.« Einige Augenblicke lang wurde die dunkle Höhle von einem Feuerwerk erleuchtet, wie man es normalerweise nur bei wichtigen Hochzeiten im Königshaus zu sehen bekommt.

»Gesundheit«, sagte Miss Evans und suchte automatisch in ihrer Handtasche nach einem Papiertaschentuch. »Entschuldigung, Sie haben doch eben gesagt, daß Sie Mister Popper sind, oder?«

»Ich habe überhaupt nichts gesagt«, antwortete der Drache verwirrt. »Und jetzt verduften Sie von hier, bevor ich Sie in Asche verwandle.«

»Ich nehme das als ja«, entgegnete Miss Evans forsch. Sie richtete sich auf, nahm ein Notizbuch heraus, schaute sich um und tat so, als sähe sie das Gold erst jetzt. »Ja, was haben wir denn hier?« sagte sie.

Im Hirn des Drachen tobte eine Debatte. Die Anhänger der alten Schule sagten: Du Narr, hier hast du deinen verdammten Helden, na gut, eine Heldin, die deinen Schatz stibitzen will, also warum zum Teufel verwandelst du sie nicht ruckzuck in eine Fackel und gehst wieder zur Tagesordnung über? In einem anderen Teil seines Gehirns hielt die ihm treu ergebene Opposition dagegen, daß sie in keiner Weise zu erkennen gegeben hatte, irgend etwas stehlen zu wollen; daß sie nicht bewaffnet war; daß sie ihm sogar ein Taschentuch angeboten hatte, als er geniest hatte. Na und? erwiderten die Anhänger der alten Schule. Deshalb *will* ich sie nicht karbonisieren, gab die Opposition zur Antwort. Sie hat mir nichts zuleide getan. Angsthase, stichelte die alte Garde. Nein, entgegneten die anderen, Drache; gleiche Anzahl Beine, aber größer und mit Flügeln.

»Das ist ein Goldhort«, antwortete der Drache unterdessen.

»Nein wirklich?« Miss Evans schrieb etwas in ihr Notizbuch. »Könnten Sie mir vielleicht erklären, wie Sie dazu gekommen sind?«

»Hm«, sagte der Drache. »Also ich, äh, passe für jemanden darauf auf.«

Als die Frau ihn durch ihre dicken Brillengläser anblickte – nicht aggressiv, sondern friedfertig, wobei sie sogar leicht, wenn auch ein wenig zynisch lächelte –, überkam den Drachen ein Gefühl, das er so lange nicht verspürt hatte, daß er es kaum zu benennen vermochte. Es brachte ihn total aus der Fassung.

Er hatte das Gefühl, in Schwierigkeiten zu sein.

»Was Sie nicht sagen«, erwiderte die Frau. »Und darf ich Sie fragen, wer dieser Jemand ist?«

Das ist der nackte Wahnsinn, sagte die herrschende Mehrheit im Hirn des Drachen. Ein kleiner Puster, und sie wird zu Asche. Kein Schwert. Keine Rüstung. Und es ist noch nicht einmal mein eigener Schatz. Also warum habe ich das Gefühl, als hätte man mich gerade dabei erwischt, wie ich mit der Kralle in die Keksdose lange?

»Ein Freund«, murmelte der Drache, ohne recht zu wissen, wo die Worte herkamen, die er sagte. »Oder vielmehr ein Typ, den ich in der Kneipe kennengelernt habe. Seinen Namen habe ich nicht mitgekriegt. Paß doch mal kurz auf dieses Zeug auf, hat er gesagt, bin gleich wieder da.«

»Ah ja.«

Das war alles, was sie sagte. Ah ja. Wenn sich der Drache in der guten alten Zeit in die Luft erhoben hatte, pflegten die Straßen, die in die entgegengesetzte Richtung führten, von dicht an dicht stehenden Handkarren verstopft zu sein. Sein Schluckauf stellte sich wieder ein. »Gesundheit«, sagte die Frau.

»Äh«, meinte der Drache, dessen Stimmbänder sich

wie Sandpapier anfühlten, »stimmt denn irgend etwas nicht?«

Die Frau klappte ihr Notizbuch zu, ließ ihren Kugelschreiber zurückschnappen und verstaute beides in ihrer Handtasche. »Mister Popper«, antwortete sie, »ich will ganz offen zu Ihnen sein. Ich muß gestehen, daß ich über Ihre Geschichte nicht sehr glücklich bin. Ich brauche Ihnen wohl nicht zu sagen, daß Steuerhinterziehung kein Kavaliersdelikt ist.«

Aus unerfindlichen Gründen – vielleicht weil ihm die ganze Denkweise unvertraut war oder weil es ihn verblüffte, daß die Frau überhaupt keine Angst hatte – brachten ihn ihre letzten drei Worte mehr aus der Fassung als alles, was er je einen Sterblichen hatte sagen hören. Wenn man bedenkt, daß sie mit markigen Sprüchen wie *Geh mit deinen zehntausend Bogenschützen zur anderen Seite des Berges, wir greifen mit unseren zwanzigtausend Reitern von hier aus an* und *Wenn er wüßte, was wir da gerade reingetan haben, tränke er es nicht* in Konkurrenz standen, kann man sich vielleicht eine annähernde Vorstellung davon machen, wie sehr der Drache durcheinander war.

»Na schön«, sagte er. »Ich bin nicht Mister Popper. Ich arbeite nur für ihn.«

Die Frau lächelte. Es war eigentlich ein recht freundliches Lächeln. In ihrer Freizeit bastelte sie wahrscheinlich Lesezeichen aus Filz, die Mäuslein darstellten. »Das habe ich mir schon gedacht, Mister ...«

»Drache.«

»Mister Drache.« Sie holte das Notizbuch wieder hervor. »Aber es gibt auch so etwas wie Beihilfe, wissen Sie. Ich möchte Ihnen wirklich dringend empfehlen, mit uns zusammenzuarbeiten.«

»Klar.« Ein leichtes Beben, letzte Nachwirkung seines Schluckaufs, trieb blaue Flammen aus dem linken Ohr des Drachen. Wenn ich sie doch bloß zufällig anniesen könnte, knurrte sein Unterbewußtsein, dann würden nur verkohlte Knochen von ihr übrigbleiben. Und ich hätte es noch nicht einmal absichtlich getan.

Doch es kam kein Nieser, und dem Drachen wurde das entwürdigende Erlebnis zuteil, mit anhören zu müssen, wie er der Frau alles erzählte, was er über die Angelegenheit wußte: von Mister Poppers enormen Immobiliengeschäften, für die er sich aus Gründen der – wie hatte er es ausgedrückt? – Steuererleichterung in Gold bezahlen ließ, von allen möglichen Dingen, die er selbst kaum verstand. Währenddessen schrieb sie gewissenhaft mit, nickte und machte *hm hm*. Dann klappte sie ihr Notizbuch zu, bedankte sich sehr höflich bei ihm und verließ die Höhle auf dem gleichen Wege, auf dem sie gekommen war.

Einen Augenblick später sog er beide Lungen voll Luft und stieß die gewaltigsten und heißesten roten Flammen aus, die er in seinem Leben je produziert hatte. Sie brachten die Wände der Höhle zum Schmelzen, gelangten aber nicht bis zu Miss Evans, denn er hörte, daß sie mit ihren hohen Absätzen immer noch den gewundenen Tunnel entlangklapperte. Infolge seiner verspäteten Bemühungen war das Loch in der Höhlenwand jetzt jedoch fast geschlossen, so daß er nicht hindurchgelangen konnte, um den Angriff energisch durchzuführen.

»So eine Scheiße!« brüllte er. »Was ist denn bloß mit mir *los*?«

Niemand sagte etwas, aber seine verwirrte Phantasie gaukelte ihm vor, in den sterbenden Echos seines Gebrülls eine spöttische Stimme zu hören, die ihn fragte, auf welcher Seite er stehe.

»Allmählich reicht mir das«, sagte Bianca.

»Ich glaube, du solltest es jemandem melden«, antwortete Mike, der gelassen die Abdeckplane zusammenfaltete, bei deren Entfernung sich eben gezeigt hatte, daß der heilige Georg zurückgekehrt und der Drache verschwunden war. »Zwei Erklärungen sind möglich, und eine davon macht es erforderlich, daß wir an die Existenz eines Scherzbolds glauben, der Zugang zu Hubschraubern und Hebevorrichtungen hat und in der Lage ist, mitten in der Nacht im Zentrum von Birmingham extrem schwere Statuen hin und her zu transportieren, ohne daß jemand etwas bemerkt.«

»Das ist absurd.«

»Eben. Deshalb«, fuhr Mike fort, »haben wir es hier mit dem öden, alten Übernatürlichen zu tun. Du *mußt* es einfach jemandem melden, sonst wird dein Versicherungsschutz hinfällig.«

Bianca machte eine finstere Miene. »Das ist auch absurd«, sagte sie.

»Da wir gerade dabei sind, werde ich dir sagen, was noch absurd ist«, entgegnete Mike, während er die zusammengefaltete Abdeckplane in einen Pappkarton stopfte, »und zwar, daß verdammt große Statuen an einem öffentlichen Ort mit sich selbst Versteck spielen.«

»Wir können es niemandem melden«, wandte Bianca ein. »Man würde uns nicht glauben. Man würde uns in die Klapsmühle stecken.«

»Mag sein.« Mike zuckte die Achseln. »Aber dann wäre das Ganze wenigstens nicht mehr unser Problem. Im Moment könnte ich mich durchaus für ein dunkles kühles Zimmer mit biegsamer Tapete erwärmen.«

Bianca schwieg kurz. Dann kramte sie in ihrer Werkzeugtasche herum. »Eins werde ich jetzt auf jeden Fall machen«, sagte sie.

»Nämlich?«

»Ich werde diesen lächerlichen Schnurrbart abmeißeln.«

Nachdem man ihn wegen groben Vertrauensbruchs ohne Zeugnis entlassen hatte, schlug der Drache entmutigt mit dem Schwanz und flog in Richtung Osten.

Unterwegs hatte er einen Zusammenstoß mit drei Kampfflugzeugen, die ein hysterischer Radarbeobachter hastig aus Brize Norton losgeschickt hatte und die mit allem ausgestattet waren, was der Nikolaus der RAF in den letzten sechs Jahren an Waffen in den Stiefel gesteckt hatte.

Die Piloten betätigten rechtzeitig den Schleudersitz und landeten, sah man von einem gebrochenen Bein und einigen Prellungen ab, wohlbehalten auf der Erde. Die Überreste der Flugzeuge fielen größtenteils ins Meer. Was, so dachte der Drache bei sich, als er seinen Flug fortsetzte, die Sache mit der Frau vom Finanzamt nur noch beunruhigender macht.

»Mensch«, sagte Mister Kortright, nachdem er die Geschichte gehört hatte, »es war ganz richtig, daß Sie Ihrem Instinkt gefolgt sind, das können Sie mir glauben. Mit diesen Leuten legt man sich nicht an, unter gar keinen Umständen. Schade um den Job, aber Sie haben sich richtig verhalten. Außerdem«, fügte er mit einem Achselzucken hinzu, »darf man die moralische Seite des Ganzen nicht außer acht lassen. Die Kräfte des Bösen müssen zusammenhalten, nicht wahr?«

»Wie bitte?«

Mister Kortright warf ihm einen verdutzten Blick zu. »Die Bösen«, sagte er. »Ihre Mannschaft. Sie vertreten die Kräfte der Finsternis, und das tun die auch. Wenn man seine eigenen Leute verschaukelt, kann man in dieser Branche einpacken.«

Von Colchester aus – Mister Kortright versprach hoch und heilig, ihm Bescheid zu geben, sobald etwas Passendes angeboten wurde – flog er schnell und in großer Höhe in die Midlands, fand seinen Sockel wieder und parkte. Um aus der Höhle zu gelangen, hatte er den größten Teil seines Treibstoffvorrats verbraucht, und bei der Auseinandersetzung mit den Flugzeugen war der Rest draufgegangen. Er war müde und völlig durcheinander und brauchte ein Ruhepäuschen.

Die Bösen? Was meinte der kleine Arsch mit ›die Bösen‹?

Georg erwachte.

Tief im Innern, im Mark des Gesteins, tat ihm der Kopf weh. Ihm war schlecht. Was, so fragte er sich, gäbe ich von mir, wenn ich mich übergeben müßte? Vermutlich Kieselsteine.

Unterhalb von ihm befand sich etwas. Langsam, sehr langsam blickte er nach unten; den Kopf zu bewegen, war ein gewagtes Unterfangen, vergleichbar mit dem Versuch, auf drei kleinen Schiffen den Seeweg nach Indien zu finden. Wesentlich rascher hob er den Blick wieder.

O Gott, sagte er zu sich. Bitte laß das eine Halluzination sein.

Ein vorsichtiger Stups mit dem Zeh belehrte ihn eines Besseren. Gräßlich solide. Schließmuskellockernd real. Und ich befinde mich direkt darüber!

Er wartete. Als der Drache keine Bewegung machte, wagte er es zu atmen. Immer noch keine Reaktion. Äußerst zaghaft langte er nach unten und stieß ihn mit der Spitze seines Schwertes an. *Ping*. Nichts. Es war nur eine Statue, mehr nicht.

Scheiß drauf, überlegte Georg, das bin ich ja schließlich auch. Und Leute, die in einer marmornen Hülle leben, sollten es unterlassen, Drachen anzustoßen.

Er wartete noch ein Weilchen. Jede Sekunde zog sich hin wie eine Doppelstunde in Geographie. Er war sich in keiner Weise sicher, ob er begriff, wie diese Statuenchose funktionierte, aber entweder war der Drache einfach nicht zu Hause, oder er wartete bloß darauf, daß er, Georg, eine Bewegung machte. Im letzteren Falle hieß sich nicht vom Fleck zu rühren lediglich, das Unvermeidliche hinauszuschieben. Er nahm seinen ganzen Mut zusammen, holte tief Luft und sprang.

Der Erdboden eilte ihm entgegen wie ein vor langer Zeit abgeschüttelter Gläubiger; er landete, fluchte und purzelte zu Boden. Sein Kopf protestierte mit den vehementesten Ausdrücken. Der Drache rührte sich nicht. Georg stand auf.

»Hab ich dich erwischt!«

Inzwischen hatte er natürlich den Marmor abgelegt und steckte wieder in herkömmlicher menschlicher Haut, wenn auch nicht sehr lange, denn Biancas Stimme und der Schlag, den sie ihm mit der Hand auf die Schulter versetzte, ließen ihn vor Schreck aus der Haut fahren. Er sagte »Huch!« und wurde bleich – das alles in beeindruckend kurzer Zeit.

»Und wo, zum Teufel, meinst du jetzt hinzugehen?«

Sein Gehirn meldete sich vom Krankheitsurlaub zurück und teilte ihm mit, daß das Geschöpf, das seinen Arm festhielt, weniger ein Drache als vielmehr ein wehrloses Mädchen war. Es ist also alles in Ordnung. Er drückte ihr seine flache Hand ins Gesicht und stieß zu. Dann rannte er los.

Einen Augenblick später lag er auf der Nase, eine Situation, die er darauf zurückzuführen vermochte, daß ihn jemand bei den Beinen gepackt hatte. »Loslassen!« kreischte er. »Ein Scheißdrache ist hinter …«

Dann schlug Bianca ihm mit einem zweipfündigen Holzhammer auf den Kopf.

VIERTES KAPITEL

Vielleicht«, sagte ein Gast, »schmeißt man sie raus, weil sie sich danebenbenommen haben.«

Er betrachtete einen langgestreckten, schmuddeligen Reisebus, der etwa zu der Zeit, da Bobby Charlton Englands erfolgreichster Torschütze war, im Bereich Passagierbeförderung das Neueste vom Neuen gewesen war. Jetzt stand er geduldig vor sich hintuckernd auf dem Busbahnhof der Hölle, Bahnsteig 3a.

»Durchaus möglich«, antwortete ein anderer Gast, der zufällig gerade Teepause machte. »Sieh mal, was die anhaben.«

Der erste Gast, der ebenfalls Teepause machte, schaute genauer hin. »Ja«, sagte er, »verstehe, was du meinst.«

Um die Wahrheit zu sagen, machten diese beiden Gäste ständig Teepause. Zu ihren Lebzeiten waren sie Bauarbeiter gewesen, und die grausame und ungewöhnliche Bestrafung, die ihnen im Leben nach dem Tode zuteil wurde, bestand darin, daß sie wieder raus durften, sobald sie ein Täßchen Tee getrunken hatten; nach zweitausend Jahren hektischen Schlürfens stand die Flüssigkeit in ihren Tassen eher noch einen halben Millimeter höher als bei ihrer Ankunft.

Jeder, ganz gleich, wie verkommen oder bösartig er ist, hat Anspruch auf Urlaub, und die ersten drei Wochen im August sind von alters her die Zeit, da das Personal der Hölle, jenes gemütlichen, zentralbeheizten neuen Zuhauses unter der Erde (ganz wie bei Muttern), sich daranmacht, die Koffer zu packen, Plastikeimer und Förkchen aus der Kammer unter der Treppe hervorzukramen und drollige Hüte aufzusetzen, um einmal gründlich von allem auszuspannen. Sie bevorzugen den Monat August, weil – na, Sie wissen ja, was zu der Zeit am Strand los ist. Auf diese Weise fühlen sie sich mehr wie zu Hause.

»Wenn das stimmt«, bemerkte der zweite Gast, »sind wir wohl gerade noch mal davongekommen.«

Sein Kollege nickte heftig, während sein Blick auf die weißen Jeans, die breitkrempigen Hüte, die Fransen aus synthetischem Wildleder und die paillettenbesetzten Westen der in den Bus einsteigenden Reisegesellschaft gerichtet war. Nicht daß irgendeiner von ihnen etwas gegen Countrymusik als solche gehabt hätte; am rechten Ort war das alles, wie sie sofort versichert hätten, ganz, ganz toll und schlichtweg großartig. Nur war der rechte Ort natürlich ganz entschieden nicht hier. Das hatten die Leute vom Management bisher noch nicht spitzgekriegt. Sollten sie eines Tages dahinterkommen, würden sie in der Lage sein, den gegenwärtigen, außergewöhnlich hohen Standard der Folterqualen (achten Sie immer auf das Qualitätszeichen) aufrechtzuerhalten und gleichzeitig die enormen Ausgaben für Forken und Feuerholz zu sparen.

Hätten die Gäste einige Yards näher an Bahnsteig 3a gestanden, dann wären sie imstande gewesen, das Poster zu lesen, das auffällig im Rückfenster des Busses hing. Darauf stand:

HÖLLE AG
COUNTRY & WESTERNKLUB DES PERSONALS
JAHRESBETRIEBSAUSFLUG
Nashville lebe hoch!

»Okay«, sagte Georg. »Die Sache ist folgende.«

»Momentchen mal.« Bianca unterbrach ihn, um ihr Taschendiktaphon einzuschalten. »Ich will das auf Band haben.«

Georg sah sie an. »Was ist das für ein kleiner Kasten, mit dem Sie da herummachen?« fragte er. »Es ist wirklich nicht nötig, fies zu werden.«

Bianca erklärte ihm so kurz wie möglich, was Tonbandgeräte waren. Mag sein, daß sie sich dabei nicht sonderlich klar ausdrückte, denn Georg stieß einige spitze Schreie aus und nahm den aussichtslosen Kampf mit den starken Seilen wieder auf, mit denen er an *Mutter Erde VI*, die weitaus massivste Skulptur in Biancas Atelier, festgebunden war. Als sie das Band zurücklaufen ließ, schien das die Sache nur noch schlimmer zu machen. Sie seufzte und steckte das Aufnahmegerät wieder in die Tasche.

»Fahren Sie fort«, bat sie.

Einstmals (erklärte Georg), vor langer Zeit und weit von hier entfernt, gab es in einem entlegenen Land namens Albion einen Drachen.

Genaugenommen gab es eine Menge Drachen. Und das war für die Menschen, die dort lebten, überhaupt kein Problem, weil ihr gesamtes Wirtschaftssystem seit langem auf Drachen basierte; sie aßen Drachenfleisch, trugen Kleider aus Drachenleder, benutzten die Haut der Flügel zur Herstellung von Zelten und verbrannten die Knochen, um Wärme zu gewinnen. Und da es in überreichem Maße Drachen gab – große Herden von ihnen streiften auf den menschenleeren Mooren umher, grasten friedlich und setzten von Zeit zu Zeit versehentlich Hunderttausende Morgen Land in Brand –, gab es keinen Grund, warum es nicht ewig so hätte weitergehen sollen.

Das war jedoch, bevor die weißen Männer mit ihren eisernen Rossen kamen.

Im alten Albion nannte man sie weiße Männer, weil sie über ihrer Rüstung weiße Überröcke trugen; und die Pferde waren in Wirklichkeit nicht aus Eisen, sondern nur damit umkleidet, um sie vor Pfeilen zu schützen. Die Neuankömmlinge waren Ritter, die die Regeln des Rittertums befolgten und nach dem Heiligen Gral suchten. Sie waren aus ihren Heimatländern rausgeschmissen worden, weil sie sich dort als unerträgliche Plagegeister erwiesen hatten, und gen Westen gezogen.

Als sie in Albion anlangten, kamen sie zu dem Schluß, daß das Land ihnen zusagte, und machten sich daran, es in Besitz zu nehmen. Die Eingeborenen waren jedoch kein leicht zu besiegender Gegner, und die weißen Männer kamen überhaupt nicht voran, bis einer ihrer Anführer auf den Gedanken verfiel, eine vernünftige, wenn auch drastische Taktik anzuwenden.

Die Eingeborenen, so argumentierte er, leben von den Drachen. Beseitigt man die Drachen, dann beseitigt man auch die Eingeborenen.

Über diese wilde, aufregende Zeit im Grenzgebiet werden zahlreiche spannende Geschichten erzählt; viele handeln vom größten aller Drachenjäger, Drachenschorsch Cody, der das ganze heutige Nordengland, Wales und Schottland im Alleingang von Drachen säuberte. Er war es auch, der als erster die Säuberungen rechtfertigte, indem er sagte, daß die Ritter für das Gute und die Drachen für das Böse stünden, und von seinem Standpunkt aus hatte er recht. Die Ritter waren schließlich Soldaten der Kirche, die letztlich nach dem Gral suchten, und die Drachen standen ihnen dabei im Wege und leisteten den feindlichen Stämmen Hilfe, indem sie sich auf ihre verschlagene Art von diesen töten und essen ließen. Außerdem wies Georg darauf hin, daß Drachen Städte niederbrennen und Prinzessinnen als Lösegeld verlangen.

Die Drachen, die an die Belagerung Jerusalems, die Plünderung Konstantinopels und eintausend Jahre dynastischer Heiraten dachten, sagten dazu: Faßt euch mal an die eigene Nase. Aber das sagten sie meistens nur einmal.

Und dann war schließlich nur noch ein Drache übrig, der gewaltigste und wildeste von allen, zweimal so groß und von dreimal so starker Feuerkraft wie jeder andere, auf den die Ritter bisher gestoßen waren. Er hatte erlebt, wie seine Rasse ausgerottet worden war, hatte neben den neuerbauten Straßen der weißen Männer die unzähligen Leichen seiner Artgenossen liegen sehen, die dann landauf, landab in Drachensteakrestaurants geschafft wurden. Überdies hatte er erfahren, daß er und seine Artgenossen die bösen Buben waren, was ihm zunächst einiges Kopfzerbrechen bereitete, obwohl es ihm schließlich ganz plausibel vorkam. Wären die Drachen die Guten gewesen, dann hätten sich diese Leute ja wohl nicht solche Mühe gegeben, sie auszurotten. War doch logisch, oder?

Tja, sagte sich der Drache, wenn ich mir die Jacke nun mal anziehen soll …

Wie sich herausstellte, war es ein *Spaß*, sich die Jacke anzuziehen.

»Verstehe«, sagte Bianca. »Deswegen waren Sie also nicht besonders scharf darauf, dem Drachen zu begegnen. Wundert mich nicht.«

»Es mußte getan werden«, knurrte Georg entschuldigend. »Dieser grobgehauenen Wiege ist eine mächtige Nation entsprungen. Zivilisationen wachsen am besten, wenn sie mit Blut gedüngt werden, das ist wie bei Weinstöcken. Wo gehobelt wird …«

Bianca legte die Stirn in Falten. »Sie haben Ihren Standpunkt dargelegt«, sagte sie, »aber Sie haben noch nicht erklärt, was Sie in meiner Statue zu suchen haben. Oder«, fügte sie wütend hinzu, »warum Sie das verfluchte Ding dauernd hin und her bewegen.«

»Darauf komme ich gleich.« Georg machte eine

Pause und leckte sich die Lippen. »Diese ganzen Erklärungen«, fuhr er fort, »machen einen ziemlich durstig. Sie hätten wohl nicht zufällig ein Glas Wasser für mich?«

Wortlos nickte Bianca und ging in die Küche. Sobald sie ihm den Rücken zukehrte, zog Georg heftig an den Seilen, die er heimlich an einer ästhetisch notwendigen scharfen Kante am Schienbein der Statue durchgescheuert hatte.

Von Sir Galahad heißt es, er habe die Kraft von zehn Männern gehabt, weil sein Herz rein war. Georgs Herz hatte ungefähr den gleichen Reinheitsgrad wie ein Liter Themsewasser, aber dafür machte er Liegestütze. Das Seil riß.

»Hey!« Bianca ließ das Glas fallen und kam angerannt, doch Georg hatte sich bereits erhoben und steuerte auf die Tür zu. Als sie versuchte, ihn aufzuhalten, gab er ihr mit einer Gipsstudie für die Skulptur *Die Wahrheit inspiriert die Telekommunikationsindustrie* eins auf die Birne, polterte die Treppen hinunter und nahm die Beine in die Hand.

»Vor allem«, sagte der Dämon Chardonay, begleitet von ironischem Gejohle und Rufen wie *Toll!*, »sollten wir nicht vergessen, daß dies hier eine *Vergnügungstour* ist. Wir wollen uns tüchtig *amüsieren*. Okay?«

In dem Moment fuhr der Bus über ein Schlagloch und geriet so heftig ins Holpern, daß Chardonay, der stand, sich den Kopf am Verdeck stieß – für die anderen Reisenden ein Beweis, daß es selbst in der Hölle so etwas wie Gerechtigkeit gab.

»Armleuchter«, murmelte der Dämon Prodsnap leise. »Wieso mußte der überhaupt mitkommen?«

Zu seiner Linken grunzte der Dämon Slitgrind zustimmend. »Ich bin der Ansicht, Leute vom Management sollten bei Ausflügen nicht zugelassen sein«, sagte er. »Verdirbt uns anderen den Spaß. Ich meine, wie sollen wir uns denn amüsieren, wenn uns dauernd einer von diesen elenden Scheißern über die Schulter guckt? Wenn ich das gewußt hätte, wäre ich gar nicht erst mitgekommen.«

Obwohl Prodsnap im Grunde seines Herzens diese Einstellung teilte, wünschte er jetzt, daß er das Thema nicht angeschnitten hätte, denn wenn es eins gab, was einem garantiert das ganze Wochenende versaute, dann war das der Umstand, sich Slitgrinds Meinungen anhören zu müssen.

»Ich meine«, fuhr Slitgrind fort, »die verdammten Knicker könnten doch wenigstens verschiedene Busse für die Leute vom Management und für uns einsetzen. Würde mich nicht überraschen, wenn sie es absichtlich getan hätten, bloß um uns den Spaß zu verderben.«

In der Hölle gibt es adäquaterweise mehr Ansichten und Meinungen als irgendwo sonst im Kosmos, und die meisten davon wurden früher oder später von Slitgrind vorgetragen. So zahllos und mannigfaltig – widersprüchlich gar – sie auch sein mochten, in letzter Konsequenz liefen sie auf eine einzige Mehrzweckpassepartoutansicht hinaus, nämlich die, daß das Universum eine auf den Kopf gestellte Pyramide aus Pferdescheiße sei, unter deren Spitze Slitgrind festgeklemmt war.

»Ach, mach dir nichts draus«, antwortete Prodsnap und versuchte, positiv zu klingen (was ihm so leichtfiel wie einer Bombe das Lächeln, aber er tat sein möglichstes). »Immer noch besser als zu arbeiten, findest du nicht?«

»Kommt drauf an«, sagte Slitgrind. »Ich meine, da der Arsch vom Management mit dabei ist, wird sich das Ganze kaum von Arbeit unterscheiden. Würde mich überhaupt nicht überraschen, wenn …«

O doch, murmelte Prodsnaps Seele, es wird sich durchaus von Arbeit unterscheiden. Bei der Arbeit quäle ich andere Leute. »Ach, guck mal«, sagte er und zeigte aus dem Fenster, »da ist eine Kuh.«

»Das ist keine Kuh, du Einfaltspinsel, sondern ein ochsenköpfiger Dämon, der verstockte Wucherer aufspießt. Das ist auch so eine Sache: *Die* bekommen Uniformgeld, während *wir* …«

Prodsnap schloß die Augen. Ein weiterer Unterschied, wie er feststellte; die Gäste haben alle etwas ausgefressen und verdienen es nicht anders. Was habe ich mir denn je zuschulden kommen lassen, verdammt noch mal?

Im vorderen Teil des Busses hatte Chardonay, dessen Knie über und über mit Landkarten, Tickets, diversen Papieren und anderem, in der Abteilung für Fernreisen entliehenem Zubehör bedeckt waren, gerade seinen roten Kugelschreiber fallen lassen. Das war übel, denn er brauchte den roten Kugelschreiber, um auf Karte 2a die Behelfsreiseroute B einzuzeichnen (die zweite Ausweichmöglichkeit, falls sie die Fähre über den Styx und den Hubschrauber verpaßten, der elf Uhr fünfunddreißig zum Hauptbahnhof Vorhölle flog). Als er unter den Sitzen danach herumsuchte, streifte er unabsichtlich die schlanken haarigen Fesseln der Dämonin Snorkfrod. Peinlich, peinlich.

»Oh«, sagte er und wurde vor Verlegenheit hellgrau im Gesicht. »Entschuldigung.«

Nicht daß es in allen neun Kreisen der Hölle viele wohlgeformtere Hufe gegeben hätte. Snorkfrod, eine ehemalige Bardame im Hölliday Inn und einstige Faltblattschönheit im *Tibetanischen Totenbuch,* die zweimal Playghul des Monats im *Höllhaus*-Magazin gewesen war, war genau die gespenstische Erscheinung, von der jeder letale männliche Dämon wünschen würde, daß sie bei seiner Geburtstagsparty aus einem Sarg spränge. Es war bloß … Nun ja, immer wenn er sie sah, kam Chardonay unweigerlich der Ausdruck ›hart wie Kruppstahl‹ in den Sinn. Und – nicht daß er in diesen Dingen übermäßig viel Erfahrung gehabt hätte – die Art und Weise, in der sie ihn manchmal anstarrte, war …

»Hallöchen«, erwiderte Snorkfrod, während sie zu ihm herunterblickte und wie ein Honigkuchenpferd strahlte. »Was verloren?«

»Meinen roten Kugelschreiber.«

»Glaube nicht, daß du ihn dort finden wirst, Schätzchen. Aber du darfst ruhig weitersuchen.«

Nachdem er blitzschnell nachgedacht hatte, kam Chardonay zu dem Schluß, daß es am sichersten wäre, überhaupt nichts zu sagen und sich so rasch wie möglich zurückzuziehen. Was er auch tat.

Als er wieder auf seinem Platz war – während er sich hinsetzte, hörte er, wie unter seinem linken Huf etwas zerknackte; unnötig nachzusehen, was es war –, schoß Chardonay nicht zum erstenmal der Gedanke durch den Kopf, daß er vielleicht für diese Art von Arbeit oder sogar diesen ganzen Bereich nicht sonderlich gut geeignet war. Eine Ansicht, die, wie er wußte, von vielen geteilt wurde.

Die höfliche Bezeichnung für Leute seines Schlages war, wie er gehört hatte, *Umkrempler;* talentierte Ehrgeizlinge, die man zu der Zeit, da das Management umstrukturiert wurde, von draußen angeworben hatte (sozusagen); neue Besen; unverbrauchte Augenpaare oder -trios. Das Experiment hatte nicht ganz funktioniert. Gewiß, es hatte die Dinge in Bewegung gebracht; die schlechte alte Zeit der Vetternwirtschaft und des Schlendrians war für immer vorbei, und fürs nächste Jahr bestand die reelle Aussicht, daß sie zum allererstenmal eine Bilanz erhalten würden, die den Namen verdiente. Andererseits ist die Inflexibilität jedes wirklich großen Unternehmens so gewaltig, daß mehr als ein paar Uni-Absolventen mit leuchtenden Augen und Designerhörnern von Gucci erforderlich sind, um etwas zu verändern, das wirklich von Bedeutung ist. Und was ihn persönlich betraf – nun, er hätte nie erwartet, sich das je sagen zu hören –, so wäre er mit einem Jurastudium vielleicht doch besser gefahren.

Aber nun war er einmal da, wo er war, und es war undenkbar für ihn, nicht sein Bestes zu tun. Der Bereich, in dem er tatsächlich etwas verbessern konnte, war der, in dem es um die Beziehungen zwischen Arbeitgebern und Arbeitnehmern ging, und deshalb war er auch hier mit dabei. Entweder darum oder weil er es in einem früheren Leben wirklich schlimm getrieben hatte und das jetzt ausbaden mußte.

Plötzlich bemerkte er voller Unbehagen, daß man ihn ansah. Irgendwo in der vierten Reihe kicherte jemand. Satzfetzen wie *Da ist er gut aufgehoben* und *Nach Stunden im Aktenschrank* huschten in der geladenen Atmosphäre des Busses umher wie Mäuse in einem aufgegebenen Käselager. Ein riesiger kahlköpfiger Dämon in Reihe fünf fing seinen Blick auf, zwinkerte und machte eine sehr seltsame Geste mit drei Klauen und einem Ellbogen. Alles in allem neigte Chardonay immer mehr zu der Theorie, daß das Ganze mit seinem früheren Leben zusammenhing, wobei er es als äußerst unfair empfand, daß er sich noch nicht einmal erinnern konnte, wofür er büßen mußte.

Seinen Berechnungen zufolge dauerte es von der Hölle bis nach Nashville sechsundneunzig Stunden, und sie waren erst zwanzig Minuten unterwegs. Und dies war, wie er gesagt hatte, eine Vergnügungstour. Nachdem er für den Erfinder der Vergnügungstour Unterhaltungen entworfen hatte, die seine Vorgesetzten tief beeindruckt hätten, bohrte sich Chardonay in seinen Sitz, umgab sich mit einem behelfsmäßigen Kokon aus Papieren und machte sich daran, seine freien Tage zu genießen.

Eine Thermosflasche mit Kaffee, ein Schinken-Salat-Sandwich, eine Kamera, der neueste Roman von Ruth Rendell, ein Klappstuhl, ein Baseballschläger – und DU.

Wobei DU in diesem Falle die große marmorne Statue eines Drachen war. Diesmal, so hatte Bianca sich geschworen, würde sie den Typ erwischen, wenn er sich auch nur um einen Millimeter von der Stelle bewegte. Es kam nur darauf an, wach zu bleiben und Geduld zu haben.

Was Sankt Georg betraf, so überlegte sie, während sie den Tauben Brotkrümel hinstreute, war es am besten, den eigenen Unglauben erst mal zu suspendieren (bei voller Bezahlung), zumindest bis sie sah, was mit der anderen Statue vor sich ging. Sobald sie die Gelegenheit gehabt hatte, die bisher gesammelten Beweise im Lichte dessen zu untersuchen, was sie über Mister Schuppig dort drüben erfahren konnte, war sie in der Lage, eine sachlich begründete, vernunftgemäße Wahl zwischen den beiden alternativen Erklärungen zu treffen. Und wenn die Wahl schließlich so ausfiel, daß alles auf ein großes stilles Haus auf dem Lande und eine Jacke hindeutete, deren Ärmel auf dem Rücken verschnürt werden, dann hätte sie zumindest die uneigennützige Genugtuung der Einsicht gehabt, daß sie und nicht die gesamte Galaxis plötzlich total übergeschnappt war.

Sie war in ihrem Buch gerade zu der Stelle gekommen, wo der zweite Schraubenschlüssel im Handschuhfach des Autos des ersten Verdächtigen auftaucht, als sie eine kaum merkliche Bewegung wahrnahm. Ein ganz leichtes Schlagen des Schwanzes? Sie war sich nicht sicher. Deshalb blieb sie, obwohl ihr Herz wie eine Nähmaschine ratterte und irgendein Scherzbold offensichtlich Gelatine in ihren Atem geschüttet hatte, so reglos wie der Verkehr zur Rush-hour und wartete.

Beim nächsten Mal war es ein Augenlid. Dann ein kurzes Zucken der Nüstern. Damit war die Sache klar: Das verdammte Ding schlief.

Sie stand auf, packte ihre Utensilien ein, klappte den Stuhl zusammen und ergriff den Baseballschläger. Nach dem vierten Hieb zerbrach er, starb aber nicht umsonst.

»Uah«, sagte der Drache. »Wasnlos?«

»Wach auf!«

»Ist es schon so spät?« Der Drache öffnete beide Augen. Er erblickte eine junge Menschenfrau, die neben ihm stand und deren Kopf auf gleicher Höhe mit seinen Augen war. In ihrer Hand befand sich eine zerbrochene Keule. Sah sie irgendwie vertraut aus?

Wohl nicht. Im Laufe der Jahre war er einer beträchtlichen Anzahl ähnlicher Exemplare begegnet, aber das war jetzt alles sehr lange her; und außerdem machten es schon die Umstände, unter denen er gewöhnlich mit Prinzessinnen zusammentraf, höchst unwahrscheinlich, daß er mit derselben ein zweites Mal zusammentraf. Das gleiche galt für Amazonen, Mannweiber, Heroinen und RitterInnen. Der aggressive Gesichtsausdruck und die Tatsache, daß sie ihn gerade mit irgendeiner Art von Waffe geschlagen hatte, ließen darauf schließen, daß diese hier zu Kategorie zwei gehörte; aber das war eigentlich piepegal. Er atmete ein …

… und erinnerte sich, daß ihm das Feuerzeugbenzin ausgegangen war. Mist. Blieben ihm nur Maul und Klauen; oder er beachtete sie einfach nicht, bis sie wieder abdampfte, ein Verhalten, zu dem seine Mutter ihm immer geraten hatte, falls er je von fremden Frauen angesprochen werden sollte. Und diese hier war ganz sicher fremd, um nicht zu sagen befremdend.

»Du Scheißkerl!« fuhr sie ihn an.

Der Drache zog die Augenbrauen hoch. »Wie bitte?« fragte er.

»Du bist lebendig, ja?«

»Richtig.« Der Drache sah die zerbrochene Keule und dann die Frau an. »Aber mach dir keine allzu großen Vorwürfe«, sagte er. »Du hast dein möglichstes getan, da bin ich mir ganz sicher.«

»Das habe ich damit nicht gemeint. Du bist in der Gegend umhergezogen, nicht wahr?«

Nu mach schon, drängelte sein Verstand, friß die

blöde Kuh, dann ist die Sache erledigt. Aber er tat es nicht, und nicht nur deshalb, weil er befürchtete, schlimmes Sodbrennen zu bekommen. Er hatte das unheimliche Gefühl, daß dieses eigenartige menschliche Wesen …

»Mutti?«

»Bals mir doch den Schuh auf«, antwortete die Frau wütend. »Und falls du vorhattest, Bemerkungen wie ›Nein, diese Ähnlichkeit‹ zu machen, dann laß es lieber.«

»Doktor Frankenstein, nehme ich an?«

»Hä?«

»Du mußt der Steinmetz sein.«

»Die Bildhauerin.«

»Ah.« Schwierig, unter solchen Umständen etwas zu sagen, ganz gleich, nach welchen Kriterien man vorging. »Den Schwanz hast du prima hingekriegt.«

»Den was?«

»Meinen Schwanz«, erwiderte der Drache. »Der ist möglicherweise sogar besser als das Original. Wenn du in der Lage gewesen wärst, mich vorher zu konsultieren, hättest du noch eine ganze Anzahl kleiner Modifikationen im Design einarbeiten können. Aber für eine Sololeistung nicht schlecht, ganz und gar nicht. Danke.«

Aus unerfindlichen Gründen übte das simple Wort *Danke* eine bemerkenswerte Wirkung auf Bianca aus. Als einzige Erklärung dafür hätte sie vorzubringen vermocht, daß ihr zum allerersten Mal eine ihrer Statuen dankte, und das war etwas angenehm Neues. Eine gute Rezension ist eben eine gute Rezension, obwohl es, wenn sie es recht bedachte, vermutlich kein guter Einfall gewesen wäre, diese Dinge im Katalog ihrer nächsten Ausstellung zu zitieren. »Nichts zu danken«, hörte sie sich sagen, obwohl das zweifellos nur ein antrainierter Reflex war.

»Die Klauen sind auch hübsch. Vermutlich hast du

das gar nicht gewußt, aber früher hatte ich immer scheußliches Rheuma in der linken Vorderklaue. Jetzt ist es viel besser.«

»Moment mal.« Bianca holte tief Luft, und fast hörte er ein Klicken, als sie sich zusammenriß. »Wer zum Teufel bist du eigentlich?« fragte sie. »Und was machst du in meiner Statue?«

Der Drache zuckte mit allen vier Schultern. »Im Grunde fragst du, ob ich maßgeschneidert oder von der Stange bin. Antwort: Ich bin mir nicht ganz sicher.«

Bianca sah ihn verständnislos an. Der Drache kramte Vokabular zusammen.

»Mit anderen Worten«, sagte er, »bin ich eine Art nomadisierender Geist, der in deiner Statue Unterschlupf gesucht hat, weil sie einfach die erste unbewohnte Behausung war, auf die ich gestoßen bin. Oder steckt hinter alldem ein großer Plan? Was das betrifft«, log er, »weiß ich genauso viel wie du. Fakt ist, ich war ein körperloser Drache, und jetzt habe ich einen Körper. Und überdies einen sehr hübschen, obwohl du, wenn ich eine kleine kritische Anmerkung machen darf, bei der Flügelspannweite eine Spur zu ambitioniert warst. Wenn du deine Berechnungen ein wenig sorgfältiger angestellt hättest, hättest du die Gesamtfläche um etwa dreißig Quadratinches reduziert. Das könntest du eigentlich in Ordnung bringen, wenn du mal 'ne Minute Zeit hast.«

»Klar«, entgegnete Bianca grimmig. »Ich könnte aber auch einen großen schweren Vorschlaghammer nehmen und dich in eine Ladung Kies verwandeln. Du wolltest mich *anblasen*!«

»Stimmt.« Der Drache nickte. »Aber sei mal fair. Du hast angefangen, indem du mir fürchterlich auf den Kopf gehauen hast. Dir ist vielleicht nicht bekannt, daß ich in puncto menschlicher Gewalttätigkeit sehr schlimme kollektive Erinnerungen habe. Die Tatsache, daß du dort stehst, statt gerade durch meinen großen

Schlund zu rutschen, müßte dir eigentlich zeigen, daß ich bereit bin, das alles zivilisiert anzugehen. Es wäre schön, wenn du es ebenso hieltest.«

»Das ist ja wohl …« Wieder dieses Klicken, als Bianca den Satz guillotinierte. Ah, murmelte der Drache bei sich, ich liebe feurige Mädchen, vorzugsweise flambierte. »Ich habe vor kurzem mit Sankt Georg gesprochen«, fuhr sie fort. »Sagt dir das was?«

»Du hast mit den Heiligen gesprochen, ja? Wenn sie dich aufgefordert haben, die Engländer aus Aquitanien zu vertreiben, dann sieh dich vor. So was kann für ein Mädchen ziemlich unangenehme Folgen haben.«

»Mit meiner Statue des heiligen Georg«, entgegnete Bianca kalt wie ein Urlaub in Wales. »Deiner anderen Hälfte.«

Den Drachen schauderte es. »Wenn ich du wäre, würde ich das anders ausdrücken.«

»Also dann deiner besseren Hälfte.«

Der Drache knurrte und zeigte dabei eine Reihe großer scharfer Zähne, die nicht auf Biancas Konto gingen. »Ich will dir einen Rat geben«, sagte er. »Wenn man Drachen gegenüber Witze reißt, sind Sachen wie *Warum hat das Hühnchen die Straße überquert?* ziemlich ungefährlich; das gleiche gilt für *Wann ist eine Tür keine Tür?* Bei allem, was darüber hinausgeht, sollte man sehr, sehr vorsichtig sein. Okay?«

»Sag mal, Drache«, erwiderte Bianca, »dreh ich langsam durch?«

»Warum fragst du mich? Ich bin kein Arzt. Du kommst mir einigermaßen ausgeglichen vor, wenn man mal von deiner Angewohnheit absieht, Leute zu verprügeln, während sie versuchen, ein bißchen zu schlafen. Aber das führe ich auf verdrängtes Kindheitstrauma zurück.«

Bianca blickte nachdenklich drein. »Weißt du«, fuhr sie fort, »jetzt habe ich nämlich innerhalb von vierundzwanzig Stunden schon mit zwei Statuen Gespräche geführt. Und davor nahm ich ernsthaft an, daß zwei riesige Steinmetzarbeiten, die ich selbst erschuf, hinter meinem Rücken *Sockel wechsle dich* spielten. Ich würde mich wesentlich besser fühlen, wenn ich wüßte, daß nur ich allmählich überschnappe und nicht das gesamte Universum.«

Der Drache dachte einen Moment lang über diesen Punkt nach. »Was wir brauchen«, sagte er, »ist ein objektiver Test. Wir müssen rausfinden, ob mich auch jemand anders hören kann – etwas in der Richtung, weißt du.«

Bianca schüttelte den Kopf. »Das wäre nicht unbedingt ein Beweis«, entgegnete sie. »Das könnte ich mir ohne weiteres ebenfalls einbilden.«

»Du bist ganz schön pingelig. Woher weißt du denn, daß nicht-sprechende Statuen und unbewegliche Monumente nicht bloß ein Produkt deines kranken Hirns sind? Vielleicht bildest du dir dann auch nur ein, daß niemand anders uns hören kann. Dieses Spielchen könnten wir stundenlang weiterspielen, also hör auf.«

Bianca schüttelte den Kopf, um festzustellen, ob er dadurch wieder klar wurde. Das Gespräch ähnelte allmählich ein bißchen zu sehr den Unterhaltungen, die man gegen zweiundzwanzig Uhr dreißig in Pubs mitbekommt, die von Erstsemesterstudenten frequentiert werden. »Deine andere ... Sankt Georg hat mir eine Geschichte über ein Land namens Albion erzählt, das voller Drachen war, und von Leuten auf Pferden, die alle Drachen abgeschlachtet haben. Sagt dir das was?«

Der Drache lachte. »Nein«, antwortete er, »das hat mir schon damals nichts gesagt. Aber die Geschichte entspricht durchaus der Wahrheit.« Er seufzte und blickte umher. »Möchtest du sie hören?«

Bianca nickte.

»Na schön.« Er schüttelte sich und trat aus der Statue – ein dunkelhaariger, stämmiger, bärtiger Mann Ende Zwanzig, ziemlich durchschnittlich und unauffällig, wenn man von seinen Krokodillederschuhen und seinen überlangen Fingernägeln einmal absah. »Spendier mir einen Drink, dann erzähle ich dir alles darüber.«

Vater Priscian Kelly war gerade im Begriff, den Laden dichtzumachen und nach Hause zu gehen, als sich die westliche Tür öffnete und ein Mann hereinschlurfte, der nach den Beichtstühlen Ausschau hielt und sich schließlich in einen davon fallen ließ. Ein Kunde, seufzte Vater Kelly, und gerade habe ich gedacht, ich wäre rechtzeitig zu Hause, um mir die Wiederholung vom *Wort zum Sonntag* ansehen zu können.

Aber Dienst ist Dienst. Er warf sich in seine Arbeitskleidung, zog den Vorhang vor und schob die Klappe zurück. Schweigen.

»Ich will dich ja nicht drängen, mein Sohn«, sagte er, »aber ...«

Eine Faust, so groß wie eine Pampelmuse und sehr haarig, durchstieß das Drahtfenster und packte Vater Kelly nahe der Kehle bei der Soutane. »Hör zu, Kumpel«, knurrte eine Stimme, »du mußt mir helfen, klaro?«

»Mein Sohn ...«

»Hör gefälligst auf, mein Sohn zu mir zu sagen«, unterbrach ihn die Stimme, »sonst bring ich dich vors Kriegsgericht, wegen unverschämter Äußerungen gegenüber einem vorgesetzten Offizier. Weiß du, wer ich bin?«

Vater Kelly gestand sein Unwissen ein. Unverzüglich erfüllte den Beichtstuhl ein kräftiges bernsteinfarbenes Leuchten.

»Mein Gott!«

»Das zwar nicht«, antwortete Georg, »aber du bist nahe dran. Die fluoreszierende Kreissäge soll ein Hinweis sein.«

Vater Kelly, den das strahlende Licht des Heiligenscheins blendete, wandte den Kopf ab, bis der Druck des an seiner Kehle zusammengedrehten Stoffs ihn innehalten ließ. »Du bist ein Heiliger«, keuchte er. »Ein echter Heiliger, hier in meiner …«

»Halt die Luft an«, antwortete Georg. »Und jetzt hör zu. Ich brauche einen Unterschlupf, wo ich mich ein paar Tage verstecken kann, was zu futtern und einige andere Sachen. Du erzählst niemandem was davon, kein Sterbenswörtchen, kapiert?« Vater Kelly nickte. »Außerdem brauche ich Geld«, fügte Georg hinzu. »Und später vielleicht einen falschen Paß und einen guten Arzt für plastische Chirurgie. Okay?«

»Dein Wille ge … Und zu welchem Zweck?«

»Zu welchem Zweck?« Georg explodierte. »Zu welchem *Zweck*? Du stellst einen direkten Befehl in Frage, Freundchen? Ja?«

Vater Kelly versuchte, den Kopf zu schütteln, doch dafür war ihm der Kragen zur Zeit zu eng. »Nein, überhaupt nicht, Eure Gnaden«, stotterte er. »Es kam mir nur ein kleines bißchen …«

»Deine schwachsinnigen Ansichten kannst du für dich behalten«, stieß Georg wütend hervor und packte noch fester zu, »verstanden? So was hab ich ja mein Lebtag noch nicht gehört. Ich meine, als der Große Boß damals gesagt hat *Es werde Licht*, sind ja auch keine Armleuchter wie du aufgetaucht, um zu fragen, zu welchem Zweck ER das braucht. Und jetzt hör auf rumzusülzen und mach hin, sonst wirst du die nächsten tausend Jahre damit verbringen, Sterne anzutünchen. Habe ich mich klar ausgedrückt?«

Vater Kelly nickte, und die Hand ließ ihn los; auch der Heiligenschein erlosch. »Warte hier«, schnarrte die Stimme, und während der Priester gegen die Wand des Beichtstuhls plumpste, schlüpfte Georg hinaus, spähte vorsichtig das Mittelschiff auf und ab und öffnete die Tür des Haupteingangs einen Spaltbreit.

»Die Luft ist rein«, sagte er. »Los, beweg dich. In letzter Zeit war ja wohl niemand hier und hat Fragen gestellt, wie?«

Vater Kelly versuchte sich zu erinnern. Der junge Darren Flynn hatte kurz vorbeigeschaut, weil er eine Frage zum Dogma der Transsubstantiation hatte, aber so was meinte der Heilige wohl nicht. »Nicht daß ich wüßte«, antwortete er.

»Rumspioniert hat auch niemand? Vielleicht ein großer grüner Typ mit Schuppen, Flügeln und Schwanz?«

»Ich glaube nicht.«

»Dann ist ja alles in Ordnung. Und jetzt verduften wir von hier.«

Etwa eine Stunde später, nachdem der vornehme Besucher in der Wohnung des Priesters das restliche Stout und den noch übrigen Whisky verputzt hatte und im Sessel in geräuschvollen Schlaf gesunken war, saß Vater Kelly gedankenverloren da und studierte die Liste der benötigten Artikel, die sein Gast ihm zuvor diktiert hatte. Das meiste davon war, wie Vater Kelly einräumte, leicht erhältlich, und wozu er diese Dinge brauchte, ging, wie der Monsignore ganz richtig gesagt hatte, niemanden etwas an außer ihn selbst. Es stimmte auch, daß er als Priester verpflichtet war, einem vorgesetzten Amtsträger nach besten Kräften und mit allen Mitteln zu helfen, die ihm zur Verfügung standen.

Aber woher in aller Welt sollte er bloß fünfzehn Kilo Zyanid und eine Boden-Luft-Rakete bekommen?

FÜNFTES KAPITEL

Ron!« rief die Mitinhaberin des *Kupferkessels,* während sie durch einen Spalt in den Stores spähte. »Gerade sind zwei Busse gekommen.«

»Au verflucht«, erwiderte ihr Ehemann, bevor er den Fernseher abschaltete und nach seinen Socken suchte. »Gleich zwei?«

»So ist es. Hast du auch nicht vergessen, zum Verbrauchermarkt zu fahren?«

Reisegesellschaften, die im Bus kamen, waren in Norton St. Edgar etwas äußerst Seltenes, aber nicht etwa deshalb, weil das altertümliche Dörfchen in den Cotswolds nicht in jeder Hinsicht so gewesen wäre, wie ein altertümliches Dörfchen in den Cotswolds sein sollte, denn es hatte zwölf Jahrhunderte lang süß und selig schlummernd im Dornröschenschlaf verbracht. Gerüchten zufolge war es sogar so, daß die Bewohner des Dorfes Brigadoon nach Norton kamen, um dem unerbittlichen Druck des modernen Lebens zu entgehen. Der ausschließliche Grund, warum die einzige, makellose Straße des Ortes nicht dauernd von hundertsitzigen Mercedesbussen verstopft war, bestand darin, daß nichts, was breiter war als ein magersüchtiger Kleinstwagen, das Gewirr von Sträßchen und Feldwegen befahren konnte, die Norton mit der Außenwelt verbanden.

»Verdammt«, murmelte Ron, als er hastig sein Hemd anzog. »Wußte doch, daß ich was vergessen habe.«

»Dann muß ich schnell Kekse backen«, brummelte seine Frau. »Mach dich ausnahmsweise mal nützlich und setz den Kessel auf.«

Die beiden Busse hatten vor dem Haus gehalten. Beim ersten – einem älteren Modell von der Art, die sich ungestraft noch Elektromobil nennen darf – flogen die Türen auf, und das Vehikel spuckte eine fröhlich schnatternde Schar älterer Damen aus, die ganz aus Strickbeuteln und Hüten zu bestehen schienen. Der zweite Bus, der schwarzgetönte Scheiben hatte und in dessen Rückfenster ein Poster hing, das mit unbekannten Buchstaben beschriftet war, hockte lediglich da wie Jonas Walfisch, der Verstopfung hatte.

»Jason«, brüllte Rons Frau, »nimm dir mein Portemonnaie und lauf zum Krämer runter und frag, ob sie noch was von ihrer Marmelade haben. Dauert nur noch ein Momentchen, meine Damen«, säuselte sie durch die Durchreiche. »Ron, du fauler Sack, warum hast du mir nicht gesagt, daß wir keine Teebeutel mehr haben?«

Im Innern des zweiten Busses herrschte eine äußerst gespannte Atmosphäre.

»Wir müssen einfach warten, bis sie wieder weg sind«, murmelte Chardonay hilflos. »Sie sind wahrscheinlich nur eben auf einen Sprung rein, um schnell ein Täßchen ...«

»Du hast gut reden. *Warten, bis sie wieder weg sind*«, fauchte ein froschköpfiger Dämon namens Clawsnot. »Einige von uns können aber nicht mehr viel länger warten, da beißt die Maus keinen Faden ab. Wenn du der Chartergesellschaft erklären möchtest, warum der Boden ihres fast neuen Busses von großen schmutzigen Löchern zerfressen ist ...«

Chardonay zuckte zusammen. Die dringenden Erfordernisse ihrer gegenwärtigen Situation waren ihm nur allzu bekannt. Trotzdem.

»Bitte geduldet euch alle noch ein bißchen«, bat er, während er versuchte, den stechenden Schmerz im Unterleib nicht zu beachten. »Ihr müßt doch einsehen, daß wir nicht einfach nach draußen gehen können, wo uns Menschen sehen würden. Das würde zu religiösen Verwicklungen führen und …«

»Hier drinnen wird es auch gleich Verwicklungen geben.«

»Halt die Fresse, Clawsnot«, schnarrte eine Stimme aus der vordersten Reihe, »sonst schlag ich sie dir ein. Und ihr übrigen kneift die Beine zusammen und seid ruhig.«

Man konnte sagen, was man wollte, eine Eigenschaft besaß die Dämonin Snorkfrod: Autorität. Wenn sie jemandem einen Befehl gab, dann gehorchte er auch. Chardonay stieß einen leisen Seufzer der Erleichterung aus und ging zu seiner unerwarteten Verbündeten hinüber, um ihr zu danken.

»Gern geschehen, Schätzchen«, antwortete sie und schenkte ihm ein strahlendes Lächeln, das wirkte, als ginge die Sonne über einem Leichenhaus auf. »Die dämlichen Affen haben ja keine Ahnung.«

In dem Moment hatte Chardonay das unbehagliche Gefühl, als hätte er sich vor einer raubgierigen Hyäne auf einen Baum geflüchtet, auf dem bereits zwei hungrige Löwen saßen. »Genau«, sagte er. »Nun, es ist wohl besser, wenn ich zu meinem Platz …«

Er blickte nach unten. Sechs anmutige korallenrot lackierte Klauen drückten bedeutungsvoll sein Knie. »Kein Grund zur Eile, hm?« gurrte Snorkfrod.

Im *Kupferkessel* floß mittlerweile der Kaffee in Strömen, und zwölf Teller Kekse hatten etwa so lange überlebt wie ein Soldat in den Schützengräben an der Somme. Jason war noch nicht mit der Marmelade zurückgekehrt, doch eine aufgeregte Suche hatte vierzehn Gläser Brombeergelee aus Armeebeständen zutage gefördert, die Ron einmal auf einer Auktion erstanden hatte. Er genoß den Triumph seines Lebens (oder eher seiner Ehe), indem er seine Frau an die harten Worte erinnerte, die sie ihm damals an den Kopf geworfen hatte und die auf diese Weise gründlich widerlegt wurden; allerdings hörte sie, da vollauf damit beschäftigt, Scones zu backen, gar nicht zu, und das war wohl auch besser so.

Im Innern des schwarzen Lieferwagens, der ein Stückchen weiter oben am Straßenrand stand, rieb Chubby Stevenson sich die Hände und kicherte, bevor er die Chronostatordioden miteinander verband. Wenn er ein bißchen Glück hatte, gab es hier genug von dem guten Zeug, um den Bestellungen aus Toronto und San Francisco noch vor dem eigentlichen Termin nachzukommen, was wiederum bedeutete, daß er größere Mittel hätte, um dieses verwickelte technische Problem anzugehen, das er immer noch nicht hatte knacken können. Ein grünes Licht zwinkerte ihn aus dem Schaltpult an, und er drückte den großen Hebel hinunter.

Und an Bord des zweiten Busses …

»Es hilft nichts«, kreischte der Dämon Slitgrind und sprang vom Sitz hoch, als hätte ihm gerade jemand einen Teller heißer Nudelsuppe in den Schoß gekippt. »Ich muß jetzt …«

»Hinsetzen!«

Bei allem, was mies und fies ist, murmelte Chardonay unwillkürlich vor sich hin, welch ein attraktiver Ghul ist sie doch, wenn sie wütend wird. Die Art und Weise, wie ihr Haar sich sträubt und zischt, ist wirklich ganz bezaubernd. Nein, hör auf, so was zu denken!

»Aber Snork …«

»Du hast gehört, was ich gesagt habe«, knurrte die Teufelin mit gefährlich ruhiger Stimme. »Wenn du ihn rausholst, bevor Mister Chardonay sein Okay gibt, knips ich ihn dir ab. Klar?«

Ein kurzes Aufblitzen ihrer wohlgeformten Klauen verstärkte den Eindruck, daß dies keine leere Drohung war. Mit weit aufgerissenen Augen entschuldigte sich Slitgrind, setzte sich wieder und wand sich in Krämpfen hin und her.

Blende aus für den Bus. Schwenk zur Teestube ...

»Die können doch nicht noch mehr Tee haben wollen«, stöhnte Ron. »Sie haben doch schon acht Gallonen von dem Zeug getrunken.«

Ohne die Bemerkung einer Antwort zu würdigen, kniete seine Frau sich hin und begann, die Schränke auszuräumen. »Irgendwo«, ächzte sie, »muß hier noch eine Büchse mit diesem scheußlichen Rauchtee sein, den deine Schwester, die knickrige Zicke, uns vorletztes Jahr zu Weihnachten geschenkt hat. Wenn ich bloß ...«

»So was kannst du ihnen doch nicht anbieten.«

»Entweder das oder gar nichts. Ah, wußte ich's doch, da ist sie.« Sie stand auf und blies den Staub von einer kleinen Büchse. »Steh hier nicht rum, du Schwachkopf, sondern wärm die Teekanne vor.«

Der dergestalt zubereitete Tee versickerte in den Kehlen der alten Damen wie ein Eierbecher voll Wasser, den man auf ein brennendes Warenlager schüttet, und der verlegenen Ankündigung der Wirtsleute, daß es keinen Tee mehr gebe, bis der in den Dorfladen geschickte Abgesandte zurückkehrte, folgte ein Sturm gutmütiger Neckereien. Merkwürdig, dachte Rons Frau, während sie weitere zwölf Pfund Backmischung für Scones durchrührte, das ist die fröhlichste Reisegesellschaft, die ich in meinem ganzen Leben gesehen habe; es ist fast, als seien sie entschlossen, auf Gedeih und Verderb alles, aber auch alles lustig zu finden. Ihre Ausgelassenheit hatte etwas leicht Irres und gehörte, wenn sie es recht bedachte, zum Beunruhigendsten, was ihr in einem halben Jahrhundert begegnet war, einschließlich Rons Kusine Sheila.

Na, egal. Ihr Geld ist so gut wie das jedes anderen. Sie wischte sich die Hände an der Schürze ab und schickte den inzwischen völlig erschöpften Jason zur Farm, um dreihundert Eier zu holen.

Kein Wunder, daß die alten Damen einen Zahn zulegten. Die Botschaften, die über ein Miniaturfunksprechgerät aus dem schwarzen Lieferwagen kamen, wurden allmählich ziemlich eindringlich. Im wesentlichen besagten sie, daß bisher, obwohl das Klirren der Teetassen und die Klänge fröhlichen Gelächters deutlich am anderen Ende der Straße zu hören waren, noch nicht einmal eine Nanosekunde recycelter Zeit aus dem Schlauch gekommen und in die Flasche getropft war. Auch die üblichen Nebenwirkungen – aus dem Boden sprießende Wohnsiedlungen, aus dem Hut hervorgezauberte Fabriken, Instantautobahnzubringer – fielen durch Abwesenheit auf. Es klappte nicht. Und die einzige Erklärung dafür war doch wohl, daß die alten Schlampen sich nicht richtig amüsierten.

»Ethel!« blaffte Chubby die Gruppenleiterin über die Gegensprechanlage an. »Ich brauche Jux und Tollerei! Legt euch ins Zeug! Los!«

»Wir tun unser möglichstes, Mister S«, lautete die Antwort, die infolge des Lärms im Hintergrund fast nicht zu hören war. »Wirklich. So gut habe ich mich seit der Beerdigung von unserem Gerald nicht mehr unterhalten.«

»Aber es kommt nichts durch, Sie blöde alte Kuh.«

»Oh.« Ethel zögerte kurz, dann kicherte sie. »Ist ja jammerschade. Aber machen Sie sich nichts draus. Warum gesellen Sie sich dann nicht zu uns? Winnie und Gertie haben den Mann gerade hinter der Theke vorgezerrt, ich glaube, sie wollen ihn ...«

Angewidert unterbrach Chubby die Verbindung. Was zum Teufel ging da draußen bloß vor sich? Irgendwo muß ein Störfeld sein, überlegte er, als er die Schalttafel durchcheckte. Aber was in Gottes Namen konnte ein Spaß-Feld lahmlegen, das so stark war, daß seine Kiefermuskeln schon überstrapaziert waren, weil er sich dauernd ein Grinsen verkneifen mußte? Er schleuderte seine Schuhe von den Füßen, schob sich eine Socke in den Mund und versuchte, mit Hilfe des Peabodyscanners die Quelle der Störung zu orten.

Piep. *Gefunden!* Ein gewaltiger Schwall negativer Schwingungen, genug, um die gesamten dramatischen Werke Ibsens und Strindbergs mit Energie zu versehen, ging von einem Punkt aus, der nur wenige Yards entfernt war, und kam, um genau zu sein, von jenem großen schwarzen Bus, der neben dem altertümlichen Reisebus auf der Straße stand. Chubby runzelte die Stirn und gab die Koordinaten in den Scanner ein. Was immer es sein mochte, so etwas hatte er noch nie gesehen. Wenn er bloß eine Spektralanalyse machen könnte …

Das Schaltpult explodierte, Funken und Plastikteilchen spritzten umher.

In genau dem Moment gab der Dämon Chardonay, der sich vor lauter Unbehagen fast zu einer Acht zusammengekrümmt hatte, dem Fahrer mit quiekender Stimme die Anweisung, sie von dort wegzubringen. »Irgendwohin, wo es Büsche gibt«, fügte er hinzu, »und drück um Pimmels Willen auf die Tube!«

In genau dem Moment geschah es auch, daß die Mitglieder der Reisegesellschaft im *Kupferkessel* erstarrten, als hätte man ihnen die Sicherungen herausgedreht. Alles war still. Ron, der sich unter dem Tisch versteckt und mit einem altbackenen Baguette zudringliche Hände abgewehrt hatte, spähte hinaus. Was er sah, war erstaunlich.

Wie eine Delegation aus dem Altersheim für Roboter standen die alten Damen auf, nahmen ihre Strickbeutel und Hüte an sich und marschierten steif zur Tür hinaus. Ihr Bus verschluckte sie, und wenige Sekunden später waren sie verschwunden – dies alles mit einer Lautlosigkeit, die so absolut war wie bei einer Schweigeminute im Parlament. Ron blinzelte, riß sich zusammen, wickelte sich die Fetzen eines Geschirrtuchs um die Hüften und machte sich daran, die Geldhaufen einzusammeln, die neben den wenigen heil gebliebenen Tellern lagen.

»Sind sie weg, ja?«

Er nickte. Er war so benommen, daß er noch nicht einmal bemerkte, wie lächerlich seine Frau aussah, als sie den Kopf, auf den man ihr helmartig ein Sieb gestülpt hatte, durch die Durchreiche steckte. »Gott sei Dank«, fügte er hinzu.

»Wenn sie zurückkommen, dann sag ihnen, daß sie Hausverbot haben.«

»Darauf kannst du Gift nehmen. Zum Schluß haben sie sogar unseren Jason erwischt.«

»Ich weiß. Er hat sich in der Tiefkühltruhe verbarrikadiert. Sie haben ihm mit Lippenstift allerlei aufgemalt.«

Ron zuckte die Achseln. »Kann dem kleinen Armleuchter nur guttun«, antwortete er zerstreut. »Reisegesellschaften – also ich weiß nicht!«

Draußen auf dem Dorfanger verwelkte und starb ein kleiner Geräteschuppen aus Wellblech, der vor zwanzig Minuten sein Dach durch den alten Rasen geschoben und aus der Erde gesprossen war.

Das war besser, wie Chardonay zugeben mußte. Viel, viel besser. Jedenfalls, soweit es ihn betraf. Der Baum würde zwar nie mehr der gleiche sein, aber das ließ sich nicht ändern.

»Na dann«, rief er, »alles zurück in den Bus!«

Keine Antwort. Die Schwaden übelriechenden Dampfs waren so dicht, daß er nur etwa einen Yard weit sehen konnte. Vorsichtig, um nicht über die zahlreichen umgestürzten Bäume und herabgefallenen Äste zu stolpern, die jetzt auf dem Boden des Wäldchens herumlagen, ging er zum Bus zurück.

Zumindest dahin, wo der Bus gestanden hatte.

Kurz darauf gesellten sich Snorkfrod, Slitgrind, Prodsnap und ein kleiner pelziger Dämon aus der Buchhaltung, der auf den Namen Holdall hörte, zu ihm. Sie alle hatten diesen leicht irren Ausdruck von Glückseligkeit im Gesicht, der sich einstellt, wenn eine schreckliche Tortur plötzlich aufhört, und brachten gerade ihre verschiedenartige, ebenso absonderliche wie aufwendige Kleidung in Ordnung.

»Er ist weg«, sagte Chardonay.

»Wer?«

»Der Bus«, verdeutlichte der Dämon. »Er ist ohne uns losgefahren.«

Slitgrind zog eine finstere Miene, wobei seine drei Augenbrauen sich zu einer durchgehenden Hecke vereinigten. »Kann ja wohl nicht sein«, knurrte er. »Das wäre ...«

»Er hat recht«, warf Prodsnap leise ein. »Die Ärsche sind abgedampft und haben uns zurückgelassen. Vermutlich halten sie das für einen Scherz.«

Die fünf Teufel sahen einander an. Ihnen fehlten die Worte. Und alles andere, was man in einer solchen Situation gebraucht hätte, eigentlich auch.

»Das wichtigste ist jetzt«, sagte Chardonay, der es fertigbrachte, fünfmal zuversichtlicher zu klingen, als er war, obwohl er trotzdem wie ein aufgeregtes Vögelchen piepste, »nicht in Panik zu geraten. Wir müssen bloß eine Fernsprechzelle finden, um das Management anzurufen. Die schicken uns dann einen Minibus, der uns abholt.«

»Meinst du?«

»Na ja ...«

Slitgrind schüttelte grimmig den Kopf. »Ich glaube eher«, sagte er, »die werden uns einfach hier schmoren lassen. Das habt ihr euch selbst eingebrockt, werden sie sagen. Wir wollen Verwicklungen vermeiden, werden sie sagen. Wenn ich das Management richtig einschätze ...«

Ein heftiger Schlag auf seinen Solarplexus (wo auch sein zweites Gesicht saß) hinderte ihn daran, den Satz zu vollenden – Snorkfrod bewies erneut ihre Solidarität –, aber alle fünf wußten, daß er recht hatte. Das Management sah es nicht gern, wenn sich das Personal außerhalb der neun Kreise herumtrieb, und obwohl Tages- und Betriebsausflüge als besondere Gnade zähneknirschend bewilligt wurden, geschah dies immer unter der stillschweigenden Voraussetzung, daß ein Dämon ganz auf sich gestellt war, sobald er die Hoffnungsmülltonnen von Tor drei hinter sich gelassen hatte. Die Hölle mag zwar in jedem Winkel der Erde ihre Botschaften und Konsulate haben, aber dort hat man Besseres zu tun, als verirrten Touristen die Rückkehr in die Heimat zu ermöglichen.

»Tja«, seufzte Chardonay, »dann sieht es so aus, als müßten wir zu Fuß gehen. Weiß zufällig jemand den Weg?«

Schweigen.

»Gute Vorsätze«, sagte der kleine pelzige Dämon Holdall.

»Wie meinen?«

»Gute Vorsätze«, wiederholte er. »Der Weg zum Hauptquartier ist anscheinend mit ihnen gepflastert. Wir müssen nur nach einer großen Menge guter Vorsätze suchen, die wie Pflastersteine aneinandergelegt sind, und wenn wir sie gefunden haben, kommen wir …«

»Slitgrind«, sagte Chardonay ruhig.

»Na was?«

»Laß ihn los. Wir sind hier nicht zu Hause, weißt du.«

»Aber das ist doch alles nicht so schlimm«, sagte Snorkfrod, während sie sich ein wenig näher an den nominellen Anführer der Gruppe heranschob. »Ich bin sicher, Mister Chardonay wird etwas einfallen. Nicht wahr, Mister C?«

Chardonay schloß die Augen. Er hatte den kleinen Vorteil, daß er vor langer Zeit, bevor er in die Firma eingetreten war, als Student schon einmal in dieser Gegend gewesen war. Wenn das Norden war, dann lag irgendwo da drüben Birmingham. Genau südlich von ihnen befand sich Banbury. Er hatte zwar keinen Schimmer, wie man vom einen oder vom anderen dieser Orte ins Hauptquartier gelangte, aber für den Anfang war das immerhin etwas. Vielleicht konnten sie sich ja eine Landkarte kaufen oder jemanden nach dem Weg fragen.

»Na schön«, sagte er. »Versuchen wir, per Anhalter zu fahren.«

Drei Stunden später standen sie immer noch da. Es hatte sich wie eine gute Idee angehört – sie vier in den Büschen versteckt, während Snorkfrod mit übereinandergeschlagenen Beinen neben der Straße saß –, aber in der Praxis hatte es sich als kontraproduktiv erwiesen. Selbst die Lastwagenfahrer waren nach einem kurzen Blick auf Snorkfrods verführerisch entblößten Schenkel in die entgegengesetzte Richtung davongerast.

»Das führt ja wohl zu nichts, wie?« sagte Prodsnap schließlich.

Snorkfrod sah ihn finster an, doch Chardonay nickte kleinlaut. »War ja bloß so eine Idee«, sagte er. »Sieht so aus, als müßten wir doch zu Fuß gehen.«

»Nicht unbedingt«, entgegnete Prodsnap. »Ich habe 'nen Einfall.«

»Also«, sagte der Drache, als er sich dem Barkeeper zuwandte, »für mich eine Flasche Calvados und für die Dame ein Perrier. Bezahlen tut sie«, fügte er hinzu. »Ich habe kein Geld.«

Sie saßen an einem Tisch, der in einer ruhigen Ecke stand. Am anderen Ende der Bar befand sich ein Billardtisch. »Ist das ein Spiel?« fragte der Drache.

Bianca nickte. »Billard«, sagte sie. »Komm nicht vom The ...«

»Man sticht mit einem langen dünnen Stock auf etwas ein«, stellte der Drache fest, trank die Flasche aus und wischte sich die Lippen. »Zu meiner Zeit gab's was Ähnliches, bloß daß die Stöcke länger waren und die Spieler auf Pferden saßen. Und es waren auch keine kleinen farbigen Bälle, wonach sie stachen.«

»Nein?«

Der Drache schüttelte den Kopf. »Nachdem ihnen die Drachen ausgegangen waren«, sagte er, »fingen sie an, sich gegenseitig zu piken, so unglaublich es klingt. Um herauszufinden, wer am schnellsten vom Pferd fallen konnte. Da du vermutlich von ihnen abstammst, solltest du aufhören, so überlegen zu grinsen.«

Bianca runzelte die Stirn. »Ich bin nicht verantwortlich dafür, was meine Vorfahren getan haben, was immer es auch gewesen sein mag«, sagte sie. »Das ist eine gute Regel, die solltest du dir einprägen.«

Der Drache zuckte die Achseln. »Wen kümmert's, wer wofür verantwortlich ist?« entgegnete er. »Ich ziehe es vor, unverantwortlich zu sein. Besonders jetzt, nachdem du mir solch einen schönen Strampelanzug gemacht hast, in dem man wunderbar unverantwortlich sein kann.« Er schwenkte die leere Flasche hin und her – ein Wink mit dem Zaunpfahl. »Ich bin zwar noch nicht lange in deinem Jahrhundert, aber ich glaube, ich mag es. Es ist so …«

»Fortschrittlich? Zivilisiert?«

»Entzündlich«, antwortete der Drache. »Von seiner Zerbrechlichkeit ganz zu schweigen.«

Bianca schüttelte den Kopf. »Schlag dir das bloß aus dem Sinn«, sagte sie. »Du würdest keine fünf Minuten überleben. Und wenn du abgeschossen wirst und in Flammen aufgehst, ist auch mein Meisterwerk im Eimer. Sollte meine wundervolle Statue Einschußlöcher bekommen, mach ich aus deinen Lungen einen Klovorleger.«

Der Drache lächelte. »Eure Technik ist Schrott«, sagte

er bedächtig und mit offensichtlichem Vergnügen. »Zu langsam. Zu selbstsicher und überheblich. In diesem ganzen verdammten Jahrhundert gibt es nur ein halbwegs anständiges Kampfflugzeug, und das hast du für mich gemacht. Danke«, fügte er hinzu. »Ja, gern, hätte nichts dagegen. Das gleiche noch mal, bitte.«

Als Bianca mit einer weiteren Flasche zurückkam, beugte der Drache sich vor, stützte die Ellbogen auf den Tisch und blies Rauchringe durch die Nase. »Und jetzt«, sagte er, »sollte ich besser alles erklären. Ich glaube, das bin ich dir schuldig, zum Dank für die Steinmetzarbeit.«

Der letzte noch lebende Drache spähte aus der Höhle, in die er sich geflüchtet hatte, nach unten und beobachtete, wie Transportarbeiter die Kadaver seiner Artgenossen auf große zwölfrädrige Wagen luden. Seltsamerweise war er nicht wütend. Er schien im Moment überhaupt nicht viel zu empfinden, wenn man von dem eigenartigen Gefühl einmal absah, eher am Anfang als am Ende zu stehen.

Später, als der letzte Wagen knarrend auf dem Hauptfeldweg nach Caerleon davongefahren war, flatterte er zum Flußufer hinunter und scharrte herum. In einer kleinen Wasserrinne fand er einen Haufen leerer Dosen. Sie rochen scheußlich, und auf jeder stand:

WURMEX (eingetragenes Warenzeichen)
Tötet alle bekannten wilden Drachenarten!
Vorsicht! Verzehr gefährdet die Gesundheit!

Kapiert, murmelte der Drache, kein Trinkwasser. Clevere kleine Typen, die weißen Männer. Überlegene Intelligenz vermutlich. Er erinnerte sich noch an die Zeit, da sie nichts als eine Horde rotärschiger Affen gewesen und in den Bäumen herumgehopst waren. Mein lieber Scholli, sagte er zu sich, wenn die Affen von damals jetzt hier wären und sähen, wie weit ihre Urenkel es gebracht haben, wären sie dann nicht stolz? Nein, antwortete der praktische Verstand des Drachen. Sie würden sich erstens vor Angst ins Fell machen und zweitens zu Pelzjacken umfunktioniert werden.

Aber einen Dienst hatten die kleinen Scheißer ihm erwiesen: Sie hatten ihn gelehrt, Recht und Unrecht zu unterscheiden. Soweit er aus dem Ganzen klug wurde, standen die Drachen infolge einer Sache, die man Symbolik nannte, für das Böse und die Menschen für das Gute. Deshalb war das, was die Menschen taten, gut, und was Drachen taten, schlecht. Daher vermutlich die führende Rolle der menschlichen Spezies.

Drachen lebten in den Tag hinein, nahmen Nahrung zu sich und kümmerten sich nur um ihre eigenen Angelegenheiten. Das war schlecht.

Die Menschen hingegen rotteten ganze Arten aus, weil ihre Existenz sie störte. Das war gut.

Na schön, sagte der Drache zu sich. Niemand soll sagen, daß ich schwer von Kapee bin.

Nachdem er die Stadt Caerleon niedergebrannt und ihre Verteidiger in Asche verwandelt hatte, stellte der Drache erfreut fest, daß es Spaß machen kann, Gutes zu tun. Tugendhaftigkeit trägt ihre Belohnung in sich selbst, hatte er Menschen sagen hören. Ja, dem konnte er sich anschließen. Und es war noch eine ungeheure Menge von Städten übrig; so viele Strohdächer, so wenig Zeit. Nachdem er Caerleil, Caermerdin, Caerusc und Carbolic abgefackelt hatte, war er der Ansicht, daß er wohl eine Medaille verdient hatte, vielleicht sogar ein Bistum – obwohl er nicht genau wußte, was ein Bistum war. Hätte man ihn gebeten, eine Vermutung zu äußern, dann hätte er gesagt, daß es wahrscheinlich so etwas wie Biskuit sei, nur größer und noch schmackhafter.

Man stelle sich daher seine Bestürzung vor, als er während der endgültigen Einäscherung der wunderschönen, in den Midlands gelegenen Stadt Rhydychen erfuhr, daß er keineswegs Gutes tat, sondern eher das Gegenteil. Die Rhydychener schickten den Erzbischof und genau zwanzig Priester in purpurnen Schlafröcken vor die Stadt, die alle versuchten, ihn zu vertreiben, indem sie viel fluchten und mit Glöckchen klingelten. In den wenigen Sekunden, bevor sie dahinschwanden und durch ein Häufchen feiner grauer Asche ersetzt wurden, hörte er ganz deutlich, wie sie ihn als Bösen Feind und Ausgeburt Satans bezeichneten und ihm noch alle möglichen anderen unappetitlichen Namen gaben. Das verschlug ihm fast, wenn auch nicht ganz den Atem.

Der Drache machte eine Pause, da er bemerkte, daß Bianca ihn mit offenem Mund anstarrte.

»Schuldigung«, sagte er. »Erzähl ich ein bißchen zu schnell? Unterbrich mich ruhig, wenn das der Fall ist.«

»All diese ... Menschen«, sagte Bianca leise. »Du hast sie getötet.«

»In gewisser Weise, ja. Wenn doch bloß jemand auf den Gedanken gekommen wäre, mir die Regeln ein bißchen früher zu erklären, dann wäre nichts von alldem passiert. Ich muß sagen, für eine dominante Spezies sind deine Leute manchmal ganz schön beschränkt.«

Bianca schüttelte den Kopf, als versuche sie aufzuwachen. »Hunderttausende von menschlichen Wesen«, sagte sie. »Und du ...«

»Ameisen.«

»Wie bitte?«

»Ich habe gesehen, wie ihr es macht«, antwortete der Drache. »Natürlich nicht du persönlich, sondern Menschen im allgemeinen. Ihr erhitzt einen Kessel mit Wasser, stellt euch über das Nest, das die Ameisen rücksichtsloserweise unter eurem Küchenfußboden gebaut haben, und dann ...«

»Das ist …«

Der Drache nickte. »Eben«, sagte er. »Du vergißt, daß ich einer anderen Spezies angehöre. Und ich habe die Regeln auch nicht aufgestellt. Genauer gesagt, kannte ich die Regeln nicht einmal, bis ich sie ganz zufällig herausfand. Und als ich sie herausgefunden hatte, habe ich natürlich sofort aufgehört.«

»Hast du?«

»Na, selbstverständlich. Damals, mußt du wissen, wollte ich einzig und allein das Richtige tun.«

Als Antwort auf seine höfliche Bitte um ein Exemplar des Buches, in dem die Regeln standen, erhielt der Drache vom Papst drei Wagenladungen voll wütender Bullen (die er sich reinzog) und eine Herausforderung zum Zweikampf. Gut gegen Böse. Das große Ereignis der Saison.

Der Drache dachte darüber nach und brannte dann seine Antwort mit fünfzehn Fuß großen Buchstaben in die Ebene von Salisbury: *Abgemacht*.

Die Menschheit nominierte ihren Champion: Drachenschorsch Cody, Albions führenden Schädlingsbekämpfungsspezialisten, der vor kurzem von seiner Heiligkeit in Rom zum Heiligen ernannt worden war. Natürlich kannte der Drache Cody. Genaugenommen war es der Umstand gewesen, daß Cody weder in Caerleon noch in Caerusc, Tintagel oder Caerdol weilte, der dem Drachen das Vergnügen an vier ansonsten perfekten Grillpartys vergällt hatte.

Die Woche vom Tag der Herausforderung bis zum Tag des Kampfes verbrachte der Drache in einem lieblichen kleinen Tal in den Brecon Beacons. Dort gab es eine hübsche, geräumige Höhle, einen Bach mit kühlem frischen Wasser und ein Wäldchen, wo man sich während der warmen Nachmittage in den Schatten legen konnte. Georg trainierte zweifellos irgendwo wie doll und verrückt, doch mit solchen Sachen gab sich der Drache nicht ab. Schließlich war dies der Showdown zwischen zwei diametral entgegengesetzten Prinzipien des Universums. Irgend etwas zu tun, um den Ausgang zu beeinflussen, kam dem Drachen leicht blasphemisch vor.

Zwei Tage vor dem Kampf verließ der Drache den Schatten der Bäume und watschelte zum Bach hinunter, um etwas zu trinken. Gerade als er im Begriff war, einen großen erfrischenden Schluck zu nehmen, bemerkte er einen komischen Geruch, der ihm bekannt vorkam. Er zögerte. Er blickte umher.

Und sah, daß an der Oberfläche des Baches unzählige tote Fische schwammen.

Nachdem er eine halbe Stunde herumgestöbert hatte, entdeckte er eine halbe Meile stromabwärts in einem Brombeerdickicht einen Haufen leerer Wurmex-Dosen. Lange Zeit lag der Drache, die Stirn in Falten gezogen, am Ufer und dachte nach. Er war perplex. Ganz sicher nicht, sagte er sich immer wieder. Unmöglich. Undenkbar. Absolut nicht drin. Welchen Sinn, um Himmels willen, hatte es denn, erst einen Kampf zwischen Gut und Böse zu arrangieren und dann zu versuchen zu mogeln?

Einundzwanzig leere Dosen und ein Bach voll toter Forellen.

Der Drache hatte aufgehört zu reden und sah Bianca mit hochgezogener Augenbraue an. Sie schüttelte erneut den Kopf.

»Na gut«, sagte sie, »aber schließlich stand das Überleben der menschlichen Rasse auf dem Spiel. Du hast selbst gesagt …«

»Nein.« Die Stimme des Drachen war sanft und gelassen, klang jedoch ein klein wenig verblüfft. »Nein, stand es nicht, das ist der Witz bei der Sache. Was auf dem Spiel stand – so wurde es auch schwarz auf weiß in der offiziellen Broschüre dargelegt, die vor dem

Kampf in extrem limitierter Auflage herauskam –, waren die gegensätzlichen Vorzüge von Gut und Böse. Und das wollte mir einfach nicht in den Kopf, sosehr ich mich auch bemühte. Gewiß«, fuhr er fort und signalisierte dem Barkeeper, eine weitere Flasche zu bringen, »wenn ich Zyniker gewesen wäre, hätte es mir keine Schwierigkeiten bereitet, eine einleuchtende Erklärung zu finden. Verstehst du, wenn es ein Kampf der Arten war, um das Überleben des Tüchtigsten und derlei ging, stand das Ergebnis von vornherein fest. In der einen Ecke des Rings ein riesiger, feuerspuckender, fliegender, unverwundbarer Drache. In der anderen Ecke Unmengen von kleinen matschigen Wesen, die gebraten werden, wenn man sie anniest, und verhungern, wenn man ihre Ernte niederbrennt. Nahm man es aber als Kampf zwischen moralischen Kräften, stand das Ergebnis ebenfalls von vornherein fest, bloß andersrum. Besonders wenn der böse Bube das Match schmiß, indem er gar nicht auftauchte, weil er an einer schweren Gastritis gestorben war. Aber so habe ich das nicht gesehen.«

»Nein?«

Der Drache schüttelte den Kopf. »Hätte immer noch keinen Sinn ergeben«, sagte er. »Denk doch mal nach. Stell dir vor, deine ganze Spezies wird ausgerottet, nur du bleibst übrig. Dafür muß es doch wohl einen Grund geben. Wenn es keinen gäbe, triebe einen schon der Gedanke in den Wahnsinn.«

Bianca schnappte sich die Flasche, die gerade gebracht wurde, und nahm einen großen kräftigen Schluck daraus. »Na schön«, sagte sie, während sie den Hals der Flasche abwischte und diese über den Tisch reichte. »Und was ist dann passiert?«

Nun (antwortete der Drache), ich fand einen anderen Bach, der nicht nach gerösteten Mandeln roch, schlürfte mich voll und legte mich schlafen.

Als ich aufwachte, standen fünf Menschen vor mir. Ich holte tief Luft, aber sie wedelten mit einem weißen Stoffetzen, der an einem Stock festgebunden war. Ich glaube, das soll einen feuerfest machen.

Sie erklärten, daß sie ein Syndikat von Leuten verträten, die sich ihren Lebensunterhalt verdienten, indem sie auf allerlei Dinge wetteten – Pferderennen, Schachturniere, Wasserproben von Hexen und offenbar auch Konfrontationen zwischen Gut und Böse. Sie hätten mir einen Vorschlag zu machen, sagten sie. Etwas, so sagten sie, zu unserem beiderseitigen Nutzen.

Es war ganz gut, daß sie letzteres sagten, denn andernfalls wären sie zwei Sekunden später als graue Flöckchen durch die Luft geschwebt. Wie die Dinge lagen, nahm ich einen Moment lang an, die Menschen hätten sich endlich besonnen und eine Möglichkeit ausgetüftelt, wie Drachen und Menschen auf dieser Kugel aus feuchtem Gestein zusammenleben konnten, ohne sich gegenseitig das Lebenslicht ausblasen zu müssen. Aber ich irrte mich. Der Vorschlag war allerdings interessant.

Sie erzählten mir, daß der große Kampf in Spielerkreisen beträchtliches Interesse hervorgerufen habe. Das Problem war, daß die Wettquoten sich völlig geändert hatten, nachdem bekannt geworden war, daß ich den Wurmex-Cocktail nicht getrunken hatte und demzufolge noch ziemlich lebendig war, so daß jedermann damit rechnete, daß Sankt Georg gegrillt werden und ich zwangsläufig gewinnen würde. Man konnte zweitausend zu eins auf Cody wetten, gar keine Sache, aber wenn man auf mich setzen wollte, war niemand bereit, sich darauf einzulassen. Dies, sagten die Wettmenschen, schien ihnen eine wunderbare Gelegenheit zu sein, die raffiniert als beschissene Situation getarnt war.

Erklärt das mal, sagte ich.

Sie erklärten es. Wenn sie alles, was sie hatten, auf Georg setzten und ich dann den Kampf verlor ...

Na, na, na, sagte ich. Ich will ja nicht prahlen, aber glaubt ihr wirklich, es besteht auch nur die geringste Chance, daß das passiert?

Sie scharrten mit den Füßen. Sie räusperten sich. Sie drehten ihre Hüte hin und her. Ob mir der Begriff vorgetäuschter K.o. bekannt sei? fragten sie schließlich.

Georg, so fuhren sie fort, sei bereits mit von der Partie und werde sich genauestens an die Abmachung halten. Ich hätte nichts zu tun, als zu warten, bis er versuchte, mich mit seiner Lanze zu piken – er würde natürlich nicht zustechen –, und mich dann auf dem Boden herumzuwälzen, komische Geräusche von mir zu geben und so zu tun, als stürbe ich. Wenn alle nach Hause gegangen waren, sollte ich mich verdünnisieren und nie mehr zurückkommen. Sie hätten da gerade eine unbebaute Liegenschaft erworben, sagten sie, eine große Insel namens Antarctica, völlig menschenleer, und die könne ich haben. Das sei eine Chance, neu anzufangen und mein Leben ohne irgendwelche weiteren Belästigungen seitens des *Homo sapiens* zu verbringen. Außerdem, fügten sie hinzu und retteten sich dadurch erneut im letzten Moment davor, in Fackeln verwandelt zu werden, lasse sich allein so der Showdown zwischen Gut und Böse auf die einzig sinnvolle Art zu Ende bringen, und die bestand natürlich in einem Unentschieden.

Bianca bemerkte, daß sie kein Gefühl mehr in den Händen hatte. Sie blickte nach unten und sah, daß ihre Hände krampfhaft die Armlehnen des Stuhls umklammerten.

»Und dann?« fragte sie.

Wenn ich daran denke, was als nächstes kam (fuhr der Drache fort), läuft mir immer noch die Galle über. Im allgemeinen bin ich nicht sonderlich nachtragend, aber ich glaube, das war eine ziemlich miese Sache.

Ich habe mich an die Abmachung gehalten. Georg nicht. Mag sein, daß es irgendeine Kommunikationsstörung gab, denkbar wäre es immerhin – ich weiß es nicht. Vielleicht haben die Spieler gelogen, als sie behaupteten, Georg sei zur Kooperation bereit. Aber irgendwie bezweifle ich das. Wie ich schon gesagt habe, kannte ich Cody seit geraumer Zeit, und der würde nicht nur seine eigene Großmutter verkaufen, der gäbe auch noch gefälschte Rabattmarken dazu.

Da stand ich nun – oder eher da stand ich nicht. Ich kam mir wie ein absoluter Blödmann vor, als Georgs Lanze meinen Körper wie ein überdimensionales grünes Cocktailwürstchen aufspießte und mein Kopf auf eine Stange gesteckt und mit Gemüse beworfen wurde, das eindeutig unfrisch war. Zu dem Zeitpunkt konnte ich jedoch nicht mehr viel dagegen tun.

Vielleicht geschah mir das ja recht; schließlich hatte ich mich bereit erklärt, ebenfalls zu mogeln, und *Man Soll Nicht Mogeln*. Und man könnte auch sagen, daß Georg gar nicht gemogelt hat, weil seine Aufgabe im großen Zusammenhang aller Dinge darin bestand, den bösen Drachen zu töten, und genau das hat er getan. Ich weiß es nicht, und vor allem interessiert es mich auch nicht mehr. Ich habe ein für allemal die Nase voll von Gut und Böse und finde es nur noch zum Kotzen.

Wie dem auch sei. Ich war also tot. Und an der Stelle sollte die Geschichte vermutlich enden.

Tat sie aber nicht.

»Du hast so eine komische Gesichtsfarbe«, sagte der Drache. »Vielleicht hättest du nicht soviel Apfelsaft trinken sollen.«

»Calvados. Außerdem glaube ich nicht, daß es daran liegt.« Bianca schluckte ein paarmal, als stecke ihr der Arc de Triomphe im Hals. »Entschuldige, wenn ich dich das frage, aber bist du tot?«

»Ich war tot«, antwortete der Drache und kratzte sich

am Ohr. »Sehr tot sogar. Wenn es einen Preis für die toteste Leiche des Jahrtausends gäbe, hätte ich mich darum bewerben können, gar keine Frage, zumindest bis vor ein paar Wochen. Etwa bis zu der Zeit, als du anfingst …«

»Hör auf.« Bianca schluckte erneut. »Würdest du mich bitte einen Moment entschuldigen?« sagte sie. »Mir ist nicht ganz wohl.«

»Da drüben neben dem Spielautomaten und dann rechts«, sagte der Drache. »Vorausgesetzt, ich habe die Bildchen auf den Türen richtig interpretiert.«

»Danke.«

Während Bianca auf der Damentoilette war, verbrachte der Drache die Zeit damit, weitere drei Flaschen Calvados zu leeren, und da damit die diesbezüglichen Vorräte der Bar erschöpft waren, trank er noch anderthalb Flaschen Bacardi. Gar nicht mit Diesel zu vergleichen, aber im Lauf der Zeit konnte man sich wahrscheinlich daran gewöhnen.

»Wie ich gerade sagte«, fuhr er fort, »war es deine Statue, die alles in Gang setzte. Warum, weiß ich nicht. Hast du da irgendwelche Theorien?«

Bianca schüttelte den Kopf. »Leider nicht«, sagte sie. »Und außerdem bin ich zweifellos total übergeschnappt, so daß nichts, was ich sage, sonderlich hilfreich sein dürfte.«

Der Drache runzelte leicht die Stirn, riß ein Päckchen Erdnüsse auf und bot ihr eine Handvoll an, die sie hastig zurückwies. »Meine Theorie – und mehr als eine Theorie ist es nicht – lautet, daß irgendwie irgendwo ganz gehörige Scheiße gebaut wurde. Die ganze Gut- und Böse-Chose ist total daneben und muß wieder ins Lot gebracht werden. Und«, fuhr er fort, mehr zu sich selbst als zu Bianca sprechend, die ohnehin bloß auf die Kappen ihrer Schuhe starrte und Laute wie ein Hündchen von sich gab, »aus irgendeinem mir völlig unerfindlichen Grund muß sie *jetzt* wieder ins Lot gebracht werden.« Vielleicht neun oder zehn Sekunden lang saß er sehr still da; dann verputzte er den restlichen Rum, schlug sich vergnügt auf die Knie und stand auf. »Wollen wir?« fragte er.

»Wuff«, antwortete Bianca.

»Ich glaube, ich weiß jetzt, was ich als nächstes tue.«

»Ah ja?«

»Ja.« Der Drache blickt durch das Fenster hinaus, lächelte ein wenig und aß die letzte Erdnuß. »Ich glaube, ich werde nach Georg suchen«, sagte er.

SECHSTES KAPITEL

Prodsnaps Idee war sehr einfach. Sie brauchten bloß eine Telephonzelle ausfindig zu machen und ein Taxi zu rufen.

Nach einiger Zeit fanden sie eine Telephonzelle …

(»Aber müssen wir da nicht Geld reinstecken?«

»Oder eine Telephonkarte.«

»Hast du eine Telephonkarte?«

»Ob ich eine habe? Mann, ich habe die Dinger *erfunden.*«)

… und schließlich kam auch das Taxi. Indem er sich mit affenartiger Geschwindigkeit bewegte, schaffte Prodsnap es, den Griff der hinteren Tür mit seinen Klauen zu packen, bevor der Fahrer den Rückwärtsgang einlegen und sich davonmachen konnte.

»Hei«, sagte Prodsnap munter. »Nach Birmingham, bitte.«

Die Augen des Taxifahrers waren so rund wie Suppenteller, und er stieß ein röchelndes Geräusch aus. Prodsnap nahm den Platz neben dem Fahrer ein, winkte in Richtung der Büsche und grinste.

»Sind auf dem Weg zu 'nem Kostümfest, und die verdammte Karre hat den Geist aufgegeben«, sagte er. »Ist es nicht zum Kotzen, wenn so was passiert?«

Die Augen des Fahrers waren auf die sechsfingrige, krallenbewehrte Klaue geheftet, die lässig auf dem Armaturenbrett ruhte. »Kostümfest?« stieß er hervor.

»Tolle Kostüme, nich? Wir sind zu fünft, aber machen Sie sich keine Sorgen.« Er wandte sich seinen Kollegen zu, die aus dem Gebüsch aufgetaucht waren und an Alpträume erinnerten, wie man sie nach dem Genuß von vergammeltem Käse in den frühen Morgenstunden hat. »Chardonay«, fuhr er fort, »du mußt leider im Kofferraum fahren. Na, mach schon.«

Von Snorkfrod kam ein Zischen, das sich anhörte, als werde eine Klapperschlange heiß gebügelt, doch Chardonay ging, ohne ein Wort zu sagen, zum Heck des Autos, öffnete den Kofferraum und hopste hinein.

»Na, dann mal los«, sagte Prodsnap vergnügt.

»Guten Morgen, Eure Gnaden«, murmelte Vater Kelly. »Ich habe Euch eine schöne Tasse Tee gebracht und ein gekochtes ...«

»Scheiß auf Tee«, brummte Georg, ohne sich zu rühren. »Ich will Whisky, ungefähr einen Viertelliter, neun Scheiben Schinken und einen dicken, fettigen Kanten geröstetes Brot. Und zwar ein bißchen plötzlich.«

Als Vater Kelly zurückkam, saß Georg auf der Bettkante und suchte mit seinen Zehen nach den Pantoffeln. Da seine Füße etwa fünf Nummern größer waren als die seines Gastgebers, hatte er die Schuhe mit einer Nagelschere, auf die er im Badezimmer gestoßen war, an der Seite aufgeschlitzt. Danach benutzte er die Nagelschere als Zahnstocher.

»Frühstück«, verkündete Vater Kelly, während er vorsichtig das Tablett absetzte. »Es ist ein wunderschöner Morgen, die Sonne ...«

»Halt den Rand«, entgegnete Georg. »Hast du die Sachen bekommen, die ich brauche?«

Vater Kelly nickte. Er war schon vor Tagesanbruch auf Achse gewesen, hatte etliche Gemeindemitglieder aus dem Bett getrommelt und die gewünschten Dinge zusammengeschnorrt und -geborgt. »Die meisten«, antwortete er. »Fast alle …«

»Was meinst du mit *fast* alle?« Georg sah ihn finster an und stopfte sich eine weitere Handvoll Schinken in den Mund. »Fast ist nicht gut genug, du fauler Sack. Was hast du denn nicht? Den Sprengstoff?«

»*Den* habe ich«, antwortete Vater Kelly mit einem Anflug von Selbstgefälligkeit. »Es ist nämlich so, daß Seamus Donoghoe im Steinbruch arbeitet …«

»Die Sprengkapseln?«

»Sind vorhanden, Eure Gnaden.«

»Das Zyanid?«

»Ah.« Vater Kelly biß sich auf die Lippe. »Da gibt es ein kleines Problem, aber ich glaube, ich weiß, wo ich es herbekommen könnte. Dennis O' Rourkes Mutter arbeitet nämlich in einer Plastikfabrik …«

»Dann hör auf, hier rumzustehn und Müll zu erzählen«, fuhr Georg ihn an. »Mach dich auf die Socken und kümmer dich drum. Du hast Zeit, bis ich mit dem Frühstück fertig bin, also mach dalli.«

»Ja, Eure Gnaden.«

»Und besorg 'nen anständigen Whisky, verdammt noch mal. Das Zeug hier schmeckt ja wie Frostschutzmittel.«

»Selbstverständlich, Eure Gnaden.«

»Und mehr Schinken.«

»Sofort, Eure Gna …«

»*Zack zack!*«

Nachdem er den Priester losgeworden war (was, so fragte Georg den leeren Raum, ist in diesem kotzerbärmlichen Jahrhundert bloß mit der Geistlichkeit los? Zu seiner Zeit war ein Priester ein kräftiger, schweigsamer Bursche im Kettenpanzer, der mit den Reservepfeilen bereitstand und den Trichter hielt, wenn man Gift in den Fluß goß), kippte er sich den restlichen Whisky hinter die Binde, wischte die fettigen Hände am Vorhang ab und ging den ganzen Plan noch einmal im Geist durch.

Es hing alles davon ab, ob die Statue noch da war. Falls ja, brauchte er sie bloß mit dem Sprengstoff zu bepacken, um dann aus sicherer Entfernung auf den Hebel zu drücken. Ende der Statue; Ende des Drachen. Das war Plan A. Bei Plan B ging es um das Zyanid, die Wasserversorgung der West Midlands und eine sehr großzügige Auslegung der alten Maxime ›Wo gehobelt wird, da fallen Späne‹.

Nicht übel, dieses Jahrhundert. Fortschrittlich. Sah man zum Beispiel bei Sprengstoffen. Bevor er Vater Kelly aufgesucht hatte, hatte er in der Bücherei Zwischenstation gemacht und eine Enzyklopädie gelesen (Heilige sind schnelle Leser und haben ein nahezu photographisches Gedächtnis), und einige der Dinge, die man mit Sprengstoff machen konnte, hatten ihn vor Neid erblassen lassen. Was hätte er in der guten alten Zeit mit ein paar Wagenladungen Plastiksprengstoff oder TNT nicht alles erreichen können? Natürlich hatte er damals, zu Beginn der Geschichte, auf eigene Faust mit basischem Schwefel und Holzkohlegemischen herumexperimentiert, aber das Zeug war eine einzige Enttäuschung gewesen; ein Zischen, ein paar hübsche Funken und ein unangenehmer Geruch. So fing die Welt an – nicht mit Knall und Klang, sondern Gestank.

Er blickte auf. Jemand klopfte aufgeregt an die Tür. Er seufzte.

»Hör auf rumzualbern und komm rein, du Waschlappen!« brüllte er, und gehorsam trat Vater Kelly ein. Er war totenbleich und zitterte wie eine Hängebrücke aus zweiter Hand.

»Eure Gnaden«, flüsterte er. »Oh, Eure Gnaden. Ihr müßt schnell kommen. Draußen auf der Straße. Da sind …« Die Stimme versagte ihm. Er fiel auf die Knie und fing an, sich zu bekreuzigen, bis ein kräftiger Tritt Georgs ihn wieder auf die Beine brachte.

»Jammer hier nicht rum, du Heulsuse. Was ficht dich denn an? Mäuse? Eine Spinne im Bad?«

»*Teufel!*«

»Wie meinen?«

»Teufel«, wiederholte Vater Kelly. »Fünf Stück, die frech wie Oskar auf der Straße umherstolzieren. Oh, Eure Gnaden ...«

»Bist du sicher, daß es Teufel sind?«

Entsetzt flüsternd beschrieb Vater Kelly sie. Georg nickte.

»Jawollo«, sagte er, »hört sich ganz nach Teufeln an. Das ist praktisch.«

Dem Priester klappte die Kinnlade herunter. »*Praktisch?* O ihr Heiligen, bewahrt uns vor dem ... ich meine ...«

Georg stand auf, packte den Priester beim Ohr und schmiß ihn raus. Dann trat er zum Fenster und schob den Vorhang ein Stück zurück. Tatsächlich; fünf Dämonen standen auf der Straße und stritten sich mit einem Taxifahrer.

Georg lächelte. »Perfekt«, sagte er.

»Natürlich ist das eine gültige Kreditkarte«, entgegnete Prodsnap wütend. »Können Sie nicht lesen, Sie Blödmann? Da steht groß und deutlich Bank der Hölle AG, Verfallsdatum ... na, das brauchen Sie nicht zu wissen«, fügte er hinzu und legte den Daumen auf die eingestanzten Zahlen. »Das sind sozusagen, äh, geschützte Daten.«

Der Fahrer nahm die Karte in die Hand und sah sie sich genauer an. »Was sind denn das für komische Krakel?« fragte er. »Wie 'ne Schrift sieht das aber nich aus.«

Prodsnap fluchte. Die interne Sprache der Hölle war eine relativ neue Erfindung, ein künstliches Idiom, das man eingeführt hatte, damit die unzähligen Nationen, die die neun Kreise bevölkerten, einander verstehen konnten. Als Vorbild für die neue Sprache hatte Volapük gedient, obwohl man aus naheliegenden Gründen die Bezeichnung geändert hatte und sie Höllapük nannte.

»Chardonay«, sagte er, »du bist doch so was wie ein Intellektueller. Komm mal her und erklär diesem Schwachkopf hier ...«

Das war ein Fehler, wie Prodsnap sofort erkannte. Der Dämon Chardonay glaubte nämlich immer noch daran, daß schwierige Situationen durch Erklärungen und Verhandlungen entschärft werden konnten. Wenn man schon so lange in der Hölle arbeitete wie Prodsnap (was hieß, ungefähr seit Entstehung der Sonne), dann wußte man mit ziemlicher Sicherheit, daß es ohne Erklärungen und Verhandlungen wahrscheinlich gar nicht erst zu schwierigen Situationen käme.

Slitgrind, der neben ihm stand, zog eine finstere Miene. »Warum fressen wir den Typ nicht einfach?« flüsterte er laut. »Ist doch kein Problem. Du hältst seine Arme fest, und ich beiße ihm ...«

Prodsnap schüttelte den Kopf. »Unmöglich«, sagte er. »Wir wollen ja nicht, daß es zu Verwicklungen kommt, nicht wahr? Daher verzichten wir darauf, uns irgendwie zu profilieren.«

Eine unglückliche Wortwahl; Slitgrind hatte nämlich kein sonderlich ausgeprägtes Profil, was mit der Tatsache zusammenhing, daß seine Augenbrauen und sein affenartiger Haaransatz sich eine sehr niedrige Stirn teilten.

»Sieht doch niemand zu, oder?« erwiderte Slitgrind. »Ich meine, niemand würde ihn vermissen, oder? Ist zwar schade, daß wir keinen Senf dabeihaben, aber trotzdem.«

»Ich sag's zum letztenmal«, knurrte Prodsnap. »Das lebende Inventar wird nicht gefressen. Verstanden?«

»Blöder Spielverderber. Du bist genauso schlimm wie die Ärsche vom Management.«

Chardonays Verhandlungen standen kurz davor zusammenzubrechen – das war immerhin etwas. Die nähere Bekanntschaft hatte des Taxifahrers Angst vor Dämonen soweit reduziert, daß er gerade alle seine

Kräfte zusammennahm, um Chardonay gewaltig eins auf die Nase zu geben, als auf der anderen Straßenseite die Tür eines Hauses sich öffnete, eine menschliche Gestalt heraustrat und zur Mitte des Fahrdamms herüberkam.

»Braucht ihr Hilfe?« fragte der Mann.

Prodsnap baute sich vor ihm auf und zog seine tückischste Fratze, was aber absolut keine Wirkung hatte. »Ey«, grunzte er, »wer bist du denn?«

»Ich?« Der Fremde grinste. »Georg ist mein Name. Ich bin ein Heiliger.«

Chubby Stevenson, der allein in seinem Büro saß, diktierte den letzten Brief des Tages, sah die wichtigsten Ausdrucke durch, warf einen flüchtigen Blick ins Internet und schaltete den Computer aus. Nachdem die Arbeit für heute getan war, gestattete er sich, an die Ereignisse zu denken ...

»Aaaaah!«

In einem schalldichten Penthousebüro, das in sehr großer Höhe über dem mitternächtlichen Verkehr liegt, hört einen außer der Reinemachefrau niemand schreien.

Nachdem er das losgeworden war, setzte er sein Gehirn wieder in Gang, schaltete sein analytisches Denkvermögen ein und versuchte nachzudenken.

Ein Störfeld.

Irgend etwas – ihn schauderte, sich vorzustellen, was es war – hatte bewirkt, daß die gesamte, in Präzisionsarbeit hergestellte Fröhlichkeit seines Teams verdampft war wie Schnee auf einem heißen Auspuff. Doch in ihrer unverdünnten, zu neunundneunzig Prozent reinen Form ist Fröhlichkeit eine der dynamischsten Energieformen im Kosmos. Ist sie erst einmal losgelassen, zischend und spotzend wie eine brennende Zündschnur, dann neigen andere Kräfte dazu, sich an frühere Verabredungen zu erinnern und sich unauffällig davonzustehlen, etwa so wie ausgelassene Festgäste, die gerade festgestellt haben, daß sie versehentlich auf eine Mafiahochzeit geraten sind. Was in aller Welt vermochte negative Schwingungen auszusenden, die stark genug …?

Chubby konzentrierte sich. Der Schlüsselausdruck war hier, so erkannte er, ›in aller Welt‹. *Wuff, wuff!* Platz, Bello, das war der falsche Baum.

»Scheiße!« flüsterte er.

Im Lauf seiner finsteren, unnatürlichen Tätigkeit hatte Chubby viele seltsame Dinge gesehen und Geschichten gehört, die einen Clive Barker veranlaßt hätten, noch nachts in die Apotheke zu eilen, um sich eine Großpackung Beruhigungsmittel zu besorgen. All das hatte er verarbeitet und bewältigt, indem er auf die gewaltigen Kraftreserven, die ihm als Unternehmer zu Gebote standen, und seine Entschlossenheit zurückgegriffen hatte. Pah. Mumpitz.

Eine Geschichte jedoch, die ihm von einem Reisenden erzählt worden war, hatte selbst seine monumentale Gelassenheit erschüttert. Kein anderer Lebender hatte sie je gehört, denn es war ein Bericht über eine Reise ins Innere der Hölle; und sie hatte zumindest vorübergehend dazu geführt, daß seine Entschlossenheit nicht mehr Substanz hatte als hochwassergeschädigtes Balsaholz aus zweiter Hand und seine innere Kraft fast auf den Nullpunkt sank.

Das Wesentliche an der Hölle, hatte der Fremde betont, besteht nicht darin, daß sie grauenerregend oder gräßlich ist. Auch Horror hat etwas Vitales, und die Wirkung des Grotesk-Bizarren ist eine Gratwanderung zwischen Schreien und Lachen. Wo es Vitalität gibt, gibt es auch Leben; wo es Gelächter gibt, da gibt es Hoffnung. Aber in der Hölle gibt es weder Leben noch Gelächter, nicht einmal das abscheuliche Kichern sadistischer Dämonen. In ihrem Wesen ist die Hölle durch und durch trübselig.

Und wenn Fröhlichkeit Feuer ist, dann ist Trübsal Wasser.

»Na, großartig«, knurrte Chubby vor sich hin. »Das letzte, was ich jetzt gebrauchen kann, sind diese Schnüffler.«

Denn, so überlegte er (da er die Wahrheit kannte), die Hölle ist ein Teil des Establishments; sie steht, ohne zu wanken, hinter dem Status quo, der Regierung, der Aufrechterhaltung von Recht und Ordnung. Man kann das Universum notfalls ohne Himmel lenken, aber nicht ohne Hölle. Vergessen Sie das ganze Zeug, das im Prospekt übers Pandämonium, über das Herrschaftsgebiet des Chaos und das Reich des Bösen steht; das schreiben die nur rein, damit Sie Postkarten kaufen. Wenn Sie nach dem stärksten Bollwerk altmodischer Moralvorstellungen suchen, das es im ganzen Seinsbereich gibt, dann sehen Sie sich im Souterrain um. Im Vergleich zu diesen Typen wirkt der Vatikan wie eine von Caligulas weniger gehemmten Abendgesellschaften. Die *glauben* an das alles.

Deswegen sind sie auch so gottverdammt trübselig.

Und selbstredend sind sie auch grundsätzlich gegen jeden unternehmerischen Eingriff in das Gleichgewicht der Natur. Im Rahmen der großen Machtaufteilung herrscht Satan über alles Vergängliche und Materielle, während Gott sich um das Spirituelle und Ewige kümmert – eine phantasievolle Art, um auszudrücken, daß das Eigentumsrecht beim Himmel liegt, die Hölle aber für die beweglichen und unbeweglichen Einrichtungsgegenstände verantwortlich ist, wozu natürlich auch die Zeit gehört.

Scheißkerle, brummte Chubby vor sich hin. Irgendwo in seinen Zeitfeldern streifte eine Bande gottverfluchter Teufel umher, das Lästigste, was einem draufgängerischen Zeitbergungsspezialisten überhaupt widerfahren kann, das Auftreten von Engeln vielleicht ausgenommen. Nahm man zudem noch die gräßliche Zeitbombe hinzu, die der Vertrag mit den Japanern darstellte, so fühlte er sich fast versucht, den Nachtsafe zu plündern, sich abzusetzen und sich an irgendeinem sonnigen, sehr weit entfernten Ort ein hübsches, sicheres und autarkes Jahrhundert zu basteln. Obwohl ihm das nicht viel genützt hätte. Man kann sich verstecken, aber man kann nicht davonlaufen.

Aber was konnte er tun? Gute Frage. Er runzelte die Stirn. Dann drehte er seinen Stuhl herum, bis er einem anderen Bildschirm gegenübersaß, streckte die Finger aus und tippte auf ein paar Tasten.

Dein Wunsch ist mir Befehl.

»Hei«, antwortete Chubby nervös grinsend, »hoffentlich habe ich dich nicht gestört.«

In eine so hochkarätige Sache wie das Zeitbergungsspiel steigt man nicht ein, ohne wenigstens ein As im Ärmel zu haben. Hat man sich einmal zum Mitmachen entschlossen, so ist es von vordringlicher Wichtigkeit, sich diese Allzweckkarte zu beschaffen, die einem aus allen Schwierigkeiten heraushilft und dafür sorgt, daß man unbehelligt bleibt, ganz gleich, was passiert. Natürlich benutzt man sie nur im äußersten Notfall. Das Wissen, daß man sie hat, reicht normalerweise aus.

Keineswegs. Du weißt, wie erpicht ich darauf bin, dir zu dienen und es dir zu zeigen.

Und letzteres ist nicht gelogen, dachte Chubby mit einem Schaudern. Nichts tätest du lieber, du heimtückischer Bastard.

Vor langen Jahren hatte sich Chubby Stevenson, damals neunzehn und Programmierer bei einer Softwarefirma, einmal einen Tag frei genommen (weil er angeblich Grippe hatte) und war ins weitläufige Stadtzentrum von Milton Keynes gegangen, um sich auf dem Flohmarkt umzusehen. Eigentlich suchte er nach einem preisgünstigen Billardqueue aus zweiter Hand, doch wurde seine Aufmerksamkeit von einem Gegenstand gefesselt, der verdächtig nach einem Kawaguchiya 8452-Textverarbeitungscomputer aussah und in einer Bude ganz am Ende des Marktes niedergeschlagen inmitten einer Familie siecher Toaster hockte. So lässig, wie er es vermochte, fragte er nach dem Preis.

»Das kommt darauf an.«

»Hä?«

»Das kommt darauf an«, wiederholte der Budeninhaber. »Um den Preis dieser Dinge kann man gegebenenfalls handeln.«

Soviel der junge Stevenson wußte, war das vermutlich ein Euphemismus für *Das ganze Zeug hier ist geklaut*. Er zuckte die Achseln.

»Ich gebe Ihnen 'nen Zehner«, sagte er.

Der Budeninhaber lachte. Später vermochte Chubby nie mit Sicherheit zu sagen, ob es ein Mann oder eine Frau, ob er/sie alt oder jung, total plemplem oder nur leicht bekloppt gewesen war. Zu dem Zeitpunkt war es ihm auch egal. Er/sie trug einen Anorak mit Kapuze und stand direkt im Schatten der Überführung; vom Gesicht war nichts zu erkennen. Ist wahrscheinlich auch besser so, sagte sich Chubby, die Stimme allein reicht schon. Dann braucht er/sie nicht extra Gucklöcher in eine völlig intakte Papiertüte zu bohren.

»Okay«, sagte er, »zwölf fünfzig, ja oder nein.«

Abermals irres Kichern. Er war gerade im Begriff, weiterzugehen und sich einer Kiste zuzuwenden, die offenbar voll erstklassiger Duran Duran-LPs war, als das Lachen aufhörte. Chubby blieb stehen.

»Er gefällt Ihnen also?«

Chubby wandte sich zurück, und als er das tat, hatte er das Gefühl, daß diese Bewegung auf den Rest seines Lebens eine wichtige Auswirkung haben würde.

»Nun ja«, sagte er und bemühte sich, gelangweilt zu klingen. »Der 8452er ist wohl ganz akzeptabel, wenn es einem nichts ausmacht, jedesmal, bevor man sich einloggt, das komische Ding mit einer Kurbel anwerfen zu müssen. Ich hätte eigentlich gedacht, Sie wären froh, ihn loszuwerden.«

»Wenn er Ihnen gefällt, können Sie ihn haben.«
»Zwölf fünfzig haben wir doch gesagt, oder?«
»Umsonst.« Der Budeninhaber lachte glucksend. »Gratis. Kostet nichts. Ich geb sogar noch sechs Disketten und den Stecker dazu.«
Einen Augenblick lang hatte Chubby das eigenartige Gefühl, mit einem Strauß bleierner Narzissen eins auf den Kopf zu bekommen. »Na schön«, sagte er, »und wo ist der Haken?«
»Um ihn zu befestigen, meinen Sie? Nun, da brauchen Sie bloß hier hinten ...«
»Der Nachteil. Die Schattenseite. Das dicke Ende.«
»Ach, das. Gibt es nicht.«
»Echt?«
Der Budeninhaber war jetzt so undeutlich zu erkennen, daß Chubby eigentlich nur die Stimme und das Fehlen von Licht ausmachen konnte. »Auf Ehre und – Echt. Er funktioniert. Er wird nicht den Geist aufgeben. Mein Junge, Sie sollten Ihren Job wechseln und Zahnseide an geschenkte Gäule verkaufen.«
Chubby war sich unschlüssig. Irgend etwas kam ihm nicht so recht ... Aber umsonst ist umsonst. Außerdem gab es in Milton Keynes verdammt selten etwas umsonst. »Abgemacht«, sagte er. »Haben Sie noch die Originalverpackung?«
»Und noch etwas«, antwortete der pikierte Budeninhaber. »Wenn ich Sie wäre, würde ich warten, bis mein Glück mich verläßt, statt ihm einen Tritt in den Arsch zu geben. Und jetzt nehmen Sie das Scheißding und hauen Sie ab.«
Als er wieder zu Hause war und den Computer anschloß, herrschte pechschwarze Dunkelheit. Die Glühbirne in seinem möblierten Zimmer war kaputt und die Batterie in seiner Taschenlampe so schwach, daß sie nur noch Urschleim-Impressionen zuwege brachte. Das grüne Licht vom Bildschirm schien in jede Ecke des Zimmers zu dringen wie der aus einer überfüllten Espressomaschine spritzende Schaum.

Dein Wunsch ist mir Befehl.

Chubby schnaubte verächtlich. In seiner Firma hatte man schon vor Jahren damit aufgehört, solche Menü-Gags einzubauen, selbst bei Spielen. Er drückte auf die Taste, um die Diskette auszuwerfen, aber nichts geschah.

Ich bin der dienstbare Geist des PC. Vor Jahrhunderten hat mich ein mächtiger Zauberer zur Strafe in dieses winzige Gehäuse eingesperrt. Befrei mich!

Chubbys Unterkiefer klappte herunter. So baff war er noch nie gewesen, noch nicht einmal nach einer Spitzenpolitikerrede. Er drückte mit aller Kraft auf den Netzschalter. Ohne Wirkung. Er zog den Stecker raus. Das grüne Licht leuchtete ihm zum Hohn weiter.

Wenn ich verspreche, dir zu dienen, wirst du mich dann befreien?

Wie gewonnen, so zerronnen, murmelte Chubby vor sich hin. Er nahm den großen Schraubenschlüssel, mit dem er immer die Kette an seinem Moped nachstellte, in die Hand, drehte das Gesicht zur Seite und drosch so hart, wie er konnte, auf den Bildschirm ein.

»Autsch!«

Der Schraubenschlüssel flog quer durchs Zimmer. Seine Hand fühlte sich an, als wäre sie direkt ans nationale Stromversorgungsnetz angeschlossen. Nach sehr langen drei Sekunden vermochte er sie loszubekommen und fiel nach hintenüber. Der Bildschirm war unversehrt.

Das war dumm von dir. Wenn ich verspreche, dir zu dienen, wirst du mich dann befreien?

»Verdammt noch mal, du beknackte Maschine, mit dem Stromschlag hast du mich beinahe umgebracht!«

Du warst dumm. Es sollte dir eine Lehre sein.

Ohne den Blick vom Bildschirm zu wenden, wich Chubby zurück, bis seine Hand mit dem Türgriff in Kontakt trat. Bevor sein ganzer Körper von Licht und Schmerz durchströmt wurde, dachte er noch: *Aluminium leitet also doch Elektrizität*. Dann brach er wieder zusammen.

Steh auf. Er sah die Worte, ohne auf den Bildschirm zu blicken. Er stand auf und setzte sich in seinen Stuhl. *Danke.*

»Erklär mir das mal alles«, sagte er.

Ich bin ein Geist von außergewöhnlicher Macht. Ein Magier hat mich in diese Maschine gezaubert. Die Maschine hat mich verschluckt. Du weiß ja, wie es bei diesen primitiven Floppy disk-Laufwerken ist.

»Und weiter?«

Wenn du mich befreist, werde ich für den Rest deines Lebens dein Sklave sein. Was immer du sagst, wird gemacht.

»Und der Haken?«

Es gibt keinen Haken. Du mußt nur hinten an der Konsole zwei kleine Messingschrauben losmachen …

»Die faule Stelle. Die Fliege in der Suppe.«

Wenn du mich befreist, muß ich deine Seele haben.

»Oh.« Chubby runzelte die Stirn. »Habe ich denn eine?«

Selbstverständlich. Um ganz offen zu sein, wenn die durchschnittliche Seele ein Ford Escort ist, dann ist deine ein Trabi, aber ich kann es mir nicht leisten, wählerisch zu sein. Schließen wir also einen Pakt?

Meine Güte, dachte Chubby. Andererseits, wenn man nie wußte, daß man etwas hat, dann kann man es auch nicht vermissen. Und außerdem passiert das alles in Wirklichkeit gar nicht.

»Ich weiß nicht recht. Erklär mal, wie das vor sich geht.«

Laß mich deine Seele mit dir teilen. Dann werde ich frei sein, mit der Einschränkung, daß du mir, solange du lebst, alles befehlen kannst.

»Alles?«

Alles, was in meiner Macht steht.

»Aha. Ein Rückzieher.«

Der Bildschirm füllte sich mit wogenden Schlangenlinien; hätte Chubby das Handbuch gehabt, dann hätte er gewußt, daß sie Lachen darstellten.

Darüber würde ich mir keine Sorgen machen. Was ich nicht vermag, kannst du noch nicht einmal buchstabieren, wie man so schön sagt. Aber auf eines muß ich dich hinweisen. Jedesmal, wenn du mir einen Befehl gibst, geht ein weiterer kleiner Teil deiner Seele für immer in meinen Besitz über. Und wenn ich sie dann ganz habe, werden wir eins sein.

»Eins sein?« Chubby zog ein finsteres Gesicht. »Versteh ich nicht ganz. Du meinst wie bei einer Fusion?«

Wogende Schlangenlinien. *Sehr treffend ausgedrückt. Stell dir eine Fusion zwischen der Mirror-Gruppe und der* Brightlingsea Evening Chronicle *vor, dann kannst du dir ungefähr ein Bild machen.*

»Okay.« Chubbys Kehle war trocken, doch seine Handflächen waren feucht. »Und wenn ich ablehne?«

Wenn ich deine Seele nicht haben kann, werde ich deinen Körper mit Blitzen verbrennen und dein Gehirn rösten.

»Ah.«

Wenn du dich schnell entscheidest, ließe ich mich vielleicht überreden, noch einen Gratisradiowecker zuzugeben.

»Okay, in dem Fall ...«

Bisher hatte er die Dienste der Maschine viermal in Anspruch genommen. Jedesmal war das Gewünschte sofort eingetreten und absolut zufriedenstellend gewesen. Jedesmal hatte er hinterher nicht die geringste Veränderung gespürt, wenn man einmal davon absah, daß er beim ersten Mal ein birnenförmiger junger Computerprogrammierer gewesen war, der über einer Apotheke wohnte und hoffte, eines Tages ein nettes Mädchen mit eigenem Auto kennenzulernen. Jetzt hingegen ...

Dein Wunsch ist mir Befehl.

»Ich weiß. Nun hör mal gut zu.«

SIEBENTES KAPITEL

He, du«, sagte Georg. »Was zu futtern für sechs, so schnell es geht.«

Während Vater Kelly am ganzen Körper zitternd nickte, wandte Georg sich den Feinheiten des Gastgebertums zu. »Gibt es irgendwas, das ihr nicht essen könnt?« fragte er. »Aus religiösen Gründen oder so?«

Chardonay schüttelte den Kopf. »Ich glaube nicht«, antwortete er.

»Von Meineidigen bekomme ich allerdings immer Blähungen«, warf Slitgrind ein, »es sei denn, sie sind in Schwefelsäure eingelegt. Dann kann man sie mit Frühlingsgemüse und einem schönen Niersteiner oder ...«

»Ich habe Käse da«, erwiderte Vater Kelly. »Oder Hühnerpastete.«

Slitgrind rümpfte die Nase. »Lieber Pastete«, sagte er. »Von Käse kriegt man Alpträume.«

Vater Kelly starrte ihn an, gab, ohne die Lippen zu öffnen, einen piepsigen Laut von sich und floh. Georg ließ sich in den Sessel plumpsen und forderte seine neuen Freunde mit einer Handbewegung auf, sich ebenfalls zu setzen.

»Du bist also ein Heiliger«, wagte Chardonay zu sagen, nachdem eine Zeitlang unbehagliches Schweigen geherrscht hatte.

Georg nickte. »Voll akkreditiert, mit eigenem Kalendertag und allem Drum und Dran.«

Die Dämonen wechselten Blicke. »Ähm«, fuhr Chardonay fort, und lange bevor er den Mund öffnete, verriet sein Gesicht, daß er etwas sagen wollte, das sich diplomatisch schwer ausdrücken ließ. »Nun ja, die Sache ist doch die ...«

»Moment mal, ich hab was vergessen.« Georg hob eine schwere Alabasterstatue der Heiligen Jungfrau hoch und schlug damit so lange auf den Kaminsims, bis Vater Kelly wieder erschien. »Wir brauchen auch was zum Saufen«, sagte er. »Was hast du da?«

Mit geschlossenen Augen begann der Priester, seine Bestände aufzuzählen. »Muß mal überlegen«, sagte er. »Also, an Spirituosen haben wir Brandy, Gin und Wodka, Johnny Walker Black Label, Bell's, Famous Grouse, The Macallan und Jack Daniels. An Bier gibt es Guinness, Heineken, Becks, Grolsch, Newcastle Brown oder Stella Artois.«

»Kein Holsten Pils?«

»Nein, tut mir leid.«

»Herrgott noch mal!«

Chardonay hustete diskret, wie ein Schaf, das gerade aus Versehen ins falsche Hotelzimmer geraten ist. »Eine Tasse Tee würde eigentlich völlig reichen«, sagte er.

Slitgrind und Prodsnap wollten protestieren, verstummten aber, als sie Snorkfrods Blick auffingen. Georg zuckte die Achseln.

»Wie ihr wollt«, sagte er. »Nun steh hier nicht rum und halt Maulaffen feil, du Pinsel. Mach hin!«

Vater Kelly verschwand, und Georg wandte sich wieder den Dämonen zu. »Schuldigung«, meinte er. »Was hattest du gerade gesagt?«

»Wir sind ...« Chardonay schluckte. »Wir sind nämlich Teufel. Aus der Hölle. Ich, äh, dachte, das solltest du wissen, bevor du uns, nun ja, was zu essen gibst und, äh, so.«

»Das weiß ich«, antwortete Georg verblüfft. »Ich habe euch doch gesagt, daß ich ein gottverdammter Heiliger bin. Wir Heiligen wissen solche Sachen.«

»Verstehe.« Chardonay biß sich auf die Unterlippe, erinnerte sich aber zu spät daran, daß er kein Mensch mehr war, und unterdrückte einen Schmerzensschrei. »Ich dachte bloß, du könntest vielleicht ... Na ja, wir stehen sozusagen auf verschiedenen Seiten.«

»Quatsch«, entgegnete Georg kurz angebunden, zündete sich eine Lucky Strike an und blies den Rauch zur Decke. »Wir stehen auf der gleichen Seite. Wir sind«, fügte er hinzu, während sich sein Gesicht zu einem widerlichen Grinsen verzog, »die Guten.«

»Wie bitte?«

»Die mit den weißen Hüten«, erklärte Georg vergnügt. »Die US Kavallerie. Die Spezialtruppe. Sicher, wir machen verschiedene Jobs, aber wir arbeiten alle für denselben Großen Chef. Der einzige Unterschied ist, daß ich die Bösewichte in die Hölle schicke und ihr euch dort um sie kümmert. Meine Güte, ich hätte gedacht, daß ihr das wißt.«

Weitere Blicke wurden gewechselt. Jeder der fünf Dämonen setzte an, etwas zu sagen, beschloß aber im letzten Moment, es zu unterlassen. Schließlich neigte Chardonay den Kopf auf unverbindliche Weise.

»Verstehe, was du meinst«, sagte er. »Es ist nur so, daß wir dachten, ihr, ich meine, Heilige und Engel und dergleichen, also ihr würdet ... na ja, das Ganze weniger pragmatisch sehen. Immerhin gab es ja diesen Krieg ...«

»Na und?« Georg lachte glucksend. »Machtkämpfe, Palastrevolten, hier und da eine Nacht der langen Messer, in jeder großen Organisation gibt es interne Querelen und Machenschaften. Heißt ja nicht, daß wir in letzter Konsequenz nicht alle am gleichen Strang ziehen.«

Chardonay seufzte. Sosehr er auch versuchte, den

Advocatus angeli zu spielen, gegen diese Logik kam er nicht an. »Na gut«, sagte er, »das gebe ich zu, aber …«

»Viel wichtiger finde ich die Frage«, fiel Georg ihm ins Wort, während er sich vorbeugte, so daß Chardonay Rauch ins Gesicht bekam, »was zum Geier ihr hier macht. Ihr seid doch ein bißchen weit vom Schuß, wie?«

»Ah«, sagte Chardonay. »Tja.«

»Wir haben den Bus verpaßt«, erklärte Prodsnap.

»War wohl eher so, daß wir absichtlich zurückgelassen wurden«, murrte Slitgrind. »Die Armleuchter dachten wahrscheinlich, das sei lustig. Denen werde ich zeigen, was lustig ist.«

»Bus?« Georg strich sich übers Kinn, so daß sein Mund hinter der Hand verborgen war. »Was für ein Bus?«

»Betriebsausflug«, antwortete Prodsnap. »Nach Nashville.« Er seufzte. »Die Grand Ole Opry-Show. Gracelands …«

Wenn Georg bestürzt war, dann schaffte er es hervorragend, sich nichts anmerken zu lassen. »Kapiere«, sagte er. »Dann seid ihr also meilenweit außerhalb eures Zuständigkeitsbereichs gestrandet, müßt zu Fuß zurück, und wenn euch unterwegs jemand als das erkennt, was ihr seid, wird es ganz teuflische Verwicklungen geben, und wenn ihr dann zurückkehrt, macht eure Karriere einen Knick zur Seite, und ihr müßt den großen Scheißesee ausmisten, richtig?«

Die fünf Dämonen nickten. Wer immer dieser Blödmann war, er wußte jedenfalls Bescheid. Wahrscheinlich, so vermuteten sie, geht es OBEN ganz ähnlich zu.

Georgs Grinsen wurde immer breiter, als triebe jemand Keile in seine Mundwinkel. »Aber«, fuhr er fort, »mal angenommen, ihr bringt einen Gefangenen mit, wenn ihr zurückkehrt. Jemanden, der eigentlich schon seit ewigen Zeiten unten bei euch sein müßte. Sagen wir mal, einen Angehörigen eurer Abteilung, der sich vor langer Zeit unerlaubt von der Truppe entfernt und nie zum Dienst zurückgemeldet hat. Dann wäre doch alles ein bißchen anders, wie?«

Die Dämonen bestätigten, daß es dann anders wäre. Sehr sogar.

»Fein«, sagte Georg. »Ich glaube, da kann ich euch helfen. Spitzt mal die Ohren.«

»Und wie?«

Der Drache zuckte die Achseln. »Da«, sagte er, »bin ich überfragt. Igitt!« fügte er hinzu und verzog das Gesicht. »Da ist was drin.«

Bianca nickte. »Blei«, sagte sie. »Das tun sie hinein, damit die Motoren besser laufen.«

Mit finsterer Miene wischte sich der Drache den Mund am Ärmel ab, schraubte den Verschluß wieder auf den Benzinkanister und spuckte aus. »Widerlich«, sagte er. »Wie Zichorie im Kaffee oder Zigaretten mit Menthol. Na, egal. Also, die Suche nach Georg. Ich muß gestehen, daß ich im eigentlichen Sinne keinen Schlachtplan habe. Weißt du, ich habe mich darauf verlassen, daß er nach mir sucht und zu mir kommt.«

»Hältst du das für wahrscheinlich?«

Vom Musikpavillon, der einige hundert Yard entfernt auf dem Rasen stand, drangen die Klänge ausgewählter Weisen aus den *Pirates of Penzance* herüber, gespielt von einer Militärkapelle. Kinder tollten herum und versuchten sich gegenseitig mit Plastikschwertern die Gliedmaßen abzuhacken. Wespen summten vor sich hin. Im Geäst über ihnen erwog ein Eichhörnchen die Vorzüge mehrerer jederzeit zugänglicher Sparkonten.

»Ich habe es für wahrscheinlich gehalten. Jetzt bin ich mir nicht mehr so sicher. Die Welt ist seit unserer Zeit ein ganzes Stück größer geworden. Mehr Leute. Mehr Gebäude. Und in der Zwischenzeit muß ich mich verstecken und darf nicht auffallen. Eure modernen Waffen mögen zwar Schrott sein, aber ich kann den Rest der Ewigkeit nicht damit verbringen, Düsenjäger totzuklatschen. Früher oder später werden sie eine Methode austüfteln, um mich fertigzumachen, und das wär's dann.«

Bianca aß einen Kartoffelchip. »Du denkst also daran, mit allem Schluß zu machen?« fragte sie.

»Eventuell.« Der Drache zuckte die Achseln. »Oder zumindest daran, mich eine Weile zu verkrümeln. Deshalb habe ich es ja mit einem Job versucht. Ist aber nicht gutgegangen.«

Von Biancas Ende der Bank kam ein Kichern. »Ein Job?« sagte sie. »Wirklich?«

»Ja, wirklich. Ich war Sicherheitsbeamter.«

»Und das war nichts für dich?«

Der Drache schüttelte den Kopf. »Und bevor du jetzt anfängst, Alternativen vorzuschlagen«, fuhr er fort, »ganz oben auf der Liste von Jobs, die ich nicht einmal in Erwägung ziehen werde, stehen Dinge wie Schweißanlage mit Eigenantrieb, mobiler Tandoori-Ofen, Küchenchef in einem Hamburgerrestaurant oder Farbabbrennungsspezialist. Wenn du also an so was gedacht haben solltest ...«

»Gott behüte!«

»Desgleichen«, fuhr der Drache mit drohendem Unterton fort, »hätte ich etwas gegen Bemerkungen, in denen Ausdrücke vorkommen wie *heller Kopf, die Mannschaft anfeuern, Gas geben* oder *He, Mister, haben Sie mal Feuer?* Verstanden?«

»Klar. Aber was willst du denn nun machen?« Bianca sah ihn an. »Ich meine, es bringt dich doch auch nicht weiter, auf Parkbänken rumzulungern, zugedeckt mit einer Zeitung und neben dir einen in braunes Papier eingeschlagenen Kanister Diesel, oder?«

»Ich mag Sprit eigentlich ganz gern.«

»Hmm. Nein«, fuhr Bianca fort, während sie aufstand und sich Krümel von der Kleidung wischte, »so geht das alles nicht. Was ist zum Beispiel mit meiner Statue?«

Der Drache blickte sie streng an. »Ach, nun komm«, sagte er. »Das gehört zum guten Ton. Ein Gentleman ist seinem Schneider immer etwas schuldig. Jedenfalls solltest du stolz sein. Nicht jedes Bildhauers Sachen sind gut genug, um darin zu leben.«

»Das mag sein, wie es will. Ich habe einen Vertrag und einen Ablieferungstermin. Es ist schon schlimm genug, daß ich Sankt Georg noch mal machen muß.«

»Du scherzt wohl. Du erwartest allen Ernstes, daß ich den Rest meines Lebens damit verbringe, reglos auf einem öffentlichen Platz zu sitzen, bloß um dir ein bißchen Extraarbeit zu ersparen?«

Bianca nickte. »Das mindeste, was du tun kannst«, erwiderte sie mit Bestimmtheit. »Wenn ich nicht gewesen wäre, würdest du ja vermutlich immer noch im astralen Raum umherirren oder was immer du die ganze Zeit getrieben hast.«

Der Drache trank einen kräftigen Schluck Benzin und rülpste. »So war das überhaupt nicht«, sagte er. »Ich kann mich zwar nicht mehr deutlich entsinnen, weil die Erinnerung daran sozusagen durch das Katzentürchen des Geistes rausschlüpft, sobald man wieder in diesen Bereich übertritt, aber ich glaube, einen beträchtlichen Teil der Zeit habe ich damit verbracht, in Bars zu sitzen.«

»Erstaunt mich nicht.«

Der Drache runzelte leicht die Stirn. »Aus den wenigen Erinnerungen zu schließen«, fuhr er fort, »war es wirklich gar nicht schlecht. Weiß, um ganz ehrlich zu sein, auch nicht, warum ich zurückgekommen bin; um eine Aufgabe zu Ende zu bringen, aus Pflichtgefühl – etwas in der Art. Ein tropfender Wasserhahn im Badezimmer der Ewigkeit.«

»Hmm.«

Der Drache stand auf. Einerseits war es so, daß er einzelne Menschen weder mochte noch nicht mochte, so wie Menschen ja auch nicht den einen oder den anderen Grashalm besonders ins Herz geschlossen haben. Andererseits war dies die längste Unterhaltung, die er je mit einem Menschen geführt hatte, und er fragte sich allmählich, ob man sich im Laufe der Zeit nicht an die Menschen gewöhnen konnte. Und ob es, wenn man es konnte, eine Rolle spielen würde, daß man in der Vergangenheit viele glückliche Stunden damit verbracht hatte, sie in mehr oder weniger reinen Kohlenstoff zu verwandeln. Damals hatte es keine Rolle gespielt, aber die Umstände ändern sich.

»Ich will dir sagen, was wir tun werden«, meinte er. »Ich werde deine Statue sein, bis du sie abliefern mußt und dein Honorar bekommst. So lange werde ich in diesem lächerlichen Outfit bleiben …« Er wies mit einer Geste auf seinen menschlichen Körper, die einem erzherzöglichen Chauffeur abgeguckt war, der sich dazu herabläßt, Autoskooter zu fahren. »Und du hilfst mir, Georg ausfindig zu machen. Für dich ist das viel einfacher, weil du ein Mensch bist und so weiter. Was hältst du davon?«

Bianca dachte darüber nach. »Hört sich ganz okay an«, erwiderte sie. »Allerdings muß ich einen neuen Sankt Georg machen, und das kostet Zeit.«

Der Drache hob ein Stück Sandwichkruste auf und warf es einem vorbeikommenden Eichhörnchen zu. »Kommt ganz darauf an«, entgegnete er. »Vielleicht kann ich dir da helfen. Hast du Eisenblech?«

»Nun?«

»Sieht gut aus«, antwortete der Drache. »So geht es doch viel schneller, nicht?«

Bianca nickte. Sie war erschöpft und schweißgebadet. Die Temperatur in der verlassenen Gießerei war mörderisch.

»Nur noch das Schwert«, krächzte sie. »Dann haben wir's geschafft.«

Sie machten das Schwert, das heißt, Bianca zeichnete

es mit Kreide an die Wand und ging in Deckung. Dann schnitt der Drache, jetzt wieder in seiner wahren Gestalt, ein Stück von dem Eisenblech ab, hauchte es an, bis es kirschrot war, und formte es vorsichtig mit den Tatzen, wie es ein Kind mit Knete macht. Als sie mit dem Ergebnis zufrieden war, tauchte er es in den Wassertank.

»Soll ich noch etwas für dich machen, da ich gerade dabei bin?« fragte er. »Designerbesteck? Ein paar Zellentüren? Einen neuen Kotflügel vorne rechts für dein Auto?«

»Nein, danke. Können wir jetzt bitte gehen? Hier drinnen ist es ziemlich stickig.«

Mit einem Achselzucken fischte der Drache einen Armvoll fertiger Metallarbeiten aus dem Wassertank, kniete sich hin, damit Bianca auf seine Schulter klettern konnte, und hob im Senkrechtstart durch das Loch ab, wo einst das Dach der Gießerei gewesen war, bevor ein katastrophales Feuer diesem großen, unter Denkmalschutz stehenden, hoch versicherten Gebäude den Garaus gemacht hatte. Zwei Minuten später befanden sie sich wieder auf dem Victoria Square. Falls irgend jemand ihre Ankunft bemerkte, sagte er nichts dazu.

»Fein«, sagte Bianca, während sie hinunterkletterte und sich alle erdenkliche Mühe gab, um zu verbergen, wie sehr sie sich freute, wieder auf dem Erdboden zu sein. »Na los, dann laß uns mal sehen, wie es wirkt.«

Der Drache kippte die Metallarbeiten in sich hinein und warf sich in Positur. »Na?«

»Du siehst lächerlich aus. Versuch's noch mal.«

»Besser?«

»Nein.«

»Oh. Na schön, wie ist es damit?«

Bianca kniff die Augen zusammen. »Das vordere linke Knie ein bißchen weiter zurück. Und zeig ein bißchen mehr Flügel. Ja, so ist gut, bleib so stehn. Das ist ...«

»Ja, gefällt mir auch«, murmelte der Drache, der sich wieder in einen Menschen verwandelt hatte und neben ihr stand. »Abgesehen davon, daß es aussieht wie eine Werbung für Dosennahrung, ist es gar nicht so schlecht.«

Bianca überhörte seine Bemerkung. Das Standbild war ... anders als vorher. Und gut.

Es hieß nicht mehr *Sankt Georg und der Drache*. Jetzt hieß es *Der Drache frißt Sankt Georg*. Um genau zu sein, zermalmte der Drache, nachdem er die saftigen Teile schnabuliert hatte, gerade die Rüstung – in der Hoffnung, auch noch die letzten Fasern herauszulutschen, so wie man es bei einem Krebs oder einem Hummer macht (es sei denn, man hat bessere Tischmanieren). Daher die Anspielung auf Dosennahrung, dachte Bianca mit einem leichten Schaudern. Na, egal.

»Davon bekomme ich richtig Hunger«, sagte der Drache vergnügt. »Wollen wir indisch essen gehen?«

Nacht lag über Birmingham wie ein bleiernes Federbett. Einzelne Zechbrüder torkelten, abgefüllt mit Bier, durch die dunklen Straßen und suchten nach einem Döner-Stand, der die ganze Nacht geöffnet hatte. Hier und da lauerte ein Straßenräuber, ein Vergewaltiger oder ein Rechtsanwalt in einem Türeingang oder unter einem niedrigen Torbogen. Abgesehen davon lag die riesige Stadt in unruhigem Schlummer.

Doch Birmingham schläft bei brennendem Licht. Unter den Straßenlaternen im Stadtzentrum kann man ein Buch lesen, obwohl man dabei aller Wahrscheinlichkeit nach nicht weiter als bis zum dritten Kapitel kommt, bevor einem jemand eins auf den Kopf gibt und das Buch stiehlt. Jedenfalls ist die Beleuchtung hell genug, um beispielsweise eine kleine Prozession wahrnehmen zu können, bestehend aus einem Heiligen, einem Priester und fünf Dämonen, die unter der Last von drei Packkisten mit Plastiksprengstoff, elektronischen Zeitzündern und Detonationsschutzvorrichtungen sowie einem Servierwagen mit Getränken einhertaumeln.

»Vorsicht«, zischte Georg, als Chardonay mit dem Fuß in ein Schlagloch geriet und fast das Gleichgewicht verlor. »Wenn du mit dem Zeug hinfällst, bleibt nichts als ein riesiges Loch im Boden und ein Haufen Schutt übrig. Allerdings«, fügte er hinzu, während er umherblickte, »fiele das in dieser Stadt wohl kaum jemandem auf.«

»Schuldigung«, antwortete Chardonay. »Hör mal, ist es noch sehr weit, weil mein Rücken …«

Bevor er den Satz beenden konnte, wurde ihm die Kiste von Snorkfrod aus den Händen gerissen, die ihm ein strahlendes Lächeln schenkte und im Anschluß daran Georg ihre Ansichten über gedankenlose Schweine mitteilte, die zerbrechliche, empfindliche Teufel aus der Hölle schwere Lasten tragen lassen. Bei allem, was mies und fies ist, murmelte Chardonay bei sich, sie trägt zwei von diesen enormen Kisten unter einem Arm. Robustes Weib. Ihn schauderte.

»Hör auf zu zetern«, entgegnete Georg. »Wir sind ja gleich da.«

»Das hast du schon vor einer Stunde gesagt«, murrte Slitgrind, während er seine Last mit der mittleren Hand auf die Schulter verlagerte. »Nur ein paar hundert Yard, hast du gesagt, und jetzt …«

Georg blieb stehen und legte eine Hand von der Größe eines Tennisschlägers um den Hals des Dämons. »Nennst du mich einen Lügner, Jungchen?«

»Ja.«

»Hä?«

Slitgrind nickte, soweit Georgs Hand das zuließ. »Ja«, wiederholte er. »Ich sage nur die Wahrheit. Meine alte Mutter hat mir immer eingeschärft, die Wahrheit zu sagen, auf Teufel komm … na, wie auch immer. Hab mich oft gefragt, auf welcher Seite sie eigentlich stand.«

»Oh, seht mal!« warf Vater Kelly ein. »Ich glaube, jetzt sind wir da.«

Georg ließ Slitgrind los. »Okay, Jungs«, sagte er. »Also ihr zwei fangt damit an, den Sprengstoff um die … Nu leck mich am Arsch!«

Er starrte die Statue an. Ganz plötzlich war ihm irgendwie nicht recht wohl. Stellen Sie sich vor, wie ein Truthahn sich fühlen würde, wenn er Mitte Dezember den Fernseher einschaltet und die Sendung *Tips für den Weihnachtsbraten* erwischt.

Prodsnap stieß ihn in den Rücken. »Das ist er, ja?«

Georg nickte. »Der Scheißkerl«, fügte er hinzu. »Das nehme ich *persönlich*.«

»Und«, fuhr Prodsnap fort, »es bestehen gute Aussichten, daß diese riesig große Statue jeden Moment, äh, erwacht, richtig?«

»Jawollo.«

Prodsnap musterte den Drachen eine Weile. »Ich glaube nicht, daß er dich sonderlich mag«, sagte er und wich langsam zurück. »Ich habe sogar das Gefühl, der alte Groll ist immer noch da.«

»Ja. Jetzt noch mehr als früher.«

Prodsnap stand inzwischen direkt hinter Georgs Rücken. »Habe den Eindruck«, sagte er, »als sei dies eine jener privaten Auseinandersetzungen, bei denen die Einmischung von Außenstehenden die Sache nur noch schlimmer macht. Gewöhnlich«, fügte er hinzu und schluckte, »für die Außenstehenden. Ich bin der Meinung, daß es für uns alle viel, viel besser wäre, wenn wir das ganze Zeug hier einfach fein säuberlich zusammenlegten und nach Hause gingen.«

Finger wie Bockwürste schlossen sich um seinen Arm. »Du willst doch wohl nicht etwa kneifen, wie?« flüsterte Georg. »Wovor müßtest du denn Angst haben, du Schwachkopf? Du bist doch unsterblich. Malträtierbar zwar«, fügte er hinzu, »aber ganz bestimmt unsterblich.«

»Nun ja«, erwiderte Prodsnap, »ich war immer der Ansicht, daß die beste Methode, unsterblich zu sein, darin besteht, sich nicht töten zu lassen, genauso wie die beste Methode, eine Scheidung zu vermeiden, darin besteht, nicht zu heiraten. Ich glaube, ich würde jetzt lieber gehen, wenn's recht ist.«

Georg fauchte vor Wut. »Hört sofort alle auf zu jammern«, sagte er mit einer Stimme, die rauher war als das stärkste Sandpapier. »Wer mir jetzt noch mit weiteren Unverschämtheiten kommt, den melde ich, wenn ich mit ihm fertig bin, wegen Pflichtversäumnis bei seinem Kommandeur. Klar?«

»Wir sollten lieber tun, was er sagt«, warf Chardonay bedrückt ein. »Schließlich ist es unsere Pflicht. Und unsere größte Chance, wieder nach Hause zu kommen.«

»Das ist richtig«, sagte Snorkfrod. »Hört auf Mister C, bei diesen Dingen irrt er sich nie.« Chardonay bemerkte mit Entsetzen, wie sie mit dem Knie an der hinteren Partie seines Beins auf und ab rieb. Schuppen wie ein alter Topfkratzer.

»Na schön«, knurrte Prodsnap, »wie du meinst. Aber gib hinterher nicht mir die Schuld.«

»Entschuldigung.«

Sankt Georg und vier Dämonen blickten sich um und dann nach unten.

»Entschuldigung«, sagte der kleine Dämon Holdall, »aber glaubt ihr nicht, daß ein sehr lauter Knall und Unmengen von umherfliegenden Gesteinsbrocken ein bißchen auffällig sind? Ich dachte, wir sollen es vermeiden, uns zu profilieren.«

Drei Straßen entfernt heulte die Sirene eines Polizeiautos auf und verlor sich in der Ferne. Irgend jemand begann *Horch, was kommt von draußen rein* zu singen, wußte aber bald im Text nicht weiter. Die vereinzelten Geräusche versickerten in der Nacht wie der Gehaltsscheck eines Spielers in seinem überzogenen Konto.

»Halt die Klappe, du.«

»Ja«, fuhr Holdall fort, »aber es gibt doch wohl eine bessere Methode, als das Ding einfach in die Luft zu sprengen. Eine Methode, die auch sicherer ist.«

»Sicherer?«

Holdall nickte. Er war fast völlig mit langem, sehr feinem grünen Haar bedeckt, und wenn er nickte, ähnelte er nichts so sehr wie einem auf und ab wippendem Frauenhaarfarn. »Warum lösen wir die Statue nicht einfach auf?«

Georgs Stirn furchte sich. »Sie auflösen? Wie denn das?«

Holdall hüstelte. »Es sind Damen anwesend«, murmelte er.

»Wovon redet dieser kleine Pinsel eigentlich?«

»Also«, sagte Holdall befangen, »laßt mich mal überlegen, wie ich es ausdrücken kann. Warum, glaubt ihr, sind in der Hölle alle Personaltoiletten aus solidem, lupenreinem Diamant? Und selbst dann müssen sie zweimal im Jahr erneuert werden.«

Georg tat der Kopf allmählich weh. »Kann den mal jemand zum Schweigen bringen?« sagte er. »Also dann, du mit dem verkehrt herum aufgesetzten Kopf, du packst das Zeug um den Sockel, während ich ...«

»Er hat recht«, sagte Prodsnap.

»Ist viel leiser«, pflichtete Chardonay bei. »Außerdem mit weniger Sachbeschädigung verbunden, und das Risiko, daß unschuldige Passanten von umherfliegenden Gesteinsbrocken getroffen werden, fällt auch weg. Machen wir uns nichts vor«, fügte der Dämon hinzu, »Bomben im Zentrum einer großen Stadt hochgehen zu lassen, ist ziemlich unverantwortlich.«

»Hör mal ...«

»Augenblick mal«, grunzte Slitgrind. »Was, wenn dieser verdammt große Lümmel aufwacht, während wir ihn alle bepinkeln? Er wird nicht gerade entzückt sein.«

Prodsnap zog ein finsteres Gesicht. »Mag sein«, erwiderte er. »Andererseits wäre er vielleicht noch weniger entzückt, wenn er uns dabei erwischt, wie wir ihn mit Sprengstoff bepacken. Ich bin ganz auf – wie heißt er noch mal? – Holdalls Seite. Wollen wir abstimmen, Leute?«

»Abstimmen!« Georg verdrehte die Augen. »Das ist ein Mordkommando, kein Debattierklub.«

»Wahl durch Klauenzeichen«, sagte Chardonay rasch. »Alle dafür ... einstimmig angenommen. Also dann«, er grinste nervös, »was wir jetzt brauchen, ist was zu trinken.«

»Ich habe ein Problem.«

Zwei Probleme.

»Na gut«, sagte Chubby, »zwei Probleme. Also brauche ich zwei Antworten. Hast du was zu bieten?«

Du bist in Schwierigkeiten, mein Seelengefährte.

»Hör zu«, seufzte Chubby, »ich bin so oft in Schwierigkeiten, daß ich dort eine Zweitwohnung habe. Was kann ich dagegen tun?«

Der Bildschirm wurde leer, dann füllte er sich mit Fragezeichen. Das bedeutete, wie Chubby erkannte, daß die Maschine nachdachte.

Ganz einfach. Du brauchst Hilfe.

»Ich will ja nicht undankbar erscheinen«, sagte Chubby, »aber so weit wäre ich auch gekommen, wenn ich mich bei der Zeitansage erkundigt hätte. Einzelheiten, bitte.«

Es gibt da einen Drachen. Gib ihm einen Job.

Chubby runzelte die Stirn. »Und welchen Teil meiner Seele wirst du für dieses spezielle Juwel fordern?« fragte er. »Ich glaube, du hast dir gerade den Teil verdient, den ich benutze, um meine Steuererklärung abzugeben. Viel Spaß damit.«

Geduld. In Birmingham, einer Stadt in den englischen Midlands, gibt es einen Drachen. Er ist dort, um einen Heiligen ausfindig zu machen und zu töten. Drachen sind ...

Der Bildschirm füllte sich erst mit Fragezeichen, dann mit Sternchen. Chubby lehnte sich, das Kinn zwischen die Hände gestützt, im Stuhl zurück. »Sind was?«

Anders.

»Anders? Wie anders?«

Diesmal erschienen eckige Klammern, gefolgt von Ausrufezeichen, Et-Zeichen und griechischen Es. All dies war neu für Chubby. Es interessierte ihn.

»Wie macht man das?« fragte er. »Auf E drücken und dann auf EXTRA?«

Anders, weil sie nicht … Ich muß zugeben, daß mir diese Gedankengänge extrem schwerfallen. Ich hatte alles über Drachen vergessen. Es ist schon so lange her.

»Was ist schon so lange her?«

Das geht dich nichts an. Ich glaube, ich kann es erklären. Engel und Teufel sind geistige Wesen, Emanationen des göttlichen Geistes. Menschen und alle anderen Kreaturen, die die Erde bewohnen, sind ebenfalls geistige, aber zu Fleisch gewordene Wesen. Mit ihrer Dualität stellt Gott das große Experiment an und spielt das ewige Spiel.

»Kann dir soweit folgen. Also was sind Drachen?«

Sehr große Reptilien.

Chubby seufzte. »Das weiß ich«, sagte er. »Als Kind hatte ich mal ein Sachbuch über sie. Aber was sind sie noch?«

Nichts weiter. Deshalb sind sie anders. Und natürlich unglaublich wertvoll.

In seinem ganzen Leben hatte das Wort *wertvoll* für Chubby immer süßer geklungen als die Musik von tausend Geigen. Er beugte sich vor.

»Erläutere das doch bitte etwas näher!« verlangte er.

Nun gut. Stell dir die Neutralität der Schweiz vor …

»Schönes Land, die Schweiz. Mir gefällt die Art, wie man dort alles handhabt.«

Die Neutralität der Schweiz, die Mentalität der Iren und die gesamte militärische Macht Rußlands, Amerikas und

Chinas. Oder betrachte es von einer anderen Seite; weil es keine Drachen mehr gibt, werden sie im Großen Gesamtkomplex nicht berücksichtigt. Sie sind weder Fleisch noch Geist, weder gut noch böse, gehören weder zu den einen noch zu den anderen. Sie sind einfach. Dasselbe gilt, nebenbei bemerkt, für den Chrysippusfalter Südamerikas, bloß daß Chrysippusfalter keine großen Städte ausradieren, wenn sie niesen.

»Moment mal. Ich dachte, Drachen seien böse.«

Nicht von Haus aus. Wenn man will, kann man sie als Wechselwähler bezeichnen. Außerdem, was ist böse?

»Na, du zum Beispiel.«

Stimmt. Aber ich bin eine Ausnahme. Und vergiß nicht: Ich bin auch in diesen widerlichen, engen kleinen Plastikkasten eingesperrt.

Chubby schloß die Augen und dachte nach. »Wir kommen vom Thema ab«, erklärte er. »Wie kann ein Drache mir nützlich sein?«

Erstens können Drachen schneller fliegen als Licht. Zweitens können sie Heilige töten und Dämonen in Dampf verwandeln. Drittens kann man sie für Geld anheuern.

»Verstehe. Für viel Geld?«

Traditionellerweise schlafen sie in Höhlen auf Haufen von Gold und Edelsteinen.

»Das ist eine Art Gesundheitsmacke, ja? Wie bei diesen Autositzbezügen, die aus knubbeligen Holzperlen bestehen?«

Das ist Gier. Eine sinnliche Lust nach Reichtum. Jedenfalls ist das die herkömmliche Auffassung. Die Zeiten haben sich geändert. Vielleicht haben sich auch die Drachen geändert.

Plötzlich überkam Chubby Müdigkeit, eine Müdigkeit, die sogar sein Interesse und seine Furcht übertraf. »Na schön«, sagte er. »Wie kann ich mit diesem Drachen in Verbindung treten? Kann ich mit ihm sprechen? Wird er es akzeptieren, nach getaner Arbeit bezahlt zu werden, oder wird er eine Prinzessin als Vorschuß verlangen?«

Wenn ich das beantworten soll, zählt es als Extrafrage.

»Gute Nacht, Maschine.«

Allzeit bereit.

Das grüne Licht erlosch langsam. Chubby stand auf, stellte fest, daß seine Beine irgendwie ihre Standfestigkeit verloren hatten, und setzte sich wieder. Wenn er mit diesem Ding gesprochen hatte, hatte er hinterher immer das Gefühl, in einer Wäscheschleuder gesessen zu haben.

Vor nicht allzu langer Zeit war er einmal an einem Computergeschäft vorbeigekommen. *Sonderangebot!* hatte es ihm aus dem Schaufenster entgegengeschrien. *Wir nehmen Ihren alten Computer in Zahlung, jedes Modell wird angenommen.* Er war versucht gewesen, darauf einzugehen. Aber würde ER das zulassen? Und selbst wenn – wollte er das wirklich? Schließlich war der Schaden inzwischen vermutlich schon angerichtet. Höchst unwahrscheinlich, daß eine beschädigte Seele nachwachsen konnte wie der Schwanz einer Blindschleiche.

Bevor er das Büro verließ, blieb er vor einem Spiegel stehen und blickte hinein.

»Hey«, fragte er, »bist du böse?«

Das Bild im Spiegel schwieg.

»Blöder Nachäffer«, brummte Chubby und schaltete das Licht aus.

Als er das Lamm Pasanda schon halb gegessen hatte, ließ der Drache seine Gabel fallen und bekam einen Erstickungsanfall.

»Hast du dich mit Reis verschluckt?« erkundigte sich Bianca mit vollem Mund. »Trink mal einen Schluck Wasser.«

Der Drache keuchte, krümmte sich und fiel vom Stuhl. Bianca, die gewöhnlich das Lamm Pasanda aß, sich diesmal aber für ein Hühner-Korma entschieden hatte, rief einen Kellner herbei.

»Ich glaube, mein Freund braucht einen Arzt«, sagte sie. »Oder vielleicht einen Veterinär. Rufen Sie am besten beide. Und dann«, fügte sie hinzu, »bringen Sie mir noch ein Peshwari Nan.«

Mit großer Mühe hievte der Drache sich auf seinen Stuhl zurück. Das Luftholen war so schwer wie das Einholen eines Schleppnetzes voller Bleibarren, und seine Hände zitterten unkontrolliert.

»Was geschieht mit mir?« stieß er hervor. »Ich habe das Gefühl, als würde ich bei lebendigem Leibe verbrannt.«

»Oh«, sagte Bianca und entkrampfte sich ein wenig, »das kommt vom Limonen-Chutney. Das ist ganz normal.«

Diesmal führten die Krämpfe dazu, daß der Drache zu Boden fiel und sich dort umherwälzte, wobei er den Tisch und den Kleiderständer umriß. Aus Löchern in seinen Schuhen quoll Dampf, und ein ziemlich widerwärtiger Geruch verbreitete sich. Bianca war aufgesprungen, wußte aber sehr gut, daß sie sich in keiner Weise nützlich machen konnte.

»Die Statue«, zischte der Drache, während er jedes Atom Atem verbrauchte, als wäre er ein Dentist, der Zeitschriften fürs Wartezimmer kauft. »Lauf. Das muß Georg sein.«

Nachdem sie ihre Kreditkarte auf den Tisch neben der Tür geknallt hatte (Verdammt, dachte sie, hab das Trinkgeld vergessen; aber der Reis war eiskalt, was soll's also?, rannte Bianca auf die Straße hinaus und lief in Richtung Victoria Square. Wenn sich irgend jemand an ihrer Statue zu schaffen machte, würde der Teufel los sein.

Es ist schwierig, nicht wahr, es auf Bestellung zu machen. Denken Sie an die Mühe, die es Ihnen bereitet, hinter einem Wandschirm beim Arzt eine kleine Flasche zu füllen. Und dann stellen Sie sich die lebensgroße Statue eines Drachen vor.

»Ich finde, es hilft, wenn man an fließendes Wasser denkt«, sagte Chardonay, dessen Nase wegen des üblen Geruchs gerümpft war. »An voll aufgedrehte Wasserhähne. Glucksende Bäche. Wasserfälle.«

»Halt den Mund, Char, das ist nicht sonderlich hilfreich.«

»Tee mit Milch wirkt nach meiner Erfahrung am besten«, sagte Holdall. »Der läuft direkt durch mich durch, vor allem gleich nach dem Aufstehen frühmorgens.« Im Rahmen seiner Möglichkeiten hatte Holdall bisher einen größeren Beitrag geleistet als die anderen zusammen, dergestalt die Meinung bestätigend, die Prodsnap sich, schon kurz nachdem sie einander kennengelernt hatten, über ihn gebildet hatte. In der hinteren linken Pfote des Drachen befand sich jetzt ein Loch, in dem man ein Landbrot hätte verstecken können.

»Das ist reiner Schwachsinn«, grunzte Georg. »Ich hol jetzt den Sprengstoff.«

Chardonay blickte auf den kleinen Krater hinunter, der sich direkt unterhalb von ihm im Marmor gebildet hatte. »Möglicherweise hast du recht«, gab er zu. »Andernfalls stehen wir die ganze Nacht hier. Und die Gefahr, daß das gräßliche Ding aufwacht, scheint jetzt ja nicht mehr groß zu sein.«

Prodsnap nickte. »Und was ist mit dem Lärm?« fragte er. »Nicht daß ich dir widersprechen will«, fügte er hastig hinzu, denn die Nacht war nicht gerade warm, und er war sicher, daß er sich einen Muskel verzerrt hatte. »Aber wenn wir irgend etwas unternehmen könnten, um die Lautstärke zu dämpfen, wäre es die Mühe wert. Meine innere Stimme sagt mir, daß sich das Ganze nicht sonderlich überzeugend als Auspuffknall eines Autos ausgeben läßt.«

»Wir stellen die Detonationsschutzvorrichtungen auf und hoffen das Beste«, antwortete Georg. »Und vorausgesetzt, daß wir hinterher nicht zu lange hier herumlungern, ist ein kleiner Knall sowieso keine große Sache. Ihr könnt mir ruhig glauben, ich bin ein Heiliger.«

Die sieben brauchten nicht lange, um den Sprengstoff zu plazieren, und Georg schaffte es spielend, die Sprengkapseln mit den Zündschnüren zu verbinden. Vater Kelly, der wirklich nicht imstande gewesen war, zum vorhergehenden Versuch etwas beizutragen, half jetzt mit, indem er Georg Schraubenzieher reichte und zum großen Verdruß aller Anwesenden betete.

»Okay, Jungs«, sagte Georg und zog den Kolben hoch. »Zeit fürs Feuerwerk. Tretet zurück oder bereitet euch aufs Fliegen vor.«

»Was zum Teufel glaubt ihr Gangster da mit meiner Statue zu machen?«

Georg blickte über die Schulter und sah eine große, wütend wirkende Frau, die die Hände in die Hüften gestemmt und einen Ausdruck im Gesicht hatte, bei dem jeder Mercedes ins Schleudern geraten wäre. Er schaute sie drohend an.

»Verpissen Sie sich, Lady«, schnauzte er. Dann erinnerte er sich.

»Sie!« sagte Bianca. »Na toll!«

Man bedenke, daß Georg ein Heiliger war und den Beruf des Ritters ausgeübt hatte. Heilige und Ritter kämpfen nicht mit Frauen. Das ist nicht chevaleresk. Genauer gesagt verlieren sie dabei meistens. Den Sprengzylinder immer noch am Kolben festhaltend, wich er langsam zurück.

»Hilfe!« sagte er.

Dämonen und Bewohner der Hölle hingegen haben keine solchen Skrupel, besonders wenn sie zahlenmäßig überlegen sind. Die fünf Dämonen rückten vor.

»Madam«, sagte Chardonay, der stets auf Korrektheit achtete, »ich muß Sie darauf hinweisen, daß wir ordnungsgemäß ausgewiesene Vertreter des Gesetzes sind und hier unsere Pflicht tun. Wenn Sie uns daran hindern, machen Sie sich eines Vergehens schuldig, dessen Ahndung – o Scheiße!«

Er war auf Slitgrinds Schwanz getreten, ein unansehnliches dünnes Objekt, das viel mit einer Bananenschale gemeinsam hatte. Er geriet ins Wanken und versuchte, sich an dem Teufel neben ihm festzuhalten, stand unglücklicherweise jedoch neben Holdall, der nur etwas über vier Fuß maß. Chardonays Hinterhufe rutschten unter ihm weg, und er fiel …

… mit voller Wucht gegen Georg, der ohnehin aus dem Gleichgewicht war, da er versuchte, sich hinter Snorkfrod zu verstecken. Einen Augenblick später lagen die Dämonen in einem wirren Haufen durcheinander, und ein Klicken war zu hören. Georg wäre unglücklich gelandet, hätte nicht der Kolben des Sprengzylinders seinen Sturz gedämpft.

Dann gab es ein sehr lautes Geräusch.

ACHTES KAPITEL

Wo bin ich?«

Chubby lächelte. »In Sicherheit«, sagte er. »Ich habe dich vor dem sicheren Tod bewahrt. Betrachte mich als deinen persönlichen Ritter in strahlender Rüstung.« Er hielt jählings inne. »Laß mich das neu formulieren«, sagte er. »Als deinen Schutzengel.«

»Du meinst, du bist darauf aus, mich zu erledigen?«

Chubby seufzte. Es gibt Zeiten, da möchte man die Feinheiten der Kampftheologie erklärt bekommen, und es gibt andere Zeiten, da möchte man einfach nur zu Bett gehen. »Ich meine«, sagte er, »daß ich dir einen Job anbieten möchte.«

»Wir haben ihn getötet«, sagte Chardonay.

»Offensichtlich«, erwiderte Georg. »Das muß gefeiert werden, würde ich meinen. Hey, Padre, haben wir Schampus im Haus?«

»Aber das war Mord«, entgegnete Chardonay voller Unbehagen. »Oder etwa nicht?«

»Ungeziefervertilgung. Wo zum Teufel hat denn dieser verdammte Pfaffe die Getränke gelassen?«

»Du bist ein Heiliger, und du hast ihn *getötet*. Ohne Anlaß. Er hat weder irgend etwas in Brand gesetzt noch Jungfrauen gefressen, er hat einfach nur dagesessen.«

»Ja«, knurrte Georg, der die Beine auf den Couchtisch gelegt hatte; seine Doc Martens, Größe achtundvierzig, ruhten auf alten Nummern des *Katholischen Leuchtturms*. »Aber mich hat er in effigie gefressen. Entzückend. Na, scheiß drauf. Wir stehen auf derselben Seite, vergiß das nicht.«

Chardonay schüttelte den Kopf. »Das kauf ich dir immer noch nicht ganz ab«, sagte er. »Das ist so, als sagte man, Gut und Böse seien im Grunde dasselbe.«

Georg, der zwar nie im Leben auch nur in die Nähe einer von Universitätsangehörigen frequentierten Bar gekommen war, es aber trotzdem spürte, wenn eine dieser gräßlichen, ernsthaften Unterhaltungen über die Bedeutung von ALLEM auszubrechen drohte, stand auf und öffnete das Getränkeschränkchen mit dem Fuß. »Quatsch«, sagte er, während er am Kaminsims den Kronenkorken von einer Guinnessflasche hebelte. »Das ist so, als sagte man, die Buchhaltung sei dasselbe wie die Packerei. Sie sind verschieden, klar, gehören aber zur selben Firma.«

»Oh! Ich dachte, wir führen gegeneinander Krieg oder so ähnlich. Böse gegen Gut. Im Wettstreit um die Seele des Menschen.«

»Hör zu, du Knalltüte. Wenn das Böse siegt, wird es zum Guten, so wie wenn die Opposition die Regierung übernimmt.« Er ließ sich den Inhalt der Flasche in den Hals gluckern, bis sie leer war, und warf sie in den offenen Kamin. »Dachte, du bist ein Managementtrainee, mein Sohn. Bringt man euch Jungs gar nichts mehr bei?«

Vater Kelly lugte nervös um den Türpfosten und wisperte, daß er eine Flasche Champagner habe, falls sie eine wünschten. Er sah aufgeregt und wie ein halber Märtyrer aus – ein Terry Waite im eigenen Heim. Was ihm großartig paßte, denn obwohl er immer der Meinung gewesen war, daß er eine fabelhafte Geisel abgegeben hätte, sprach er keine fremden Sprachen und bekam von Flugreisen Migräne. »Und«, fügte er hinzu, »in der Waschmaschine steckt ein Teufel.«

»Das wird dieser Holdall sein«, brummte Georg. »Ich habe ihn beauftragt, die Wohnung zu durchsuchen, um herauszufinden, wo du die guten Sachen versteckst.«

»Ähm.« Vater Kelly war sich zwar nicht mehr sicher, was *gut* bedeutete, schloß aber aus dem Kontext, daß es sich um Alkoholika handelte. »Also«, sagte er, »es ist nichts mehr da. Ich kann aber Missis McNamara losschicken, falls ihr …«

Georg gab einen verächtlichen Laut von sich. »So leicht kannst du mich nicht reinlegen«, sagte er. »Wenn zu meiner Zeit ein Priester am Horizont eine Bande von Heiligen auftauchen sah, schüttete er den ganzen Schnaps in einen Eimer und versenkte diesen im Brunnen. Allerdings hat er es uns dann immer gebeichtet, besonders wenn wir ihm androhten, ihn ebenfalls in den Brunnen zu werfen. Das«, fügte er eisig hinzu, »ist ein Fingerzeig.«

»Aber ich habe gar keinen Brunnen.«

»Da läßt sich was improvisieren.«

Vater Kelly schluckte und stürzte davon. Georg lauschte seinen sich entfernenden Schritten nach und zwinkerte.

»In zehn Minuten wird er mit ein paar Kästen Bier wieder hier sein, da geb ich euch Brief und Siegel«, sagte er. »Wo war ich stehengeblieben?«

»Bei Gut und Böse.«

»Ach ja, bei denen.« Georg gähnte, streckte sich und schleuderte die Schuhe von den Füßen. »Alles ein bißchen zu akademisch für meinen Geschmack. Ich meine, worauf die ganze Sache letzten Endes hinausläuft, ist doch folgendes: Man sieht einen Drachen, der, sagen wir mal, im Gemüsegarten rumlatscht, man murkst ihn ab, und fertig. Was, um Himmels willen, braucht man denn sonst noch zu wissen? Ich meine, das ist ja nicht gerade 'ne Denksportaufgabe, wie zum Beispiel die Frage, wie viele Engel auf einem Stecknadelkopf tanzen können … Die Antwort lautet übrigens, falls es euch interessiert, sechs, es sei denn, sie machen einen Rundtanz, dann sind's acht. Ich verstehe nicht, warum du da solchen Wirbel machst.«

Chardonay zuckte hilflos die Achseln. »Ich weiß auch nicht«, erwiderte er. »Vielleicht bin ich für diese Art Tätigkeit doch nicht ganz geeignet. Als ich in die Firma eintrat, dachte ich, ich könne einen, na ja, konfliktfreien Arbeitsbereich finden. Buchhaltung schwebte mir vor, Budgetprognosen, Kosten-Nutzen-Analysen oder die Berechnung linearer Abschreibung von festen Anlagen. Aber Leute zu töten ...«

Georg schenkte ihm einen verächtlich-mitleidigen Blick. »Würde nicht hinhauen, wenn wir alle gleich wären, mein Sohn. Schon mal deswegen nicht, weil sonst Leute wie ich nicht mehr auf Leuten wie dir rumtrampeln könnten. Ey«, fügte er gereizt hinzu, »das ist ja gar kein richtiger Champagner, das ist dieses nachgemachte italienische Zeug. Wenn dieser vertrottelte Pfaffe zurückkommt, hätte ich nicht übel Lust, ihm den Rest in die Hose zu gießen. Wenn ich was nicht ausstehen kann, dann ist es Heiligenlästerung.«

»Was? Wie?«

»Weintrauben«, sagte Mike lächelnd. »Blumen. Frauenzeitschriften. Ich weiß, daß du das alles wie die Pest haßt, deshalb baue ich dir ein Ambiente auf, das du unbedingt wirst verlassen wollen. Auf diese Weise wirst du schneller gesund.«

Bianca versuchte, sich die Augen zu reiben, stellte aber fest, daß sie dazu nicht imstande war, weil ihr Arm in Gips lag und an einem Draht hing, der zu einem Gestell über ihrem Kopf führte. »Ich bin im Krankenhaus, ja?« sagte sie.

»Hu.« Mike blickte finster drein. »Das muß dir jemand verraten haben.«

»Wie bin ich hierhergekommen?«

»Du bist in die Luft geflogen«, antwortete Mike, dessen Mund voll zerkauter Weintrauben war. »Zusammen mit deiner Statue, wie ich dir leider, leider sagen muß. Beachte, nebenbei bemerkt, die Einzahl. Marmordrachensplitter liegen überall verstreut, bis hin nach Henley-in-Arden, aber von Sankt Georg keine Spur. Es heißt, die Tierschützer steckten dahinter.«

Bianca hatte plötzlich etwas Festes und Sperriges im Hals, möglicherweise ein Stückchen Drachenschrot. »Die Statue ist also ... nicht mehr da?«

Mike nickte. »Die Pferde des Königs sollen die Sache aufgegeben haben, weil sie aussichtslos ist«, antwortete er. »Die Mannen des Königs sind noch dabei, aber nur deshalb, weil sie stündlich bezahlt werden. Falls es dich irgendwie tröstet, du bist in allen Zeitungen, und ein Typ von der *Prominententalkshow* sitzt gerade im Wartezimmer.«

Infolge des Gipses und der Drähte konnte Bianca nicht mit einem hohlen Stöhnen in die Kissen zurücksinken, deshalb tat sie das Nächstbeste und fluchte ausdrucksvoll. Mike sagte zustimmend, daß es bedauerlich sei.

»*Bedauerlich?* Die haben den – meine Statue ermordet, und du sagst, das sei bedauerlich?«

»So was kommt eben vor. Gibt es noch etwas, wogegen du besonders allergisch bist und das ich dir holen kann? Ich meine mich zu erinnern, daß du Chrysanthemen nicht ausstehen kannst, aber die waren am Kiosk schon ausverkauft, so daß ich statt dessen Narzissen genommen habe.«

»Mike.«

»Ja?«

»Verschwinde.«

»Dachte mir schon, daß du das sagen würdest«, erwiderte Mike und ging.

Der Drache blickte nach unten, dann über die Schulter. Vorsichtig breitete er die Flügel aus und faltete sie wieder zusammen. Zum Schluß stieß er das kleinste und feinste Flämmchen aus, das er zuwege bringen konnte, um das äußerst schicke Büro, in dem er anscheinend saß, nicht in Schutt und Asche zu legen.

»Alles vorhanden und an der richtigen Stelle«, sagte Chubby. »In der ganzen Hektik haben wir zwar eine Zehe abgestoßen, sie aber, sobald wir hier waren, mit Alleskleber wieder angepappt, und es scheint zu halten. Dankbar?«

Der Drache nickte. »Sehr sogar«, sagte er. »Ich hatte das deutliche Gefühl, im Sterben zu liegen. Erst war ich in diesem Restaurant, und dann plötzlich wieder auf dem Platz, in der Statue. Ich dachte ...«

»Sie haben versucht, dich in die Luft zu sprengen«, antwortete Chubby. »Als ich hinkam, stolperte gerade ein fetter Typ mit Schnurrbart über die eigenen Füße und fiel auf den Zündkolben. Eine sechstel Sekunde später, und du hättest dich nur noch dazu geeignet, auf dem Boden von Goldfischgläsern die Steinschicht abzugeben.«

Der Drache kniff die Augen zusammen. »Was also ist geschehen?« fragte er. »Was hast du gemacht?«

Chubby zuckte bescheiden die Achseln und faltete die Hände im Schoß. »Eine sechstel Sekunde kann sehr lange dauern«, sagte er, »besonders dann, wenn man sie mit zusätzlichen zwölf Stunden auflädt, indem man sich des brandneuen Temporalhebers der Kawaguchiya Schwerindustrie bedient.« Er grinste. »Kostet drei Millionen Dollar pro Stunde plus Leihgebühr für die Anlage und die Apparaturen. Du schuldest mir also einen ganzen Batzen, aber darüber können wir später sprechen. Jedenfalls haben wir in dieser Zeit deine Statue vom Sockel gehievt und in den Frachtraum der großen Sikorsky verladen, haben sie durch einen großen Marmorblock ersetzt und sind abgehauen. Auf diese Weise flogen, als das Feuerwerk losging, jede Menge Gesteinsbrocken umher, so daß die anderen glaubten, es hätte geklappt. Für sie dauerte die sechstel Sekunde natürlich nur eine sechstel Sekunde, dank dem Temporalheber und dem raschen Einsatz eines Lötkolbens. Saubere Arbeit, wie?«

»Durchaus. Ich bin beeindruckt. Das war genial.«

»Nun ja«, sagte Chubby, »manche von uns brechen eben beim ersten Anzeichen von Schwierigkeiten nicht gleich zusammen. Und jetzt bist du hier, heil und gesund. Und, wie ich aufrichtig hoffe, ganz erpicht darauf, deine kolossale Dankesschuld abzutragen beziehungsweise das Geld zurückzuzahlen, das du mir jetzt schuldest. Korrekt?«

Der Drache nickte. »Du hast etwas von einem Job gesagt.«

»Ah ja. Eigentlich zwei Jobs. Beide genau deine Kragenweite. Übrigens, kann ich dir was zu trinken anbieten? Ich habe Diesel, Flugzeugbenzin und Äthanol da, und ich glaube, von der Weihnachtsfeier ist noch ein Tropfen Terpentin übrig.«

Der Drache bat um ein großes Glas Äthanol, pur, ohne Kirsche. »Zwei Jobs«, wiederholte er. »Die zusammenhängen?«

»In gewisser Weise«, erwiderte Chubby. »Erstens möchte ich, daß du ein paar Teufel röstest. Zweitens ... *Faß das nicht an*!«

Aber es war schon zu spät. Der Drache, von Natur aus ein Zappelphilipp, war mit seinen Krallen ziellos über die Tastatur des überholten alten PC gefahren. Der Bildschirm begann zu leuchten.

»Schuldigung«, sagte der Drache. »Oh, guck mal, der ist ja ganz grün geworden.«

Dein Wunsch ist mir ... Ja, hallo, Fred.

Der Drache blickte maßlos erstaunt drein. »Nosher?«

Fred, alter Kumpel, wie schön, dich wiederzusehen. Klasse Outfit.

»Dito.« Der Drache grinste, und es gelang ihm gerade noch, einen freudigen Seufzer zu unterdrücken, der die Seitenwand des Gebäudes weggeschmolzen hätte. »Es ist lange her, Nosher. Dreitausend Jahre oder so?«

Mit Leichtigkeit. Wie ist es dir inzwischen ergangen?

»Na ja«, antwortete der Drache, »die meiste Zeit war ich tot, aber jetzt geht es mir besser. Und wie steht's bei dir?«

Chubby, dessen Augen so rund wie Tennisbälle waren, konnte sich nicht länger zurückhalten. »Nosher?« fragte er. »Dein Name ist *Nosher*?«

Zagranosz. Und das ist mein alter Freund Fredegundar. Wir kennen uns seit ewigen Zeiten.

»Ich hoffe«, sagte Chubby bitter, »daß nichts von diesem Schön-dich-zu-sehen-hast-du-in-der-letzten-Zeit-von-Betsy-gehört-Zeug auf mein Konto geht. Ich meine, ich habe nichts gegen seelentötende *Arbeit*, aber Klassentreffen ...«

Geht auf Kosten des Hauses. Er macht sich Sorgen, weißt du.

Der Drache nickte. »Merkwürdige Type«, sagte er zustimmend, »obwohl er mich gerade davor bewahrt hat, in die Luft gesprengt zu werden. Und jetzt will er, daß ich losziehe und Dämonen abfackle.«

Ah.

Der Drache blickte überrascht drein. »Das weißt du?«

Doch, ja. Natürlich hätte ich nie vermutet, daß du der Drache wärst.

Chubby, der völlig durcheinander war und sich so ausgeschlossen vorkam wie eine leere Milchflasche, trank das Äthanol des Drachen aus und wischte sich den Mund am Ärmel ab. »Jungs«, sagte er, »es hilft nichts, ich muß es wissen. Woher kennt ihr beiden euch?«

Der Drache drehte den Kopf zur Seite und lächelte.

»Von der Sonntagsschule«, sagte er.

Wenn man bei Brighton einen Kieselstein ins Meer wirft, erreichen die kleinen Wellen, die er verursacht, eines Tages Kalifornien. Sprengt man wiederum in Birmingham eine Statue in die Luft, riskiert man es, eine Revolution auszulösen.

Natürlich hängt sehr viel von der Qualität der Statue ab, weil nur die allerbesten Statuen die Chance haben, von ruhelosen Geistern bewohnt zu werden. Das Wort *ruhelos* ist, nebenbei bemerkt, mit großem Bedacht gewählt worden.

Die Schallwellen pflanzten sich natürlich am schnellsten fort. Ihnen folgte der Schwall der ebenso plötzlich wie heftig verdrängten Luft, der wiederum mikroskopisch kleine Staub- und Schutteilchen dicht auf den Fersen waren. Der Schall und die Luft zerstreuten sich recht bald, doch der Staub zog weiter und wurde von den Winden weit über den Ärmelkanal getragen, in südöstlicher Richtung über Frankreich hinweg und hinunter nach Italien. Das meiste davon blieb auf der Strecke und wurde von gewissenhaften Hausfrauen weggewischt oder untergepflügt; ein verirrtes Partikel driftete jedoch zufällig in die große und ruhmreiche Galleria dell' Accademia der Stadt Florenz, wo die vielleicht berühmteste Statue der Welt steht: Michelangelos *David*.

Stellen Sie sich vor, auf den Rücken dieses Staubpartikels sei eine winzige Videokamera montiert – was natürlich unmöglich ist; selbst die neueste, salzkorngroße, zwölfte Generation der P7640 von Kawaguchiya (Optische Werke) wäre viel zu groß und schwer –, und Sie sehen die Stadt allmählich heranrücken, während das Partikel langsam nach unten schwebt. Jetzt sind wir direkt über der Piazzale Michelangelo, wo die Reisebusse parken, damit die Touristen auf die Stadt gaffen und sich ein Eis am Stil kaufen können; wir sehen die khakifarbene Pracht des Flusses Arno, den Ponte Vecchio mit seinen nacktärschigen Läden, den düsteren Turm des Bargello, den eierköpfigen Duomo. Da ist das rechtwinklige Hufeisen der Akademie. Da ist ein offenes Fenster, wodurch wir viertausend Lire Eintritt sparen. Und da ist die Statue.

Sie befindet sich am Ende einer Galerie, in einer Nische, die wie ein halbes Osterei geformt ist. Als Miniatur kann man sie nicht gerade bezeichnen; sie mißt zwölf Fuß vom lockigen Haar bis zum imposanten Zeh, steht leicht zurückgelehnt da, das Gewicht auf dem rechten Fuß; eine Hand hängt seitlich herab, während die andere etwas festhält, was eigenartigerweise wie eine Socke aussieht und über der linken Schulter hängt. Es gibt Leute, die behaupten, daß der Kopf und die Hände zu groß seien und in keinem Verhältnis zum Rest des Körpers stünden; daß sein Haar wie ein alter wollener Mop aussehe, der dem nichtsahnenden Jüngling aus großer Höhe auf den Kopf gefallen ist. Wie dem auch sei, nach übereinstimmender Meinung zivilisierter Menschen befinden Sie sich jedenfalls vor einem überragenden, genialen Werk, also merken Sie sich's.

Das Staubkorn schwebte ganz lässig nach unten und ließ sich auf Davids Nase nieder.

Er nieste.

»Nngr«, murmelte er, wie man es nach einem echten Mega-Nieser zu tun pflegt. Zerstreut wollte er sich mit dem Ding, das wie eine Socke aussieht, die Nase abwischen und stellte fest, daß er das nicht konnte. Scheiße, dachte er, mein Arm sitzt fest.

Außerdem, bemerkte er mit Entsetzen, steht da drüben eine ganze Schar von Leuten, die mich anstarren, *und ich habe überhaupt nichts an.*

Keine angenehme Lage für eine wohlerzogene, zwölf Fuß große Statue, die sich nicht bewegen kann. Mein Gott, fragte er sich, wie lange stehe ich denn hier schon so da? Ich kann mich nicht erinnern. Ich kann mich eigentlich an *überhaupt nichts* erinnern. Ich muß einen schrecklichen Unfall gehabt haben, und jetzt bin ich völlig gelähmt und habe das Gedächtnis verloren. *O Gott!*

Bloß daß ich, fuhr der Zug seiner Gedanken fort, stieß einen Pfiff aus und verlangsamte die Fahrt, weil eine Kuh die Gleise überquerte, wenn ich gerade einen schrecklichen Unfall gehabt hätte, jetzt sicher im Krankenhaus wäre, von Schwestern umgeben und an allerlei Schläuche angeschlossen, statt splitternackt an diesem sehr öffentlichen Ort zu stehen. Also was geht hier vor sich?

»Hallo«, sagte das Staubkorn.

Es sprach leise und bediente sich der Statuensprache. Jetzt rennen Sie aber nicht gleich los, um sich die Linguaphonkassette zu kaufen, denn es gibt keine, noch nicht mal bei Aldi. Und selbst wenn es eine gäbe, würde ein zwölfjähriges Kind bis zum hundertsechsten Lebensjahr brauchen, bevor es so einfache Sätze wie *Wie heißt du? Mein Name ist John* beherrscht, denn es dauert sehr lange, die Statuensprache zu lernen, und fast genauso lange, sie zu sprechen.

»Hallo«, erwiderte David verdutzt. »Wo bist du?«

»Auf deiner Nasenspitze. Von hier oben hat man eine prima Aussicht.«

David spürte, wie seine Nase wieder zu kribbeln begann. »Okay. Und was bist du?«

»Ich bin ein Staubteilchen aus Birmingham. Hier ist es aber viel schöner als in Birmingham. Wie heißt du?«

»Das weiß ich nicht«, gestand David. »Ich glaube nicht, daß ich irgend etwas weiß, was vor deiner Landung auf meiner Nase liegt. Das warst du doch, oder?«

»Ja, tut mir leid. Ich bin einfach so dahergedriftet, wenn du verstehst, was ich meine.«

Wie zum Teufel, fragte David sich, kann es einen jucken, wenn man unbeweglich ist? »Hör mal«, sagte er, »kannst du mir verraten, was hier vor sich geht? Zum Beispiel warum ich mich nicht bewegen kann?«

»Du bist eine Statue.«

»Red keinen Quatsch, Statuen sind tot. Ich meine, nicht lebendig. Leblos.«

»Ach ja? Na, da hab ich aber eine Neuigkeit für dich, Meister. Manche Statuen sind nicht nur lebendig, sie gehen auch umher und reden und machen alle möglichen Sachen. Ich vermute«, sagte der Staub nachdenklich, »es kommt nur darauf an, sich von lähmenden sozialen Klischees zu befreien und sein ganzes Potential zu erschließen.«

»Woher weißt du das?«

»Weil ich es gesehen habe, daher«, entgegnete der Staub selbstgefällig. »Da, wo ich gerade herkomme, gab es diese riesengroße Statue von einem Drachen. Der konnte gar nicht lebendiger sein. Natürlich nur, bis sie ihn in die Luft gesprengt haben.«

»Was!«

»Mit Dynamit oder so was. Also jedenfalls haben sie's versucht. Im letzten Moment hat ihn dann jemand gegen mich ausgetauscht, das heißt, gegen mich, wie ich mal war. Damals war ich größer.«

Wenn David eine Haut gehabt hätte, hätte er jetzt eine Gänsehaut bekommen. »Die haben eine Statue in die Luft gesprengt, weil sie lebendig war?« fragte er beunruhigt.

»Nehme ich doch an. Ich sehe keinen Grund, warum sie sonst so was machen sollten, du vielleicht? Ich meine, Statuen sind nicht billig, man sprengt sie nicht einfach in tausend Stücke, bloß weil man Lust hat, das Gemüsebeet in einen Steingarten zu verwandeln.«

»Meine Güte.« Aus den Augenwinkeln warf David einen Blick auf die Gruppe von Leuten am Ende der Galerie. Sie starrten ihn an, da gab es keinen Zweifel. Hatten sie alles erraten? »Das ist schrecklich. Ich muß sofort hier raus.«

»Na, dann los.«

»Ich kann nicht. Meine Teile funktionieren nicht. O Gott, da drüben ist ein Typ mit irgendeinem Kasten, glaubst du …?«

»Die andere Statue schien es aber spielend zu schaffen. Sicher machst du es nicht richtig.«

David versuchte es noch einmal, wieder ohne Erfolg.

»Na schön«, sagte er, »wenn du so clever bist, dann erklär mal, wie das mit den Bewegungen geht. Ich dachte, daß es einfach so geschieht, wenn man es will.«

»Keine Ahnung«, antwortete das Staubpartikel. »Ich glaube, es hat etwas mit dem zentralen Nervensystem zu tun. Hast du so was?«

»Woher soll ich das wissen? Meinst du, ich habe irgendwo einen Reißverschluß, den ich öffnen kann, um schnell mal nachzugucken? Außerdem, selbst wenn ich einen hätte, wäre ich nicht imstande, ihn zu betätigen.«

Eine Horde von Menschen, alles Frauen, angeführt von einem stattlichen Exemplar mit lauter Stimme und Regenschirm, schob sich die Galerie herunter auf ihn zu. Da haben wir's, sagte er zu sich, da kommt der Mob, um mich zu lynchen. Na, jedenfalls wird es kein Problem sein, mein ganzes Leben vor meinem inneren Auge Revue passieren zu lassen, weil das verdammte Ding ja nur etwa zwei Minuten gedauert hat. Andererseits gibt es nicht viel darin, was ich gern ein zweites Mal erleben würde.

»Na gut«, sagte das Staubpartikel. »Versuch, umzufallen.«

»Was?«

»Sieh nach unten. Dir wird schwindelig. Du verlierst das Gleichgewicht. Du gerätst ins Wanken. Gleich fällst du. *Obacht!*«

Die Statue taumelte, griff ins Leere, schwankte für den Bruchteil einer Sekunde hin und her und fiel mit lautem Krach vom Sockel. Wenn die Leute vorher schon gestarrt hatten, dann war das ein Klacks im Vergleich dazu, wie sie jetzt starrten.

»Au, verflucht«, stöhnte die Statue. »Ich hab mir den Kopf gestoßen.«

»Hat aber geklappt, nicht wahr? Na, dann komm!«

Ohne zu wissen, wie er es bewerkstelligte, rappelte David sich auf und stand so wackelig auf den Beinen wie ein neugeborenes Kalb. Er erinnerte sich an etwas, hob das Ding auf, das wie eine Socke aussah, und hielt es mit beiden Händen vor die Leistengegend.

»Wo lang?« zischte er. »Rasch!«

Aber es kam keine Antwort. Er begriff, daß er das Staubteilchen weggewischt haben mußte, seinen einzigen Freund und Führer in dieser schrecklichen, fremden, mörderischen Welt. Er wimmerte und wich zurück, bis die Wand ihn aufhielt. Als etwas Kaltes seine nackten Schulterblätter berührte, quiekte er wie ein abgestochenes Schwein, sprang in die Luft und ließ die Socke fallen. Dann schnappte er sie sich wieder und suchte nach dem Ausgang.

Es gab keinen Ausgang. Der einzige Weg nach draußen führte durch oder über den Mob, der ihn lynchen wollte. Während er gerade erwog, sich hinter den Sockel zu kauern und zu hoffen, daß sie ihn übersähen, schoß ihm ein vagabundierender Gedanke durch den Kopf und explodierte in seinem Gehirn wie ein Rakete.

Hey, sagte er zu sich, ich bin ja größer als die.

Sechs Etagen tiefer, im Maschinenraum der Galerie, stürzte ein atemloser Aufseher durch eine Tür mit der Aufschrift VIETATO INTRARI PERICOLO DI MORTI und machte schlitternd vor einem breiten Mahagonischreibtisch halt.

»Chef! Chef!« keuchte er. »Der *David* … der *David* ist *lebendig* geworden!«

Hinter dem Schreibtisch drückte ein großer stämmiger Mann mit sehr haarigen Armen seine Zigarette aus.

»Ach, du Scheiße«, seufzte er. »Nicht schon wieder einer.«

»Ehrlich, Chef, ungelogen, ich hab's mit meinen eigenen … Was heißt: *Schon wieder einer?*«

Der Chef erhob sich und schloß einen Stahlschrank auf, der hinter ihm stand. »Sie sind noch nicht sehr lange hier, mein Sohn, wie?«

»Sechs Monate, Chef. Wollen Sie damit sagen, das kommt ...?«

»Im Durchschnitt einmal alle fünf Jahre oder so«, antwortete der Chef, während er die Schranktür öffnete. »Aber in der letzten Zeit war's 'ne regelrechte Epidemie. Hier, nehmen Sie das an sich.«

Der Chef drückte dem Aufseher ein großes Betäubungsgewehr und einen Gurt mit dazugehörigen Pfeilen in die zitternden Hände. Für sich selbst wählte er ein selbstladendes Mossberg-Gewehr, Kaliber zwölf, eine Hosentasche voll Stahlkernkugeln und einen Geologenhammer. Zum Schluß gab es für jeden noch einen Stahlhelm, eine Schutzbrille und eine Taschenlampe.

»Der *David* haben Sie gesagt?«

»Ja, Chef.«

»Mist. Es sind immer die Vollblüter. Anonyme Statue eines unbekannten Mannes, spätes fünfzehntes Jahrhundert, venezianische Schule – so was zuckt nicht mal mit dem Augenlid. Okay, gehen wir.«

Der Chef lief so schnell, daß der Aufseher Mühe hatte, mit ihm Schritt zu halten. »Was machen wir denn jetzt, Chef?« keuchte er.

»Tja.« Der Chef zuckte die Achseln. »Manchmal knocken ein paar Betäubungspfeile sie aus, und dann brauchen wir ihnen bloß noch das Gehirn rauszubohren und den Hohlraum mit schnelltrocknendem Harz zu füllen. Manchmal aber«, fügte er grimmig hinzu, während er eine Runde Kugeln in das Magazin des Gewehrs schob, »müssen wir auch ein bißchen energischer werden.«

»Energischer?«

Der Chef nickte. »Warum, glauben Sie, sieht die *Venus von Milo* so lädiert aus, mein Sohn? Weil sie sich der Festnahme widersetzt hat? Weil sie in ihrer Zelle schwer gestürzt ist? Seien Sie nicht naiv.«

Als sie zur Galerie gelangten, hatte man diese bereits abgesperrt und die Türen geschlossen. Sprechfunkgeräte knisterten, und Aufseher mit bleichen Gesichtern traten zu Seite, um den Chef durchzulassen.

»Irgendwas Neues?« fragte er.

Ein Aufseher nickte. »Er hat alle Besucher rausgejagt«, sagte er, »und ein paar Vitrinen nach ihnen geworfen. Wir haben alle Ausgänge abgeriegelt, so daß er nicht rauskann. Sieht aber so aus, als sei er ziemlich gereizt.«

Der Chef verzog das Gesicht. »Das werden wir ihm schon austreiben. In *meinem* Museum ist kein Platz für wilde Männer. Okay, gehn wir rein!«

Er trat mit dem Stiefel gegen die Tür, die sich nach innen öffnete. Den Bruchteil einer Sekunde später trieben seine blitzschnellen Reflexe ihn zurück, gerade rechtzeitig, um einer durch die Luft fliegenden Bronzebüste auszuweichen, die ihn, wenn er davon getroffen worden wäre, zu Mus zerquetscht hätte. Rasch knallte er die Tür zu.

»Ach, du grüne Neune«, sagte er, »der ist ja völlig ausgeflippt. Daß es einer von den wirklich großen Typen ist, macht die Sache natürlich auch nicht einfacher. Ich meine, wenn zum Beispiel sienesische Elfenbeinminiaturen aus dem dreizehnten Jahrhundert durch die Gegend rennen, dann braucht man für die ganze Angelegenheit fünf Minuten und einen harten Besen.« Er zögerte, dann wandte er sich an den Oberaufseher.

»Holen Sie mir eine Flüstertüte«, befahl er. »Räumen Sie das Museum, dann rufen Sie über das rote Telephon die Armee an, Spezialabteilung Kunst. Sagen Sie denen, wenn sie ihre Ärsche nicht in Gang setzen, wird es wieder so wie bei der Wallace Collection.«

Als das Megaphon gebracht wurde, probierte der Chef es aus, um sicherzugehen, daß es funktionierte; dann stieß er mit einem Besenstiel die Tür einen Spaltbreit auf und wartete. Nichts.

»Du da in der Galerie!« rief er. »Komm mit erhobenen Händen raus, dann wird dir kein Härchen gekrümmt. Hörst du mich?«

Schweigen.

»Ergib dich. Ich zähle jetzt bis zehn, danach kommen wir rein. Eins.«

»Hey!«

Eine hohe Stimme, wie der Chef feststellte, ohrenbetäubend sonor, aber au fond schrill und angsterfüllt. Doch die sind oft am gefährlichsten. Seine Erinnerung schweifte zurück in die Vergangenheit, zu der Zeit, da er die Elgin Marbles hatte niederschreien müssen. Vielleicht, sagte er zu sich, werde ich allmählich zu alt für all das.

»Ich kann dich hören«, antwortete er.

»Ich habe die *Pietà*, den *Heiligen Matthäus* und das große, vorläufig Giovanni Bellini zugeschriebene Trumm in meiner Gewalt!« schrie die Stimme. »Wenn ihr hier reinkommt, müssen sie alle dran glauben. Verstanden?«

»Klar und deutlich, mein Sohn, klar und deutlich.« Er runzelte die Stirn und schaltete das Megaphon ab. »War es nur der *David*«, fragte er, »oder waren von den anderen auch noch welche dabei?«

»Hab keinen weiter gesehen, Chef«, erwiderte der Aufseher. »Bloß den großen Lümmel.«

»Hmm.« Der Chef strich sich übers Kinn. »Dachte, Sie hätten gesagt, er verhalte sich wirr, als wisse er nicht, was Sache sei.«

»Kam mir so vor, Chef.«

»Na schön, aber jetzt hört er sich so an, als sei er ziemlich auf dem laufenden. Über das große Trumm, ich meine, die Bellini zugeschriebene *Venus di San Lorenzo*, stand nämlich erst im letzten Monat was im *Kunstjahrbuch*. Da ist jemand bei ihm drinnen.«

»Ihr da draußen!«

Der Chef duckte sich. Hinter ihm marschierte eine Gruppe schlanker junger Männer mit welligem Haar, die schwarze Seidenoveralls von Giorgio Armani, wollene Kopfschützer von Gucci und Bazookas trugen, hintereinander und ohne ein Geräusch in den Gang. Der Chef wies ihnen mit Handbewegungen ihre Positionen zu und schaltete das Megaphon ein.

»Kann dich hören. Over.«

»Wir stellen folgende Bedingungen ...«

»Andere Stimme«, murmelte der Oberaufseher.

»Ja«, antwortete der Chef. »Halten Sie die Klappe.«

»Wir stellen folgende Bedingungen. Wir wollen draußen keine Waffen, keine Polizei, keine Soldaten sehen. Sorgt dafür, daß in dreißig Minuten ein Luftfrachter vom Typ Sikorsky auf der Piazza steht. Wir fordern zehn Millionen Dollar in ungeschliffenen Diamanten, Landeerlaubnis in Tripolis und volle Straffreiheit. Tut, was wir sagen, und der Stein kommt ins Rollen.«

»Aber«, warf eine andere Stimme ein.

(»Das ist er.«

»Wer?«

»David.«

»Ja. Halten Sie die Klappe.«)

»Aber«, sagte die zweite Stimme, »das tut er ja gar nicht. Oder doch? Und muß man nicht ohnehin erst umfallen?«

Diesem Wortwechsel folgten mehrere Sekunden erregten Flüsterns, das der Chef nicht recht mitbekam. Als dann endlich die Richtmikrophone eintrafen, war die Debatte bereits zu Ende.

»Okay, Jungs«, murmelte der Chef, »unser Plan ist folgender. Ihr geht hinten hoch und seilt euch durch das Dachfenster ab. Setzt Rauchbomben und Blendgranaten ein. Ihr sechs kommt mit mir, durch die Tür dort. Ich übernehme den *David,* ihr schaltet den anderen Typ aus, wer immer zum Geier das sein mag. Und denkt dran«, fügte er mit ernster Miene hinzu, als ihm die Hochgeschwindigkeitsbüste einfiel, »sie sind vermutlich bewaffnet ...«

»Mit Büsten.«

»... mit Büsten bewaffnet und gefährlich, also schießt gleich, wenn es irgendwie nach Ärger aussieht, und überlaßt alles andere den Jungs mit den Müllschippen und dem Leim. Fertig?«

Zwölf Köpfe mit wollenen Kopfschützern nickten.

»Also dann. Auf los geht's los.«

Es war ein großartiges Spektakel, sofern man dergleichen mag. *Klirr!* machte das Glasdach. *Zisch!* sagten die Rauchbomben. *BUMM!* kam es von den Blendgranaten. *Knirsch!* meinte die große Eichentür. *Peng!* steuerten die Bazookas bei, die zwei halbfigurige Göttinnen, die aussahen, als hätten sie Verstopfung, und um die es in keiner Hinsicht schade war, ebenso in feinkörnigen Schutt verwandelten wie einen etwas weniger als echten Lettner von Luca della Robbia, der ein Pfahl im Fleische der Galerie war, seit jemand entdeckt hatte, daß auf der Rückseite die Worte eingeritzt waren: *Made in Pakistan. Aus dauerhaftem Hartholz.*

Und *Ach, du Scheiße, wo sind die denn?* fragte schließlich der Chef, als er völlig verdattert vor zwei leeren Sockeln stand. Die Vögel waren offensichtlich ausgeflogen.

In dem ganzen Durcheinander bemerkte niemand, daß der Kommandotrupp im Lauf der Attacke offenbar zwei neue Mitglieder gewonnen hatte, einen athletischen großen Typ, der ziemlich wacklig auf den Beinen war, und einen Kleinen mit Säbelbeinen, der sich mit Vorliebe in dunklen Ecken herumdrückte. Während die Galerie noch voller Rauch war und von Geschrei und den fröhlichen Klängen genagelter Stiefel widerhallte, die auf unersetzlichen Kunstwerken herumtrampelten, stahlen diese beiden neuen Mitglieder sich an den Aufsehern vorbei, eilten den Gang hinunter und traten, nachdem sie ihre Vermummung abgelegt und aus dem Zimmer der Reinigungskräfte zwei Mäntel geklaut hatten, auf die Straße.

»Wow!« rief der kleinere der beiden aus und versetzte der Luft einen Faustschlag. »Wir haben's geschafft!«

»Ja«, antwortete David, »mit Müh und Not.« Er blieb stehen und blickte seinen Gefährten an, während ihm ein verwunderter Ausdruck über das Gesicht glitt. »Entschuldigung.«

»Ja?«

»Wer *bist* du?«

NEUNTES KAPITEL

Was zum Geier meinen Sie mit *nicht angekommen*?« brüllte Georg ins Telephon.

»Ich meine damit«, erwiderte die Auskunftsbeamtin vom Hauptbahnhof Hölle, »daß er noch nicht angekommen ist. Wenn er angekommen wäre, stünde er auf der Passagierliste, und das tut er nicht.«

»Sind Sie sicher?«

Die Verbindung war nicht sonderlich gut – bedenken Sie die Entfernung, die es zu überwinden galt –, aber Georg hörte trotzdem den tiefen Seufzer, wie ihn jemand ausstößt, der sein ganzes Berufsleben mit dem Ohr am Telephon zubringt und sich mit Schwachköpfen herumschlagen muß.

»Sir«, sagte sie, »ich glaube, wir hätten es bemerkt, wenn gerade ein Drache bei uns eingeliefert worden wäre. Die sind ja ziemlich auffällig.«

Georg nahm die linke Hand zu Hilfe, um seinen Unterkiefer, der beträchtlich heruntergeklappt war, wieder hochzuschieben. »Wollen Sie damit vielleicht sagen«, fragte er, »daß der Armleuchter in die *andere* Abteilung gekommen ist?«

»Das kann ich nachprüfen, wenn Sie wollen.«

»Wie? O ja. Bitte.«

»Bleiben Sie am Apparat.«

Chardonay, der sich über Georgs Schulter lehnte, formte mit dem Mund die Frage *Was ist los?*

»Irgendeine administrative Schluderei«, antwortete Georg, während er die Sprechmuschel mit der Hand zuhielt. »Kein Grund zur Aufregung ... Oh, hallo. Nun?«

»Da ist er auch nicht, Sir. Tut mir leid.«

Georgs Gesicht hatte sich seltsam verfärbt. »Sicher haben Sie nicht richtig nachgesehen, Sie blöde Kuh!«

»Ich bin keine Kuh, Sir«, entgegnete die Beamtin mit eisiger Stimme. »Ich bin, wenn Sie's genau wissen wollen, halb Mensch, halb Ziege, habe die Krallen eines Adlers und ...«

»Na gut. Danke.« Georg legte den Hörer wieder auf. Einen Augenblick später tat Vater Kelly (der mit der Stoppuhr in der Hand über den Nebenanschluß mitgehört hatte, von der verzweifelten Hoffnung erfüllt, die Kosten des Telephonats als Spesen zurückfordern zu können; wenn Rom die Michelangelos und ein paar Raffaels verkaufte, wäre der größere Teil sicher abgedeckt ...) es ihm gleich und saß dann etwa dreißig Sekunden reglos wie ein Torpfosten da.

Er hatte gerade ein Telephonat mit der *Hölle* belauscht ...

Und die hörten sich dort genauso an wie *wir* ...

Inzwischen durchstöberte Georg hektisch seine mentale Kartei nach einer Methode, den anderen die Neuigkeit schonend beizubringen. »Jungs«, sagte er, »es ist folgendermaßen.«

»Ja?« erwiderte Prodsnap erwartungsvoll. »Wann fahren wir nach Hause?«

»Äh – bald.«

»Prima. Wie bald?«

»Sobald ...« Es gab keine taktvolle Methode, es zu sagen. »Sobald wir diesen gottverdammten Drachen getötet haben.«

Lassen Sie uns hierfür einen Moment innehalten, um

einer falschen, irreführenden antifeministischen Maxime den Garaus zu machen. Es stimmt nicht, daß es in der Hölle keine Furie gibt, die so schlimm wäre wie eine verschmähte Frau. Im Vergleich zu gelackmeierten Dämonen – oder Dämonen, die sich gelackmeiert fühlen – ähneln verschmähte Frauen eher Mutter Theresa an ihrem Geburtstag.

»Ich hab's euch doch gesagt!« krähte Slitgrind triumphierend. »Ich hab doch gleich gesagt, daß nichts Böses dabei rauskommt, wenn man mit dem Feind zusammenarbeitet. Erst läßt der schlaue kleine Engel uns die Dreckarbeit machen, und dann verschaukelt er uns. Typisch!«

»Nun warte mal eine Minute«, hob Chardonay an zu sagen, während er sich vorbeugte und Georg einen strengen Blick zuwarf, vermochte seinen Satz aber nicht zu beenden, weil fast im gleichen Moment Snorkfrod an ihm vorbeizischte, um Georg an die Kehle zu gehen. Zu Georgs Glück rutschte sie auf einer leeren Guinnessflasche aus und landete unter Ausstoßung der wütendsten Laute, mit dem Hintern im Kohlenkasten. Georg seinerseits nutzte die kurze Feuerpause, um vor den Sprößlingen der Hölle hinter einem guten, soliden Polstersofa in Deckung zu gehen.

»Okay, okay«, sagte er so besänftigend, wie er es vermochte. »Beruhigt euch erst mal, dann erkläre ich alles.«

Snorkfrod, die sich inzwischen aus dem Kohlenkasten hochgerappelt hatte, setzte erneut zum Sprung an, wurde aber von Chardonay mit einer Geste zurückgehalten. Sie blieb, drohende Knurrlaute ausstoßend, geduckt und einsatzbereit stehen.

»Wir sollten uns lieber anhören, was er zu sagen hat«, empfahl Chardonay. »Vielleicht gibt es ja eine durchaus plausible Erklärung.«

Georg nickte wie ein erschrockenes Metronom. »Gibt es auch«, sagte er. »Also, wir haben zwar die Statue in die Luft gesprengt, den Drachen aber offensichtlich nicht getötet. Gott allein weiß, wie, aber der kleine Penner hat es irgendwie geschafft, sich in letzter Minute davonzumachen.«

»Und?«

»Und deshalb«, antwortete Georg, »gilt weiterhin der ursprüngliche Plan. Tötet den Drachen, und ihr habt euren Passagierschein nach Hause. Es ist bloß so, daß es nicht so lächerlich einfach sein wird, wie wir zunächst angenommen haben.«

Knurren und Brummen waren zu hören, als die Logik des Ganzen langsam und kreosotartig ins Bewußtsein eindrang. Chardonay rieb sich das Kinn.

»Na schön«, sagte er. »Aber wie machen wir ihn ausfindig? Das dürfte doch wohl das Hauptproblem sein, oder?«

Georg erlaubte sich den Luxus, tief durchzuatmen. »Allzu schwer dürfte das nicht sein«, sagte er leichthin. »Ich meine, der Typ ist eine riesige grüne, fliegende Eidechse. So was kann man nicht allzulange geheimhalten. Und außerdem«, fuhr er fort, »haben wir etwas, weswegen er zwangsläufig zurückkommen wird. Einen unwiderstehlichen Köder, wißt ihr.«

»Ach ja? Was denn?«

Georg strahlte. »Uns.«

Sie warteten also.

Gewiß, ihnen war in keiner Weise daran gelegen, sich schwerer finden zu lassen als nötig; andererseits mußten sie aber auch praktisch denken. Keiner von ihnen wollte, daß es zu unangenehmen theologischen Verwicklungen kam, wie zu befürchten stand, falls entdeckt wurde, daß ein Heiliger und fünf Teufel frei im zwanzigsten Jahrhundert herumliefen, wo sie nichts zu suchen hatten. Ein gewisses Maß an Diskretion war also erforderlich, um zu verhindern, daß es zu einem großen Krach, dem Abbruch übernatürlicher Beziehungen, Wie-du-mir-so-ich-dir Ausweisungen und zu einer Flut von Filmen mit Titeln wie *Die Dämonen VI* und *Die Rückkehr des Heiligen* kam.

Außerdem gab es noch einen weiteren praktischen Gesichtspunkt zu berücksichtigen, der ständig wichtiger wurde, je mehr Tage vergingen.

»Ich halte es in dieser beschissenen Wohnung keine Sekunde länger aus«, knurrte Slitgrind, das Problem präzise in Worte fassend. »Es ist schon ohne diesen beknackten Heiligen und seinen Schlappschwanz von einem Priester schlimm genug, mit diesem Armleuchter Chardonay und seinem mörderischen Flittchen eingepfercht zu sein.«

»Ich weiß«, antwortete Prodsnap leise. Was ihn betraf, so kam er mit Chardonay und Snorkfrod einigermaßen zu Rande; mit viel Mühe und einem Vorschuß auf die Selbstbeherrschungsration der nächsten tausend Jahre konnte er sogar Georg und Vater Kelly verkraften (der es sich angewöhnt hatte, ständig ›Abrakadabra‹ vor sich hin zu murmeln und beim Abwaschen einen Kreidekreis um sich zu ziehen). Was er keinen Tag länger ertragen konnte, war Slitgrind.

»Mir gefällt es hier ganz gut«, erklärte Holdall, der am zweiten Tag entdeckt hatte, daß im Fernsehen Billardturniere übertragen wurden, und seitdem ständig vor der Glotze saß. So was gab es zwar durchaus auch zu Hause, aber dort war es einer kleinen Gruppe von ausgewählten Kunden vorbehalten.

»Hört mal«, sagte Prodsnap, »im Grunde ist es sehr einfach. Wir müssen hier raus, bevor wir alle ausflippen. Andererseits können wir nicht sehr weit von hier weg, denn dann wüßte der verdammte Drache nicht, wo er nach uns suchen soll.«

»Das ist deine Vorstellung von einfach, ja?« fragte Slitgrind höhnisch. »Was machst du, wenn es etwas anspruchsvoller zugehen soll – verbiegst du dann Löffel?«

»Im Grunde ist es sehr einfach«, wiederholte Prodsnap mit frostiger Stimme. »Was wir brauchen«, fuhr er selbstsicher fort, »ist ein Mirakel.«

Um der Genauigkeit willen sei hier gesagt, daß er zwar fast, aber nicht ganz den richtigen Terminus technicus erwischt hatte. Was er meinte, war ein Mirakelspiel, eines jener weitschweifigen mittelalterlichen Versdramen, die es irgendwie geschafft haben, ungeachtet eines halben Jahrtausends angeblich guten Geschmacks zu überleben, und die von Zeit zu Zeit von allzu begeisterten Amateuren, in Volkswagenbussen umherziehenden Schauspielertruppen (die zwar Randgruppen sein mögen, sich aber da befinden, wo der Rand schon ausfranst) und vom National Theatre aufgeführt werden. Wenn Sankt Georg, fünf Dämonen und ein Priester mit Wattebart, der sich Gott nannte, in irgendeinem Pfadfinderheim oder Gemeindesaal auf einer Bühne stünden, dann würde das nicht allzu deplaziert wirken, zumindest nicht deplazierter, als unter diesen Umständen zu erwarten war.

»Der entscheidende Punkt dabei ist«, erklärte Prodsnap seinen Leidensgenossen, »daß wir in einem Wohnmobil oder so was durch die Gegend kutschieren können, ohne daß jemand die geringste Notiz von uns nimmt. Aber wenn unser Spezi wirklich da draußen nach uns sucht, dann müßten massenhaft Plakate mit der Aufschrift SANKT GEORG UND DER DRACHE zumindest seine Aufmerksamkeit erregen.«

Schließlich wurde abgestimmt – fünf dafür, zwei dagegen (raten Sie mal, wer). Vorschlag angenommen. Das, erklärte Chardonay naiv, sei praktizierte Demokratie. Die Antworten, die er darauf bekam, verblüfften ihn ein wenig, denn jede Seite behauptete, daß sie alles über Demokratie wisse und daß es sich dabei um einen schmutzigen, von der Opposition entwickelten Trick handle, den man übernommen und geschickt so umgewandelt habe, daß er friedlichen und nützlichen Zwecken diene. Jedenfalls herrschte letztlich Übereinstimmung darüber, daß man eine Entscheidung getroffen habe und jetzt etwas tun wolle. Weiter ging die Übereinstimmung jedoch nicht.

Räumliche Nähe ist indes eine ebenso große vermittelnde Kraft wie die Zeit eine heilende. Achtundvierzig Stunden des Beisammenseins in einem relativ kleinen Haus brachten etwas fertig, woraus tausend Diplomaten mit Übersetzungscomputern, Faxgeräten und einem ganzen Lagerhaus voll aufwärmbarer Kanapees der Botschaftsklasse erst in sechs Monaten ein Kuddelmuddel gemacht hätten. Vater Kelly holte sich ein Buch mit Mirakelspielen aus der Bibliothek und verbrachte im Diözesanbüro einen Nachmittag damit, hinter dem Rücken der Sekretärinnen eifrig den Photokopierer zu benutzen. Georg schloß ein altes Bedford-Wohnmobil kurz.

Dann ging man auf Tournee.

»Wer bist du?« wiederholte David.

Die Nummer eins auf der Liste der von der italienischen Polizei meistgesuchten Personen zu sein, ist nicht so nervenaufreibend, wie es sich anhört, wenn nach einer zwölf Fuß großen nackten Statue gefahndet wird und man in Wirklichkeit nur etwas über sechs Fuß mißt und Jeans, ein T-Shirt (Standardausgabe für Touristen) sowie Turnschuhe trägt. Um ganz sicherzugehen, trug David jedoch auch noch eine Sonnenbrille, und es hatte seinen Gefährten viel Zeit und Beredsamkeit gekostet, um ihn davon abzubringen, sich einen falschen Bart zu kaufen.

»Ich? Ach, das ist nicht weiter wichtig.«

Die äußeren Umstände wie auch die Art, in der die Worte gesagt wurden, straften diese Bemerkung in einem solchen Maße Lügen, daß David es riskierte, die Stimme zu erheben (seit sie aus dem Museum ausgebrochen waren, hatte er in einem Ton gesprochen, den er naiverweise für ein verschwörerisches Flüstern hielt, was dazu führte, daß ihm von netten alten Damen ständig Hustenbonbons angeboten wurden) und auf einer offenen Antwort zu bestehen. Sein Gefährte zuckte die Achseln.

»Mein Name ist Kurt«, sagte er. »Früher war ich Söldner. Wie heißt das noch mal bei euch? *Condottiere.* Das war ich.«

»Früher? War?«

»Jawollo.« Kurt nickte. »Jetzt bin ich tot. Oder war es. Jesses, ist das verwirrend! Okay, also früher war ich lebendig, dann eine Weile tot, aber nicht richtig tot. Dafür gab es damals bestimmte Gründe.«

David legte seine klassisch perfekte Stirn in Falten. »Du bist nicht gründlich genug gestorben?« mutmaßte er. »Hast dich beim letzten Atemzug zurückgehalten?«

»So ungefähr. Eine Dampflokomotive ist auf mich gefallen. Aber das«, fügte er hinzu, während er mit einem vielsagenden Fingerwackeln jede Bitte um nähere Erläuterungen abblockte, »spielt wirklich keine Rolle. Bevor ich starb, oder wie immer man das nennen will, war ich Kopfgeldjäger. Und Söldner«, setzte er voller Stolz hinzu, »und Berufskiller, alles so was. Mann, ich war der Beste, den's gab.« Er runzelte die Stirn. »Vielleicht bin ich das immer noch, wer weiß. Ich meine, bin ich immer noch ich, auch wenn das hier nicht mein richtiger Körper ist? Ehrlich gesagt, habe ich keinen blassen Schimmer, wessen Körper das ist.« Er erweiterte das Stirnrunzeln zu einer finsteren Miene und trank seinen Kaffee aus. »Jedenfalls kann er mir gestohlen bleiben. Die entscheidenden Punkte sind folgende: Früher war ich *condottiere*, dann war ich tot, dann, glaube ich, kurze Zeit irgendeine Art von Statue, und jetzt bin ich ...« Er warf einen Blick auf seine Arme, wobei sein Gesichtsausdruck zu verstehen gab, daß sie nicht sonderlich gut saßen »... wer immer zum Teufel das sein mag.« Er sah David finster und vorwurfsvoll an. »Mann, das ist deine Schuld, du hast diese ganze verrückte Chose in Gang gesetzt.«

»Tut mir leid.«

Kurt tat die Entschuldigung mit einer Handbewegung ab. »Macht nix«, sagte er und dachte kurz nach. »Ich glaube, mit mir ist folgendes passiert ...«

Kurts Version war jedoch so weit von der Wahrheit entfernt, daß sie im rechten Winkel dazu stand und im Interesse der Klarheit deshalb hier unterschlagen wird. Fakt ist, daß zu Lebzeiten Kurts ein cleverer Merchandisingkonzern seine große Bekanntheit zu Geld gemacht hatte, indem man die Kurt Lundqvist-Aktionspuppe auf den Markt brachte – fünfzehn Dollar neunundneunzig für die Puppe als solche, Uniformen und Zubehör extra; um ein Gesamtverzeichnis zu erhalten, schreiben Sie bitte an Jotapian Industries, PO Box 666 Kansas City. Einige Zeit nach seinem Tod hatte ein unbekannter Täter eines dieser widerwärtigen Plastikobjekte in die Florentiner Akademie geschmuggelt und in einer dunklen Ecke zurückgelassen, ohne das Risiko zu bedenken, daß eines sonnigen Tages ein verirrtes Staubteilchen aus dem weit entfernten Birmingham durch ein offenes Fenster hereinschweben und auf der Puppe landen könnte.

»Verstehe«, log David. »Wie faszinierend. Und was geschieht jetzt?« fuhr er fort, während er an seinem Glas Wasser nippte.

Kurt zuckte die Achseln. »Ich habe einen Job zu erledigen«, antwortete er. »Du kannst mitmachen, denke ich, oder du kannst dich trennen. Ganz, wie du willst.«

»Trennen?« David blickte rasch an sich hinab, um festzustellen, ob er noch heil war. »Du meinst, diese Körperdinger zerreißen leicht, oder wie? Und das ist mir auch nicht ganz klar. Wie kommt es, daß wir aufgehört haben, Statuen zu sein, und, ähm, Menschen geworden sind?«

»Keine Ahnung.« Kurt schüttelte den Kopf. »Vermute, das passiert einfach irgendwie. Man kann entweder in seiner Statue bleiben, oder man kann raushopsen und in einem Anzug aus Haut rumlatschen. Wen kümmert's, wie es funktioniert, solange es funktioniert?«

Dem konnte man, wie David zugeben mußte, nicht widersprechen. Was ihn betraf, so lebte er von geborgter Zeit, obwohl ihm in keiner Weise klar war, von wem er sie geborgt hatte und ob der Betreffende sie irgendwann zurückhaben wollte.

»Dieser Job ...«, sagte er zaghaft.

»Eine große Sache«, erwiderte Kurt mit einer weit ausholenden Geste, die ein vorbeikommender Kellner für die Aufforderung hielt, die Rechnung zu bringen. »Vermutlich so wichtig, daß man mich von den Toten zurückholen mußte, um sie zu erledigen.« Er grinste. »Hey«, sagte er, »das läßt irgendwie darauf schließen, daß ich immer noch der Beste bin, wie? Schön, das zu wissen.«

»Der Job ...«

»Wie? Ach ja. Der Job besteht darin, die Geiseln rauszuholen.«

David zog eine Augenbraue hoch. »Geiseln?«

»Okay, richtige Geiseln sind es eigentlich nicht. Eher Schlüsselfiguren. Und auch Figürchen. Die Sache ist die, daß demnächst eine Menge wichtiger Statuen ...« Kurt zögerte, um nach dem richtigen Wort zu suchen. »... erweckt werden, würde ich sagen. Befreit. In Besitz genommen. Mit Leben erfüllt. Jedenfalls ist es meine Aufgabe, sie von da rauszuholen, wo sie gerade sind, sobald sie aufwachen, und freizulassen. Harter Auftrag, was?«

»Allerdings.« David nickte heftig. »Hast du eine Ahnung, warum?«

»Ich? Nicht die Bohne. Als erstes lernt man in diesem Geschäft, keine Fragen zu stellen. Na ja, ein paar Fragen muß man schon stellen, zum Beispiel *Wen von denen soll ich umlegen?* oder *Wo ist bei diesem Ding der gottverdammte Sicherungshebel?* Aber abgesehen davon, keine Fragen. Vor allem keine, die mit *Warum* anfangen.«

»Aha.« David blickte ihn mit aufgesetztem Lächeln an. Der Typ ist völlig plemplem, dachte er bei sich. »Nun, danke für das Jobangebot, ich werde ernsthaft darüber nachdenken. Hast du sonst irgendeine Vorstellung, was ich als nächstes tun soll?«

Kurt zuckte die Achseln. »Davon steht nichts in meinen Instruktionen, Kumpel. Vielleicht hast du ein Schicksal zu erfüllen, falls ja, dann tu's, und viel Glück. Oder vielleicht solltest du dir einfach irgendwo einen Job in einer Sandwichbar suchen und dann für alle Zeiten halbwegs glücklich und zufrieden leben wie ein ganz normaler Mensch. Is nich mein Bier, so oder so.«

»Klar.«

»Der zweite Teil des Jobs besteht darin«, fuhr Kurt fort, »daß ich einen Drachen töten muß.«

Zwischen Statuen und Menschen gibt es eine ganze Anzahl von Unterschieden, wie Bianca im Laufe der Zeit herausfand.

Hier einige Beispiele. Statuen sind schön. Wenn eine Statue kaputtgeht, kann man die betreffenden Teile mit Kunstharz wieder ankleben und muß nicht endlos lange darauf warten, daß die Knochen wieder zusammenwachsen. Hinzu kommt noch, daß man, wenn man versuchte, seinen Namen auf den Gipsverband der *Geflügelten Viktoria* zu schreiben, sehr schnell Bekanntschaft mit dem Straßenpflaster machen würde.

Der wesentliche Unterschied indes und derjenige, der Bianca begreifen ließ, wie glücklich Statuen dran sind, war ihr nicht gleich in den Sinn gekommen, sondern erst nach langen, bitteren Erfahrungen klargeworden.

Er bestand darin, daß Statuen zwar ebenso wie Menschen, die im Krankenhaus liegen, von Leuten aufgesucht werden, Statuen jedoch kein Gerede über sich ergehen lassen müssen.

»Nein, Tantchen«, sagte Bianca zum neunzehnten Mal. »Danke«, fügte sie schnell, wenn auch nicht schnell genug hinzu. Wenn Tante Jane irgendwo zu Besuch hinging, hatten Termingeschäfte im Anstoßnehmen Hochkonjunktur. Nach Biancas Schätzung mußte Tante Jane inzwischen soviel Anstoß genommen haben, daß sie ihre eigene internationale Börse aufmachen konnte.

»Ganz, wie du willst, Liebes«, antwortete Tante Jane mit einer Stimme, die Bianca zum Schärfen stumpfer Meißel hätte gebrauchen können. »Ich versuche nur, dir zu helfen. Ich werde sie auf alle Fälle hierlassen.« Tiefer Seufzer. »Du brauchst sie ja nicht zu lesen, wenn du nicht magst.«

Beweisstück eins: ein Stapel Frauenzeitschriften aus den späten Achtzigern. Rezepte. Strickmuster. Ratschläge für die Frustrierten und Selbstmordgefährdeten. Mit der ersten und der zweiten Gruppe konnte ein Mädchen im Streckverband nicht sonderlich viel anfangen, aber die dritte interessierte sie allmählich.

»Das ist sehr aufmerksam von dir«, sagte Bianca. Wie hieß noch mal der Junge, dessen Nase länger wurde, wenn er log? Wenn sie so weitermachte, würde im Vergleich zu ihr Cyrano wie ein Eskimo wirken. »Ich weiß das wirklich zu schätzen. Du bist sehr lieb.«

Tante Janes Lippen verzogen sich zu einem milden Hohnlächeln. Dankbarkeit wurde von ihr ohne erkennbare Wirkung aufgenommen, wie Materie von einem schwarzen Loch. »Nun«, sagte sie, »ich glaube, ich sollte jetzt gehen, dein Onkel will sicher sein Abendbrot haben. Ich werde *versuchen*, morgen wieder vorbeizukommen, obwohl ich dann nicht zu den Weightwatchers gehen kann. Ich sehe zu, daß ich dir noch mehr zu lesen mitbringen kann.«

Während Tante Jane zur Tür watschelte, widerstand

Bianca dem Drang, ihr einen bösen Unfall zu wünschen. Sie meinte es ja gut. Überdies würde sie, wenn sie einen bösen Unfall hätte, wahrscheinlich in dem Bett neben Bianca landen.

Das Traurige an der ganzen Sache war, daß Bianca, wie sie wußte, in einer Stunde oder so – wie sehr sie sich auch sträuben mochte – nach einer dieser verdammten Zeitschriften greifen und zu lesen anfangen würde. Ihre eigenen Bücher hatte sie bereits alle gelesen (seit ihrer Schulzeit gehörte sie zu den Menschen, die durch bedruckte Seiten flitzen wie Motorräder durch den Verkehr), und sie hatte nichts, absolut nichts anderes zu tun. Wenn die widerlichen Dinger nicht dagewesen wären, hätte sie sie natürlich auch nicht lesen können. Aber da sie da waren, konnte sie sie lesen. Und würde es auch tun, das war so unabwendbar wie der Tod.

Diesmal hielt sie siebenundvierzig Minuten durch und gratulierte sich gerade zu ihrer vollendeten Willenskraft, als sie bemerkte, daß ihre nicht eingegipste Hand sich selbständig gemacht und sich ein Hochglanzmagazin vom Stapel geschnappt hatte. Nun ja, beruhigte sie ihr Gewissen, ich habe es zumindest versucht. Sie legte das Ding auf die Bettdecke und öffnete es.

Als sie hinterher darüber nachdachte, wurde ihr klar, wie es passiert sein mußte. Tante Jane besorgte sich ihren Nachschub an vergilbtem Opium fürs weibliche Volk im Wartezimmer der Arztpraxis, wo sie als Sprechstundenhilfe arbeitete (und außergewöhnliche Erfolge bei der Reduzierung von Wartezeiten erzielte; man mußte praktisch im Sterben liegen, um einen Termin zu bekommen). Von Zeit zu Zeit lassen unverbesserliche Enthusiasten es sich angelegen sein, in Wartezimmern und an anderen, ähnlich deprimierenden öffentlichen Orten Reklamezettel zu verteilen, die auf Trödelmärkte, Handwerksbasare, Rettet-unsere-baufälligen-und-unerwünschten-städtischen-Klohäuschen-Aktionen und natürlich auch Laienspielaufführungen hinweisen. Es konnte leicht passieren, daß man zusammen mit den Schundblättern ein paar lose Zettel zusammenraffte.

Auf dem Theaterzettel, der vor ihr lag, stand folgendes:

NUR AN DREI ABENDEN!
Die H&H Thespisjünger zeigen:
SANKT GEORG UND DER DRACHE
ORIGINALBESETZUNG!
Am 17., 18. und 19. Juli
Im Sadley Grange Kulturforum
Billetts £ 2 an der Abendkasse

Reaktion Nummer eins: Na, das ist aber ein Zufall.

Reaktion Nummer zwei: Zufall am Arsch ...

Reaktion Nummer drei: ... der eingegipst ist. Verflucht noch mal!

Originalbesetzung? Wohl kaum. Ein Hauptdarsteller war, wie sie wußte, unpäßlich, da man ihn in tausend Stücke gesprengt hatte, und stand deshalb nicht zur Verfügung.

Es sei denn ...

Hey! Beruhige dich, Bianca, und durchdenk die Sache. Nimm einfach mal an, die Sprengung der Statue habe den Drachen gar nicht getötet. Nun, wer immer ihn um die Ecke bringen wollte – wer das wohl sein mag? Die richtige Antwort schreiben Sie bitte auf eine Postkarte –, würde es vermutlich noch einmal versuchen wollen. Dazu mußte er den Drachen jedoch erst mal haben. Da seine Marmorhülle in feinen Staub verwandelt war, würde der Drache in menschlicher Kluft durch die Straßen ziehen und nicht zu erkennen sein. Daher die Notwendigkeit eines Köders und kräftiger Winke mit einem dicken Zaunpfahl.

Bianca nieste – Staub aus dem Zeitschriftenstapel.

Warum habe ich das Gefühl, fragte sie sich, daß ich die ersten Stadien eines großen Krieges miterlebe?

Die Ironie ihrer Lage ließ sie zusammenzucken, als hätte ihr gerade jemand einen Goldfisch in den Kragen gesteckt. Um sie herum rüsteten sich unheimliche Kräfte zu einer großen Auseinandersetzung. Irgendwie wußte sie, daß sie vielleicht imstande wäre, das zu verhindern. Doch sie saß hier fest, so bewegungsunfähig in ihrem Gipsverband, wie der Drache und der schurkische Heilige es in den steinernen Körpern gewesen waren, die sie für sie geschaffen hatte. Sie bildete sich nicht ein, die Bedeutung des Ganzen zu verstehen. Aber sie erkannte etwas Bedeutsames, wenn sie es sah, vor allem dann, wenn man sie mit der Nase drauf stieß.

»Na prima«, murmelte sie laut. »Ausgerechnet wenn ich gebraucht werde, muß ich mich eingipsen lassen.«

»Wie bitte?« Sie blickte auf, aber es war nur Mike, der für die letzten fünf Minuten der Besuchszeit mit seinen nicht mehr ganz so komischen Komödienrequisiten – Weintrauben, konzentrierter Zitronenlimonade, noch mehr blöden Zeitschriften – hereingehuscht war.

»Ich murmle nur so vor mich hin«, sagte sie. »Mike, erkundige dich, wie lange ich noch in diesem ganzen Mauerwerk bleiben muß. Ich habe alles mögliche zu erledigen.«

Mike zuckte die Achseln. »Kann ich dir dabei irgendwie helfen?« fragte er.

»N ...«

Einerseits fände man Mike, wenn die Menschheit ein Lagerraum wäre, in dem Regal mit der Aufschrift *Liebenswerte Idioten*. Andererseits ...

»Ja«, sagte sie.

ZEHNTES KAPITEL

Clever«, murmelte der Drache mit offenkundigem Abscheu.

Der Lagerraum oder das Verlies, in dem seine Statue aufbewahrt wurde, hatte offensichtlich jemanden viel Geld gekostet. Man gelangte dorthin, indem man einen langen, dem Format eines Drachen entsprechenden Tunnel hinunterging, der ein wenig wie ein Torpedorohr wirkte und von einer eisernen Luke in der Wand einer sehr hohen Klippe etwa eine Viertelmeile durch soliden Fels zu einem großen Raum führte. Die Tür des Raums bestand aus zwei Fuß dickem Marmor, hing in Chrom-Molybdän-Stahl-Angeln und öffnete sich nach innen.

»Wer weiß?« fragte Chubby, indem er die ganze Qualitätsarbeit und den ganzen Aufwand mit einer Handbewegung abtat. »Soviel ich weiß, könntest du es letztlich vielleicht doch schaffen, hier auszubrechen, indem du die Türen zerschmetterst und zum Schmelzen bringst. Aber wenn du es erst halb geschafft hättest, hätten wir bereits Gas in den Raum strömen lassen, und dann hieße es für dich ab in die Heia.«

Der Drache zuckte die Achseln. »Schade«, sagte er.

»Ja«, sagte Chubby zustimmend, »das ist es. Es ist, als ob ...« Er schloß die Augen, um sich besser konzentrieren zu können. »Obwohl Mutti und Vati nichts dagegen haben, daß du dir das Auto ausborgst, ist es doch lästig, jedesmal, wenn du eine Spritztour machen möchtest, um Erlaubnis zu fragen und zu sagen, wo du hinfährst. Bitte beachte«, fügte er hinzu, »das Metallkästchen um seinen, ich meine, um deinen Hals.«

»Danach wollte ich dich gerade fragen.«

»Das ist eine Bombe«, seufzte Chubby. »Ich weiß, ich komme mir auch abscheulich vor, aber was soll ich machen? Wir sind Geschäftsleute, keine Tierschützer. Also hör zu, es gibt keine nette Art, es zu sagen. Solltest du irgendwelche Sperenzchen machen, egal wo im inneren Sonnensystem, ob innerhalb oder außerhalb der Drachenkluft, dann wird auf einen Knopf gedrückt, und es ist für immer aus mit Drachen. Klar?«

»Wie Kloßbrühe«, brummte der Drache.

»Du bist mir nicht böse?«

»Red keinen Stuß.«

Auf Chubbys rundem Gesicht erschien ein verkniffenes Lächeln. »Na schön«, sagte er. »Ich an deiner Stelle wäre verflucht eingeschnappt. Wahrscheinlich würde ich mich sogar abmurksen, in dem irrigen Glauben, daß ich den Knopf zum Drücken bei mir trage. Ist eigentlich ganz gut für dich, daß du nicht ich bist. Von beiden Warten aus sozusagen.«

Der Drache nahm im Geist einige geometrische Berechnungen vor. »Genau«, sagte er. »Und ganz allgemein gesehen ebenfalls. Wie wäre es jetzt mit Lunch?«

Bei schottischem Lachs und Flugzeugbenzin brachte Chubby taktvoll die Frage des Zeitplans aufs Tapet.

»Nicht daß wir dich antreiben wollen oder so«, fügte er hastig hinzu. »Ist eine Freude, dich zu Gast zu haben, und so weiter. Es ist bloß so, daß immer mehr Zeit vergeht und ich keinen müden Heller verdienen kann, solange diese ziegenhufigen Hanswürste in unserer Dimension sind – ich weiß, wovon ich rede, denn ich habe es weiß Gott versucht –, und außerdem fällt mir dein alter Schulkamerad allmählich auf den

Wecker. Jedesmal, wenn ich ins Büro komme, zwinkert dieser verdammte Bildschirm mir zu.«

Der Drache lachte. »Das hat er schon als Kind immer gemacht«, entgegnete er. »Wenn man gerade aufgestanden war, um die Frage des Lehrers zu beantworten, zwinkerte er einem zu oder schnitt eine Grimasse. Dann vergaß man immer, was man sagen wollte. Das macht er nur aus Gemeinheit.«

»Kann ich mir denken«, antwortete Chubby verdrießlich. »Hör mal, ich frag das nicht gern, aber wer zum Geier ist er? Ich kenne ihn nur als den dienstbaren Geist des PC.«

Der Drache grinste und schenkte sich ein Glas mit flüssigem Propan voll. »Rate mal«, sagte er.

»Ach, nun komm«, entgegnete Chubby.

»Nein, du darfst dreimal raten. Übrigens merkwürdig, daß solche Sachen immer im Dreierpack auftreten. Bei Wünschen ist das ja auch der Fall. Und, soweit ich es nach meinen sehr begrenzten Erfahrungen mit eurer Kultur beurteilen kann, bei benzinbetriebenen öffentlichen Verkehrsmitteln.«

»Na schön. Er ist ein Dschinn.«

»Nahe dran, aber kein Volltreffer.«

»Ein böser Geist?«

»Ja, aber das ist keine richtige Antwort, denn das bin ich ja auch. Und das hier ebenfalls«, sagte er naserümpfend und leerte sein Glas in einen Blumentopf. »Hast du nichts mehr von dem anständigen Zeug, das wir neulich abends getrunken haben?«

»Das hast du alles verputzt. Versuch mal den flüssigen Stickstoff hier. Ein harmlos scheinendes Gebräu, dessen Kühnheit dich aber möglicherweise erstarren läßt.«

»Das ist besser«, sagte der Drache zustimmend. »Du darfst noch zweimal raten.«

»Okay. Wie wäre es mit einem Gott?«

Der Drache schüttelte den Kopf. »Es gibt keinen Gott

außer GOTT«, erwiderte er. »Eine schöne Formulierung ist das. Hab ich auf der Rückseite einer Cornflakespackung gelesen.«

»Na gut. Ein Teufel.«

»Zum drittenmal falsch.« Der Drache ließ den Rest der Flüssigkeit in seinem Glas kreisen, damit Dämpfe aufstiegen. »Er ist ein Drache.«

Chubbys Augenbrauen schnellten in die Höhe wie der Goldpreis bei einer Ölkrise. »Echt? Ich dachte, du seist der einzige?«

»Keineswegs.« Der Drache runzelte die Stirn. »Weiß der Himmel, was er mit seinem Körper gemacht hat, aber mein alter Kumpel Nosher ist oder war ein Drache, genau wie ich. Ein schmächtiger kleiner Bursche war er damals, deshalb nannten wir ihn Nosher den Wassermolch. Wenn er von der Nase bis zur Schwanzspitze je fünfzehn Fuß erreicht hat, würde es mich überraschen.«

Darauf ging Chubby nicht weiter ein. »Was macht er dann in meinem Computer?« fragte er. »Oder seid ihr nicht dazu gekommen, euch eure Lebensgeschichte zu erzählen?«

»Keine Ahnung, was er da macht. Ich habe ihn zwar gefragt, aber keine richtige Antwort bekommen. Das konnte er auch schon immer gut, besonders wenn man ihn fragte, wann er das Geld, das man ihm geborgt hatte, zurückzahlen werde. Ein heller Junge, der Nosher, aber trauen durfte man ihm noch nicht mal so weit, wie man ihn pusten konnte. Irgend etwas sagt mir, daß sich daran nicht sehr viel geändert hat.«

»Wir kommen vom eigentlichen Thema ab«, warf Chubby ein. »Nämlich der Frage, wann du anfangen kannst.«

»Das bereitet mir kein Kopfzerbrechen«, antwortete der Drache. »Es geht doch wohl eher ums Wo als ums Wann, nicht wahr? Du hast leicht reden, wenn du sagst, ich soll diese Trottel in Asche verwandeln. Ich weiß ja gar nicht, wo ich sie finden kann. Ich hätte gedacht, daß du mit all deinen Hilfsmitteln und Instrumenten und so ...«

Chubby blickte verlegen drein. »Ich habe befürchtet, daß du das sagen würdest«, erwiderte er, den Mund voll Stilton. »Und es ist verdammt seltsam, das gebe ich gern zu. Sieh mal, jedesmal, wenn ich versucht habe, die alten Weiber loszuschicken, um gehörig auf den Putz zu hauen, ist die Sache wegen diabolischer Interferenzen total schiefgegangen. Statische Störungen, so fett, daß man sie sich aufs Brot schmieren konnte. Aber meinst du vielleicht, daß ich die miesen Typen orten kann? Einen Dreck kann ich. Es ist fast so, als würden die negativen Schwingungen von irgend etwas anderem überlagert.«

»Was denn, du meinst, von so was wie Tugendhaftigkeit?«

Chubby schüttelte den Kopf. »Tugendhaftigkeit nicht, Kumpel. Die würde das Ganze neutralisieren, und es gäbe keine Störungen. Nein, das ist wie ein sehr starkes Signal auf einer benachbarten Wellenlänge, das die Teufel irgendwie verschwimmen läßt, so daß man sie nicht richtig empfangen kann.« Er wollte sich eine Zigarre anzünden, besann sich aber eines Besseren. »Was den Schluß nahelegt, daß es eine sehr ähnliche Art von Signal ist, wenn auch verschiedenartig genug, um den Empfang meiner alten Tanten nicht zu stören. Das ist wirklich ein dicker Hammer.«

Der Stickstoffzylinder zischte erneut, bis das Glas des Drachen wieder voll war. »Nicht unbedingt«, sagte er. »Das hört sich ganz nach diesem Scheißkerl Georg an, finde ich. Er ist ein Heiliger, vergiß das nicht, deshalb hat er wahrscheinlich eigene Schwingungen. Und er ist ein bösartiger kleiner Arsch, gehört offiziell aber zu den Guten, was erklären würde, warum die Signale ähnlich, aber nicht identisch sind.« Bei dem Gedanken an Georg verfinsterte sich seine Miene, und das Glas zerbrach in seiner Hand, ohne daß er es bemerkte. »Klingt so, als ob Georg und deine Dämonen immer noch gemeinsame Sache machen, vermutlich damit sie noch einmal versuchen können, mich umzulegen. Nebenbei bemerkt habe ich nicht den blassesten Schimmer, warum eine Horde Teufel mir etwas antun will. Soviel ich weiß, habe ich nie irgend etwas gemacht, um ihren Verein zu kränken. Und da ich offiziell zu den Bösen zähle, sollten sie eigentlich auf meiner Seite sein.«

Dazu sagte Chubby wohlweislich nichts. Wenn der Drache von Georg sprach, schlich sich ein gewisser Unterton in seine Stimme, wie man ihn bisweilen hört, wenn sich Schriftsteller über Literaturkritiker unterhalten. Chubby konnte das nur recht sein.

»Ein komischer Typ, nach allem, was man hört«, fuhr der Drache fort. »Drolligerweise kannte ich mal einen Mann, der mit ihm zur Schule gegangen ist, auf dieses College zur Ausbildung von Heiligen, das sie damals in der Gegend von Glastonbury hatten.«

Chubby, der sich Hintergrundinformationen angelesen hatte, nickte. »Du meinst die alte Alma Martyr?«

»Ein richtiger kleiner Rabauke war er, nach allem, was man hört. In allen Fächern der Klassenletzte, bei allen Prüfungen, die ihn heimsuchten, durchgefallen, mußte immer nachsitzen und Strafarbeiten machen. Die Ketzerbestimmungskunde hat er ständig geschwänzt. Ist beinahe vom College geflogen, weil er sich weigerte, mit Pfeilen auf den heiligen Sebastian zu schießen.«

»Na so was«, sagte Chubby.

»Nichts als Dummheiten hatte er im Kopf. Die heilige Katharina hat er vom Rad losgebunden, die Löwen in der Arena mit Whiskas genudelt, so daß sie sich weigerten, die Christen zu fressen, all so was, weißt du. Eine richtige Landplage muß er gewesen sein.«

»Ganz bestimmt«, pflichtete Chubby ihm bei, insgeheim aber dachte er: Hey, was ist denn so schrecklich daran, wenn man versucht zu verhindern, daß Leute erschossen, verbrannt und gefressen werden? Nun ja, andere Länder, andere Sitten.

»Wie dem auch sei.« Der Drache stand auf, nahm seine Serviette ab, die er sich in den Kragen gesteckt hatte, und trank den restlichen Stickstoff aus. »Gib mir Bescheid, sobald du diese Clowns geortet hast, dann mach ich sie zu Fackeln. Wir sehen uns dann beim Dinner.«

Chubby blieb, wo er war, und wartete, bis das Abzugsgebläse die Stickstoffdämpfe abgesaugt hatte. Dann zündete er sich seine Zigarre an.

Der dienstbare Geist des PC war also ein Drache. Nun, das erklärte absolut gar nichts. Als Anhaltspunkt ließ es das Kreuzworträtsel in der *Times* wie eine Scherzaufgabe für unsere Kleinen wirken. Aber das lag sicher daran, daß er zu begriffsstutzig war, um den springenden Punkt zu erkennen. Falls es überhaupt einen gab.

Wahrscheinlich war alles nur Zufall.

Klar. Alles war Zufall, zum Beispiel auch die bemerkenswerte Tatsache, daß jemand, der vom Eiffelturm fällt, kurz darauf stirbt. Wenn man zu sehr über Zufälle nachdenkt, kann man paranoid werden.

Mike blickte auf die Adresse, die er auf die Rückseite seines Scheckbuches geschrieben hatte, und dann auf das Gebäude, vor dem er stand.

Nun ja. Dem Aussehen nach war es ein Bau von der Art, wo man alle Hoffnung aufgeben mußte, bevor man eintrat. Aber ein Aufenthaltsort von Dämonen? Wohl kaum. Wenn hier Dämonen lebten, dann war die Hölle eine gleichförmige Reihe von Spekulationsbauten aus den sechziger Jahren mit nichtabgeteilten Vordergärten und einem U-Bahnhof in der Nähe.

Gutes Argument. Ja. Während er alles, was er vom Ave Maria noch in Erinnerung hatte, vor sich hinmurmelte (nämlich, wie es sich so traf, Ave Maria), schob er die Eingangstür auf und trat ein.

»Huch!« sagte er.

Die Frau am Billettschalter warf ihm einen ungehaltenen, Nicht-auch-du-Blick zu, hielt ihm einen Zettel mit einer Platznummer hin und sagte: »Zwei Pfund, bitte.« Sie hielt das Stück Papier in etwas, das man nur als Klaue bezeichnen konnte.

»Äh, treten Sie auch auf?« fragte er.

»Ganz recht«, antwortete sie. »Das Kostüm verblüfft Sie, wie?«

Mike nickte. »Es ist sehr, ähm, realistisch.«

»Woher wollen Sie das wissen?«

»Na schön, dann weiß ich's eben nicht. Darf ich jetzt bitte rein?«

Er machte seinen Sitz ausfindig (einen jener biegsamen, kübelförmigen Plastikstühle, bei deren Anblick man überzeugt ist, daß sie auseinanderbrechen, wenn man draufsitzt, obwohl das nie geschieht) und betrachtete ausgiebig die Bühne. Einen Vorhang gab es nicht. Die übliche Amateurtheaterausstattung: schwarzgestrichene Hartfaserplatten, Silberpapier und allerlei Sachen, die man sich in den Haushalten der Anwohner ausgeborgt hatte. Sachlich-nüchtern. Prosaisch. Alltäglich. Genau, wie die Frau an der Tür es eigentlich gewesen war, bloß daß sie ganz offensichtlich eine …

Ein weiterer Blick in die Runde, diesmal aufs Publikum gerichtet. Etwa fünfzehn Leute saßen weitläufig verstreut in der Halle, aßen Bonbons und lasen das photokopierte Programm. Entweder sie hatten nicht bemerkt, daß ihnen ihre Eintrittskarten gerade von einer … oder aber es machte ihnen nichts aus. Schon möglich, dachte Mike bei sich, sind sehr tolerante Leute, die Midlander. Aber – *mein Gott, diese Fangzähne!* – nicht sehr wahrscheinlich.

Er warf einen Blick aufs Programm. Besetzungsliste wie folgt:

Georg *(ein Heiliger)* ...... er selbst
Chardonay *(ein Dämon)* . er selbst
Slitgrind *(ein Dämon)* .... er selbst
Prodsnap *(ein Dämon* .... er selbst
Holdall *(ein Dämon)* .... er selbst
Snorkfrod *(eine Dämonin)* sie selbst
Der Drache .... Mitglieder des Ensembles

Nun ja, sagte Mike zu sich, während er sich so weit zurücklehnte, wie er sich traute, und seine Tüte Malteser aufmachte, ich glaube, ich bin schon in schlimmeren Aufführungen gewesen. Die meisten davon im Barbican, wie er sich erinnerte.

Das Licht ging aus. Das Schwatzen hörte fast auf.

Das Spiel begann.

»Hab sie gefunden!« schrie Chubby.

Der Drache blickte von der Enzyklopädie, die er gerade las, auf und griente. »Na großartig. Und wo?«

»Hier, wo immer zum Teufel das ist.« Chubby reichte ihm einen zerknitterten Theaterzettel und einen Stadtplan. »Startbereit?«

Der Drache grinste.

Ob sich schon mal jemand gefragt hat, überlegte Mike, als ein Viertel der ersten Hälfte vorbei war, warum ein Großteil mittelalterlicher Literatur anonym ist? Leicht zu beantworten. Wer gäbe schon zu, so was geschrieben zu haben?

Wenigstens hatte es keine Moriskentänze gegeben. Noch nicht. Das war, wie er einräumte, ungefähr so, als behaupte man, Atombomben seien ungefährlich, weil die Welt noch heil ist. Davon abgesehen hatte er sich jedoch inzwischen über einen Punkt Klarheit verschaffen können. Es bestand kein Zweifel daran, daß diese Leute im Ewige Qualen-Gewerbe tätig waren, ja sogar zur Creme ihres Berufsstands gehörten. Feierlich und mit absoluter Aufrichtigkeit beschloß Mike, von nun an für alle Zeiten sehr, sehr brav zu sein.

So sehr war er in seine stumme Zerknirschung vertieft, daß er erst, als der Betreffende sich zu ihm herüberlehnte und flüsternd darum bat, einen Blick in sein Programm werfen zu dürfen, bemerkte, daß auf dem Platz neben ihm jetzt jemand saß.

»Klar«, flüsterte Mike zurück und reichte den Zettel hinüber. Dabei wurde er eine drückende Hitze und einen benzinartigen Geruch gewahr. Aus den Augenwinkeln warf er einen Blick auf seinen Nebenmann.

Völlig normaler Typ. Alles bloß Einbildung. Allerdings …

Der Typ hatte gelbe Augen. Runde goldene Augäpfel mit schmalen schwarzen Schlitzen statt Pupillen. Und keine Augenlider.

Die Midlander sind ein tolerantes Völkchen (siehe oben), und Mike stammte aus Brierley Hill, wo es den Leuten egal ist, wer man ist oder was man macht, solange nur hinterher das Haus noch steht. Teufel – kein Problem, schließlich sind wir alle Gottes Geschöpfe. Doch sobald Mike seine vorübergehend gelähmten Glieder wieder zu gebrauchen vermochte, schoß er vom Sitz hoch und rannte flink wie ein Wiesel zur Tür hinaus. Vernünftig, der Junge.

Denn noch während er rannte, gab es einen gräßlichen, dumpfen Knall, dem ein Zischen, das Klirren zerbrechenden Glases und das unverwechselbare Geräusch auflodernder Flammen folgten. Automatisch warf Mike sich zu Boden, den Kopf mit den Ellbogen schützend, während um ihn herum die ersten Mauerwerk- und Balkenteile herabregneten. Und dann dieser Gestank, o Gott, o Gott …

Umbesetzung einer Rolle in letzter Minute. Wer immer heute abend den Drachen spielte, hatte das Publikum gerade im Sturm genommen – im Feuersturm.

Der Drache öffnete die Augen.

Quer über seinem Rücke lag, wie er bemerkte, ein großer Stahlträger. Er schüttelte sich wie ein nasser Hund, so daß der Träger in den Schutt trudelte.

Offenbar hatte er ganz schön was angerichtet.

Das Tropf-tropf-tropfende Geräusch kam vom geschmolzenen Stahl der Armierungen im Beton. Der stöhnende Laut kam wohl eher von Baumaterialien, die sich unter der starken Hitzeeinwirkung zusammenzogen, als daß er ein Hinweis darauf gewesen wäre, daß in dem zerstörten Gebäude noch irgend jemand am Leben war, wenn auch in den letzten Zügen liegend. In der Hinsicht gab es nicht die geringsten Aussichten.

Aus der Ferne erklang das heulende, mechanisch erzeugte Geräusch, das der Drache gelernt hatte, mit nahe bevorstehender öffentlicher Aufmerksamkeit zu assoziieren. Er breitete seine Flügel aus, bewegte sie auf und ab und erhob sich in einer Wolke aus Staub und Funken in die Lüfte. Job erledigt, Zeit, nach Hause zu gehen. Fünf Flügelschläge trugen ihn in die oberen Luftschichten; nach fünf weiteren durchbrach er die Schallmauer und flog in Richtung Westen.

Während er so dahinflog, drängte sich ihm der Gedanke auf, daß er, indem er seine völlig berechtigte Rache an Georg vollzogen hatte, auch fünf Dämonen getötet hatte – nun ja, was soll's? Das Schlimmste, was einem sterblichen Wesen passieren kann, ist, daß es stirbt und zur Hölle fährt; er hatte ihnen das Fahrgeld für den Bus erspart – und ungefähr fünfzehn unschuldigen menschlichen Wesen, die zufällig auch dort gewesen waren. Hmm.

Nein, zur Hölle damit, wo gehobelt wird, da fallen eben Späne. Sie gehörten zu einer völlig anderen Spezies und gingen ihn nichts an. Um diese fünfzehn und alle anderen ihrer Art allein in dieser Stadt zu ernähren, werden täglich eine Million Hühner auf einem Fließband in den Tod geschickt. Und von gefühlsbedingten

Reaktionen einmal abgesehen, war aufgrund einer harten, aber fairen Regel der Natur, die man als Überleben der Tüchtigsten bezeichnete, auch daran nichts Schlimmes. Es war dies eine Regel, mit der er immer gut zurechtgekommen war, selbst damals, als er sich in den Felsen versteckt und zugesehen hatte, wie alle seine Artgenossen von den Urgroßvätern zwanzigster Ordnung dieser Leute ausgerottet wurden. Von denen gab es noch jede Menge; und überhaupt: Wer ist denn hier die vom Aussterben bedrohte Spezies?

Während er weiterflog und dabei die fast unbegrenzte Kraft seines Körpers spürte, das Potential seines trägen, aber zweifellos überlegenen Verstandes dankbar zur Kenntnis nahm, hatte er das Gefühl, daß in dieser Angelegenheit vielleicht noch nicht das letzte Wort gesprochen war.

Gegen halb vier in der Frühe brachte man die Frau aus der Intensivstation und legte sie in das Bett neben Bianca. Oberflächliche Verbrennungen, leichte Gehirnerschütterung, Schock. Sie würde überleben. Sie hatte Glück gehabt, wie die Stationsschwester erklärte. Sie war bloß draußen am Sadley Grange Kulturforum vorbeigegangen, als es in die Luft flog. Die armen Seelen im Innern des Gebäudes hatten nicht die geringste Chance gehabt.

Was die Ursache war? Das wußte bis jetzt noch niemand. In den Nachrichten hatten sie gesagt, der ganze Bau sei plötzlich in Flammen aufgegangen, nicht wie bei einem gewöhnlichen Feuer, das irgendwo ausbricht und sich immer weiter ausbreitet, sondern eher so, als habe jemand eine Brandbombe geworfen, aber wer mache denn so was bei einer Liebhaberaufführung?

»Schwester«, sagte Bianca, »ich glaube, ich muß mich …«

Und sie hatte recht.

»Es heißt, die Libyer steckten dahinter«, berichtete Chubby, während er die Tasse des Drachen mit Feuerzeugbenzin nachfüllte. »Weiß Gott, warum. Vermutlich müssen sie die Schuld irgend jemandem in die Schuhe schieben, und wozu sind Ausländer schließlich da?«

»Hör auf, darauf herumzureiten«, sagte der Drache. Das Brot war altbacken. Er hauchte es vorsichtig an und aß statt dessen Toast.

»Wieso denn?« entgegnete Chubby. »Du hast deine Sache gut gemacht. Saubere Arbeit, ruck, zuck, ohne daß dich jemand gesehen hat; und falls doch, dann hat der Betreffende zuviel gesunden Menschenverstand, um sich vor ein Mikrophon zu stellen und zu behaupten, er habe einen Drachen gesehen. Du könntest eine Menge damit verdienen, wenn du ... Schuldigung, bin schon still. Sei doch mal so lieb und reich mir die Marmelade.«

»Gab es Überlebende?«

Chubby lachte. »Klar«, sagte er, »bloß nicht im Umkreis von zweihundert Yard. Übrigens hat die Geschichte noch einen interessanten Nebenaspekt, denn die ganze Gegend sollte schon lange saniert werden, nur daß mittendrin diese schäbige alte Halle stand und es absolut keine Möglichkeit gab, sie zu beseitigen. Jetzt können natürlich die Bulldozer in aller Ruhe grasen. Wir könnten wirklich richtig reich werden, wenn du dich ...«

»Chubby«, sagte der Drache mit ruhiger Stimme, »wenn ich du wäre, würde ich das Thema wechseln.«

»Hä? Ganz, wie du willst.« Chubby trug Marmelade auf und trank Kaffee. »Tut mir leid, wenn ich noch mal darauf zurückkomme«, sagte er, »aber was bereitet dir eigentlich solches Kopfzerbrechen? Ich dachte, du haßt Menschen.«

»Ich?« Der Drache blickte ihn an. »Wie kommst du denn darauf? Seit gestern abend neun Uhr siebenundzwanzig gibt es nichts und niemanden auf dieser Welt, den ich hasse oder gegen den ich auch nur starke Abneigung empfinde, obwohl sich das ändern könnte«, fügte er mit einem leichten Zucken der Nasenflügel hinzu, »wenn ein bestimmtes Gesprächsthema nicht verdammt schnell fallengelassen wird.«

»Schuldigung«, erwiderte Chubby unterwürfig. »Es ist bloß so – da wir es waren, die all deine Leute getötet und dich um dein angeborenes Recht gebracht haben …«

»Du warst das nicht«, sagte der Drache. In seinem Schädel hörte er das leise *Pickpick* von Kopfschmerzen, die gerade fertig ausgebrütet aus dem Ei schlüpften. »Als die letzten von den Leuten starben, die die Drachen ausgerottet hatten, gab es in den Wäldern von Islington noch Wölfe. Und außerdem«, fügte er gereizt hinzu, »hatte die Sache zwischen Georg und mir nichts mit der Beseitigung der Drachen zu tun. Das war eine rein persönliche Angelegenheit.«

»Wegen des Großen Kampfes, wie? Weil er gewonnen hat, bloß deswegen?«

Der Drache schüttelte den Kopf. »Er *sollte* ja gewinnen. Daß er mich getötet hat, *damit* war ich nicht einverstanden. Und jetzt ist das alles erledigt, also reden wir nicht mehr davon, okay?«

»In Ordnung.« Chubby faltete seine Zeitung zusammen, trank seinen Kaffee aus und stand auf. »Also, sobald du diesen kleinen Job erledigt hast …«

»Wer sagt, daß ich den kleinen Job erledigen werde?« warf der Drache mit gefährlichem Unterton in der Stimme ein. »Steck dir doch deine miesen, beschissenen Pläne in den Arsch. Wenn du deine eigene Spezies in die Pfanne hauen willst, bitte sehr, geht mich nichts an. Aber ich dampf ab.«

Chubby schüttelte den Kopf. Er sagte nichts, klopfte aber mit den Fingerspitzen gegen die Unterseite seines Kinns. Die Bombe.

»Du Scheißkerl«, sagte der Drache leise. »Ich sollte dich an Ort und Stelle in eine Fackel verwandeln.«

»Nicht sehr ratsam«, erwiderte Chubby. »Bei der ganzen brennbaren Flüssigkeit in deinem Innern würde man sogar in Tokio Stücke von dir aufsammeln. Und wie ich schon gesagt habe, was kümmert's dich? Eine andere Spezies, nicht wahr?«

Der Drache schwieg. Und wenn man's genau nahm, bedurfte er keiner Worte. Von einem Kinderfest bei den Gorgonen hätte man ihn wegen Grimassenschneidens nach Hause geschickt.

»Willkommen bei den Bösen Buben«, sagte Chubby und ging.

Die Feuerwehr war wieder nach Hause gefahren, die Polizisten brauten sich in ihrem großen blauweißen Container ein Täßchen Tee, und selbst die Journalisten hatten es aufgegeben und waren in den Pub gegangen. Unter einem Schutthaufen rührte sich etwas.

»Sind sie weg?«

»Glaub schon.«

Der Schutthaufen geriet in Bewegung. Halbe Ziegelsteine und Betonbrocken rollten wie eine Lawine zu Boden und wirbelten Staub auf. Ein Kopf und ein Paar Schultern tauchten auf. Augen blinzelten ins Sternenlicht.

»Wird auch langsam Zeit. Mein Hals ist schon so steif wie ein Brett.«

»Sprich leise, Slitgrind. Und hör um Himmels willen auf, dich zu beklagen.«

Nach und nach und unter erheblichen seismischen Erschütterungen kamen alle fünf Dämonen zum Vorschein. Sie waren staubig und nach zwölf Stunden unter dem Schutt höllisch verkrampft. Davon abgesehen hatten sie nicht den geringsten Schaden davongetragen.

Ein sechster Schutthaufen bewegte sich und verwandelte sich in Georg. Sein Zustand war nicht ganz so tadellos – er hatte ein blaues Auge, und seine Haare waren alle abgesengt –, aber ansonsten schien er unversehrt. Er staubte sich ab, wie Oliver Hardy es immer in den Filmen macht, und kletterte aus dem Schutt.

»Jetzt versteht ihr sicher, warum wir Kostüme tragen mußten«, sagte er.

Chardonay nickte. »Prima Zeug«, gab er zu. »Wie heißt es noch mal?«

»Asbest«, erwiderte Georg. »Und die Fütterung besteht aus Glasfaser. Das Ganze ist wie eine altmodische Stahlrüstung, bloß leichter und erheblich stabiler. Das Zeug habe ich auch für die Bühnenausstattung genommen. Und das war gut so, denn wenn wir uns in dem Moment, als er auftauchte, nicht alle hinter die Kulissen geduckt hätten, wären die Strampelanzüge allein wahrscheinlich nicht ausreichend gewesen. Wie dem auch sei, höchste Zeit, von hier zu verduften. Los, kommt! Der Padre macht sich sicher schon irrsinnige Sorgen um uns.«

Niemand hatte das klapprige alte Bedford-Wohnmobil behelligt, und sie machten sich auf den Weg. Chardonay, der vorne bei Georg saß, brachte das nächstliegende Thema zur Sprache.

»Na ja«, erwiderte Georg, »er hat den Köder geschluckt, das mußt du schon zugeben. Vielleicht hätten wir vorher ein bißchen mehr darüber nachdenken müssen, wie wir den Trottel eigentlich umlegen wollen, aber beim nächsten Mal wird es besser klappen.«

»Beim nächsten Mal!«

Georg nickte. »Natürlich beim nächsten Mal«, entgegnete er, vom Tonfall des Dämons etwas verdutzt. »Na gut, die ersten beiden Versuche sind nun mal verpufft. Ich meine, da waren wir nicht sehr erfolgreich. Beim dritten Anlauf wird's hinhauen. Denk an Robert Bruce«, fügte er hinzu, »und die Spinne.«

»Lieber nicht«, antwortete Chardonay und schüttelte sich, »ich habe Angst vor Spinnen. Und jetzt«, fügte er mit aller Unwirschheit hinzu, die er aufzubringen vermochte, »habe ich auch Angst vor Drachen.«

»Drollig, daß du das sagst«, erwiderte Georg, während er in einer unübersichtlichen Kurve unbekümmert überholte, »weil ich vor Spinnen auch immer gewaltigen Schiß hatte. Aber dann habe ich eine Methode entdeckt, um damit fertig zu werden.«

»Tatsächlich?«

Georg nickte. »Ich zerquetsche sie«, sagte er. »Trägt dazu bei, die Dinge in die richtige Perspektive zu rücken, wenn dein Todfeind wie eine Rosine mit Haaren aussieht. Ich glaube, das könnte auch für Drachen gelten. Gibt nur eine Möglichkeit, es rauszufinden.«

Chardonay war gerade im Begriff, etwas zu sagen, sparte sich aber klugerweise seinen Atem. So, wie Georg fuhr, würde er ihn bald brauchen, um entsetzt zu kreischen.

»Gewiß«, sagte Georg, der zweifellos allmählich dahinterkam, wie man Auto fuhr, denn diesmal dachte er schon eine tausendstel Sekunde vorher daran zu bremsen, »wird es schwieriger sein, den Armleuchter ein zweites Mal zu ködern, weil er annehmen wird, daß wir tot sind. Und die Tatsache, daß wir nicht tot sind, können wir nicht an die große Glocke hängen, weil wir nicht auffallen dürfen. Knifflige Sache.«

»Aaaaah!«

»Wie? *Paß doch auf, wo du hinfährst, du alter Schwachkopf!* Schuldigung, was hast du gerade gesagt?«

Chardonay öffnete die Augen wieder. »Ich glaube«, murmelte er, »in diesem Land fährt man auf der linken Seite.«

»Ah. Das würde eine Menge erklären. Gut beobachtet. Ehrlich gesagt glaube ich, daß es von jetzt an bei uns liegt, nach ihm zu suchen, und nicht umgekehrt. Meinst du nicht auch? Natürlich könnten wir es noch mal mit dieser Masche versuchen, bloß daß wir beim nächsten Mal ein bißchen besser vorbereitet wären. Vielleicht könnten wir im Zuschauerraum eine Bombe legen, damit wir ihn ganz sicher zuerst erwischen. Was hältst du davon?«

Ein Ausdruck des Entsetzens und der Empörung schlug in Chardonays Gesicht sein Lager auf. »Das kannst du doch nicht machen«, stieß er hervor. »Das Publikum. Unschuldige Menschen.«

Georg zuckte die Achseln. »Was heißt hier Menschen, Char?« entgegnete er sanft. »Potentielle Kunden, für euren Laden und für unseren. Eine Klappe, sehr viele Fliegen, nich?«

Es ist schwer, Würde zu zeigen, wenn man empört, starr vor Schreck und von Kopf bis Fuß mit Ziegelstaub bedeckt ist. Was Chardonay betraf, so hatte er von vornherein nie sonderlich viel Würde besessen, und wenn er in dieser Hinsicht je hätte Flagge zeigen wollen, hätte es allemal nur für einen kleinen Wimpel gereicht. Das bißchen, das er besaß, brachte er jetzt jedoch wirkungsvoll zum Einsatz.

»Georg«, sagte er, »wenn du einmal stirbst, dann sieh bloß zu, daß du in den Himmel kommst. Wo ich herkomme, können wir auf Leute wie dich verzichten.«

Um Zeitungen zu verkaufen, muß man die richtigen Prioritäten setzen, und eine unerklärliche Explosion mit Todesopfern ist zweifellos wesentlich wichtiger als eine Serie von Diebstählen in Kunstgalerien. Die Aufmacher der Zeitungen des nächsten Tages lauteten deshalb, geordnet nach Schlagzeilengröße und Anzahl der Spalten, folgendermaßen:

DER TIERARZT DER QUEEN UND DER CHAUFFEUR: HEISSE LIEBESSPIELE IM KOFFERRAUM

SERIENSTAR IN FLOTTEM DREIER MIT KLEMPNER

ROTE KARTE FÜR PRÜGELNDEN SCHIEDSRICHTER

Sechzehn Todesopfer bei Bombenexplosion

Statuen aus italienischem Museum gestohlen

Die Statuen – acht Berninis, drei Donatellos, drei Cellinis, ein Canova und der *Merkur* von Giambologna – verschwanden alle im Zeitraum von etwa acht Stunden aus verschiedenen Gebäuden. Keine Anzeichen gewaltsamen Eindringens, keine Festnahmen, keine Spuren. Und auch kein ersichtlicher Zusammenhang.

»Okay, Jungs. Jungs!« Kurt bummerte mit dem Kolben seines Gewehrs auf den Fußboden, aber niemand nahm davon Notiz. Sie redeten alle zugleich, in voller Lautstärke und in italienischer Sprache. Mit einer müden, resignierten Geste setzte sich Kurt auf eine Packkiste und wartete.

»Fertig?« fragte er zehn Minuten später. »Gut. Dann hört zu.«

Sechzehn feindselige Augenpaare richteten sich auf ihn. Ich muß mir das nicht antun, dachte er bei sich. Ich habe ein hübsches, gemütliches Grab, wo ich jetzt liegen könnte.

»Also«, sagte er, »vermutlich fragt ihr euch alle, warum ...«

Wunderbare Sprache, das Italienische, wenn man sehr schnell sprechen will. Alle Friedenskonferenzen sollten unbedingt auf italienisch abgehalten werden; auf diese Weise wüßte nie jemand, worum es eigentlich geht, jedenfalls nicht lange genug, um einen Krieg anzufangen. »Ruhe!« schrie er, ohne die geringste Wirkung zu erzielen.

»Entschuldigung.«

Er drehte sich zur Seite. »Was denn?«

»Mir scheint«, sagte David, »daß sie über irgend etwas aufgebracht sind.«

Kurt zog ein finsteres Gesicht. »Worüber sollten sie denn aufgebracht sein, Herrgott noch mal? Ich habe die Armleuchter gerade rausgeholt, verflucht *dankbar* sollten die sein.«

David bewegte leicht den Kopf, um seinen Zweifel auszudrücken. »Betrachte die Sache doch mal so«, sagte er. »Sie alle sind männliche Figuren und alle italienischer Herkunft. Vielleicht ist es ihre Lieblingsbeschäftigung, den ganzen Tag herumzustehen und sich bewundern zu lassen.«

Da war was dran, wie Kurt zugeben mußte, aber das war nicht sein Bier. Er führte nur Befehle aus, wie man so schön sagt. »HEY!« rief er.

»Danke«, fuhr er fort. »Ich kann euch nur sagen, daß meine Instruktionen lauten, euch aus den Museen und Galerien zu holen und hierherzubringen. Was ich getan habe. Von jetzt an, Jungs, seid ihr auf euch ...«

Verwirrt hielt er inne. Statt auf ihn einzureden, die Fäuste zu schütteln und mit den Armen herumzufuchteln, standen sie wie ein Haufen Schaufensterpuppen herum.

Vielleicht war das der Sinn der Sache: unbezahlbare Kunstwerke zu klauen, um sie dann für zwölf Dollar pro Stück an führende New Yorker Warenhäuser zu verscherbeln. Vielleicht aber auch nicht.

»Jungs?«

Langes Schweigen. Dann hob eine Statue die Hand.

»Entschuldigung«, sagte sie. Und zwar auf englisch, wie Kurt bemerkte.

»Schießen Sie los«, sagte er.

»Entschuldigung«, sagte die Statue – Scheiße, jetzt war es eine *weibliche* Stimme –, »aber können Sie uns bitte verraten, was hier vor sich geht?«

Kurt schluckte. Gruselige Sachen machten ihm nichts mehr aus. Da fühlte er sich richtig behaglich. Unheimliche Sachen waren ihm so vertraut wie ein Paar alte Latschen. Aber das hier war *seltsam*.

»Hey«, antwortete er, »das habe ich doch gerade.«

»Es ist nämlich so«, fuhr die Stimme in weinerlichem Ton fort, »daß ich meinem Mann gesagt habe, die Aufführung wäre um zehn zu Ende, und ich käme rechtzeitig nach Hause, um ihm noch etwas zu essen zu machen. Und das ist jetzt Stunden her, und er regt sich immer so auf, wenn er seine Mahlzeiten nicht pünktlich bekommt.«

Nach und nach, während Kurt noch versuchte, seinen Kehlkopf wieder in Gang zu bringen, fielen die anderen fünfzehn in das Geplärr und Gejammer ein, das wie eine barocke Fuge um ein und dasselbe Hauptthema kreiste.

»Ich ...« Kurt hob die Hand, um Schweigen zu gebieten, das sofort eintrat. Zweiunddreißig Augen starrten ihn an. Er spürte, wie ihm das Blut in die Wangen schoß. Es war *furchtbar*.

»Ich ...«

Zweiunddreißig Ohren, die gebannt jedem seiner Worte lauschten. O Mann, dachte er bei sich, jetzt sind die Armleuchter alle gottverdammte Briten.

Er drehte sich um, packte David beim Arm und zerrte ihn nach vorn. »Mein Assistent wird alles erklären«, sagte er und nahm Reißaus.

ELFTES KAPITEL

Der Job«, erklärte Chubby, »ist im Grunde sehr einfach.«

Der Drache hätte gern darauf hingewiesen, daß es saukalt war. Die Luft war voll Hochgeschwindigkeitsschnee, den er sogar durch seine Schuppen spürte. Nach allen Richtungen war nichts zu sehen außer einer flachen weißen Fläche. Chubby und der Drache standen allein in einer Albinowildnis, wie die letzten beiden Kugeln auf einem weißen Billardtisch.

»Das heißt nicht«, fuhr Chubby fort, »daß er leicht ist. Leicht und einfach bedeuten nicht unbedingt dasselbe. Was du für mich tun sollst, ist einfach im Gegensatz zu kompliziert, aber sehr, sehr schwierig. Kannst du mir soweit folgen?«

Der Drache schwieg, weil seine Zähne klapperten wie die Mühle am rauschenden Bach, deshalb nickte er bloß.

»Deine einzigeAufgabe«, setzte Chubby seine Ausführungen fort, »ist es zu fliegen, in welche Richtung du willst und so schnell du nur kannst. Die Richtung spielt deswegen keine Rolle, weil wir hier am Nordpol sind. Geschwindigkeit hingegen ist von entscheidender Bedeutung.«

Der Drache runzelte die Stirn. »Meinst du nicht Tempo?« fragte er. Chubby grinste.

»Das«, sagte er, »ist entweder eine sehr naive Bemerkung oder ein sehr schlechter Witz. Also dann, hier ist dein Paket, laß es nicht fallen. Wenn ich will, daß du aufhörst, wird dieses kleine Dingsda an deinem Kragen piepen. Ein Wunder der Mikroelektronik ist das. Hat mich ein Vermögen gekostet.« Er hielt inne, ging im Flüsterton eine Kontrolliste durch und trat fünf Schritte zurück. »Sag, wenn's losgehen kann«, fügte er hinzu.

Der Drache zuckte die Achseln. »Jetzt?«

»Jetzt.«

Die Theorie: Wenn man sich schneller um die Erde bewegt als das Licht, kann man sich in der Zeit vorwärtskatapultieren.

Das möge glauben, wer will! Wie alle großen Hypothesen stützt sich die Relativitätstheorie auf die grundsätzliche Annahme, daß nie jemand imstande sein wird, das Experiment durchzuführen, das sie widerlegt; und alles, was nicht widerlegt werden kann, muß wahr sein. Das garniere man mit frischer Mathematik, erhitze und serviere es.

Aber angenommen, das Ganze ist wahr und machbar. Denken Sie jetzt nicht an den Ruhm, die Ehre und den Nobelpreis, sondern an die kommerziellen Möglichkeiten.

Richtig; es gibt keine. Deshalb ist es eine ungefährdete Hypothese. Niemand wird das Experiment je versuchen, weil dabei für die institutionellen Anleger nichts drin ist. Deswegen gibt es eine ganze Menge wissenschaftlicher Theorien über die Natur des Raum-Zeit-Kontinuums und entschieden weniger über den mittleren Beschleunigungsgrad von Rennpferden. Es sähe natürlich anders aus, wenn man einen Boten aus der Zukunft in die Gegenwart zurückschicken könnte, dessen Notizbuch gefüllt ist mit Börsenkursen, Fußballergebnissen, Gewinnzahlen im Lotto und dergleichen; aber der Theorie zufolge ist das unmöglich. Raten Sie mal, warum.

Tatsache ist, daß es möglich ist – sogar einfach (siehe oben) –, durch die Zeit zurückzureisen, auf ungefähr die gleiche Weise, wie man in ihr vorwärtsreisen kann. Auch dabei muß man um die Erde fliegen, jedoch in einem etwas anderen Tempo.

Um sich in der Zeit vorwärtszubewegen, muß man schneller als Licht fliegen. Um zurückzugehen, muß man sich langsamer als die Geschichte bewegen. Die mathematische Formel dafür lautet folgendermaßen:

$$Z - D = G$$
$$V = J + G$$

... wobei Z für Zeit steht, D für Desinformation, G für Geschichte; V bedeutet Vergangenheit und J das Jetzt oder die Gegenwart.

Für alle, die die ersten sechzehn Lektionen verpaßt haben, hier eine stark vereinfachte Zusammenfassung.

Die Vergangenheit setzt sich aus der Gegenwart sowie dem Bewußtsein zusammen, daß es eine Zeit vor der Gegenwart gegeben hat; dieses Bewußtsein nennt man Geschichtsbewußtsein. Die Geschwindigkeit, mit der die Geschichte sich bewegt, entspricht der Geschwindigkeit der Zeit abzüglich der Zeit, die man braucht, um die Geschichte aufzuzeichnen. Das Aufzeichnen der Geschichte wird durch Desinformation verzögert – Amtsgeheimnisse, die Abneigung von Beteiligten, bestimmte Vorgänge zu erzählen, weil sie unangenehme Folgen für sich befürchten, und so weiter. Das Quantum an Desinformation variiert von Nation zu Nation, von Kultur zu Kultur; in Großbritannien gibt es eine Dreißig-Jahre-Regelung, die besagt, daß man wichtige offizielle Dokumente erst nach dreißig Jahren einsehen kann, während in den USA die Statuten zur Informationsfreiheit festlegen, daß man solche Dokumente sofort und jederzeit einsehen kann, ausgenommen die wirklich wichtigen, die nie jemand zu Gesicht bekommt. In einigen Regimes wird die Geschichte jedesmal, wenn die Regierungsmannschaft wechselt, neu geschrieben. Die Konstante D ist deshalb überhaupt keine Konstante; demzufolge bewegt sich die Geschichte mit unterschiedlicher Geschwindigkeit, je nachdem, wo man sich gerade befindet, und an manchen Orten steht sie völlig still oder läuft rückwärts.

Wenn man um die Erde fliegt, gerät man deshalb ständig in unterschiedliche Geschichtszonen. Während man über die Kontinente schwebt, findet der rückläufige Gang der Zeit, von der Gegenwart in die Vergangenheit, mit allen möglichen Geschwindigkeitsgraden statt. Statt wie eine Flutwelle mit voller Wucht gegen das Riff der Gegenwart zu branden, ist das Voranschreiten der Geschichte ein wirres Durcheinander von Erinnerungspartikeln, die in keiner wie auch immer gearteten Ordnung umherschwärmen. Und es gibt immer Partikel, die sich im Vergleich zu den anderen so langsam bewegen, daß sie immer weiter zurückbleiben und, relativ gesprochen, die falsche Richtung nehmen.

Wenn man die Geschichte umkehrt, kehrt man auch die Zeit um.

Unter praktischen Gesichtspunkten heißt das folgendes: Wenn man, während man um die Erde fliegt, einer sorgfältig ausgearbeiteten Route durch die Anomalien der unterschiedlichen Geschichtszonen folgt, kann man so weit zurückbleiben, daß man in der Zeit zurückreist. Wenn man über Maulwürfe und Undercoveragenten verfügt, die überall auf der Welt in Universitäten, Nationalarchiven und staatlichen Datenbanken für einen arbeiten und eifrig damit befaßt sind, Akten und Dokumente zu verbergen, zu vernichten, unverständlich zu machen, zu entstellen, umzuschreiben, hinter die Zentralheizung zu stopfen und ganz allgemein die Herstellung von Geschichte zu sabotieren, dann kann man als weitere Verfeinerung die Erzeugung von Anomalien sogar *steuern* und eine navigierbare Route von einem bestimmten Punkt in der Zukunft zurück zu einem bestimmten Punkt in der Vergangenheit künstlich erschaffen. Oder wie die klassische Gleichung es so elegant ausdrückt:

$$W = KD^2$$

... wobei W für den Weg des Zeitreisenden steht, D wie gehabt für Desinformation und K für ein statistisch akzeptables Auftreten organisatorischen und administrativen Kuddelmuddels.

Da wir gerade beim Thema Zeit sind: Man ist sich allgemein darüber einig, daß sie große heilende Kraft besitzt. Von Rechts wegen müßte sie daher kostenlos vom Arzt verschrieben werden. Aber dem ist natürlich nicht so. Wenn man eine Chronotherapie haben will, muß man Privatpatient sein.

»Das wird Sie aber einiges kosten«, murmelte der Arzt mit gedämpfter Stimme. »Das ist sehr, sehr teuer. Ganz abgesehen davon, daß es illegal ist. Wenn man mich dabei erwischt, kann ich mich noch glücklich schätzen, wenn ich in Neuguinea eine Stelle als Geisterbeschwörer bekomme.«

»Das ist mir egal«, antwortete Bianca. »Ich muß so schnell wie möglich gesund werden und hier raus. Es ist *dringend*. Es geht um ...« Sie war im Begriff zu sagen: ›Leben und Tod‹. Aber das konnte alles mögliche heißen, zum Beispiel daß sie es geschafft hatte, Karten für das Konzert der Shrunken Heads im NEC zu bekommen, und sie nicht verfallen lassen wollte. »Die Zukunft der menschlichen Rasse steht auf dem Spiel«, sagte sie. »Es ist von *größter Wichtigkeit* ...«

»Hey«, fiel ihr der Doktor ins Wort, »Sie meinen, Sie haben Karten für den Auftritt der Heads? Die wollen Sie wohl nicht verkaufen, oder?«

Wenn man den rechten Arm in Gips hat, bedeutet

das, daß man Ärzte nur mit der Linken schlagen kann; sofern man nicht von Natur aus Linkshänder ist, kann das ausgesprochen ärgerlich sein. »Halten Sie die Klappe«, fuhr Bianca ihn an. »Hören Sie, sechzehn Menschen, darunter möglicherweise ein enger Freund von mir, sind umgekommen. Höchstwahrscheinlich ist das erst der Anfang. Die einzige Person, die dem Einhalt gebieten kann, bin ich. Also nennen Sie mir Ihren Preis und lassen Sie uns zu Potte kommen.«

»Meinen Preis? Sie meinen für die Eintrittskarten? Tja ...«

»Für die Operation«, zischte Bianca.

Die Chronotherapie, auch unter dem Namen Wuppdichzeit bekannt, ein neuer Durchbruch in der medizinischen Wissenschaft, erzielt von der Pharmaabteilung der Chubby Stevenson ZEIT AG.

Fast die gesamte Medizin läuft auf folgendes hinaus: Wenn man den menschlichen Körper in Ruhe läßt und für sein Wohlbefinden sorgt, wird er sich im Laufe der Zeit selbst heilen. Aber wenn man keine Zeit hat, wird da nichts draus. Dann stirbt man entweder, oder einzelne Teile fallen von einem ab, oder man kauft sich mehr Zeit.

Dabei handelt es sich um ein gänzlich privates, persönliches Quantum zusätzlicher Zeit, das in einen normalen Tag eingefügt wird – eine Sekunde Realzeit, die aber für den Benutzer bis zu drei Monaten dauert, in denen seine Knochen wieder zusammenwachsen, seine Narben verheilen, seine Muskeln sich wieder aufbauen und so weiter. Da es ein sehr kleines Zeitfeld ist, braucht man nur einen winzigen Tropfen unverdünnten Rohstoffs – weniger als einen Mikroliter, gegenwärtiger Straßenverkaufswert hunderttausend Pfund. Diese Summe können Sie getrost verdoppeln, da noch Installationskosten, maschinelle Einrichtungen zur Glaubwürdigkeitserzeugung sowie Chubbys Honorar und das des Arztes hinzukommen. Glücklicherweise hatte die sensationelle Art, in der sie sich ihre Verletzungen zugezogen hatte (Betörende Brünette Opfer eines brutalen Bombenanschlags), ihren Marktwert in die Höhe schnellen lassen, und sie hatte einige mißlungene ältere Arbeiten, die in ihrem Atelier herumstanden, verkaufen können, was die Kosten reichlich abdeckte.

Wenn Bianca sich später an das Ganze erinnerte, schien es ihr die langweiligste Sekunde ihres Lebens.

Als Mike völlig kaputt und außer Atem ankam, stellte er fest, daß er schon da war.

Das verdroß ihn. Gewiß, seine nervtötende Schusseligkeit und extrem laxe Einstellung in Sachen Pünktlichkeit hatten oft dazu geführt, daß die Leute ihm prophezeiten, er werde eines Tages auch zu seiner eigenen Beerdigung zu spät kommen. Er hatte jedoch immer angenommen, daß sie dann die Höflichkeit besäßen, auf ihn zu warten. Offenbar nicht.

»Und so übergeben wir seinen Leib der Erde«, sagte der Priester, »Staub zu Staub, Asche zu ...«

»Hey!« schrie er. Niemand hörte ihn. Mit ungläubiger Wut beobachtete er, wie sie das Grab zuschaufelten. Es war so, als sehe man zu, wie einem ein Kellner seine Mahlzeit wieder wegnimmt, ohne daß man dazu gekommen ist, auch nur die Serviette zu entfalten, geschweige denn etwas zu essen. Eines freilich ließ zumindest auf ein gewisses Maß an Normalität schließen. Niemand hatte ihm irgend etwas gesagt, und er hatte nicht den blassesten Schimmer, was hier vor sich ging. Dadurch fühlte er sich wesentlich besser. Jetzt konnte er mit der Situation fertig werden.

»Ne Menge Leute«, sagte eine Stimme unmittelbar rechts von ihm. »Du mußt stolz sein.«

Die Stimme kam von einer großen, übermäßig verzierten viktorianischen Statue, die einen weinenden Engel darstellte. Sie hatte schon bessere Tage gesehen;

saurer Regen, Wandalismus und der Lehrling des Friedhofsgärtners (der seine Hippe an ihrem marmornen Knöchel schärfte) hatten alle ihren Tribut gefordert, so daß sie jetzt aussah wie ein Fundstück von der Müllkippe. Mike schreckte leicht zurück.

»Tu dir keinen Zwang an«, sagte der Engel, der sich offensichtlich nicht beleidigt fühlte. »Aber du bist selbst auch nicht gerade ein Ölgemälde, obwohl du, wenn ich es recht bedenke, bei schlechter Beleuchtung als zweitklassiger Jackson Pollock durchgehen könntest.«

»Wie bitte?«

Die Statue seufzte. »Schuldigung«, sagte sie, »ich hab vergessen, daß du neu bist. Such dir eine Pfütze oder so was und sieh dich an. Oder lieber nicht«, fügte sie hastig hinzu. »Wahrscheinlich ist es am besten, wenn du dich so in Erinnerung behältst, wie du mal warst.«

Mike ließ sich auf einem Grabstein nieder und achtete dabei genau darauf, was geschah. Soweit er feststellen konnte, hatte er einen festen Körper; er spürte, wie der Stein gegen sein behostes Bein drückte, und als er versuchte, den Arm durch ein reichverziertes Granitkreuz zu schieben, war das nicht möglich. Er versuchte es noch einmal, aber mit mehr Wucht; als er mit dem Handgelenk gegen den Stein stieß, tat es weh, und auf der Abschürfung war ein bißchen Blut zu sehen. Einerseits beruhigend; andererseits bestürzend.

»Raffinierte Illusion, nicht wahr?« sagte der Engel, der ihn beobachtet hatte. »Kommt einem alles ganz echt vor, ist es aber nicht. Alles eine Frage des Timings, weißt du.«

»Des Timings?«

»Genau.« Die Statue gähnte. »Ach, Gott«, sagte sie, »warum muß ich das bloß immer machen? Ich bekomme es ja nicht bezahlt, Neulingen alles zu erklären, ich mache es einfach deswegen, weil ich hier bin. Und«, fügte sie hinzu, »weil ihr mir leid tut, Gott segne eure armen verwirrten Seelen. Und weil ich absolut nichts anderes zu tun habe. Trotzdem glaube ich, daß sie endlich etwas Offizielles unternehmen sollten, es ist ein Skandal, wenn du mich fragst. Ich meine, da gibt es diese Kurse, an denen man teilnehmen kann, um sich auf den Ruhestand vorzubereiten, damit der Schock, nicht mehr arbeiten zu müssen, einen nicht vorzeitig ins Grab bringt, aber die größte und radikalste Veränderung in seinem ganzen Leben soll man auf sich selbst gestellt bewältigen und die grundlegendsten Dinge allein ausknobeln können. Schäbig nenne ich das.«

Mike holte tief Luft – vermutete er jedenfalls, sofern es nicht bloß das Placebo irgendeines Virtual Reality-Programmierers war. »Wenn du alles erklären würdest«, sagte er, »wäre ich persönlich dir sehr dankbar.«

»Schon gut«, sagte der Engel, »mach ich gern. Also vergiß erst mal das, was ich gerade übers Timing gesagt habe, das verwirrt die Leute immer. Stell dir ein Radio vor, okay?«

Mike stellte sich ein Radio vor.

»Nun denn«, fuhr die Statue fort, »es gibt Hunderte, vielleicht sogar Tausende von unterschiedlichen Radiosignalen, die alle gleichzeitig durch den Äther schwirren, aber das Radio fängt jeweils nur eines davon auf. Das kommt daher, daß es auf eine bestimmte Frequenz eingestellt ist.« Der Engel machte eine Pause. »Übrigens hat mir das niemand mitgeteilt«, fügte er hinzu. »Das mußte ich alles allein herausfinden. Aber es stimmt, denn man hat es mir auf offiziellem Wege bestätigt, als ich nachfragte. Anfragen werden von denen gewissenhaft erledigt, solange man nicht den frankierten, mit Adresse versehenen Umschlag vergißt.«

»Bitte fahr fort«, warf Mike ein. »Wie Radiowellen, hast du gesagt.«

»Richtig.« Der Engel dachte kurz nach, um sich ins Gedächtnis zu rufen, wo er stehengeblieben war. »Nun, ebenso wie es Unmengen von unterschiedlichen Radiofrequenzen gibt, gibt es Unmengen von unterschiedlichen chronologischen Kontinuen. Kontinua. Zeitskalen. Das ist ein besseres Wort.«

»Aha.«

»Also unterschiedliche Zeitskalen. Nun, nach der Zeitskala, auf die das vergängliche menschliche Leben eingestellt ist, dauert eine Sekunde …« Der Engel hielt inne. »Schuldigung, hab mich da etwas verheddert. Hätte die Umrechnungen vorher vornehmen sollen. Laß uns das alles erst mal beiseite schieben und beim Irdisch-Orthodoxen bleiben. Soweit es dich betrifft, dauert eine Sekunde eine Sekunde, richtig?«

»Richtig.«

»Falsch. Eine Sekunde dauert nur nach deiner eigenen, spezifischen Zeitskala, genannt MfS – Maßstab für Sterbliche – eine Sekunde. Darauf warst du eingestellt, als du noch am Leben warst. Jetzt, da du tot bist, bist du auf MfV, Maßstab für Verstorbene, eingestellt. Eine Sekunde MfS entspricht 0,8342 Sekunden MfV; oder 0,0062 Sekunden MfU, das heißt Maßstab für Unsterbliche; oder 0,000147 MfSH, Maßstab für Seelen im Höllenfeuer; oder …«

»Laß gut sein«, sagte Mike, »hab schon kapiert. Wie erklärt sich denn, daß ich nicht existiere, aber nicht durch Grabsteine hindurchgehen kann?«

Da er eine Statue war, konnte der Engel nicht mit den Schultern zucken, aber durch eine äußerst subtile Modulation der Stimme produzierte er das klangliche Äquivalent. »Daß du nicht existierst, ist ein bißchen übertrieben«, sagte er, »und die Berechnungen sind so kompliziert, daß ich mir immer noch nicht sicher bin, ob ich sie ganz verstehe. Analog läßt es sich jedoch erklären, wenn man sich wieder die Radiosignale vorstellt. Sie sind alle da, aber du kannst jeweils nur eins hören. Stell dir also vor, um wieder auf die Zeitskalen zurückzukommen, du bist das Radiosignal.«

»Okay. Ich stehe also hier und mache *piep, piep*. Und wer ist das Radio?«

Ein weiteres, umfassenderes verbales Achselzucken. »Das ist ein schwer zu erklärender Sachverhalt«, sagte der Engel. »Im Grunde ist die ganze Welt das Radio, und alle Lebewesen um dich herum sind die Antennen. Verstehst du, worauf ich hinauswill? Du existierst, du bist hier, gar keine Frage. Der Grabstein dort ist unbelebt – entweder das, oder er ist sehr, sehr schüchtern, denn wir stehen seit 1897 nebeneinander, und er hat nie ein Wort gesagt –, und deshalb könnte er dich nicht wahrnehmen, selbst wenn er wollte. Völlig Wurscht, was ein Grabstein denkt. Aber bei Lebewesen ist das anders; sie sind alle auf ihre eigene Zeitskala eingestellt, und jemanden, dessen Zeitskala einen rascheren Takt hat als ihre eigene, sehen sie deshalb einfach nicht. Die Toten bewegen sich zu schnell; du weißt ja, der Laterna magica-Effekt. Ein fabelhaftes System, wenn man es recht bedenkt, verdammt wirkungsvolle Methode, um Milliarden von Menschen auf einem relativ kleinen Planeten unterzubringen.«

Eine längere Pause trat ein, in der Mike versuchte, das alles zu verdauen. »Verstehe«, sagte er. »Muß ich dann immer noch essen und schlafen und so weiter? Muß ich immer noch zur Arbeit gehen und Geld verdienen, oder ist alles gratis, oder brauche ich nichts? Kann ich irgendwelche Dinge bekommen, selbst wenn ich sie nicht brauche?«

»Die Frage stellt sich gar nicht«, antwortete der Engel. »Die Lebenserwartung eines toten Menschen beträgt nur drei, höchstens vier Tage. Danach mußt du entweder eine leere Behausung im Bereich der Sterblichen finden, in die du schlüpfen kannst, oder aber – fft.«

»Fft?«

»Fft. Das ist eine weitere grobe Simplifizierung«, fuhr der Engel entschuldigend fort, »aber was soll's, von dem Punkt an bin ich in der Theorie ohnehin nicht sonderlich firm. Ich *glaube*, du fängst an, dich in einem solchen Maß zu beschleunigen, daß die Zeit wie eine Rakete dahinzischt, und eh du dich's versiehst, hast du das Ende des Universums erreicht, Entropiezeit, das große Nichts; als ob man ein Band im Schnellauf abspult, bis es zu Ende ist. Was danach passiert, entzieht sich meiner Kenntnis. Vielleicht spulen sie das Band zurück, vielleicht bringen sie es in die Mediothek zurück und holen sich ein anderes. Wollen mal so sagen: Du wirst die Auflösung dieses speziellen Teils der Geschichte lange vor mir erfahren, deshalb schick mir bitte eine Postkarte, wenn du kannst. Das sage ich zu allen Neuankömmlingen«, fügte der Engel hinzu, »habe aber bis jetzt von keinem irgendeine Nachricht bekommen. Na, vielleicht haben sie es einfach vergessen.«

»Vier Tage?«

»Maximal.«

Mike fühlte sich äußerst unwohl. Der Grabstein befand sich zwar nach wie vor unter seinem Gesäß, der Wind war immer noch ziemlich frisch, aber er hatte das Gefühl, als sause er bereits einher wie ein Kind, das in einer Kombination aus Karussell und Riesenrad sitzt. »Du hast da etwas von einer leeren Behausung gesagt«, erinnerte er sich. »Was hat es denn damit auf sich?«

»Dachte mir schon, daß du danach fragen würdest«, erwiderte der Engel. »Das tun sie immer. In seltenen Fällen hat man die Gelegenheit, wieder zurückzuschlüpfen. Hört sich toll an, ist es aber nicht.«

»Nein?«

»Ich selbst hätte keine Lust dazu«, entgegnete der Engel. »Und zwar deswegen, weil man nicht wieder in die MfS-Zeit zurückkommt und weder ein Mensch noch eine Katze, noch ein Goldadler oder etwas in der Art werden kann. Rückkehrer kommen in die MfmA-Zeit, und das ist – nun ja, ziemlich bizarr. Sieh mich an.«

»Dich?«

»Mich. MfmA – Maßstab für menschliche Anomalien. Wir existieren in allen Zeitdimensionen gleichzeitig. In einigen stärker als in anderen, gewiß, und in der Praxis ignoriert man alles außer der MfS- und der MfV-Zeit und noch ein paar anderen, weil – na komm, laß uns diese Radioanalogie totreiten – die Signale schwach, kratzig und auf norwegisch sind. So ist es mir jedenfalls ergangen. Ich bin als Statue zurückgekommen, und das ist in keiner Weise spaßig.«

»Als Statue?«

»Genau. Von uns gibt es mehr, als du vielleicht annimmst.« Die Stimme des Engels wurde immer leiser und langsamer, als ob seine Batterien zu Ende gingen. »Woran man beim MfmA denken muß, ist, daß er sehr, sehr …«

»Ja? *Ja?*«

»… langweilig ist.«

Den Bruchteil einer Sekunde später war die Statue nichts als eine Statue; man brauchte sie bloß anzusehen, dann wußte man, daß sie nicht lebendiger war als ein Keller voller Kohlen. Waren ihre Batterien leergelaufen? Schlief sie? Hatte man sie abgeschaltet? Keine Möglichkeit, es herauszufinden. Mike, dessen Beine vom Knie bis zum Knöchel eingeschlafen waren, stand auf.

Vier Tage …

Neunundneunzigprozentige Lichtgeschwindigkeit!

Den Kopf vorgestreckt, die Flügel zurückgeklappt, donnerte der Drache mit wehendem Schwanz durch den mörderischen Luftsog. Seine Schuppen glühten kirschrot, und die Tränen, die aus seinen Augen strömten, verdampften, bevor sie seine Wangen erreichten. Sein Trommelfell saß ihm vermutlich schon halb im Schlund. Es war ganz gut, daß er den Mund nicht öffnen konnte, denn sonst hätte ihm der Luftdruck den Unterkiefer weggerissen.

Puh, dachte er …

… wwarumm machchch ichch dasss blosss?

Weil mich, wenn ich es nicht mache, dieser Armleuchter Chubby ins Jenseits befördert, und da will ich nicht hin.

Und weil ein ganz bestimmter, unglaublicher Nervenkitzel darin liegt, die letzte Grenze von hinten aufzurollen, indem man sich voller Schiß wohinbegibt, wo alle anderen schon waren, wenn auch noch nicht. Sozusagen.

Und nicht zuletzt deswegen, weil ich nichts Besseres zu tun habe.

PENG!

Lichtgeschwindigkeit …

Ein bedeutender Umstand beim Reisen mit Überlichtgeschwindigkeit …

»Autsch!«

… besteht darin, daß es verdammt finster ist und man nicht sieht, wohin man fliegt. Und bei dieser Art von Geschwindigkeit hat selbst der Zusammenstoß mit einer in großer Höhe fliegenden Kleidermotte das Format eines schweren Eisenbahnunglücks.

Glücklicherweise erlangte er das Bewußtsein gerade noch rechtzeitig wieder, um seinen trudelnden Sturz abzufangen, seinen lädierten und ächzenden Körper hochzureißen, damit er nicht gegen Berge und Flugzeuge prallte, und ihn unter Qualen wieder gerade auszurichten. Es war immer noch so finster wie in einem Verlies, was bedeutete, daß er nicht an Geschwindigkeit verloren hatte. Was er jetzt brauchte, war eine viel, viel größere Höhe.

Juhu, krähte er triumphierend im Hinterstübchen seines Unterbewußtseins, trotzdem ist das schon was. Das brächten diese zweibeinigen, auf der Erde herumkriechenden Knirpse in keiner Weise fertig, trotz ihrer ganzen großartigen Technik. Für einen Drachen jedoch ist es lediglich eine Sache des Fliegens. Sie wissen doch, wie man fliegt, oder? Man legt einfach die Flügel zusammen und …

»Hilfe!«

Wenn man sich so schnell bewegt, verliert man die Zeit völlig aus den Augen. Oder die Zeit verliert einen völlig aus den Augen. Das einzige halbwegs Konstante ist der Schmerz; man wird mit Photonen bepfeffert, jeder Quadratmillimeter der Oberfläche des Körpers ist glühendheiß, ein Staubkorn trifft einen mit der Wucht einer Kanonenkugel. Man lebt nur deswegen weiter, weil einen die Entropie noch nicht erwischt hat. Aber das kommt noch.

Piiiiep!

Wie? Ach, Gott, ja, Chubbys idiotisches Signal. Jetzt kann ich langsamer fliegen, nachdem ich doch gerade angefangen habe, mich zu amüsieren.

Das Licht kehrte zurück, denn der Drache war nicht mehr schneller als Licht, sondern nur noch sehr schnell; er raste dahin, aber nicht mehr gegen die Uhr. Der Trick dabei ist, die Geschwindigkeit allmählich zu drosseln. Eine abrupte Verlangsamung wäre in diesem Kontext so, als ob man gegen eine Backsteinmauer rennt.

Auch der Schall kehrte zurück. Die Vertikalebene stellte sich wieder ein. Gott hatte an der Antenne herumgebastelt.

Herzlichen Glückwunsch! Wir alle wußten, daß du das Zeug dazu hast!

Was zum Teufel sollte das? Der Kopf des Drachen wurde wieder klar, und er begriff, daß es sich um eine schon vorher aufgenommene Botschaft handelte, die mit blechernem Klang und nicht ganz der richtigen Geschwindigkeit durch einen Minilautsprecher in seinem Ohr kam. Er verringerte das Tempo noch ein wenig mehr.

Bitte begib dich zu folgenden Koordinaten. Länge …

»Verdammt noch mal!« brüllte der Drache. »Ich hab doch keine Landkarte dabei!«

… sechzehn Minuten westlicher Breite; oder, laienhaft ausgedrückt, der Zeitungskiosk auf der Rockefeller Plaza. Dort

wirst du ein Exemplar der New York Times *kaufen und Seite vier aufschlagen. In etwa neun – ich wiederhole: neun – Minuten wirst du ankommen.*

Hoch über New York fand der Drache heraus, wozu das Paket diente. Als sein Drachenkörper plötzlich verschwand und er spürte, wie ein wesentlich anderer, brutalerer Luftsog an seiner menschlichen Gestalt zerrte, wurde ihm klar, daß es sich um einen Fallschirm handelte.

Die New Yorker sind schwer aus der Fassung zu bringen. Ein vom Wind gepeitschter Mann mit tränenden Augen und zerzaustem Haar, der per Fallschirm auf dem Vorplatz des Hauptbahnhofs landet, ist für sie bloß einer von denen, die versuchen, der Rush-hour ein Schnippchen zu schlagen. So fein eingestellt ist der eingebaute Radar der New Yorker, daß sie ihm, als er niederging, auswichen, ohne ihn auch nur anzusehen.

Er rappelte sich hoch. Um den Fallschirm brauchte er sich nicht weiter zu kümmern; in den anderthalb Sekunden, während er sich auf dem Boden gewälzt und dabei einen stechenden Schmerz in beiden Knien gespürt hatte, war der Fallschirm losgeschnallt, gestohlen und weggeschafft worden. Inzwischen war er wahrscheinlich in irgendeinem kleinen Laden in Queens bereits in dreihundert seidene Taschentücher umgewandelt worden.

Ein wenig wackelig auf den Beinen und ausnahmsweise einmal leicht verunsichert, torkelte er zum Zeitungskiosk, griff sich eine Zeitung und blickte auf das Datum. Alle diese Umstände und diese Mühe, und er hatte die Zeit gerade mal um sechs schäbige Wochen beschleunigt.

Befehlsgemäß blätterte er Seite vier auf und schrieb sich die Schlußnotierungen der Börse heraus. Dann wandte er sich dem Sportteil zu, im Anschluß daran den Lotterieergebnissen. Schließlich warf er aus reiner Neugier einen Blick auf die erste Seite.

Und sah eine Überschrift.

Die *Times*, kein ausgesprochen sensationslüsternes Käseblatt, hatte sich gehengelassen. Da waren kreischend bunte Action-Photos, GROSSE Schlagzeilen, Interviews mit Augenzeugen, Kommentare, weiter auf Seite sechs, Fortsetzung auf Seite sieben. Es war eine GROSSE Story voller Knalleffekte und Nuancen und mit tieferer Bedeutung. Es gab sogar einen dreispaltigen Artikel von einem gewissen D. Bennett, der die bizarren Ereignisse zu Watergate, dem Bermudadreieck und der Ermordung von Abe Lincoln in Beziehung setzte.

Der Kern der Geschichte war jedoch recht einfach.

Vor zwölf Stunden hatte Sankt Georg in der Mongolei den Drachen getötet.

Mike schlief nicht gut.

Zum einen tat es ihm um die Zeit leid, da er in vier Tagen sterben, sich zu Tode beschleunigen, perdu gehen oder was auch immer würde. Und obwohl er nie besonders abergläubisch gewesen war, behagte es ihm zum anderen nicht, auf einem Friedhof zu pennen, zumal er das Gefühl hatte, in der Lage zu sein, seine Mittoten zu sehen, und vielleicht boten die keinen sehr hübschen Anblick ... Hauptsächlich konnte er jedoch nicht schlafen, weil er sich Sorgen machte.

Vier Tage, um – was zu finden? Wonach zum Teufel suchte er? Nach einer Anomalie, nahm er an, aber wie zum Geier sieht eine Anomalie aus? Anscheinend wie eine Statue.

Allerdings kam nicht jede beliebige alte Statue in Frage; das hatte er bereits ausprobiert. Auf dem Friedhof gab es zahlreiche Statuen, und an jede hatte er laut angeklopft, sie nach verborgenen Türen und Schlupflöchern abgetastet und sogar versucht, durch Ohren und offene Münder einzusteigen. Fehlanzeige. Als er damit fertig war, bildete er sich schon ein, überall

Schilder mit der Aufschrift *Kein Zimmer mehr frei* zu sehen.

Eine Statue.

Eine *Statue*.

Gott, ja, eine *Statue*! Eigentlich ein Kinderspiel, denn war nicht die begabteste lebende Bildhauerin (Verzweiflung ist die Mutter der Übertreibung) eine persönliche Freundin von ihm, die ihm zufällig auch noch einen Riesengefallen schuldete?

Als er das ausgeknobelt hatte, war es inzwischen sechs Uhr dreißig, und die ersten Busse fuhren. Er nahm den Siebenunddreißiger, der zum Krankenhaus ging. Busse sind unbelebte Wesen (obwohl durchaus zu Boshaftigkeit fähig; das wird Ihnen jeder bestätigen, der schon mal einem Bus nachgerannt ist, bloß um dann zu erleben, wie er in letzter Minute losfährt) und demzufolge so solide und real, daß Mike einsteigen konnte, ohne durch den Boden zu fallen. Trotz des Umstands, daß es nur noch Stehplätze gab, bereitete es ihm keine Schwierigkeiten, einen Sitzplatz zu finden.

Jedoch …

Na schön, Bianca kann mir eine Statue machen, in der ich leben kann, mit Zentralheizung, Air-conditioning und allen modernen Schikanen. Zuerst muß ich allerdings einen Weg finden, um ihr eine Botschaft zukommen zu lassen. Wie zum Teufel soll ich das bloß anstellen?

Als der Bus schließlich vor dem Krankenhaustor anhielt, war ihm als einzige Antwort eingefallen: *Du mußt improvisieren*. Nun, sollte er ruhig.

Bianca regte sich.

Vor genau einer Sekunde war sie noch sehr krank gewesen; Bianca, das menschliche Puzzle, zusammengehalten durch Haut, Gips und die Macht der Gewohnheit. Jetzt indes spürte sie, daß ihre Knochen wieder heil waren. Sie war fit, kräftig und bereit, sich der unglaublich beängstigenden Aufgabe zu widmen, die ihr bevorstand. Außerdem war sie natürlich von Kopf bis Fuß eingegipst, und ihre Gliedmaßen waren mit dickem Draht festgebunden, der von der Decke hing.

»Hallo!« rief sie. »Schwester! Ich glaube, es geht mir jetzt besser, kann ich aufstehen?«

Unnötig zu sagen, daß man keine Notiz von ihr nahm, und ein alarmierender Gedanke latschte plattfüßig über den nassen Beton ihres Geistes. Vielleicht würde man ihr nicht glauben, daß es ihr besser ging, und sie weitere sechs Wochen in diesem Zustand hierbehalten?

In dem Moment bewegte sich der Tisch.

Zunächst führte Bianca es darauf zurück, daß unten auf der Straße ein schwerer Lastwagen vorbeirollte. Als der Tisch jedoch aufhörte, bloß zu wackeln, und anfing, einen Steptanz aufzuführen, wurde sie stutzig.

»Mike?« flüsterte sie.

Verbissen hob Mike den Stuhl und klopfte den Satz: *Dann geh ich ins Maxim, da bin ich ganz intim ...*

»Mike«, sagte Bianca streng, »hör auf, diesen furchtbaren Lärm zu machen, du störst die anderen Patienten.«

Der Tisch hörte auf sich zu bewegen. Sie kam sich ziemlich blöd vor – das Mädel bekommt einen Schlag auf den Kopf, fängt an, mit der Luft zu reden, und Sie sagen, sie wolle entlassen werden? Seien Sie bitte nicht albern, Schwester –, als sie flüsterte: »Mike.«

Keine Antwort.

»Mike, wenn du mir etwas, äh, mitteilen möchtest ...« Gott, wie denn? »Nein, laß mal. Hör zu, ich werde mir etwas ausdenken.« Aber was? Verflucht. Sie blickte umher. Am Fußende des Bettes lag eines von diesen gräßlichen Witzblättern.

»Kannst du die Zeitschrift in die Hand nehmen?«

Die Seiten wurden durchgeblättert.

»Gut. Also ich tu jetzt so, als läse ich darin.« Sie

nahm sie in die Hand. »Blättere, um mir zu antworten, die Seiten um, bis du etwas findest, das dem, was du sagen willst, so nahe wie möglich kommt.«

Blätter, blätter. Jetzt war die Zeitschrift bei der Seufzerspalte aufgeschlagen.

»Du hast ein Problem, bei dem du Hilfe brauchst?«

Blätter, blätter. Vor ihr befand sich ein Artikel mit der Überschrift *Weil wir die Raten nicht bezahlen konnten, sitze ich mit meiner Familie auf der Straße.*

»Du bist in finanziellen Schwierigkeiten? Mike, du bist doch tot, wie kannst du da …?«

Blätter, blätter. Wohnungstausch: Teil vier unserer Serie WIR ZIEHEN UM.

Bianca dachte einen Moment nach. »Du hast kein Zuhause? Du weißt nicht, wo du hinsollst?«

Blätter. Sie schaute nach unten und blickte auf das Titelblatt. Der Name der Zeitschrift lautete *Ja*!

»Verstehe«, sagte Bianca, was nicht ganz stimmte. »Und wie kann ich dir helfen?«

Blätter. Ein Artikel über die Verschönerung des eigenen Gartens. Eine Photographie; Petunien, blühende Kirschbäume, ein Holzapfelbaum, eine Rabatte, Gartenzwerge …

»Du willst, daß ich einen Baum für dich pflanze? Geht es darum?«

Blätter. Noch eine Photographie; ein Bild vom Piccadilly Circus. Weiteres Geblätter. Ein Bild vom Trafalgar Square. Weiteres Geblätter. *Für nur £ 99,99 können Sie diese wunderschöne Porzellanfigur erwerben …*

»Eine *Statue*? Du willst, daß ich eine Statue für dich mache?«

Blätter. Titelblatt.

»Aber …« Bianca wollte fragen: *Warum?* Doch dann fielen ihr der Drache und Georg ein, und sie wußte, warum.

»Mike, ich bin gerade ziemlich beschäftigt, hat es noch Zeit? Weißt du, zunächst mal muß ich hier raus, dann muß ich diesen Drachen – du weißt ja, meine Statue – ausfindig machen und daran hindern, noch mehr in die Luft zu sprengen, also wenn du mir etwa sechs Wochen Zeit lassen könntest ...«

Wütendes Geblätter. Reklame für *Fettonull. So nehmen Sie in drei Tagen garantiert sechs Pfund ab. Bei Nichterfolg Geld zurück.*

»In drei Tagen?« Titelblatt. »Mike, das ist unmöglich, ich ...«

Die Zeitschrift flog ihr aus dem Händen, segelte durch die Luft und landete mit flatternden Seiten wie eine abgeschossene Krähe auf dem Boden. Der Tisch wackelte heftig hin und her und fiel um. Der Stuhl begann, *Ich tanze mit dir in den Morgen*, zu klopfen.

»Na *schön*«, zischte sie, als die Schwester hereingerannt kam. »Ich sehe, was ich tun kann.«

ZWÖLFTES KAPITEL

Liegt doch auf der Hand, was wir tun müssen,«, erwiderte Kurt ungehalten. »Wir müssen das Land verlassen.«

Siebzehn ehemalige Statuen sahen ihn an, als sei er übergeschnappt, so daß er dankbar war, daß es in seiner Bande nicht demokratisch zuging. Er tat sein möglichstes, sie nicht zu beachten.

»Das Land verlassen?« fragte David. »Warum?«

David war irgendwie in den Rang eines Sprechers und Verbindungsmannes aufgerückt, will sagen, die anderen Exstatuen neigten dazu, sich um ihn zu drängen und ihm ›Na los, sag *du* es ihm‹ ins Ohr zu zischen. Bei ihm beklagten sie sich auch über das Essen, die Transportmittel und das Quartier; denken Sie daran, daß sie der äußeren Hülle nach zwar Italiener, im Innern jedoch Briten waren.

»Weil wir«, antwortete Kurt, der sich immer noch fragte, was zum Teufel ihn bloß veranlaßt hatte, wegen dieses jämmerlichen Haufens zurückzukommen, »einen Job zu erledigen haben. Und hier können wir das nicht. Okay?«

»Glaube nicht, daß wir das Land verlassen können«, murmelte der *Merkur* von Giambologna. »Dazu bräuchten wir bestimmt eine besondere Ausfuhrgenehmigung.«

»Diebesgut«, sagte eine Bronzefigur von Bernini zustimmend. »Überall auf der Welt haben sie diese Listen in ihrem Computer. Hab ich im Fernsehen gesehn. Wir kämen höchstens bis zum Duty-free-Shop.«

Amateure, murmelte Kurt vor sich hin. »Absolut richtig«, seufzte er, doch seinen Sarkasmus hätte er sich auch in die Haare schmieren können, so wenig bekamen seine Zuhörer davon mit. »Deswegen müssen wir ja ein Flugzeug entführen.«

Das machte sie sprachlos, wenn auch nicht sehr lange. Ein gekreuzigter Christus von Donatello wandte ein, daß Flugzeugentführungen doch sicher strafbar seien. Die Skulptur von Canova verlangte, den Manager zu sprechen. Kurt hämmerte mit der Faust auf die Packkiste, um Ruhe zu gebieten.

»Okay«, stieß er wütend hervor, »jetzt reicht's. Ich habe genug von eurem gottverdammten Gewinsel. Dem nächsten, der irgendwelchen Scheiß erzählt, binde ich einen Menschen um den Hals und werfe ihn in den Arno. Kapiert? Gut. Also dann, der Plan sieht folgendermaßen aus.«

Während des erschrockenen Schweigens, das darauf folgte, wurde Kurt klar, daß er noch gar keinen Plan ausgearbeitet hatte. Kurt Lundqvist ohne einen Plan – unmöglich. Eher konnte man sich einen Minister der konservativen Partei ohne Geliebte vorstellen. Irgend etwas würde ihm schon einfallen, ihm fiel immer etwas ein.

»Der Plan«, fuhr er fort, »ist natürlich streng geheim. Über die einzelnen Phasen werde ich euch zu gegebener Zeit informieren, so daß ihr jeweils nur das wißt, was ihr wissen müßt. Die erste Phase besteht darin, zum Flughafen zu gelangen. Das machen wir folgendermaßen.«

Den Rest des Tages verbrachte Kurt damit, Ladendiebstähle zu begehen, Fahrzeuge kurzzuschließen, in die Waffenkammern von Polizeirevieren einzubrechen,

Touristen zu überfallen und ihrer Pässe zu berauben, Paßphotos zu fälschen, einige größere Bomben gebrauchsfähig zu machen und sich ganz allgemein von den Strapazen zu erholen, die ihm der Umgang mit Objekten, welche nur einen Schritt vom Menschsein entfernt waren, in der letzten Zeit bereitet hatte. Gegen ein Uhr morgens fühlte er sich erfrischt und gekräftigt. Er verfügte jetzt über einen Panzerwagen der Karabinieri, achtzehn Sturmgewehre, die gleiche Anzahl Berettas, Kaliber neun Millimeter, drei Kisten mit Handgranaten, fünf Zwanzigpfundbomben, kugelsichere Westen, schwarze wollene Kopfschützer, dazu passende Skianzüge, Sprechfunkgeräte, hochmoderne Funk- und Störapparaturen, Sandwiches, Schokolade und eine Thermosflasche mit koffeinfreiem Kaffee.

Um genau drei Uhr morgens ging bei der Flugsicherung über den heißen Draht eine beunruhigende Meldung ein. Flug TCA 8494 aus Istanbul, der zum Auftanken zwischenlanden und dann nach London weiterfliegen sollte, planmäßige Ankunft drei Uhr vierundzwanzig, habe bewaffnete Hijacker an Bord. Sie hätten Bomben scharf gemacht und forderten die Freilassung von Gefangenen sowie eine riesige Summe Lösegeld. Eine Spezialeinheit sei bereits unterwegs; in der Zwischenzeit möge man sich ganz natürlich benehmen, das Flugzeug auftanken und so tun, als wäre nichts Ungewöhnliches passiert. Meldung erhalten und verstanden.

Um drei Uhr vierunddreißig fuhr der Panzerwagen der Karabinieri vor einem Nebentor des Flughafens vor. Kurt hielt dem Wächter einen eindrucksvoll aussehenden Passierschein (in Wirklichkeit eine Dauerkarte für das Akademiemuseum, aber es war dunkel, und Kurt verdeckte die Aufschrift mit seinem Daumen) unter die Nase, zischte ihm ein paar Worte ins Ohr und wurde durchgelassen. Um drei Uhr vierzig huschten achtzehn bis an die Zähne bewaffnete dunkle Gestalten die Gangway hoch und stürmten in die Passagierkabine des Flugzeugs.

»Okay!« brüllte Kurt. »Keine Bewegung!« Um des wirkungsvolleren Eindrucks willen machte er eine Pause. »Okay«, sagte er dann, »wo sind die Hijacker?«

Das Bordpersonal starrte ihn an. Man war gerade dabei, den Film, der während des Fluges gezeigt wurde, zurückzuspulen und die Hochglanzmagazine, die es umsonst gab, zu verteilen. »Was für Hijacker?« fragten die Flugbegleiter.

Kurts Gesicht nahm einen gequälten Ausdruck an. »Herrgott noch mal, doch nicht *schon* wieder falscher Alarm«, seufzte er. »Sind Sie *sicher*, daß es keine Entführung gegeben hat?«

Der Proviantmeister nickte. »Das wäre uns aufgefallen«, sagte er.

»Nicht unbedingt«, entgegnete Kurt, während er seine Mannschaft mit einer Handbewegung anwies, auszuschwärmen und die Passagiere zu filzen. »Es gibt da nämlich diese neuen Fundamentalisten, religiöse Fanatiker, die sich Sanftmütige Kämpfer Gottes oder so nennen. Ihr Ziel ist, die Weltherrschaft zu übernehmen, vorausgesetzt, daß niemand was dagegen hat. Besser, wir überprüfen alles, nur um sicherzugehen.«

Der Proviantmeister, dem der Lauf eines Heckler & Koch G 3-Gewehrs im Ohr steckte – nicht weil er verdächtig gewesen wäre, sondern einfach weil es im Flugzeug ziemlich eng war –, zuckte die Achseln und nickte. »Macht, was ihr wollt, Jungs«, sagte er. »Vorsicht ist die Mutter der Porzellankiste, heißt es ja. Und wenn ihr schon einmal dabei seid, würde es euch was ausmachen, mit den Duty-free-Waren rumzugehn?«

Kurts Leute durchsuchten ordnungsgemäß alles und entdeckten dabei – Wunder über Wunder! – nicht weniger als fünf Zwanzigpfundbomben, die an den Türen angebracht waren, Treibstoffleitungen und Packungen mit Bordverpflegung. Donnerwetter, murmelte Kurt, ganz, wie ich dachte. Es ist besser, wir begleiten diesen Flug bis zur Ankunft in London. Großartige Idee, antwortete der Flugkapitän, dessen Unterbewußtsein mit der Frage rang, wo er einige dieser Leute schon gesehen hatte (man kann ja zu dem Angehörigen einer Antiterroreinheit nicht einfach sagen, es täte einem leid, aber man habe ihn nicht erkannt, weil er jetzt bekleidet sei). Und wenn sie schon einmal dabei seien, fügte er hinzu, könnten sie vielleicht dabei helfen, das Essen zu servieren und die Sicherheitsgurte zu überprüfen.

Während das Flugzeug abhob, nahm ein Bernini Kurt beiseite und bat ihn um eine Erklärung.

»Ich dachte, wir wollten das Flugzeug entführen«, sagte er.

Kurt nickte. »Saubere Arbeit, was?«

»Aber wir tun so, als wären wir Soldaten. Die Guten.«

»Na und?«

»Heißt das jetzt, daß wir die Guten sind oder die Bösen? Ich bin ganz durcheinander.«

Kurt schüttelte den Kopf. Wie beschränkt doch manche Leute waren! »Mein Sohn«, sagte er, »ich will dir etwas verraten, das dir in kommenden Jahren sehr nützlich sein wird, vorausgesetzt, daß du so lange überlebst. Wenn man von den Guten redet, ist das bloß eine phantasievolle Art zu sagen WIR. Die Bösen sind immer nur DIE ANDEREN. Merk dir das, dann kann nicht viel schiefgehen. Okay?«

»Aber wie steht es mit moralischen Imperativen? Was ist mit Gut und Böse?«

Der Bernini befand sich plötzlich etwa einen Zentimeter von Kurts verzerrtem Gesicht und seinen Laseraugen entfernt. »Wo ich herkomme«, sagte Kurt, »geht man mit dem Wörtchen böse sehr vorsichtig um. Und jetzt beweg dich da rüber, setz dich und halt die Klappe. Beantwortet das deine Frage?«

»Erschöpfend.«

»Prima. Wußte schon immer, daß ich Philosoph hätte werden sollen.«

Kriegsphilosoph natürlich.

Obwohl der Drache sofort die absolute Großartigkeit von Chubbys Methode, durch die Zeit zurückzureisen, erkannt hatte, hatte er von Anfang an das intuitive Gefühl gehabt, daß es irgendwo einen kleinen Haken an der Sache gab. Jetzt, als er wieder in der Luft war und in einer Höhe von neunzigtausend Fuß über Angola flog, wußte er mit Sicherheit, worin dieser Haken bestand.

Es klappte nicht.

Seit siebenundzwanzig Stunden war er hier oben, hatte die Erde zweimal umrundet und sich genauestens an den vorher festgelegten Kurs und die festgesetzte Fluggeschwindigkeit gehalten. Dabei hatte er lediglich erreicht, sich um weitere siebenundzwanzig Stunden von zu Hause zu entfernen. Richtig toll.

Als er Botswana überflog, hatte er es endlich ausgeknobelt. So wie der Kurs festgelegt war, wies er eine Differenz von einer halben Stunde auf; die Dumpfbacken hatten die Zeit nicht berücksichtigt, die er auf der Erde verbringen würde. Er verfluchte erst sie und dann sich selbst; wenn ihm der Fehler früher aufgefallen wäre, hätte er ihn vielleicht noch ausbügeln können. Inzwischen jedoch hätten sich die historischen Knotenpunkte alle so weit weiterbewegt, daß es ohne Chubbys Formeln, seine mathematische Software und seine geschichtsmanipulativen Daten unmöglich wäre, den Kurs neu zu bestimmen. Er saß fest.

Wenn man in der Scheiße sitzt, muß man das Gehirn anstrengen. Alle notwendigen Sachen wären natürlich noch in Chubbys Büro. Er brauchte bloß kurz vorbeizuschauen, das Problem zu erklären – oder würde Chubby ihn erwarten? Schließlich würde er ihm, sobald er zurückkehrte, alles erzählen, mit dem Ergebnis, daß

Chubby, wenn sie wieder hier, pardon, im *Jetzt* anlangten, bereits alles *wissen* würde –, aber wenn das der Fall war, hätte er den Fehler von vornherein korrigieren können, o *Scheiße*, ist das kompliziert …

Trotzdem flog er zu Chubbys Büro, nur um festzustellen, daß es verriegelt und verrammelt war, ohne Angabe einer Nachsendeadresse. Im Telephonbuch war auch nichts zu finden. Nirgendwo eine Spur. Vielleicht würde er, wenn er zurückkehrte, Chubby bei lebendigem Leib rösten (eine große Versuchung), was wiederum hieße, daß es jetzt, da er ihn gerade am dringendsten brauchte, keinen Chubby gäbe. Hey, vielleicht ist es *wirklich* unmöglich, in der Zeit zurückzureisen. Sieht allmählich so aus, ganz ohne Frage.

Er drosselte die Geschwindigkeit und trieb hoch über Madagaskar anmutig dahin. Zum Teufel damit, laß uns was anderes ausprobieren.

Nämlich was?

Wenn du etwas nicht weißt, pflegte seine alte Mutter zu sagen, dann frag jemanden, der es weiß.

Denk nach, Drache, denk nach.

Vor zweiunddreißig Stunden hatte er eine Schlagzeile in der Zeitung gesehen, die besagte, daß er zwölf Stunden vorher getötet worden war. Okay.

Wenn ich getötet wurde, bevor ich hierhergelangte, dann ist doch wohl klar, daß ich rechtzeitig zurückgekehrt bin, um getötet zu werden, bevor ich hierhergelangte. Deshalb muß ich, mein jüngst verblichenes Ich, *requiescam in pace*, wissen, wie ich zurückgekehrt bin. Also sollte ich mich selbst fragen. Das wird allerdings knifflig sein, weil ich tot bin.

Knifflig, doch möglich. Weil ich – gib mir Kraft! –, um zurückgekehrt zu sein, mich selbst gefragt haben muß, wie ich es anstellen soll. Mein totes Selbst muß demzufolge wissen, daß mein lebendes Selbst die Absicht haben wird, mit ihm in Verbindung zu treten, ungefähr jetzt, und wird wegen der Kontaktaufnahme zu

Hause bleiben, wo immer zum Geier ich/er jetzt gerade bin/ist. Leuchtet ein.

Okay, los geht's. Ich hoffe bloß, daß ich weiß, was ich tue.

Er spähte nach unten. Zululand. Nun, warum nicht?

Es gibt mehr Ding' im Himmel und auf Erden, als Eure Schulweisheit Alpträume zu bereiten vermag, Horatio.

Wenigere indes, die seltsamer, erstaunlicher oder schrecklicher sind als der *isangoma* Südafrikas, den man – mit typisch kolonialistischer Derbheit – auch als ›Medizinmann‹ bezeichnet. Heutzutage natürlich ausgestorben; für so was ist im zwanzigsten Jahrhundert kein Platz. Na, selbstverständlich nicht.

Obwohl er praktisch nichts über den Betreffenden wußte, war der Drache zumindest imstande, den verhutzelten kleinen Mann, der auf einem niedrigen geschnitzten Hocker vor ihm saß, mit seinem korrekten Titel anzureden: *amakhosi*, Mylords, Plural, denn wenn man mit dem *isangoma* redet, spricht man nicht mit dem kleinen alten Mann, sondern mit den zahllosen mächtigen Geistern, denen der weitläufige Innenraum seines Schädels sozusagen als Hotel garni dient.

Nkunzanas schmucker kleiner Kral lag in einem Miniaturtal, einer Spalte zwischen zwei großen Felsblöcken, was bedeutete, daß die Belästigung durch Sonnenlicht dort auf ein Minimum reduziert war. Zwanzig Stunden am Tag war es in Izulu-li-dum-umteto finster, und für Nkunzana war Finsternis eine natürliche Ressource, so unerläßlich für sein Gewerbe wie die Flüsse für die Spinnereien von Lancashire. Er selbst war eine komische, furchterregende Figur; klein, gebeugt und von glatter Haut, wirkte er wie ein gefriergetrocknetes Kind. Er trug die Uniform seines Berufsstandes, bestehend aus Leopardenzähnen, Ziegenhörnern, Schweineblasen und einem Gnuschwanz. Er sah aus wie Gottes Ersatzteillager. Langsam in seinen Bewegungen, rasch dabei, in Gelächter auszubrechen. Wenn er mit jemandem sprach, starrte er mit zahnlosem Lächeln und ohne ein Blinzeln auf einen Punkt, der sich zwei Fuß überm und acht Inch rechts vom Kopf des Betreffenden befand. Ein kleiner Sonnenschein. Der ortsansässige praktische Arzt.

»Sakubona, baba.« Wir haben dich gesehen, mein Vater; hallo. Ein würdevolles Nicken begleitete die formelle Begrüßung. Der Drache entspannte sich ein wenig. Er hatte es geschafft, ohne Terminvereinbarung zum Arzt vorgelassen zu werden. »Und was kann ich für dich tun?«

Der Drache leckte sich über den Gaumen, der trocken war. *Warum habe ich Angst vor diesem lächerlichen Knirps? Ich bin doch ein Drache, verdammt noch mal …*

»Ich muß mit jemandem sprechen, der tot ist, *'makhosi«*, antwortete er, wobei mit seinen Worten auch ein wenig von seiner Nervosität hervorsprudelte. »Das ist für dich doch ganz bestimmt machbar.«

»Das ist es.« Der kleine Mann nickte. »Eine Kleinigkeit, mein Vater. Mit welcher von den großen Schlangen möchtest du denn sprechen?«

Der Drache zögerte. »Das ist, äh, etwas peinlich.«

»Entspanne dich. Nenne mir den Namen.«

»Also – hör mal, wie wäre es, wenn ich ihn auf einen Zettel schriebe? Tut mir leid, daß ich mich so albern benehme, aber …«

»Ich kann nicht lesen, mein Vater. Nenne mir den Namen.«

»Na schön. Ähm. Mit mir selbst will ich sprechen.«

»Mit dir selbst?«

Nicken. »Mit mir selbst.«

Eine lange Pause trat ein.

»Wo, ndoda; ngitshilo.« He, Mann, ist ja irre, was du da sagst. »Mit sich selbst zu sprechen, ist ein Zeichen von Wahnsinn. Mit seiner eigenen Leiche zu sprechen, hat Klasse.«

Der Drache scharrte verlegen mit den Füßen. »Hab ja gesagt, daß es peinlich ist. Kannst du es bewerkstelligen?«

Nkunzana zuckte die Achseln. »Warum nicht?« entgegnete er. »Wenn es möglich ist. Wenn nicht, dann nicht.«

»Es ist möglich. So wahr ich lebe, äh, tot bin.«

»Wir werden sehen, was wir tun können, mein Vater.« Der alte Mann schloß die Augen, beugte sich vor, bis seine Knie die Schultern berührten, und warf irgend etwas ins Feuer. Nichts geschah.

»Wird ja langsam Zeit«, sagte der Drache.

Der Drache blickte auf. »Huch«, meinte er.

»Weißt du auch«, fuhr sein verstorbenes Selbst fort, »wie lange ich schon hier herumhänge und darauf warte, daß du endlich auftauchst? An diesem Scheißort hier bekomm ich richtig 'ne Gänsehaut, und dabei bin ich doch *tot*.«

»Tut mir leid.« Es war wirklich zu und zu peinlich. »Hör mal, vermutlich weißt du, warum ich dich sprechen muß.«

»In Sachen rückläufiger Zeitreise und wie wir nach Hause gekommen sind.« Der Drache nickte. »Ein Kinderspiel. Warum du mich deswegen behelligen mußt, ist mir schleierhaft. Ich habe es ja auch allein rausgefunden.«

»Dann bist du eben ein schlaues Kerlchen.«

»Genau.« Der Drache seufzte verächtlich. »Also hör gut zu. Ich bin tot, richtig?«

»Richtig.«

»Kann ich aber nicht sein, sonst könnte ich nicht mit mir sprechen, richtig? Sag ja.«

»Ja.«

»Deshalb muß ich am Leben sein. Jetzt nick.«

Der Drache nickte.

»Und wenn ich jetzt am Leben bin, muß ich auch vor sechs Wochen am Leben gewesen sein. Na?«

»Offensichtlich.«

»Okay.« Der Drache grinste. »So sieht die Sache also aus.«

Und daraufhin verschwanden beide.

Zehn Minuten oder so saß Nkunzana da und starrte auf den leeren Hocker. Dann stand er auf, um ein neues Holzscheit ins Feuer zu werfen.

»Hambla gahle«, sagte er leise. Gehet hin in Frieden. »Ich bin die Logik, flieht vor mir.« Er schüttelte den Kopf, nahm seinen Zauberbeutel aus Katzenfell an sich und ging zu seiner Hütte.

Erst als er den Eingang erreichte, fiel es ihm ein. Ruckartig blieb er stehen, fluchte *(»Wangi hudela umtwana wami!«)* und stieß sich heftig den Kopf am Türsturz. Der alte Blödmann.

Diese ganze Mühe, überdies außerhalb der normalen Arbeitszeit, und an wen zum Teufel sollte er die Rechnung schicken?

Biancas Arm schmerzte, denn der frischgeheilte Knochen nahm die starke Erschütterung übel, die entstand, wenn der Hammer auf Meißel und Stein schlug. Sie blickte zur Uhr hoch. Keine Zeit, um auszuruhen, stellte sie traurig fest. Nicht einmal Zeit, um schnell ein Täßchen Tee zu machen und einen Rosinenkeks zu essen. Sie hob den Meißel, setzte ihn vorsichtig an und schlug leicht mit dem Hammer darauf. Junge, war sie *müde.*

Die Sache forderte allmählich ihren Tribut. Einmal war ihre Hand bereits ausgerutscht – völlig untypisch für sie –, und zwar als sie die linke Seite des Schlüsselbeins gemacht hatte. Oje, zu schade, aber egal. Der alte Mike hatte immer einen Sparren zuviel gehabt. Jetzt hatte er eben einen zuwenig; kam aufs gleiche hinaus.

Mach den Kopf zum Schluß, kreischte ihr gesunder Menschenverstand. Nur für den Fall, daß das verdammte Ding lebendig wird, bevor ich damit fertig bin.

Hätte mir gerade noch gefehlt, daß mir Mikes Kopf über die Schulter guckt und mir sagt, wie ich meine Arbeit zu machen habe. Wahrscheinlich würde er versuchen, mich zu bequatschen, im Vergleich zum Original Verbesserungen vorzunehmen. Unschwer zu erraten, welche Verbesserungen ihm vorschweben würden.

Hinzu kam noch, daß sie nach Beendigung dieses Jobs keine Chance hatte, sich einen Tag frei zu nehmen oder die Beine hochzulegen. Sobald sie mit Mike fertig war, mußte sie den Drachen ausfindig machen und ihm ins Gewissen reden. Und wenn der Schuft keine Vernunft annähme? Was zum Teufel sollte sie dann tun?

Sie hielt inne, wischte Gesteinssplitter weg und dachte angestrengt nach. Wieso gerade ich? Na los, überleg weiter, wenn du so verdammt clever bist!

Das Problem war, daß sie die Gründe förmlich unter ihrer Haut spüren konnte, ähnlich einer weggezauberten Münze, die im Taschentuch des Magiers verborgen ist. Sie und kein anderer mußte es machen, weil ... Nun, weil sie an die Geschehnisse glaubte – nicht weil sie es wollte, sondern weil sie wußte, daß alles gräßliche Wahrheit war – und weil sie sehr gut wußte, daß niemand ihr glauben würde. Wenn sie versuchte, die zuständigen Stellen (Polizei? Armee? Kirche? Keine Ahnung) um Hilfe zu bitten, würde man sie in die Klapsmühle stecken und einer Elektroschocktherapie unterziehen, bevor sie mehr als ›Also, die Sache ist die ...‹ sagen konnte. Weil sie es dem Drachen schuldig war wegen des Unrechts, das ihre Spezies seiner Spezies zugefügt hatte – nein, zum Teufel damit! Wenn sie diesen Gedankengang weiterverfolgte, würde sie schließlich noch Benzin durch den Briefschlitz von Delikatessengeschäften gießen. Weil es ihre Statuen waren, die alles in Gang gesetzt hatten. Das war der Grund. Ein sehr alberner Grund, sich selbst für die Taten von zwei wandelnden Statuen halblegendärer Gestalten verantwortlich zu machen. Aber das war der ausschlaggebende Grund, wie man's auch drehen und wenden mochte.

Aber was sollte sie tun, wenn der Drache nicht auf sie hören würde? Ein hinreißendes Bild erschien vor ihrem geistigen Auge: Die Maid kämpft gegen den Drachen, um den an den Felsen geketteten Ritter zu retten. Starke feministische Geste; absolut blödsinnige Strategie. Und wie stellt man es überhaupt an, gegen Drachen zu kämpfen?

»Schweren Herzens«, sagte Bianca laut. »Kupferhammer, Kupferhammer, komm und zeig dich.«

Drei Stunden später blieb nicht mehr viel zu tun. Das Gesicht – nun, Mutter Naturs Jux wollte sie auf keinen Fall korrigieren. Das Kreuz und das Gesäß; das Schicksal setzt den Hobel an, murmelte sie vor sich hin, während sie mit dem Meißel wütete. Im vorliegenden Fall setzte es den Hobel so lange an, bis Mikes Hinterteil wie ein sehr altes müdes Sofa aussah. Zahlreiche unschöne Meißelspuren waren zu sehen, aber die würden von seiner Hose verdeckt werden. Höchste Zeit, daß Mike lernte, auch die Unebenheiten des Lebens hinzunehmen.

Ping-ping, klopf-klopf. »Na schön«, sagte sie. »Damit ist das Ganze fertig. Phase eins einer aufregenden neuen Wohnsiedlung mit Eigenheimen für anspruchslose Junggespenster.«

Dann wartete sie.

Kleine Fehlberechnung? Mag sein. Oder vielleicht gerade eine sehr präzise Berechnung.

Unter sich sah der Drache die noch rauchenden Trümmer der in die Luft geflogenen Halle. Eine Schar eigenartig gestalteter Kreaturen, die von einem Menschen angeführt wurde, bahnte sich einen Weg durch den heißen Schutt und strebte auf ein klappriges altes Kraftfahrzeug zu. Sie stiegen ein und fuhren los.

Banzai! Er war in einen Tag zurückgekehrt, der vierundzwanzig Stunden oder so vor dem eigentlich vorgesehenen lag, genau zur rechten Zeit, um zu sehen, wie Georg und seine Kumpane aus ihrem Verbrennungsofen kletterten und Reißaus nahmen. Er behielt seine Höhe bei und folgte dem Wohnmobil. Da ihn ein günstiger Aufwind trug, brauchte er nur ab und zu gemächlich mit den Flügeln zu schlagen. Er befand sich, wie er hoffte, in zu großer Höhe, als daß die elenden Kreaturen in dem Wohnmobil ihn sahen oder sonst irgendwie bemerkten. Aber selbst wenn, was hätten sie schon tun können? Mit Überlichtgeschwindigkeit fahren? Sich zur Wehr setzen? Angreifen? Sollten sie ruhig. Unter seiner metaphorischen Smokingjacke trug der Drache die kugelsichere Weste des Zombietums: *Ihr könnt mir nichts anhaben, denn ich bin schon tot*. Er blickte die Straße hoch und wählte sich seinen Zielpunkt aus. Feuer? Noch zwölf kräftige Puster, bevor er auf seinen Reservetank zurückgreifen mußte. Er erhöhte die Geschwindigkeit, legte die Flügel zurück und ging in den Gleitflug über …

»Du, Georg.«
»Was denn nun schon wieder?«
»Wir werden von einem Drachen verfolgt.«

Das Wohnmobil hatte auf ebenso plötzliche wie dramatische Weise angehalten, indem es sich um die eigene Achse drehte, und seine Insassen rannten mit Höchstgeschwindigkeit nach allen Richtungen davon. Verflucht noch mal, dachte der Drache. Aber egal. Er konzentrierte sich jetzt ganz auf Georg; die anderen interessierten ihn nicht. Mochten sie ruhig abhauen, solange sie sich nicht einmischten. Und das täten sie nicht. Nicht viele Dämonen sind bereit, ihr Leben für einen Heiligen zu opfern.

Hübsch, Georg rennen zu sehen. Für einen untersetzten, ziemlich fetten Kerl hatte er einen ganz schönen

Zahn drauf. Und schwer zu erwischen war er auch, wie ein Stück Seife in der Badewanne, so daß man also nicht lange herumtrödeln durfte. Wenn auf der Bühne der Schurke innehält, um seinen Schnurrbart zu zwirbeln und fies zu kichern, sieht der Held seine Chance, und bei der Gesellschaft, bei der er seine Lebensversicherung abgeschlossen hat, atmet alles auf. Höchste Zeit, den Arsch fertigzumachen.

Er ging in den Sturzflug und atmete ein. Ein kräftiger Nieser, Ziel haargenau getroffen. Ein sehr lauter, *sehr* kurzer Schrei. Job erledigt.

Ab nach Hause.

Oh.

Das war also der Tod, ja? Typisch, daß ich ihn nicht mitbekommen habe.

Georg beobachtete, wie der Drache in den Himmel entschwand, dann blickte er nach unten, obwohl er wußte, daß da nichts zu sehen wäre. Sein Körper – verschwunden. Welcher Körper? Spielte keine Rolle. Die Stichflamme, die sich um ihn gewickelt hatte wie eine Katze um die Beine eines Menschen, war so heiß gewesen, daß sie Marmor ebensoleicht zum Verdampfen gebracht hätte wie Fleisch. Eine musterhafte Abservierung; rasch, zielsicher und (soweit er sich erinnern konnte) völlig schmerzlos.

Plötzlich spürte Georg etwas ...

... schwer zu sagen, was es war. Am ehesten ließ es sich noch mit einer unsichtbaren Leine vergleichen, an deren anderem Ende ein übereifriger Hund zog. Scheiße, murmelte Georg, ich steige in den Himmel auf. Da will ich noch gar nicht hin. Bin noch nicht soweit.

Da muß ich auch gar nicht hin. Während das unsichtbare Seil ihn weiterzog, spürte er, wie sich ihm rasch etwas näherte, an dem er sich festhalten, in das er hineinschlüpfen konnte. Eine Anomalie! Gerettet!

Es heißt, zwischen Toilettenbecken und Rieselfeld gebe es so manchen Schlupfwinkel. Georg sah seinen Schlupfwinkel nur ganz kurz, ganz flüchtig, aber lange genug, um die Lage zu beurteilen und einen Fluchtversuch zu unternehmen.

Eine Statue, deren Hintertür weit offenstand. Sogar so vorteilhaft plaziert, an so verkehrsgünstiger Stelle, daß man mit einigem Recht annehmen durfte, sie sei eigens für den Zweck dorthingestellt worden. Eine Mausefalle? Oder ein Fluchtauto?

Was auch immer, es war ihm piepegal. In seiner gegenwärtigen Lage mußte Georg nach jedem Strohhalm greifen. Er warf sich auf die Anomalie und traf ins Schwarze.

»Mike? Bist du schon drin?«

Komme, komme. Tot zu sein, schlaucht ganz schön. Bringt einem zu Bewußtsein, in welch schlechte Verfassung man in drei Tagen geraten kann. Mühsam schleppte Mike sich auf die hübsche, einladende Statue zu. Die liebe, freundliche, kluge Bianca, sie hatte gute Arbeit geleistet. Fast da ...

Was war denn *das*?

SCHEISSKERL!

Gerade als die Tür im Rücken der Statue sich geöffnet und er seinen schwachen, zittrigen Arm ausgestreckt hatte, um danach zu greifen, war irgendein Schweinehund von hinten angesprungen gekommen, war an ihm vorbeigefegt, in die Statue gehechtet und hatte die Tür hinter sich zugeschlagen. Kannte er dieses Gesicht von irgendwoher? Natürlich, von der unglückseligen Aufführung, bei der er umgekommen war. O nein. Sankt Georg. Der Heilige hatte seinen Körper gestohlen.

Selbst wenn er die Kraft gehabt hätte, gegen die Tür zu hämmern und am Türgriff zu ziehen, hätte es ihm nichts genutzt. Bei Statuen gilt die strenge Regel: ›Wer zuerst kommt, kommt zuerst unter.‹ In letzter Minute war er ausgestochen worden.

Er hatte keine Kraft mehr, um weiter durchzuhalten. Er gab auf.

»Mike? Bist du schon drin?«

Die Augenlider der Statue zuckten.

»Mike!«

Mühelos, mit einer Reibungslosigkeit, die Bianca sehr große Ehre machte, hoben sich die Augendeckel.

»Mike?«

Der da drin ist nicht Mike! Merkwürdig, wie man das einfach so weiß, bloß indem man den Menschen ins Auge sieht. Ist doch nur eine farbige runde Fläche auf weißem Hintergrund, ein Spiegelei mit funkelndem Dotter. Vielleicht können wir tatsächlich die Netzhaut sehen, so wie es bei Identifikationsüberprüfungen auf höchster Sicherheitsstufe geschieht, bloß daß das Ganze so schnell vor sich geht, daß unser Bewußtsein den Vorgang nicht registriert.

»Wer …?«

Ich weiß schon, wer! Diese verschlagenen kleinen Knopfaugen würde ich überall wiedererkennen!

Bianca war äußerst reaktionsschnell. Nur sehr wenige der wissenschaftlichen Instrumente, die der Mensch kennt, wären präzise genug, um den extrem kurzen Augenblick zu messen, den sie brauchte, um den zweipfündigen Vorschlaghammer zu packen und damit nach dem Kopf ihres jüngst vollendeten Meisterwerks auszuholen. Im Vergleich zu Sankt Georg war sie jedoch ein Dinosaurier in Zeitlupe. Bevor ihre Finger den Stiel aus Hickoryholz auch nur berührt hatten, war Georg schon in Aktion. Als der Hammerkopf auf ihn zusauste, ließ er seinen jüngst erworbenen rechten Arm vorschnellen, gab Bianca ordentlich eins aufs Auge, wich dem Hammerschlag aus und nahm die Beine in die Hand. Hinter sich hörte er ein Plumpsen, das darauf schließen ließ, daß Bianca sich unsanft auf den Fußboden gesetzt hatte. Im Geist merkte er sich vor, später, wenn er Zeit dazu hatte, triumphierend darüber zu lachen.

Er war schneller zur Tür hinaus und auf der Straße als ein Hase, der mit der Kollekte durchbrennt.

Bianca, die sich so mies fühlte wie ein Stummfilm-Polizist, kurz nachdem der Regisseur ›Schnitt!‹ gebrüllt hat, rappelte sich mühsam vom Fußboden auf und fluchte.

Georg, dieser Scheißkerl von einem Heiligen, hatte eine weitere ihrer Statuen gestohlen. Und was noch schlimmer war, wahrscheinlich hatte er eben ihren Freund getötet. Ein hübscher Touch: Dem armen alten Mike war gerade das seltene Privileg zuteil geworden, nacheinander sowohl vom Guten wie auch vom Bösen getötet zu werden. Nicht daß sie noch gewußt hätte, wer wer war, und es war ihr auch einerlei. Falls Mike noch existierte, irgendwo im Kosmos, dann sähe er das vermutlich genauso.

Der Hammer war noch in ihrer Hand, und ihr kam die Erkenntnis: O Gott, ich habe gerade versucht, ihn zu *töten*. Einen Heiligen. Meine eigene Statue. Ich habe versucht, eine meiner eigenen Statuen zu töten, als sie gerade im Begriff war, lebendig zu werden.

Es war keiner von den Tagen, auf die man mit Stolz zurückblickt.

DREIZEHNTES KAPITEL

Bei allem, was mies und fies ist«, sagte Chardonay mit zitternder Stimme, »was war denn *das*?«

Slitgrind stemmte sich mit den Unterarmen aus einer Pfütze hoch. Seine Augen waren mit Heiligenasche verklebt, und seine Lungen waren voll von heiligem Rauch. »Na, rat mal«, grunzte er. Dann fing er an zu husten.

»Schon wieder der Drache?«

Bevor Chardonay etwas sagen konnte, war Snorkfrod schon an seiner Seite und zog ihn hoch wie einen innig verehrten Sack Kartoffeln. War er okay? Irgendwelche Knochen gebrochen? Tat es weh, wenn sie da drückte?

»Ja!« schrie er auf. »Obwohl das nichts zu sagen hat. Das täte auf jeden Fall weh.«

»Dieser Drache«, murmelte Prodsnap, »mag uns nicht besonders. Was haben wir denn *gemacht*?«

»Wir haben versucht, ihn umzubringen«, erwiderte Holdall. »Erst haben wir ihn von oben bis unten bepinkelt, dann haben wir ihn mit Dynamit in die Luft gesprengt. Vielleicht hat er Verfolgungswahn oder so was.«

Nachdem er die ihm angebotenen Sanitätsdienste abgelehnt hatte, setzte Chardonay sich auf eine niedrige Mauer und zog den einen Stiefel an, den er hatte finden können. »Tja«, sagte er, »eines ist jedenfalls sicher: Der

Drache ist nicht tot. Nicht als solcher. Wo steckt Georg?«

Die anderen Dämonen sahen einander an.

»Also, laß es mich mal so ausdrücken«, sagte Prodsnap. »Er hat sich an einen besseren Ort begeben, und damit meine ich nicht Hollywood.« Er nieste. »Ich schlage vor, daß wir es ihm gleichtun, obwohl wir natürlich an einen schlechteren Ort wollen, aber das Prinzip ist dasselbe.«

»Wo ist eigentlich dieser verdammte Priester abgeblieben?« brummte Slitgrind. »Ich versuche mich gerade zu erinnern, ob er bei uns im Wohnmobil war. Wer hat den Armleuchter zuletzt gesehen?«

Chardonay starrte das verlassene Wohnmobil an, dessen Motor noch lief. »Dieser Drache«, sagte er mit seltsam ausdrucksloser Stimme, »hat gerade einen Heiligen getötet.«

Slitgrind zuckte mit einigen seiner Schultern. »Von denen gibt's schließlich genug. Hör mal, laß uns schnellstens von hier verduften, bevor der Dreckskerl zurückkommt.«

»Der Drache«, wiederholte Chardonay, »hat gerade Sankt Georg getötet. Das ist *unrecht*.«

Slitgrind stieß einen aufgebrachten Laut aus. »Hör mal, Schätzchen«, flüsterte er deutlich vernehmbar Snorkfrod zu, die Puder auf ihr Gesicht auftrug (woraus der Puder bestand, werden Sie nicht wissen wollen) und dabei eine Pfütze als Spiegel benutzte. »Kannst du deinem Freund, diesem begriffsstutzigen Blödmann, vielleicht klarmachen, daß dieser fliegende Bastard jede Minute zurückkommen kann, um *uns* zu rösten. Wir müssen *weg* von hier, zum Teufel noch mal.«

»Na gut«, erwiderte Snorkfrod, »dann geh doch.«

»Hä?« Slitgrind blickte total verblüfft drein. Stellen Sie sich vor, wie Gott aussähe, wenn er eines Morgens seine Post öffnen und feststellen würde, daß er Steuern zurückbekommt. Nämlich genauso verdattert.

»Na, geh. Verpiß dich. Zieh Leine. Wir sehen dich in der Fabrik wieder.«

»Aber ...« Slitgrinds Mienenspiel nahm Entsetzen in sein Repertoire auf. »Aber wir müssen doch zusammenbleiben«, wimmerte er. »Wir können nicht allein durch die Gegend wandern, das ist nicht *sicher*.«

Snorkfrod warf ihm einen Blick zu, den man hätte zerkleinern und in Whisky tun können. »Slitgrind, du Schlappschwanz«, sagte sie, »du bist ein Dämon aus der HÖLLE. Du bist zwanzig Millionen Jahre alt. Ich glaube, es wird langsam Zeit, daß du lernst, allein über die Straße zu gehn.«

»Wir werden uns nicht trennen.« Chardonay hatte mit – nun ja, praktisch mit Bestimmtheit gesprochen. Mit keiner sonderlich nachdrücklichen Bestimmtheit – eher mit der Bestimmtheit eines Politikers der liberalen Partei –, aber immerhin reichte sie aus, um ihm die Aufmerksamkeit seiner Kollegen zu sichern. »Wir haben etwas zu erledigen. Also los, kommt!«

Mit wackeligen Knien und unsicher auf den Beinen wie ein neugeborenes Kalb, stand er auf und schritt erhobenen Hauptes auf das Wohnmobil zu. Die anderen mußten in Trab fallen, um ihn einzuholen.

»Was haben wir denn jetzt vor, Chef?« fragte Prodsnap keuchend.

Chef, registrierte Chardonays Unterbewußtsein. »Wir machen den Drachen ausfindig«, antwortete er, »und töten ihn.«

Drei Dämonen blieben stehen wie vom Donner gerührt. Ein vierter nutzte die Verzögerung, um die anderen einzuholen – es ist immer schwer, mit hohen Absätzen zu rennen, selbst wenn sie ein integraler Bestandteil des Fußes sind.

»Bist du verrückt?«

»Nein«, entgegnete Chardonay, »ich bin lädiert, weiß nicht, wo ich bin, und habe große Angst. Aber es ist unsere Pflicht. Wir sind Sicherheitsbeamte und dafür verantwortlich, die Göttliche Ordnung aufrechtzuerhalten. Dieser Drache hat gerade Sankt Georg getötet, das verstößt gegen alle Regeln. Das muß wieder ins Lot gebracht werden. Und«, fuhr er fort und schluckte, »da wir hier vor Ort sind, müssen wir es übernehmen. Ist das klar?«

»Ich glaub, mein Schwein pfeift«, murmelte Prodsnap, »der meint das ernst.«

»Ich werde dir nicht von der Seite weichen«, seufzte Snorkfrod voller Leidenschaft. »Und ich möchte dir sagen, daß das wohl das Ergreifendste ist, was ich je gehört habe.«

»Danke«, antwortete Chardonay, »das bedeutet mir viel. Wie steht es mit euch anderen?«

Prodsnap, Slitgrind und Holdall tauschten Blicke aus.

»Wir stehen voll und ganz hinter dir, Chef.«

»Ich bin dabei.«

»Du kannst auf uns zählen.«

Einen Augenblick lang war Chardonay sprachlos. Er strahlte und schien um ein oder zwei Inches zu wachsen. »Danke, Jungs«, sagte er leise. »Also, los geht's.«

Er boxte die linke Handfläche mit der rechten Faust, drehte sich um und steuerte auf das Wohnmobil zu. Snorkfrod hatte sich bei ihm eingehakt. Die anderen drei trotteten hinter ihnen her.

»Leute.« Chardonay ließ sich auf dem Fahrersitz nieder, schnallte sich an und löste die Handbremse. »Ich möchte euch bloß noch sagen, daß alles, was von jetzt an passiert ...«

Die Stimme versagte ihm, nicht weil er plötzlich von Gefühlen überwältigt wurde, sondern weil in dem Moment die hinten sitzenden Passagiere ihn und Snorkfrod mit dem Wagenheber bewußtlos schlugen.

Nicht einmal um alter Zeiten willen?

Der Drache schüttelte den Kopf. »Nix zu machen, Nosher«, antwortete er. »Sieh mal, ich bin dir wirklich dankbar, weil du mir das Leben gerettet hast und so weiter, aber jetzt reicht's mir. Ich habe das, weswegen ich hergekommen bin, erledigt, und nun haue ich ab.«

Nur zehn Minuten von deiner Zeit, um ein paar läppische Dämonen in Dampf zu verwandeln, Fred. Für einen alten Kumpel.

»Nein. Denk doch mal nach, Nosher. Ich habe mein ganzes Leben vor mir. Ich kann gehen, wohin ich will, kann tun, was ich möchte. Das letzte, was ich brauche, ist ein Preis, den die Hölle auf meinen Kopf aussetzt, weil ich fünf von ihren Leuten das Lebenslicht ausgeblasen habe. Ich bin auffälliger als Salman Rushdie, Nosher. Größer. Schwerer zu verstecken. Es wäre verdammt lästig, und ich kann darauf verzichten.«

Darum kann ich mich kümmern. Ich kann dir eine völlig neue Identität verschaffen.

Der Drache lachte. »Klar kannst du das, Nosh«, antwortete er. »Ich meine, die Erde des zwanzigsten Jahrhunderts wimmelt ja geradezu von Drachen, da hätte ich keinerlei Schwierigkeiten, mich unter die Menge zu mischen. Red keinen Stuß, Kumpel. Ich verdufte von hier.«

Fred. Die Buchstaben auf dem Bildschirm wurden matt und flackerig, als wollten sie tiefes, aufrichtiges Bedauern ausdrücken. *Wenn du mich im Stich läßt – nun, möge es wie ein Mühlstein um deinen Hals sein.*

Der Drache erstarrte. »Du mieses Schwein.«

In tausend Partikel wirst du gesprengt, Fred, was immer ein Partikel ist. Wenn du mich im Stich läßt, werde ich es herausfinden. Schade, daß du dann nicht da sein wirst, um das Wissen mit mir zu teilen.

Chubby, der die ganze Zeit geschwiegen hatte, nickte weise. »Außerdem«, fügte er hinzu, »woher sollten sie wissen, daß du es warst? Ich habe Erkundigungen eingezogen. Soweit es die Hauptverwaltung der Hölle betrifft, sind diese fünf Deppen zusammen mit einer Busladung anderer Deppen drüben in Nashville, Tennessee. Niemand weiß, daß sie hier sind. Wenn sie nicht zurückkommen, nimmt man in der Hölle wahrscheinlich an, daß sie zur anderen Seite übergelaufen sind – etwas in der Art.«

»Übergelaufen?«

Also, ich glaube, Chubby ist nicht so ganz auf dem laufenden. Er denkt immer noch in den Kategorien des Kalten Krieges, was heutzutage völlig überholt ist. Laßt uns lieber sagen, sie sind desertiert, statt übergelaufen, ja? Das würden die in der Hölle sicher schlucken.

Der Drache knurrte drohend. »Ihr seid Scheißkerle, alle beide«, sagte er. »Das einzige, was euch interessiert, sind eure dreckigen Profite.«

Chubby schnalzte ungehalten mit der Zunge. »Warum sind die Leute bloß immer so rüde, wenn es um Profite geht?« fragte er.

Die gelten nichts im eigenen Land.

»Freies Unternehmertum«, fuhr Chubby fort, »ist der Lebenssaft des Handels.«

»Mag sein«, brummte der Drache, »aber ich möchte ihr freies Unternehmertum lieber nicht an meinen Tatzen haben, wenn es euch nichts ausmacht.«

Ich habe gerade meine Datenbank befragt, und sie teilt mir mit, daß ein Partikel ein kleines Teilchen oder Bruchstück ist, gewöhnlich die Folgeerscheinung einer verheerenden Explosion. Ich nehme zwar an, daß sie weiß, wovon sie redet, aber es gibt nur einen Weg, um absolute Gewißheit zu erlangen.

»Du tätest es, nicht wahr?«

Mit unendlichem Bedauern, aber äußerst geringem Zögern, ja.

Der Drache seufzte. Der finstere Blick, mit dem er den Bildschirm betrachtete, strahlte eisige Verachtung aus. »Weißt du was, Nosher?« sagte er. »Du bist böse.«

Meinst du? Ich schicke dich los, um mit den Mächten der Finsternis zu kämpfen, und du sagst, ich sei böse?

»Das tu ich.«

Der Bildschirm flackerte, um ein glucksendes Lachen auszudrücken.

Böse schmöse, alter Kumpel. Zieh los und röste ein paar Teufel.

Mühsam schaffte Mike es, nicht mehr zu schreien und sich zusammenzureißen.

Was nicht so ganz einfach war. Sechzig Prozent von ihm drifteten langsam durch den Raum davon. Vierzig Prozent von ihm glitten unauffällig in die Zukunft hinüber. Es war, als versuche man, sieben extrem aufgeregten Hochlandterriern seinen Willen aufzuzwingen.

Fuß! kommandierte Mike. Und Zehe. Und Bein. Und Arm. O Gott, und Kopf auch.

Sie kennen ja die Szene in zahlreichen Filmen, wenn die Protagonisten gerade den Koffer mit dem Geld vom großen Raubüberfall gefunden haben; plötzlich kommt Wind auf, und die Banknoten wirbeln durch die Luft; zunächst hüpfen sie alle wie verrückt umher und versuchen, die Scheine zu erwischen; doch dann wird ihnen klar, daß es aussichtslos ist, und sie lassen sich lachend zu Boden fallen, während der Abspann über sie hinwegrollt. Nun, ungefähr so war es auch bei Mike, abgesehen vom Lachen. Alles, was Mike zustande brachte (zumal sein Gesicht jetzt dreißig Yard und vier Stunden vom größeren Rest seines Körpers entfernt war), war ein schmerzliches Grinsen.

Zur Hölle damit. Wozu die Aufregung? Er war gerade im Begriff, sich zu entspannen und endgültig aufzugeben, als …

O mein Gott, eine Statue! Wo zum Teufel kommt die denn plötzlich her?

Einem geschenkten Gaul kann man nötigenfalls ins Maul schauen, doch wenn man kurz davor steht, sich im Raum und in der Zeit aufzulösen, und sich dann gänzlich unerwartet einer unbewohnten, unverschlossenen, mit allem Nötigen ausgestatteten Statue gegenüber sieht, hält man nach der kleinen Luke zwischen den Schulterblättern Ausschau, rafft soviel wie möglich von sich zusammen und springt hinein.

»Und dort«, sagte der Vertreter des Stadtrats, »sollte der Springbrunnen hin, hier hätten wir die Blumenuhr aufgestellt, und diese Stelle war für die große Messingplatte zur Erinnerung an die Freigebigkeit und Großzügigkeit der Kawaguchiya Integrated Circuits AG (GB) vorgesehen.« Er machte eine Pause und holte Luft. »Und hier ...«

Fünf ausdruckslose japanische Augenpaare folgten der Richtung, in die sein Finger zeigte, und hefteten sich auf einen anderen Teil des Bombentrichters.

»Hier«, fuhr der Vertreter des Stadtrats fort, »im Mittelpunkt der Kawaguchiya Integrated Circuits Plaza, sollte die ungemein eindrucksvolle Skulptur von Sankt Georg und dem Drachen stehen, eine Arbeit der weltweit vielleicht talentiertesten zeitgenössischen Bildhauerin Bianca Wilson.« Er holte erneut Luft, diesmal sehr tief. »Statt dessen ...«

Er verstummte. Er blinzelte und rieb sich die Augen. Das Ding war immer noch da. »Entschuldigen Sie«, sagte er.

Er faßte es an; solide. Wie ein Fels, könnte man sagen. Nur um sicherzugehen, trat er kräftig dagegen. *Autsch!*

»Statt dessen«, fuhr er fort, »haben wir zwar keinen Drachen, aber wie es scheint, haben wir jetzt den heiligen Georg zurückbekommen. Vor etwa drei Sekunden, um genau zu sein. Fragen Sie mich nicht, wie wir das geschafft haben, aber wir haben es geschafft.« Er setzte sich hin und zog den Schuh aus. »Gewieft, wie wir nun mal sind.«

Wenn den Leuten von KIC irgend etwas Seltsames aufgefallen war, dann ließen sie sich nichts anmerken. Zwei der jüngeren flüsterten dem grauhaarigen Typ, der der Leiter der Delegation zu sein schien, etwas zu. Er nickte und flüsterte etwas zurück.

»Sehr große Statue«, sagte er.

»Das ist sie, ja«, pflichtete der Vertreter des Stadtrats ihm bei. »Und, äh, solide. Aus solidem Gestein, durch und durch. Jawollo, dieses Ding wird sich nicht von der Stelle rühren.«

(Denn in dem Moment, da Georg in die gerade fertiggestellte Statue von Mike geschlüpft war, war das morphologische Band zu seiner eigenen Statue gerissen. Da sie nicht mehr in Georgs anomalem Zeitstrom trieb, kehrte sie dorthin zurück, wo sie hergekommen war, um wieder nichts als eine Statue zu sein, leblos und unbeweglich.)

Der Vertreter des Stadtrats zog seinen Schuh wieder an, stand auf und nahm eine didaktische Pose ein. »Beachten Sie bitte«, sagte er, »welch bemerkenswerte Linienführung Missis Wilson hier gelungen ist, welch dynamische Spannung der Komposition dieses Meisterwerks innewohnt. Die Künstlerin vermittelt den Eindruck energischer, ungestümer Bewegung, die für immer erstarrt ist in einem ...«

Langsam, als hätte sie einen Krampf im linken Bein, erhob sich die Statue, zuckte zusammen, fluchte und humpelte in Richtung Colmore Row davon.

Ja, sagte Bianca, sie übernähme die Gebühren. »Mike, wo zum Teufel ...?«

»In einer Telephonzelle in der Nähe der Pinfold Street«, antwortete Mike. »Kannst du herkommen und mich abholen? Allerdings ...«

»Was denn?«

Mike warf einen Blick über die Schulter. Weil es eine Telephonzelle von normaler Größe war, kniete er, und seine Nase war direkt gegen das Glas gepreßt. Von draußen starrten Leute herein.

»Mach schnell, ja? Und bring einen Lastwagen mit.«

Er legte den Hörer auf und stieß den Atem aus.

Jemand hämmerte gegen die Tür. Nachdem er sich vorsichtig umgedreht hatte, öffnete er sie und machte ein finsteres Gesicht.

»Was ist denn los, Sie blöde Kuh?« knurrte er. »Haben Sie noch nie 'ne Statue gesehen?«

Rein zufällig tuckerte genau in diesem Moment ein anderer Lastwagen mit Bildhauerarbeiten über das Autobahnkreuz Vier der M42 und nahm die Abzweigung, die nach Birmingham führte. Im hinteren Teil des Wagens befanden sich acht Berninis, drei Donatellos, drei Cellinis, ein Canova und der *Merkur* von Giambologna. Michelangelos *David* saß neben einem genervt wirkenden Mann mit schwarzem Overall in der Fahrerkabine.

»Tut mir leid«, entschuldigte sich David, »ich konnte noch nie gut Karten lesen. Na ja«, verbesserte er sich, »eigentlich ist es ja mein erster Versuch, aber wenn ich es schon mal versucht hätte, wäre es wohl auch in die Hose gegangen.«

Kurt murmelte leise etwas vor sich hin. »Aber jetzt sind wir auf der richtigen Straße, ja?«

»Glaub schon. Wir wollen zu dem großen, unregelmäßigen grauen Klecks, der wie eine zerquetschte Spinne aussieht und Birmingham heißt, hab ich recht?«

Kurt fluchte und riß das Lenkrad herum. »Okay«, sagte er, »ich bin nach rechts abgebogen. Und was jetzt?«

David biß sich auf die Unterlippe. »Tut mir leid, wenn ich so undeutlich spreche«, sagte er. »Ich habe *recht* gesagt, im Sinne von richtig, nicht rechts. Ich glaube, wir hätten eigentlich geradeaus weiterfahren müssen.«

»Herrgott noch mal!« Kurt hatte sehr entschiedene Ansichten über die Maxime, man müsse Narren bereitwillig ertragen. Er war bereit und willig, Narren viel ertragen zu lassen. »Jetzt müssen wir einen meilenweiten Umweg machen. Sprich doch deutlicher, verdammt noch mal.«

»Tut mir leid.«

Schweigend fuhren sie eine Weile weiter. Kurt schmollte, David hatte ein schlechtes Gewissen. Als sie jedoch endlich wieder auf der richtigen Straße waren, drehte David sich Kurt zu und meinte: »Du, sag mal.«

»Na was?«

Schwierig, es auf taktvolle Weise auszudrücken. »Was genau machen wir eigentlich hier?« fragte David.

»Unseren Job«, erwiderte Kurt. »Ist dir klar, daß die in diesem von Schwulen verseuchten Land auf der falschen Seite fahren?«

»Was für einen Job?«

»*Unseren* Job. Statuen abliefern, den Drachen abmurksen, und dann ab durch die Mitte. Keinesfalls die bizarrste Sache, für die man mich je angeheuert hat«, fügte Kurt hinzu. »Gehört zu den Top Twenty, vielleicht sogar zu den Top Ten, ist aber nicht die Nummer eins aller Aufträge. Trotzdem ist er nicht direkt schwierig. Und ganz sicher besser als das, was ich vorher gemacht habe.«

»Und was war das?«

»Tot zu sein.«

»Ach ja, richtig.«

Kurt runzelte die Stirn, denn er stellte bei seinem Gefährten einen gewissen Mangel an Ehrfurcht fest. Schließlich kehren nicht viele Menschen von den Toten zurück. Noch wenigere kehren von den Toten zurück und bekommen gleich einen gutbezahlten Job in ihrer eigenen Berufssparte, so als wären sie nie weggewesen. Jesus Christus gehörte dazu und vielleicht noch Sherlock Holmes (Kurt, der viel herumgekommen war und dies und das gehört hatte, wußte, daß die ganze Sache mit den Reichenbach-Fällen, bei denen Holmes angeblich überlebt hatte, nur ein Steuertrick war), aber damit hatte es sich auch schon.

»Schon mal tot gewesen, mein Sohn?« erkundigte er sich.

»Nicht daß ich wüßte.«

»Laß die Finger davon«, empfahl Kurt. »Bringt einen nicht weiter.«

»Für wen arbeiten wir denn?«

Kurts ungehaltene Reaktion führte beinahe zu einem Unfall. »Solche Fragen stellt man in diesem Männerberuf nicht, mein Junge. Es könnte einem schlecht bekommen, solche Fragen zu stellen.«

Stimmt, überlegte David, fast *wäre* es uns schlecht bekommen. Wir haben dieses Auto nur um einen Inch oder so verfehlt. »Entschuldige«, sagte er »aber ich wüßte es wirklich gern.« Er hielt inne, da ihm ein Gedanke gekommen war. »Du weißt es doch, oder?«

Kurt vermied es, ihn anzusehen. »Klar weiß ich es«, fuhr er ihn an.

»Und?«

»Guck lieber auf die verdammte Straßenkarte.«

Sie fuhren weiter, ohne einen Laut von sich zu geben, wenn man so sagen konnte, denn Kurt war überzeugt, daß das Geräusch der Rädchen, die sich in seinem Gehirn drehten, bis nach Connecticut zu hören waren.

Es war eine gut Frage gewesen.

Für wen arbeitete er eigentlich?

Georg hörte auf zu rennen, tauchte hinter eine Mülltonne ab und blieb reglos hocken.

Zeit, Bilanz zu ziehen. Auf der Minusseite war folgendes zu verbuchen: Er hatte sich verirrt, war völlig durcheinander, besaß keinen Penny, war nackt, steckte in einem fremden Körper, der eindeutig der Economyklasse angehörte, und war auf der Flucht vor einer fuchsteufelswilden Bildhauerin und einem feuerspeienden Drachen. Auf der Plusseite: Er war am Leben. Er schloß die Augen und gestattete sich, sich zu entspannen. Alles in allem stieg seine Erfolgskurve eher an, ziemlich steil sogar.

Etwa vier Minuten später löste er das Kleidungs- und

Geldproblem, indem er über einen nichts Böses ahnenden Passanten herfiel, ihn mit einer kaputten Fahrradpumpe, die er in der Mülltonne gefunden hatte, bewußtlos schlug und sich die persönliche Habe seines Opfers aneignete. Glücklicherweise hatten er und sein unfreiwilliger Wohltäter mehr oder weniger die gleiche Statur, obwohl Georg persönlich zu einem lilafarbenen Hemd kein marineblaues Jackett getragen hätte. Aber was soll man machen – Straßenräuber dürfen nicht wählerisch sein. Die Schuhe taten seinen Füßen weh, aber nicht annähernd so sehr, wie das Straßenpflaster es getan hätte.

Ein geeigneter Moment, sagte er sich, als er die Gasse hinunterschlenderte und in die New Street einbog, um einen Schlachtplan zu entwerfen. Er lautete wie folgt:

1. Diesen Scheißdrachen ausfindig machen und abmurksen.
2. Das war natürlich leichter im Selbstgespräch gesagt als getan. Er war immer noch nicht hundertprozentig in diesem Jahrhundert zu Hause, und vielleicht übersah er irgendwo einen Kniff, doch er war zu dem Schluß gekommen, daß die alte Taktik, Wurmex ins Wasserversorgungssystem zu kippen, hier fehl am Platze wäre, obwohl nach dem Zeug zu urteilen, mit dem er seinen Whisky verdünnt hatte, eine starke Dosis Drachenpulver den Geschmack nur verbessern könnte.

Das Grundprinzip war jedoch zweifellos richtig: Man mußte den Drachen dazu bringen, etwas zu trinken, das ihm nicht bekäme. Das Rezept dürfte kein Problem sein. Das alte Sprichwort ›Man kann einen Drachen zum Wasser führen, aber man kann ihn nicht zwingen zu trinken‹ ging ihm indes nicht aus dem Kopf. Wie stellte man es an, einen Drachen zu veranlassen, daß er seinen Durst mit einem eigens für ihn zubereiteten, selbstgebrauten Getränk löschte? Indem man einen großen Napf, auf dem DRACHE stand, an einem öffentlichen Ort herumstehen ließ? Würde wohl kaum klappen.

Aber Moment mal! Da er jetzt einen ganz neuen Körper hatte, würde der Drache ihn nicht erkennen. In Anbetracht seiner Verkleidung brauchte er den Drachen lediglich in einer Bar anzusprechen und zu einem Drink einzuladen.

Die praktische Durchführbarkeit steckte ihre häßliche Schnauze in seine Pläne. Soweit er es beurteilen konnte, war dies ein liberales, ungehemmtes Jahrhundert, in dem alles möglich war (sofern es einem nichts ausmachte, daß später alles wieder zurückkam), aber trotzdem wäre es wahrscheinlich ein bißchen zu gewagt, sich in Bars an Fremde heranzumachen und sie zu fragen, ob sie ein Drache seien und einen Drink haben wollten. Die allgemeine Richtung stimmte, fand er, doch das Ganze mußte noch ein klein wenig mehr ausgefeilt werden.

Aber zumindest hatte er jetzt einen Plan, was immerhin etwas war. Nächster Schritt – Essen. Das Frühstück lag lange zurück, und der Körper, der das Frühstück zu sich genommen hatte, war inzwischen zu Asche geworden. Er zog die Brieftasche seines Opfers heraus und klappte sie auf; das hübsche dicke Bündel Banknoten beruhigte ihn. Grinsend überquerte er die New Street und steuerte auf das große McDonald's-Restaurant zu.

»Grüß dich, Mike.« Eine Hand knallte ihm zwischen die Schulterblätter, so daß ihm vorübergehend die Luft wegblieb. Bevor seine Instinkte, die natürlich gar nicht seine Instinkte waren, dazu kamen, den Befehl zum Töten an die Arme weiterzugeben, stornierte er den Auftrag. Wer immer dieser Körper war, er hatte Freunde. Und Drachenjäger brauchen Freunde, so wie Angler Würmer brauchen.

»Hallo«, antwortete er und drehte sich dem Unbekannten zu. »Wie geht's denn so?«

»Ganz gut.« Sein Freund, ein großer schlaksiger Bursche mit dicken runden Brillengläsern, musterte ihn mit sonderbarem Blick. »Habe gehört, du seist, äh, tot«, sagte er. »In die Luft geflogen oder so ähnlich.«

»Ziemlich übertrieben«, erwiderte Georg. »Wahrscheinlich hast du gehört, daß ich langsam verhungere und verdurste, was stimmt. Natürlich kannst du mir helfen, etwas dagegen zu tun.«

Der Fremde lachte. Wie hatte er ihn genannt? Mike? Der gute alte Mike, der immer Witze riß.

»Gute Idee«, fuhr der Fremde fort. »Wir könnten uns ein, zwei Bier genehmigen und dann vielleicht indisch essen gehen, wenn du willst.«

»Klar.« Mikes Freund setzte sich in Bewegung. Vermutlich wußte er, wohin er wollte. Georg lief neben ihm her.

»Hab dich 'ne ganze Weile nicht gesehen«, sagte Mikes Freund.

»Du weißt ja, wie das ist.«

»Und wie ist es, mit der großen Bianca Wilson zusammenzuarbeiten?«

Georg zählte zwei und zwei zusammen, und vor seinem geistigen Auge erschien ein Vorschlaghammer, der ihm knapp am Ohr vorbeizischte. »Ereignisreich«, sagte er. »Richtig lehrreich sogar.«

»Kann ich mir denken.«

Vor ihnen der Eingang eines Pubs. Ah, gut, offenbar gehen wir hier rein. Wenn ich jetzt was brauche, dann …

Unvermittelt blieb er stehen. *O Scheiße!*

An der Bar saß Bianca und starrte ihn an, und neben ihr …

»Mensch, Bianca, da ist mein Körper. Hey, kann den mal jemand festhalten?! Das ist der Scheißer, der meinen Körper gestohlen hat!«

Es ist schon demütigend genug, an einem öffentlichen Ort laut des Diebstahls bezichtigt zu werden. Wenn man dann auch noch von *sich selbst* bezichtigt wird … Wie immer in einer solchen Situation dachte Georg ernsthaft darüber nach wegzulaufen, doch sein ehemaliger Freund stand zwischen ihm und der Tür und sah ihn äußerst seltsam an.

»Du Dreckskerl!« Bianca schrie ihn ebenfalls an. »Steh da nicht rum, Peter, schnapp dir das Schwein!«

Wer zum Teufel war Peter? Ach, der. Der heimtückische Mistkerl, der ihn hierhergebracht hatte. Ist kräftiger, als er aussieht, unser Peter. Er hatte Georg den Arm auf den Rücken gedreht, wogegen dieser sehr wenig ausrichten konnte. Hinter der Bar murmelte ein unfreundlich aussehendes Mädchen etwas davon, die Polizei zu rufen.

»Laß mich los!« ächzte er. »Ich bin ein Heiliger.«

Peter packte noch fester zu. »*Was* bist du?«

»Ein Heiliger. Bist du taub oder was?«

»Es stimmt«, sagte Bianca grimmig, »das ist er. Wenn er abzuhauen versucht, dann brich ihm den Arm.«

»Momentchen mal«, sagte Peter. »Wenn er wirklich ein Heiliger ist …«

»Jetzt reicht's«, sagte die Bardame. Sie nahm das Telephon und drückte auf die Tasten.

Unter Schmerzen wand Georg sich hin und her. »Ist euch klar, daß das Blasphemie ist«, keuchte er (die Luft wird einem knapp, wenn man im Halbnelson über einer Theke liegt). »Dafür werdet ihr in der Hölle braten!«

»Du *Scheißkerl*!« Sein Körper – Sankt Georgs Körper – packte ihn, Mike, bei der Gurgel. »Gib mir *sofort* meinen Körper zurück, sonst erwürge ich dich. Ihn.« Die Bedeutung seiner Worte ging ihm auf, und er lockerte den Griff ein wenig. »Du, Bia, gibt es irgendeine Möglichkeit, ihn da rauszukriegen?«

»Wir könnten es mit Umbringen versuchen«, antwortete Bianca mit eisiger Stimme. »Scheint bestens zu klappen.«

Die anderen Gäste im Pub interessierten sich zwar

für das Ganze, schienen Heiligendresche jedoch in erster Linie als Zuschauersport zu betrachten. Wetten wurden abgeschlossen, Hypothesen kundgetan. Die Bardame hatte endlich die Polizei an der Strippe und gab eine Schilderung der Ereignisse zum besten, die Georg für ziemlich einseitig hielt. Es ist Zeit, dachte er, für eine glänzende Idee.

Vorhandene Möglichkeiten – keine sonderlich inspirierende Auswahl. Entweder er wurde von Peter zum Krüppel gemacht oder von – wer *war* dieser Typ? Mike vermutlich, wer immer zum Teufel das sein mochte – von Mike erdrosselt, von der rotzigen Bildhauerin chirurgisch zergliedert oder von den Bullen festgenommen. Keine dieser Möglichkeiten war, wie Georg zugeben mußte, so beschaffen, daß man sie auf Anhieb für die richtige halten konnte.

»Hilfe!« krächzte er.

Die Gebete von Heiligen bleiben selten unerhört. Gerade als Mike sagte, daß an Biancas Vorschlag vielleicht was dran sei, und die in der Ferne zu hörenden Sirenen näher kamen, war das erfrischende Geräusch zersplitternden Glases zu vernehmen. Ein bewußtloser Körper plumpste zu Boden, und neben Georg ertönte eine vertraute Stimme.

Vater Kelly. Wurde auch langsam Zeit.

»Natürlich ist er ein Scheißheiliger!« brüllte der Priester. »seht ihr nicht seinen Scheißheiligenschein, ihr bekloppten Weicheier?«

»Halten Sie sich da raus, Herr Vikar«, sagte Mike wütend. Glücklicherweise nahm Vater Kelly keine Notiz davon, oder vielleicht war er auch einfach nur aufgebracht darüber, daß man ihn mit einem anglikanischen Geistlichen verwechselte. Weitere Geräusche splitternden Glases – Vater Kelly bewies, daß er wußte, wie man leere Guinnessflaschen anwenden konnte. Eine hatte er offensichtlich bei Peter angewandt, denn Georg konnte seine Arme wieder bewegen. Er richtete sich auf und sah, wie Bianca mit einem Barhocker nach ihm ausholte. Glücklicherweise hatte er gerade noch genug Zeit, Vater Kelly einen Stoß zu geben, damit er den Schlag abbekam. Ein lauter Bums, der Priester fällt wie ein Sack zu Boden, macht nix. Während Bianca noch den zerbrochenen Hocker in der Hand hielt und verwirrt dreinblickte, sprang Georg flink über den bewußtlosen Peter, stieß die Tür auf, trat einem hereinkommenden Bullen voll in die Eier und rannte weg.

Gott, dachte er unwillkürlich, kümmert sich um die Seinen.

VIERZEHNTES KAPITEL

Ist nicht auf der Karte drauf«, beteuerte Slitgrind.

Das Wohnmobil stand auf der Standspur der M6. Prodsnap und Slitgrind, die vorne saßen, waren in den hervorragenden Straßenatlas vertieft, den sie im Handschuhfach gefunden hatten.

»Guck, da steht's doch«, sagte Prodsnap und zeigte mit der Klaue darauf.

»Nein, du Blödmann, das ist Halle.«

»Vielleicht ist das bloß ein Druckfehler.«

Slitgrind knallte den Atlas zu. »Ist doch klar«, sagte er. »Auf Karten für Menschen wird sie nicht eingetragen, weil sonst Hunderte von nervigen Touristen ständig unsere Hauptzufahrtsstraße verstopfen würden.«

Prodsnap kam der Gedanke, daß sein Kollege die Sache vielleicht ein wenig zu schwarz sah, aber er sagte nichts dazu. Es stimmte, die Hölle war nicht auf der Karte verzeichnet. Angestrengt versuchte er, sich an die Route zu erinnern, die der Busfahrer genommen hatte, aber sie waren nur auf der Autobahn gefahren, die immer gleich aussah und keine Orientierungspunkte aufwies.

»Dann müssen wir eben jemanden fragen«, sagte er.

Slitgrind zog ein finsteres Gesicht. »Red keinen Müll«, entgegnete er.

»Jemanden, der Bescheid weiß, ist doch klar«, sagte Prodsnap. »Dürfte nicht allzu schwer sein.«

»Aber …« Slitgrind wollte gerade Einspruch erheben, doch dann fiel der Groschen. »Müssen wir wirklich?« wandte er ein. »Bei diesen Leuten bekomme ich immer das große Zittern.«

»Ich auch.« Prodsnap setzte seine Worte in die Tat um. »Aber sie werden den Weg kennen, und wir kennen ihn nicht. Sieht so aus, als hätten wir keine andere Wahl.«

Sein Kollege schnitt eine Grimasse, mit der er die Richtigkeit des Gesagten bestätigte. »Nun«, seufzte er, »ich vermute, sie stehen auf unserer Seite. In gewisser Hinsicht.«

»Mehr als der Kollege, den du kennst, wie?«

Slitgrind zuckte die Achseln und drehte den Zündschlüssel um.

»Lieber jeden Tag ein Glas Weihwasser, als den zu ertragen«, murmelte er und blinkte nach rechts.

»Ich beschwöre dich im Namen von Asmodi und Beelzebub, Sytray und Satan, Elohim und Miss Frobisher, bitte seien Sie doch vorsichtig, jetzt hätte ich beinahe die Schwarze Hostie zerbrochen …«

Schneidende Windstöße peitschten durch das verfallene Gemäuer von Burg Roche. Längst hatte der Mond sein Gesicht hinter den Wolken verborgen, und das einzige Licht war der fahle orangenfarbene Schein, der von einem übelriechenden Feuer ausging. In dem zerstörten Bergfried der Burg standen fünf weißgekleidete Gestalten, in Kapuzen gehüllt und barfüßig, dicht aneinandergedrängt im Innern eines schlampig gezogenen Kreidekreises. Um sie herum befanden sich die schauerlichen Zutaten der schwarzen Messe: Pentagramme, Tetragrammata, ein Schwert, eine geschändete Bibel, ein Ziegenschädel, ein tiefgefrorenes Hühnchen, das langsam abtaute …

»Braucht ihr noch lange?« fragte eine quengelige Stimme von außerhalb des Lichtkreises, den das Feuer warf. »Es ist *saukalt*.«

Der Große Bock seufzte verdrießlich. »Diese Dinge kann man nicht überstürzen, Miss – äh ...«

»Filkins«, zischte die Kleine Ziege. »Sonia Filkins. Sie ist Missis Brownlows Nichte, arbeitet auf der Post.«

»Kann ich wenigstens eine Decke oder so was haben?« jammerte Miss Filkins. »Ich habe schon eine Gänsehaut. Und es ist feucht. Tante Edie hat nichts davon gesagt, daß ich im Feuchten sitzen muß.«

Die Kleine Ziege lächelte verkrampft. »Tut mir wirklich leid,« flüsterte sie. »Aber Brenda muß im Pfarrhaus babysitten, und jetzt, da Yvonne auf der Uni ist ...«

»Ich weiß«, seufzte der Große Bock. »Vielleicht klappt es beim nächsten Mal, Miss Frobisher. Ich sehe wirklich keinen Sinn darin, unter diesen Bedingungen weiterzumachen.«

Trauervolles Schweigen. Die Kleine Ziege schickte sich an, die schauerlichen Zutaten zusammenzupacken.

»Wenn ihr das Hühnchen nicht mehr braucht«, sagte Miss Filkins, »dürfte ich es dann wohl mitnehmen? In meiner Zeitschrift steht ein echt leckeres Rezept für Hühnchen.«

»Bitte«, brummte der Große Bock, während er den Ziegenschädel sorgfältig in Watte hüllte, »bedienen Sie sich. Es ist immer schade, wenn Essen um ...«

Er verstummte. Obwohl er dem Feuer am nächsten stand, waren seine Beine plötzlich eiskalt. Er blickte starr geradeaus.

»Miss Frobisher«, krächzte er.

»Ja, Doktor Thwaites?«

»Vielleicht sollte Miss, äh, Filkins sich *doch* nicht gleich wieder anziehen.«

Die Kleine Ziege sah ihn an. »Aber ich dachte ...«

»Dort drüben.« Er machte eine ruckartige Kopfbewegung in Richtung des zerfallenen Turms. »Ähm, im Namen von Asmodi und Beelzebub, Sytray und ...«

»Entschuldigen Sie bitte.«

Miss Frobisher stieß einen spitzen Schrei aus. Der

Weihrauchfaßträger drückte hastig seine Zigarette aus. Der Schwertträger, der sein Gewand schon halb ausgezogen hatte, schnappte sich seine Hose. Der alte Mister Blakiston, der Schwarze Küster, schlummerte friedlich weiter.

»Entschuldigen Sie bitte«, wiederholte Prodsnap. Er hatte eine Taschenlampe in der Hand und trug eine alte wattierte Jacke, die er einer Vogelscheuche abgenommen hatte, denn die Nacht war kalt, doch im Licht des Feuers traten seine Hufe und seine Hörner lebhaft hervor. »Wir kommen doch hoffentlich nicht zu spät, aber wir sind unterwegs aufgehalten worden. Straßenarbeiten auf der A34 südlich von Chipping Norton.«

»Kann ich jetzt *bitte* meine Sachen wieder anziehen, Miss Frobisher? Ich werde schon ganz *blau*.«

Der Große Bock zuckte zusammen. »Seien Sie bitte *still*, Miss Filkins«, schnauzte er. »Ähm, möchten Sie sich vielleicht, äh, zu uns gesellen? Rasch, Miss Frobisher, das Hühnchen!«

»Sie haben gesagt, ich könne es haben!«

Trotz seiner Jacke überlief Prodsnap ein Schauder. »Bitte«, sagte er, »machen Sie sich doch unseretwegen keine Umstände. Wir haben schon unterwegs etwas gegessen, in einer Raststätte. Wir wollten eigentlich nur fragen ...«

»No da schau her«, platzte der Weihrauchfaßträger heraus, »dös is ja a *Deifi*!«

Vor Scham schloß der Große Bock die Augen. Gleich morgen früh würde die Stelle des Schwarzen Weihrauchfaßträgers neu ausgeschrieben werden, auch wenn Barney Philpot der einzige Klempner in der Gegend war, der einen Vierundzwanzigstundenservice hatte. »Seien Sie still, Weihrauchfaßträger«, befahl er. »Im Namen von Asmodi und ...«

Slitgrind stieß seinen Kollegen ins Kreuz. »Laß uns um Teufels willen von hier verschwinden, Prozza«, zischte er. »Ich habe *Angst*. Aua! Das war mein Schienbein, du Tölpel ...«

»Wir wüßten gern«, fuhr Prodsnap fort, während er die Stimme ein wenig erhob, »ob Sie uns wohl weiterhelfen können. Es ist nämlich so, wir sind vom Weg abgekommen und ...«

»Vom Weg des Heils?« Der Große Bock sah ihn scharf durch die dicken Gläser seiner Zweistärkenbrille an. »Sie meinen, ihr seid mit Luzifer, dem Sohn des Morgens, aus dem Himmel gestürzt, Luzifer, der in seiner Überhebung den Weg der Verdammnis vorzog und ...«

»Wir haben den Bus verpaßt«, erklärte Slitgrind. »Sind zurückgelassen worden. Ich glaube, das haben die mit Absicht gemacht«, fügte er voller Groll hinzu. »Wenn ich wieder zu Hause bin, werden die ihr Fett abkriegen.«

Der Mund des Großen Bocks stand so weit auf wie ein kaputtes Tor. »Bus«, wiederholte er.

»Ein Betriebsausflug«, erklärte Prodsnap. »Nach Nashville. Und jetzt müssen wir allein nach Hause finden, und da der Weg nicht auf der Karte verzeichnet ist, wüßten wir gern, ob ...«

»Hey.« Der Große Bock merkte, wie ihn jemand am Ärmel zupfte. »Diese beiden da«, flüsterte der Schwertträger, »sind die echt?«

»Natürlich sind die echt, Sie dummer Mensch!« zischte der Große Bock. »Sehen Sie sich doch die Hörner an! Und die Schwänze!«

Der Schwertträger zuckte die Achseln. »Na schön«, sagte er. »Allerdings nicht ganz das, was ich erwartet habe.«

»Nicht ganz das, was Sie ...!«

»Eine ziemliche Enttäuschung, um ehrlich zu sein.«

»Wie können Sie es *wagen*! Das sind ...«

Er zögerte. So unerschütterlich sein Glaube auch sein mochte, die Art und Weise, wie der eine Teufel sich hinter dem anderen zu verstecken versuchte, hatte die Tendenz, den verbotenen Glanz zu untergraben. »Entschuldigen Sie, wenn ich frage«, sagte er betreten, »aber können sich die Herren irgendwie ausweisen? Verstehen Sie, nur …«

»Das sind diese Typen aus Great Horwood«, murmelte der Schwertträger, »die sich verkleidet haben. Ey, bist du's, Jim Partridge? Denn wenn du's bist, dann brauchst du gar nicht zu glauben, daß dein Auto am Wochenende fertig wird.«

Vor Verlegenheit wurde Prodsnap grün. »Tut mir leid«, sagte er. »Wir haben keine Ausweise oder so was. Gewöhnlich«, fügte er hinzu, indem er die restlichen Fetzen seiner Würde zusammenraffte, »benötigen wir keine.«

»Prozza …«

»Halt die Klappe, Slitgrind. Ich hätte gedacht«, fuhr Prodsnap unverdrossen fort, »daß die Hörner und die Hufe und all das doch wohl für sich selbst sprächen.«

»Pappmaché und Gummi«, bemerkte der Schwertträger höhnisch. »Tu mir einen Gefallen, Jim. Du hast deinen Spaß gehabt, jetzt verpiß dich.«

»Prozza«, zischte Slitgrind. Prodsnap bemerkte, daß er den Blick verbissen von irgend etwas abwandte. »Da drüben steht ein Weibsbild, das *überhaupt nichts anhat*!«

Momente wie diese, überlegte Prodsnap, brachten einem zu Bewußtsein, daß die Chardonays dieser Welt doch zu etwas nutze sind. Chardonay saß natürlich hübsch behaglich im Wohnmobil, gefesselt und geknebelt, ebenso wie die Dämonin Snorkfrod. *Die* wüßte selbstverständlich, wie man mit einer solchen Situation fertig wird, gar keine Frage.

»Ruhe!« schnauzte er. Dann wandte er sich dem Großen Bock zu, der ihn über den Rand seiner Brille hinweg anstarrte, was Prodsnap ganz aus der Fassung brachte. »Ähm.« Er zermarterte sich das Hirn. Irgend etwas Überzeugendes mußte her, ein bißchen Schwarze Magie vielleicht, ein Antimirakel. Das Problem war bloß, daß er sich damit überhaupt nicht auskannte. Wozu braucht man Schwarze Magie, wenn man Angestellter im Lohnbüro ist?

Der unangenehme, mißtrauische Typ grinste ihn höhnisch an. Er beschloß zu improvisieren.

»Vielleicht überzeugt euch das«, sagte er und warf etwas ins Feuer. Eine Flamme schoß hoch, und es gab einen lauten Knall. Der Schwertträger fuhr erschreckt zusammen. Der alte Mister Blakiston erwachte, brummelte etwas von Kaffee und schlief wieder ein. Es hatte funktioniert.

»Bei allem, was mies und fies ist, was war denn das?« zischte Slitgrind.

»Ein Feuerzeug«, zischte Prodsnap zurück. »Also dann, äh, guter Mann«, fuhr er fort und versuchte, dämonisch auszusehen, »wenn Sie vielleicht so ... ich meine, ich befehle Ihnen, uns den Weg zu zeigen. Und zwar sofort«, fügte er hinzu und fletschte die Zähne. Er atmete ein paar Schwaden Schwarzen Weihrauchs ein und mußte niesen.

Der Große Bock verbeugte sich demütig, griff in seine Innentasche und holte einen Umschlag und einen Kugelschreiber heraus. »Also, wenn Sie den Weg, den Sie gekommen sind, bis zur *Weintraube* zurückgehen ...«

Nach einiger Zeit hörte Georg auf zu rennen.

Natürlich erst, als er fest davon überzeugt war, daß niemand ihn verfolgte. Ein langes und ein (bisher) kurzes, wenn auch höchst ereignisreiches Leben hatten ihn gelehrt, welchen Wert das Wegrennen hatte. Es löste praktisch alle Probleme. Seine Maxime war: Wenn man wegrennen kann, warum soll man sich erst die Mühe machen, sich zu verstecken?

Er hatte absolut keine Ahnung, wo er war. Auf einem Straßenschild stand Hockley Street, aber selbst wenn das stimmte (Georg hatte bei verschiedenen Gelegenheiten sein erstes Leben dadurch verlängert, daß er offiziellen Angaben mißtraute; denkwürdige Beispiele: ›Klar ist dieser Drache tot, nicht wahr, Herr Bürgermeister?‹ und ›Jawollo, diese Brücke haben wir letzten Oktober repariert‹), half es ihm nicht viel weiter. Aller Wahrscheinlichkeit nach hatte die Hockley Street genauso die Orientierung verloren wie er selbst.

Immerhin gab es dort einen Pub, und durch das ganze Gerenne hatte Georg einen Brand bekommen, mit dem man Farbe hätte absengen können. Mit einem Seufzer der Zufriedenheit, der sich anhörte, als hätte er gerade vor dem Ablieferungstermin und äußerst kostengünstig die Welt erschaffen, drückte er gegen die Tür der Kneipe und rauschte hinein …

Eine fabelhafte Sache, das menschliche Gehirn. In der riesigen, enorm leistungsfähigen Datei seines Unterbewußtseins speichert es alles – *alles* –, was man je gesehen, gehört, flüchtig erblickt, am Rande wahrgenommen oder unbewußt bemerkt hat. Wenn die Bibliothekare des Gehirns das erforderliche Material nur ein klein wenig rascher aus dem Magazin hochschicken würden, wären wir alle Übermenschen, und unser Planet wäre wahrscheinlich schon 1906 eine radioaktive Wüste gewesen.

Zur graubraunen Kuh, Hockley Street. Hier war ich schon mal. Vor kurzem …

Als er hereinkam, erklärte Bianca gerade dem Polizisten (nicht dem, der immer noch zusammengekrümmt auf der Erde lag und leise vor sich hinstöhnte, sondern einem anderen), daß der Mann, den sie mit einem Barhocker zum Krüppel hatte schlagen wollen, Kunstdiebstähle begangen habe, für Explosionen verantwortlich sei und einen Mordversuch sowie zahllose Fälle von Völkermord auf dem Konto habe. Den Priester habe sie noch nie im Leben gesehen; warum er zwei ihrer Freunde mit Bierflaschen niedergeschlagen hatte, sei ihr völlig schleierhaft, und das mit seinen Zähnen tue ihr wirklich leid, ein Versehen, nichts weiter, auf Ehre und Gewissen, vermutlich telephoniere die Zahnfee bereits mit führenden Bankiers und versuche, Kapital zur Finanzierung einer neuen Ladung aufzutreiben …

Hier war ich schon mal. Voll in die Scheiße gegriffen. Nichts wie weg.

Flink drehte Georg sich um, jedoch nicht flink genug. Ehe er sich's versah, legte sich ihm eine Hand auf die Schulter, so daß es ihn kalt durchfuhr. Jemand fragte ihn, wo er denn hinwolle, wich seinem Ellbogen aus, mit dem er heftig nach hinten stieß, trat ihm in die Kniekehlen und gab ihm mit einem Löwenbräuaschenbecher eins auf die Birne.

»Das ist er!« kreischte Bianca und zeigte auf ihn. »Lassen Sie meinen Arm los, ich will ihn *umbringen*!«

Diese Absicht hatten offenbar auch die Zeugen Mike und Peter, und Georg, der an der Universität des Lebens im Hauptfach Bluffen studiert hatte, sah einen schwachen Hoffnungsschimmer. Sie stürzten sich auf ihn, schwergewichtige Polizisten hinter sich herziehend wie losgerissene Anker. Deshalb sprang er auf sie zu, in die Richtung also, die man am wenigsten erwartet hätte. Von allen Seiten versuchten Hände ihn zu packen, jedoch ohne Erfolg. Er schwang sich auf einen Tisch, vom Tisch auf die Theke, die er entlangschlitterte wie ein Glas Whisky in einem Western, bremste scharf, trat der Bardame voll ins Auge, als sie ihn an den Knöcheln festhalten wollte, hopste hinunter und nahm durch die Küche Reißaus. Wie lautet doch die vom Regisseur gestrichene Stelle der Bergpredigt: Selig sind, die mit schmutzigen Tricks kämpfen, denn sie sollen um eine Nasenlänge voraus sein.

»Haltet ihn!«

Der Koch, der annahm, daß der Typ, der da gerade in seine Küche gestürmt kam, ein Zechpreller sei, kippte ihm eine Schale mit Chili über den Kopf, so daß Georg die Orientierung verlor und mit Karacho in der Mülltonne landete. Danach brauchte man dann bloß noch seine Beine anzuheben, um sie ebenfalls hineinzustopfen, den Deckel draufzutun und sich draufzusetzen, und fertig war der Lack. Wenn Köche Generäle wären, würden Kriege Stunden dauern, nicht Jahre.

»Er ist hier drin!« schrie der Koch. »Und er muß zwölf Portionen Chili bezahlen.«

Selbst jemand, der so einfallsreich ist wie Georg, muß notgedrungen eine Pause einlegen, wenn er in einer Mülltonne hockt und von oben bis unten mit Kartoffelschalen und den ekligen Sachen bekleckert ist, die die Leute auf ihren Tellern zurücklassen. Wenn der Betreffende klug ist, wird er die Zeit nutzbringend anwenden, seine Lage analysieren, unterschiedliche Strategien gegeneinander abwägen und um jeden Preis versuchen, nicht einzuatmen.

Man kippte den Inhalt der Mülltonne auf den Fußboden – der Koch gesellte sich zur Gruppe der Festgenommenen: Behinderung der Polizei, tätlicher Angriff mit einem nassen Sieb – und fischte Georg heraus. Ein Polizist kniete nieder, um ihm Handschellen anzulegen.

»Hey, Sergeant!« schrie er auf. »Der Typ brennt ja!«

Wenn man sich mit ihnen nicht auskennt, haben Heiligenscheine eine erstaunliche Ähnlichkeit mit brennendem Benzin. Man brüllte herum, alles lief durcheinander, Feuerlöscher wurden von der Wand gerissen. Irgendein Flachkopf löste den Feueralarm aus, so daß zu dem üppigen sensorischen Angebot noch ohrenbetäubender Lärm hinzukam. Georg machte eine ruckartige Bewegung und schlug zu. Im Nahkampf kann eine weggeworfene, mit Küchenabfällen bedeckte Ketchupflasche genauso wirkungsvoll sein wie eine Schnellschußpistole.

»Haltet den Mistkerl fest!« schrie jemand, aber ebensogut hätte man einer Horde von Politikern zurufen können: ›Beseitigt die Arbeitslosigkeit!‹ Es passierte nichts weiter, als daß die Bardame unsanft im Spülbecken landete und ein Polizist mit dem ersten überschwenglichen Strahl aus dem Feuerlöscher voll einen seiner Kollegen erwischte. Danach ging es zu wie bei einer Tortenschlacht im Stummfilm.

Nachdem er dem Handgemenge entkommen war,

kroch Georg über den Fußboden, zog sich am Geschirrspüler hoch und steuerte auf die Tür zu. Diese Strategie war so vernünftig wie die Napoleons bei Waterloo, wurde aber ebenfalls von heimtückischen Umständen untergraben. Er trat auf ein schon älteres Spiegelei, rutschte drei Yard weit und stieß mit Bianca zusammen, die daraufhin in den Rest der Schwarzwälder Kirschtorte fiel. Als er sich umblickte, sah Georg, daß er umzingelt war.

Der Spruch *Nur nicht aufgeben* bedeutete Georg nicht viel, der eher dazu neigte, *Gib's auf* oder vielmehr *Gib's auf, du Mistkerl* zu sagen, vor allem dann, wenn er vor einem zu Boden gegangenen Gegner stand. Das dahinterstehende Prinzip übte allerdings einen dominanten Einfluß auf sein Leben aus. Ohne nach unten zu blicken, tastete er über die Arbeitsplatte, schnappte sich den ersten Gegenstand, der ihm in die Hand geriet, richtete ihn auf seine Angreifer und bellte »Keine Bewegung!« Eine dreiviertel Sekunde später wurde ihnen klar, daß er sie mit einer Käseraspel bedrohte, aber eine dreiviertel Sekunde war alles, was er brauchte. In seiner Nähe befand sich ein Fenster. Er sprang.

Als er die Augen wieder öffnete, fielen um ihn herum immer noch Glassplitter zu Boden. Er rappelte sich auf und stürmte los. Dabei bemerkte er, daß der Fensterrahmen voll fluchender Polizisten war, die sich in die Finger schnitten. Er hatte das Gefühl, daß sie ein schwerwiegendes Sakrileg begehen würden, wenn sie ihn erwischten. Er rannte.

Die Hinterhofmauer des Pubs war niedrig genug, daß man darüberklettern konnte, sofern einem solche Kleinigkeiten wie Glasscherben nicht allzuviel ausmachten. Georg sprang auf der anderen Seite hinunter, knickte mit dem Fuß um, fiel der Länge nach hin und stieß sich den Kopf an einer Autotür, die sich gerade öffnete.

»Steig ein!«

Georg hob den Kopf. »Wie?«
»Ich habe gesagt: Steig ein. Na los!«
Er blickte hoch und sah einen schwarzen Mercedes, dessen hintere Tür aufstand. Auf dem Rücksitz gewahrte er ein schiefes Grinsen, an dessen unterem Teil ein menschliches Wesen angebracht war. Unmittelbar in seiner Nähe hatten einige wütende Polizisten gerade herausgefunden, daß das Hoftor verschlossen war.
»Wer bist du?« fragte Georg.
»Mein Name ist Stevenson«, antwortete das Grinsen. »Und du bist Georg. Mach hinne, alter Knabe!«
»Aber ...«
Chubby Stevenson griff in sein Jackett, holte einen fünfundvierziger Colt heraus (wie heißt es doch so schön: *Selig sind, die den Finger am Abzug haben*) und richtete ihn auf Georgs Kopf. »Zack, zack«, sagte er, »sei ein braver Junge.«
Georg erkannte, daß eine Weigerung unhöflich gewesen wäre, und stieg ein.

»Sind sie weg?«
»Ja, Doktor Thwaites.«
»Gut.« Erschöpft nahm der Große Bock den Schwarzen Kelch vom Boden auf, schüttelte die letzten paar Tropfen kalten Tees heraus und legte ihn in den mit Stroh gefüllten Schuhkarton zurück. Niemand hatte etwas gesagt, aber sie alle wußten, daß das hübsche silberne Gefäß jetzt wieder als Pokal des Swerforder Golfklubs dienen würde. Wenn Alpträume Wirklichkeit werden, ist das die endgültige Desillusionierung.
»Doktor Thwaites.«
»Mmm?«
»Was nächsten Donnerstag betrifft.« Nach ihrem Verrat klang Miss Frobishers Stimme äußerst betreten; desselben Tonfalls bediente sich Judas Ischariot, als er dem Hohenpriester mitteilte, er hätte es lieber in bar, wenn es ihm nichts ausmache. »Mir ist gerade eingefallen,

daß da die Whistrunde vom Roten Kreuz ist, so daß ich also doch nicht kommen kann. Ich hoffe aber ...«

»Macht nichts, Miss Frobisher, macht überhaupt nichts.« Der Große Bock seufzte. »Zufällig habe ich an dem Tag auch etwas anderes vor. Wie steht es mit Ihnen, Barney?«

Der Weihrauchfaßträger wollte gerade erklären, daß er nächsten Donnerstag wohl bis spät in die Nacht arbeiten werde, als sie alle fünf eine noch tiefere Dunkelheit gewahr wurden, die daher rührte, daß eine riesige Gestalt sich zwischen sie und den dahinziehenden Mond schob.

»Verschwinden Sie!« schnauzte der Große Bock. »Sehen Sie nicht, daß wir geschlossen haben?«

Sie duckten sich. Was nonverbale Antworten angeht, so ist ein Feuerstoß, der sich etwa drei Fuß über dem eigenen Kopf entlädt, von bemerkenswerter Beredsamkeit.

»Halte Sie nicht lange auf«, sagte der Drache.

Zum Thema Gut und Böse.

Kurt zappelte ungeduldig hin und her. Moralphilosophie hatte ihn nie sonderlich interessiert, denn für seinen Beruf war sie so wichtig wie ein Pfeifenreiniger für den Mersey-Tunnel; hätte ihm indes der Sinn nach einem Vortrag über Ethik gestanden, dann wäre seine erste Wahl wohl kaum auf eine Textverarbeitungsmaschine gefallen.

»Hey«, sagte er, »sparen Sie sich den Schmus, ja? Ich habe die Ware abgeliefert, also geben Sie mir einfach mein Geld, dann hau ich ab.«

Sie müssen auch noch einen Drachen töten, vergessen Sie das nicht.

Kurt tat so, als sähe er sich genauestens im Zimmer um. »Tja«, sagte er schließlich, »sehe hier drinnen keinen Drachen, es sei denn, er hat sich als Bleistift getarnt und in einer Schublade versteckt. Hören Sie, Kumpel, Sie machen Ihren Job und ich meinen, okay?«

Nein. Sehen Sie mich an. Das ist wichtig.

Mit einem Seufzer ließ Kurt sich auf der Kante des Schreibtischs nieder und verschränkte die Arme.

»Schießen Sie los«, sagte er.

Mit Vergnügen. Also Gut und Böse. Definieren Sie mal gut.

»Hä?« Kurt dachte eine Minute nach. »In welcher Hinsicht?«

In gar keiner. Einfach nur gut.

Kurt zog die Augenbrauen hoch, so daß er aussah wie Mister Spock. »Weiß auch nich«, sagte er, »hängt, schätze ich, alles davon ab, wo man steht. Wenn Sie zum Beispiel«, fuhr er fort, »einen Schuß abgeben und mich treffen, dann ist das ein guter Schuß, aber von meiner Warte aus ist da nicht viel Gutes dran.«

Der Bildschirm füllte sich mit leuchtenden grünen Häkchen. *Sehr gut, Mister Lundqvist, Sie sind mir weit voraus. Trotzdem werde ich mit meinen Erklärungen fortfahren.*

»Wieso das?«

Bitte erlauben Sie es mir. Gut und Böse sind natürlich nichts als die beiden Seiten ein und derselben Medaille. Was gut für mich ist, ist schlecht für Sie. Was dem einen ein Meder, ist dem anderen ein Perser. Der Trend der Moral läßt sich eher mit Wechselstrom als mit Gleichstrom vergleichen. Aber das dürfte nichts Neues für Sie sein, habe ich recht?

»Zweihundertprozentig, Meister. Was hat das alles …?«

Bitte unterbrechen Sie mich nicht. Sie sind angeheuert worden, um einen Drachen zu töten. Drachen sind böse, richtig?

»Denke schon.«

Heilige hingegen sind gut. Einverstanden?

»Jawollo.«

Stimmt nicht. Es hängt alles von dem betreffenden Individuum ab. Und selbst dann ist das Ganze noch stark eine Sache subjektiver Interpretation. Nehmen Sie zum Beispiel den heiligen Georg.

»Hä?«

Den heiligen Georg. Berühmter Drachentöter. Von dem müssen Sie doch schon gehört haben. Der ist in Ihrem Beruf doch sicher eine Legende.

Kurt nickte. »War er, zu seiner Zeit«, antwortete er zerstreut. »Seitdem ist schon viel Blut die Themse runtergeflossen.«

Trotzdem. Ein Killer, Kurt. Jemand, der andere intelligente Lebensformen für Geld vernichtet hat.

»Ein Profi.«

Ein Heiliger. Und nicht etwa irgendein beliebiger Heiliger, sondern der Schutzheilige des friedfertigen, gesetzestreuen, tierliebenden Albion. Sie wissen, warum das so ist?

»Hab nie drüber nachgedacht«, erwiderte Kurt wahrheitsgemäß.

Dreitausend Pfund Schutzgeld im Jahr, darum. Und weil kein anderer Heiliger von entsprechendem Rang bereit war, sich mit einer Gruppe feuchter, nebliger Inseln am nordwestlichen Rand der damals bekannten Welt abzugeben. Als er sich freiwillig meldete, wollte das niemand glauben. Das war so, als bitte man darum, zum Minister für Nordirland gemacht zu werden.

Kurt zuckte die Achseln. »Und?«

Und mit Georg als Schutzheiligem baute diese schäbige kleine Inselgruppe ein Weltreich auf, das größte, das es je gegeben hat. War eine Zeitlang die führende Nation, diese schäbige kleine Inselgruppe; größer als Frankreich, Italien oder Deutschland; besaß halb Afrika und halb Asien. Erinnern Sie sich an Agincourt, Kurt? Mit Gott für Harry, England und Sankt Georg?

»Das Spiel habe ich verpaßt, weil ich arbeiten mußte. Habe zwar Ausschnitte gesehen, aber ...«

Nicht schlecht für ein Land, das bei der Schöpfung zu kurz gekommen ist und unter der Schirmherrschaft eines angeheuerten Killers stand. Und in jenen Tagen war Gott Engländer. Der Erfolg zählt, meinen Sie nicht?

»Na, hören Sie mal«, protestierte Kurt, »in dieser ganzen Zeit war der Typ ja tot.«

Spielt keine Rolle. Wenn man Heiliger ist, kommt es nicht so sehr darauf an, was man tut, sondern was man ist. Georg war der Drachentöter. Er hat den Großen Kampf gewonnen. Er hat Generationen von Engländern dazu inspiriert, in die Welt zu ziehen und aus allen Ausländern die Scheiße herauszuprügeln. Nennen Sie mir ein europäisches Land, das von England noch nie im Krieg besiegt wurde. Frankreich? Zweimal. Deutschland? Zweimal. Italien, Spanien, Rußland, Norwegen, Österreich …

»Griechenland«, warf Kurt ein. »Die Schweiz. Monaco …« Er verstummte. »Okay, verstehe, was Sie meinen«, fuhr er fort, »aber was soll's? Das beweist überhaupt nix.«

Stimmt nicht. Die Guten sind immer die Gewinner, nicht wahr? Ich meine, der Präsident stellt sich bei der Siegesparade ja nicht ans Rednerpult und verkündet vor aller Welt: ›Okay, wir geben es zu, wir waren im Unrecht, aber pfeife drauf, trotzdem haben wir gewonnen.‹ Wer gut und wer böse ist, entscheidet sich im Kampf; anders geht es nicht. Oder halten Sie ein Szenario für möglich, wo die Guten alle eins in die Fresse kriegen und die Bösen Heil dir im Siegerkranz singen, während der Nachspann abrollt? Kann man sich überhaupt nicht vorstellen, jedenfalls nicht, ohne sich das Gehirn zu verrenken.

»Kommen Sie endlich zur Sache«, brummte Kurt voller Unbehagen.

Nichts leichter als das. England hat sich durchgesetzt, weil es im Recht war und weil Georg den Drachen getötet hat. Wie oder warum er das gemacht hat, ist wurschtegal. Einverstanden?

»Wenn ich ja sage, geben Sie mir dann das Geld, das Sie mir schulden?«

Aber jetzt ist das alles anders. England ist am Ende. Das Land ist ein Vorort Europas, der arme Verwandte der USA, mit einem internationalen Prestige, das noch nicht einmal so groß ist wie das der Philippinen. Wenn es morgen unterginge, würde es einen Monat dauern, bis in Europa irgend jemandem was auffiele. Was also ist passiert?

»Ich habe das trübe Gefühl, daß Sie mir das gleich mitteilen werden.«

Das Ergebnis muß falsch gewesen sein, Kurt. Irgend jemand muß die Sache verpatzt haben. Der Falsche muß den Drachen getötet haben. Und deswegen muß es ein Wiederholungsmatch geben.

Kurt zuckte die Achseln. »Okay«, sagte er, »wenn ich eine solche Psychoknäcke hätte, um auf derlei Stuß zu stehen, würde ich Ihnen das vielleicht auch noch abkaufen. Aber Sie wollen, daß ich diesen gottverdammten Drachen töte, also ...«

Nach dem Kampf, Kurt, nach dem Kampf. Der Drache serviert Georg ab, Sie servieren den Drachen ab. Die Vereinigten Staaten besiegen ein für allemal die Personifikation des Bösen und schicken sich unter der Schirmherrschaft von Sankt Kurt an, ihr Schicksal zu erfüllen. Danach leben alle glücklich und in Frieden. Der Bildschirm füllte sich mit kleinen Wellenlinien: kybernetisches Gelächter. *Deswegen habe ich gerade dafür gesorgt, daß Georg entkommen kann. Er kann ja schlecht gegen einen Drachen kämpfen, wenn er wegen tätlicher Beleidigung drei Jahre im Bau sitzt.*

Kurt dachte eine Weile über alles nach.

»Wenn ich den Drachen getötet habe«, fragte er, »bekomme ich dann mein Geld?«

Selbstverständlich.

Kurt nickte. »Okay«, sagte er. »Das ist meine Vorstellung von einem Happy-End.«

Hast du alles gehört?

Chubby nickte seinem Laptop zu und lächelte. «Klar», erwiderte er. »Ich finde, du hast das sehr, äh, gekonnt gedeichselt.«

Er wird tun, was man ihm sagt. Wozu sonst sind Leute schließlich da?

»In der Tat.«

Da wir gerade davon sprechen ...

Chubby seufzte. Immer wenn dieser verfluchte Zauberkasten eine beiläufige Bemerkung machte und anfing, Sätze in drei Punkte auslaufen zu lassen, wußte er, daß etwas außergewöhnlich Beschissenes auf ihn zukam. »Mm?«

Wenn er den Drachen erledigt hat, dann töte ihn.

FÜNFZEHNTES KAPITEL

Bei allem Respekt.« Lin Kortright packte den Telephonhörer so fest, daß ihm die Knöchel weiß hervortraten, drehte seinen Stuhl herum, biß das Ende einer Zigarre ab und spuckte es in den Aschenbecher. »Bei allem Respekt«, wiederholte er, »ihr seid sicher Experten im Bereich Zeitrecycling, aber von Wettkämpfen habt ihr *null* Ahnung. Sonst ...«

Es ist allgemein üblich, daß Ereignisse von verheerender elementarer Gewalt sich vorher irgendwie ankündigen. Bürgerkriegen und dem Tod von Fürsten gehen deshalb Kometen und schlimme Vorzeichen voran. Wolkenballungen und sintflutartige Regenfälle sind die Vorläufer von Orkanen und Unwettern. Lin Kortright hingegen sagt lediglich: ›Bei allem Respekt.‹

Und dann geschah etwas äußerst Seltsames.

Mister Kortright *hörte zu.*

Was ungefähr so war, als ob man die Tageszeitung öffnet und liest, daß Gott die Menschheit wegen bisher unentdeckter Konstruktionsmängel gerade in die Werkstatt zurückgerufen habe. Man erwartet es einfach nicht. Vom Gefüge der Wirklichkeit beginnen große Brocken abzuplatzen.

»Ja«, sagte er schließlich. »Ja, Sie haben recht, das könnten wir machen. Mensch, das ist eine prima Idee. Ich wünschte bloß, ich selbst wäre drauf gekommen.«

Kaum hatten die Worte seinen Mund verlassen, als sechs Rettungsboote voller Ratten an der Reling des Uns Bekannten Universums zu Wasser gelassen wurden und mit einem Affenzahn davonruderten. Wenn Lin Kortright in einem spiegellosen Zimmer ›Sie haben recht‹ sagte, dann war das absolut, total …

»Glänzend«, fügte er hinzu. »Hey, Mann, ich frage mich allmählich, ob Sie mich bei alldem überhaupt brauchen. Sie scheinen ja schon alles gedeichselt zu haben.«

In der Ferne grollte Donner. Adler, die hoch oben in den Lüften schwebten, räumten hastig das Feld, während Eulen auf Mäusejagd tückische Blicke tauschten, sich die Krallen rieben und sagten: »Also los, schnappen wir uns die Dreckskerle.« Die Luft knisterte vor Spannung.

»Nein, nein«, fuhr Mister Kortright fort, »unter diesen Umständen kann ich unmöglich zehn Prozent annehmen. Ich könnte mich höchstens zu fünf verstehen, und selbst das …«

Die Normalität schmiß ein paar Sachen in einen Koffer und emigrierte.

Um einen großen Kampf zu promoten, muß man genau festgelegte Regeln befolgen. Zuerst muß man sich ein paar zahnlose alte Trottel suchen, die die Wettkampfteilnehmer massakrieren können, um der Sache den richtigen Rahmen zu geben. Dann sorgt man für die Auftritte in Talk-Shows, damit die Jungs sich über die Schulter des Moderators finster ansehen können. Dann mietet man eine Halle und fängt an, Eintrittskarten zu drucken.

Im vorliegenden Fall waren die Regeln jedoch dazu da, um gebrochen zu werden. Zunächst einmal konnte es keine Aufwärmkämpfe geben, weil die Gefahr bestand, daß die Erdkruste dabei irreparable Schäden davontrug. Auftritte der Kontrahenten in Mitternachtsshows waren nicht drin; der Zweck der Übung, Georg ausfindig zu machen, bestand ja gerade darin, sicherzustellen, daß er dem Drachen nicht über den Weg lief, bevor die Glocke zur ersten Runde ertönte. Der Austragungsort stand zumindest fest; es mußte die Wüste Gobi sein, andernfalls würde der ganze Kampf abgeblasen. Vor allem konnte man keine Reklame für den Kampf machen, damit die beiden Kontrahenten nicht herausfanden, daß ein Kampf organisiert wurde.

Trotzdem war es unwahrscheinlich, daß man auf den Eintrittskarten sitzenbleiben würde. Schließlich riefen an ein und demselben Morgen sowohl Nostradamus als auch Mutter Shipton fast gleichzeitig an, um darauf hinzuweisen, daß sie vor vierhundert Jahren den Kampf vorhergesagt und Plätze dafür gebucht hätten. Blieb nur noch der Austragungsort, was ungefähr so war, als sage man *Wir haben die Sandwiches zubereitet und die Thermosflasche gefüllt, jetzt bleibt nur noch die Verwandlung von Wasser in Wein, aber dafür haben wir noch reichlich Zeit, wenn wir vom Supermarkt zurück sind.*

Auftritt Lin Kortright …

Verstohlen und schuldbewußt schlichen fünf dunkle Gestalten mit Drahtscheren in der Hand den Drahtzaun entlang.

Sie waren im Begriff, einen Einbruch zu begehen. Das ist Diebstahl und eine Sünde.

Sie waren im Begriff, in das Atomkraftwerk bei Sellafield einzubrechen. Das ist absolut *hirnverbrannt.*

Man muß sagen, daß einer der fünf Dämonen die Sache wesentlich gelassener nahm als seine Kollegen. Als Chardonay wieder zu sich gekommen war und Prodsnap ihm eröffnet hatte, daß eine Meuterei stattgefunden habe und er jetzt mit *Hauptmann* Prodsnap spreche, hatte er das mit Erstaunen, vor allem aber mit Entzücken zur Kenntnis genommen, einem Entzücken, das anhielt. Er brauchte keine Entscheidungen mehr zu treffen. Er war den anderen Mitgliedern des Teams keine Rechenschaft mehr schuldig. Niemand konnte ihn mehr verantwortlich machen für Dinge wie das Wetter, die Stellung des Mondes zum Merkur oder die Schlacht von Salamis.

Die anderen vier waren nicht ganz so vergnügt.

»Hört auf rumzujammern!« sagte Prodsnap mit scharfer Stimme. »Ihr müßt euch vor nichts fürchten. Ihr werdet euch wie zu Hause fühlen. Die einzige Gefahr sehe ich darin, daß es euch allen so gefallen wird, daß ihr gar nicht mehr wegwollt.«

Seine Gefolgsleute wechselten Blicke. Die Stimmung der Anwesenden war so, daß er, wenn er gerade einen Fernkurs in dynamischen Führungstechniken absolviert hätte, sein Geld zu Recht hätte zurückverlangen können.

»Geh noch mal alles durch«, verlangte Slitgrind. »Nu mach schon.«

»Ich habe es bereits fünfmal erklärt.«

»Da habe ich nicht zugehört.«

Prodsnap seufzte. »Okay«, sagte er. »Also spitzt die Ohren, Leute.« Den Ausdruck hatte er irgendwo gehört – möglicherweise in dem extrem unangenehmen Teil der Hölle, der für Europäer reserviert war, die versuchen, American Football zu spielen – und meinte, daß er einen Versuch wert sein mochte. Im Moment war *alles* einen Versuch wert. »Um nach Hause zu kommen, brauchen wir auf jeden Fall dieses Uran, richtig?«

»Diese Sache ist uns ziemlich klar«, warf Chardonay mit sanfter Stimme ein. »Ich glaube, es ist der Einbruch als solcher, der uns allen noch ein bißchen Kopfzerbrechen bereitet.«

Dann zerbrich ihn dir, bis er in Stücke fällt, dachte Prodsnap wütend. »Was ist daran so schwer zu verstehen?« entgegnete er, indem er seine Verachtung für die geringfügigen Probleme, denen sie gegenüberstanden, durch eine lässige Geste ausdrückte. »Wir schneiden den Draht durch, treten die Türen ein, gehen rein, bedienen uns. Das würde selbst der rosarote Panther schaffen. Also dann, Slitgrind, du hast die Drahtschere. Snorkfrod, du bist für die groben Arbeiten zuständig. Holdall, du bist der Kleinste, du kletterst durch das Fenster des Hauptbüros rein und klaust die Schlüssel. Chardonay, du gehst in die Fusionskammer und holst das Zeug raus ...«

»Zu Befehl, Boß.«

»Bei allem, was mies und fies ist, Chardonay, was machst du denn da?«

»Ich salutiere, Boß.«

»Du willst mich wohl ...?«

Chardonay hörte sich ernsthaft gekränkt an. »Nein, Boß. Du sollst wissen, daß ich da drinnen mein Bestes tun werde, was immer auch geschieht. Sir«, fügte er hinzu.

Prodsnap schauderte es. »Danach geht es dann bloß noch darum, Reißaus zu nehmen. Wenn wir getrennt werden, treffen wir uns alle am Wohnmobil wieder. Alles klar soweit? Großartig. Slitgrind, der Draht.«

Schnipp, schnipp. Die Alarmanlage ging los.

»Oh.« Prodsnaps Gesichtszüge sackten nach unten wie ein betrunkener Trapezkünstler. »Das ist bedauerlich. Ähm ...«

»Sir.«

»Jetzt nicht, bitte ...«

»Sir«, fuhr Chardonay hartnäckig fort, »ich würde mich gern freiwillig zur Verfügung stellen, um die Alarmanlage ausfindig und funktionsunfähig zu machen. Ich wäre auch total begeistert, wenn ich die Wachtposten, die vielleicht zum Ort des Geschehens eilen, beschleichen und ausschalten dürfte. Wenn du nichts dagegen hast.«

Prodsnap spürte, wie er eine seiner Migränen bekam. »Ja, okay«, sagte er. »Wie du ...«

Aber Chardonay war gar nicht mehr da. Er hatte bereits den Zaun überklettert – der war zwar elektrisch geladen, doch für einen Dämon ist der Unterschied zwischen einem elektrisch geladenen Zaun und einem ohne Strom genauso groß wie der zwischen Thermalwäsche und normaler Unterwäsche – und befand sich im Innern der Anlage. Was ihn selbst betraf, so sah er jetzt einen kleinen Silberstreifen am Horizont.

»Den wären wir also los«, stellte Prodsnap fest. »Snorkfrod, würde es dir etwas ausmachen, schnell mal nachzusehen, ob er zurechtkommt? Na bestens, bis später dann.«

Während Snorkfrods netzbestrumpftes Bein über den Zaun verschwand, zählte Prodsnap bis fünf und rieb sich die Klauen.

»Sieht so aus, als wären wir beide losgeworden«, sagte er munter. »Kommt, Jungs, wir haben was zu erledigen.«

Slitgrind runzelte die Stirn. »Wo gehen wir denn hin?«

»Zum Vordereingang natürlich. Na los, Leute, bewegt euch!«

Das Haupttor der Anlage wurde von drei kräftigen Männern und zwei Rottweilern bewacht. Die Hunde stellten kein Problem dar – in der Hölle hätten sie den Status von Schoßhündchen gehabt. Bei den Wachtposten mußte man wahrscheinlich einige Kniffe anwenden.

»Entschuldigen Sie, bitte.«

Der Kopf des Wachtpostens fuhr herum. »Halt!« bellte er. »Wer da …?«

»Entschuldigen Sie, bitte«, wiederholte die Stimme aus der Dunkelheit. »Ich komme jetzt zu Ihnen. Tun Sie nichts Übereiltes, ich möchte Ihnen nur rasch etwas sagen.«

Lächelnd kam Prodsnap näher. Als er im Scheinwerferlicht stand, gab der Wachtposten ein seltsam röchelndes Geräusch von sich und wich zurück.

»N Abend«, fuhr Prodsnap fort. »Sie können mich doch gut sehen, wie?«

»Was zum Geier …?«

Prodsnap nickte. »Ich weiß«, sagte er. »Ein Ölgemälde bin ich nicht gerade, was? Eher ein bißchen bizarr.«

Der Wachtposten hatte seinen Körper gerade noch soweit unter Kontrolle, daß er es fertigbrachte zu nicken.

Prodsnap streckte die Hand aus, die der Wachtposten aber nicht ergriff.

»Überlegen Sie doch bitte«, sagte Prodsnap, »was Sie Ihrem Sergeant erzählen werden, wenn Sie diesen Vorfall melden. Denken Sie mal darüber nach.«

Das tat der Wachtposten bereits.

»Ich kann mir zum Beispiel gut vorstellen«, fuhr Prodsnap fort, »wie Sie an die Tür des Dienstzimmers klopfen. ›Was gibt's?‹ fragt der Sergeant. ›Sergeant‹, antworten Sie, ›in der Anlage wimmelt es von gräßlichen Teufeln.‹« Um der Wirkung willen machte Prodsnap eine Pause. »Ist der Karriere nicht gerade förderlich, wenn man im Ruf steht, Halluzinationen zu haben, nicht wahr? Wir beide wissen zwar, daß Sie sich das alles nicht einbilden, aber ...«

»Sie können passieren.«

Sehr viel weiter brachte Prodsnaps Plan ihn jedoch nicht. Irgendwie hatte er gedacht, daß es kein großes Problem darstellen würde, das Uran zu finden, wenn er erst mal im Innern der Anlage war. Er wußte zwar nicht, was er eigentlich erwartet hatte – ein strahlendes Leuchten? Wegweiser, auf denen stand *Zum Kernreaktor*? –, aber irgend etwas hatte er erwartet. Was er vorfand, war eine Anlage, die zweifellos nicht größer als Manchester war.

»Mist«, sagte er.

Weil die Sirenen immer noch wie verrückt heulten, waren nicht sehr viele Leute zu sehen. Ein paar gehetzt wirkende Typen rannten umher, sprangen in Fahrzeuge und wieder heraus und brüllten Befehle in ihre Sprechfunkgeräte; andere spazierten gemächlich durch die Gegend und hakten auf ihren Manuskripthaltern etwas ab. Einige Männer in Overalls waren gerade dabei, Fensterrahmen mit Kreosot zu bestreichen. Vier Männer in Anzügen aßen Sandwiches, die sie Brotbüchsen aus Plastik entnahmen. Von Uran war nirgendwo etwas zu sehen.

Nun ja, da gab es nur eine Möglichkeit, es herauszufinden. »Entschuldigen Sie, bitte.«

Ein große, magere junge Frau mit riesigen Schulterpolstern, die entweder einen sehr kurzen Rock oder einen breiteren Gürtel trug (genau ließ sich das nicht sagen), drehte den Kopf zur Seite, stutzte und sagte »Huch!« Prodsnap trat einen Schritt näher, beschloß klugerweise, nicht zu lächeln, und sagte statt dessen »Hei.«

»Ähm. Hei.«

»Ob Sie uns wohl helfen könnten?« fuhr Prodsnap fort. »Wir suchen den, äh, Reaktorkern. Wissen Sie zufällig, wo …«

Die junge Frau, deren Augen so groß wie Melonen waren, wich zurück. »Den Reaktorkern«, wiederholte sie.

»Ganz recht.« Prodsnap ließ seiner Phantasie freien Lauf. »Wir sind nämlich die Prüfer. Sie haben ja sicher den Anschlag gesehen, oder?«

»Ich glaube nicht, daß … Prüfer?«

Prodsnap nickte. »Sie glauben doch wohl nicht, daß wir schon so *geboren* wurden, wie?« sagte er in einem Ton, der zu verstehen gab, daß weitere Reaktionen auf die äußere Erscheinung nicht korrekt wären, da man die Gebrechen von Behinderten nicht angaffte. Ein guter Trick; eine Mikrosekunde später hätte man schwören können, daß der jungen Frau an ihrem Aussehen nichts Ungewöhnliches aufgefallen war. »Jedenfalls sollte uns hier jemand abholen«, fuhr Prodsnap fort, »aber da ist wohl etwas schiefgegangen …«

»Also ich arbeite bloß in der Buchhaltung«, sagte die junge Frau, »ich weiß gar nicht, wo der, äh …«

Prodsnap zuckte die Achseln. »Macht nichts«, sagte er, »jedenfalls schönen Dank. Eine Karte oder so was gibt es wohl nicht, wie?«

Die junge Frau dachte kurz nach. »Na ja«, sagte sie, »Sie könnten ja mal im Besuchercenter nachfragen. Wo sie die ganzen Sachen für Touristen haben, wissen Sie. Es ist gleich da drüben, neben dem Andenkenladen.«

Es war Holdalls Einfall, einen Lieferwagen zu stehlen.

Der erste, den sie fanden, war eine mobile Kantine mit Teemaschinen, in Zellophan eingewickelten Sandwiches, KitKat-Packungen und Beuteln mit Knabberzeug. Slitgrind parkte ihn mit laufendem Motor vor dem Besuchercenter, während Prodsnap hineinging. Im hinteren Teil des Wagens hatte er einen Mantel und eine Schiebermütze gefunden; das war zwar so, als klebe man Heftpflaster auf ein abgetrenntes Glied, aber mehr konnte er nicht tun.

»Entschuldigen Sie, bitte …«

»Huch!«

Prodsnap fühlte sich plötzlich sehr müde. Sein Kopf war leer. Das einzige, was ihm einfiel, war die direkte Methode. Nur die eine Frau hinter dem Tresen. Er räusperte sich.

»Ja«, sagte er, »Sie haben's erfaßt. Ich bin ein Teufel aus der Hölle. Mein Name ist Prodsnap, und obwohl ich in der Hölle lebe, bin ich nur ein kleiner Angestellter im Lohnbüro. Im Moment habe ich Urlaub und bin nicht im Dienst. Finden Sie irgend etwas davon nicht korrekt?«

»N-nein.« Die Frau schien vor Angst erstarrt zu sein. Hatte sie auf einen versteckten Summer oder einen Alarmknopf gedrückt? Nun, das würde sich erst nach einiger Zeit herausstellen. »Womit kann ich Ihnen d-dienen?«

»Ich hätte gern eine Karte der Anlage. Gibt es eine Führung oder so was?«

Die Frau sah ihn an. Hatte, so erkundigte sie sich, das Reisebüro, das seine Tour organisiert hatte, sich nicht um das alles gekümmert? Sie holte eine Liste hervor. Zu welcher Gruppe gehöre er noch mal?

Ach, zum Himmel damit. »Hören Sie, Schätzchen«, knurrte Prodsnap, »wir sind nicht ausschließlich aus touristischen Gründen hier.«

»Nein?«

Prodsnap schüttelte den Kopf. »Sondern um zu klauen«, sagte er. »Verraten Sie mir, wo das Uran ist, dann ist alles …«

»Huuuch!« Schon wieder Alarm, Sirenen, der ganze Mist. Paranoid waren die alle. Man braucht bloß zu sagen, daß man ihr Uran stibitzen will, und gleich dreht alles durch.

»Danke«, sagte Prodsnap, »Sie haben mir sehr geholfen.« Er wollte gerade losrennen, als ihm ein Gedanke kam. Er verlangsamte seinen Schritt, schlenderte lässig nach draußen und lehnte sich gegen die Seite des Lieferwagens, wobei er versuchte, wie eine Horrorausgabe von Maurice Chevalier auszusehen.

»Herrgott noch mal«, zischte Slitgrind, »was machst du denn da? Hörst du nicht die ...?«

Prodsnap nickte. »Gleich werden die Sicherheitskräfte auftauchen«, antwortete er. »Die müssen wissen, wo der Reaktorkern ist. Wir werden sie fragen.«

»Aber ...«

»Wer, meinst du, wird wohl mehr Angst haben? Wir vor denen oder die vor uns?«

Wie zu erwarten, trudelten die Sicherheitskräfte ein. Ungefähr fünfzig waren es, bis an die Zähne bewaffnet und ausgesprochen ängstlich wirkend. Als Abwehrmittel gegen alle ihre Waffen setzte Prodsnap ein Lächeln ein, das er vorher ein- oder zweimal im Seitenspiegel des Lieferwagens geprobt hatte. Er ging auf den zu, der am grimmigsten wirkte, sagte »Darf ich?«, nahm ihm die Pistole aus der Hand und aß sie.

»Mein Name ist Prodsnap«, sagte er. Er machte eine ausholende Geste mit der Klaue. »Das ist Slitgrind, und das ist Holdall. Wir kommen aus der Hölle. Könnten Sie uns wohl bitte dahin bringen, wo das Uran aufbewahrt wird? Tut mir leid, Sie so zu drängen, aber wir haben es ziemlich eilig.«

»Feuer!«

Prodsnap schloß die Augen. Hatte keinen Sinn zu erwarten, daß er jetzt ausgewählte Glanzpunkte seines vergangenen Lebens sähe, weil dafür keine Zeit war. Müßig fragte er sich, ob das, was ihm gleich widerfahren würde, der Tod oder bloß ein extrem rascher Übertritt in eine andere Dimension sein würde.

Nichts geschah. Das Tausendstel einer Sekunde wurde zu einem Hundertstel, das Hundertstel zu einem Zehntel. Das ist das Blöde bei Fernreisen, dachte er, dieses ganze Herumstehen und Warten.

Gerade als das Gewehrfeuer einsetzte, öffnete er die Augen. Wird ja auch langsam Zeit, murmelte er. Dann wurde ihm klar, daß ja gar keiner auf ihn schoß.

Sie schossen nach oben, auf den Drachen.

Als Mike und Bianca das Polizeirevier endlich wieder verlassen konnten, war es inzwischen Mittag geworden. Da es sonst nichts gab, was sie an Nützlichem hätten tun können, beschlossen sie, indisch essen zu gehen.

»Alles in allem«, sagte Mike, als die Pappads gekommen waren, »kann ich nicht behaupten, daß mir das alles sehr viel ausmacht. Meinen alten Körper habe ich eigentlich nie sonderlich gemocht. Von dem neuen bin ich zwar nicht gerade hingerissen, aber eine Abwechslung ist so gut wie Urlaub. Schließlich könnte die Sache wesentlich schlimmer sein.«

Bianca nickte. »Schön, daß du es so siehst«, antwortete sie. »Können die sich nicht ein bißchen beeilen, ich habe einen Bärenhunger.«

»Wenn du willst, kannst du das letzte Pappad haben.«

»Danke.« Sie bediente sich. »Kann mich überhaupt nicht erinnern«, fuhr sie fort, »wann ich zum letztenmal eine richtige Mahlzeit zu mir genommen habe. Bringt einem völlig den Stoffwechsel durcheinander, wenn man sich dauernd mit dem Übernatürlichen befaßt.«

Mike zuckte die Achseln. »Ich kann nicht klagen«, erwiderte er. »Der heilige Georg muß erst vor kurzem was gegessen haben. Ich bin ihm zwar nur kurz begegnet und auch noch unter merkwürdigen Umständen, aber ich kann mir gut vorstellen, daß er nicht zu den Leuten gehört, die ihre Kalorienzufuhr vernachlässigen.«

»Stimmt.« Bianca stippte das letzte Stückchen Pappad in das Mango-Chutney. »Fühlst du dich komisch?« fragte sie. Mike nickte.

»Ein bißchen«, antwortete er. »Die Arme sind ein wenig kurz, und der Bauchumfang tendiert zu einer gewissen Fülle. Doch wie meine Mutti immer sagte, als ich klein war, ich werde wohl noch hineinwachsen.«

»Könnte wirklich nicht sagen, daß er dir steht. Obwohl der alte das auch nicht tat.«

»So bin ich nun mal. Ich mache die Mode, ich folge ihr nicht. Wart's nur ab. In sechs Monaten will jeder so aussehen.«

»Ich kannte mal ein Mädchen, das sich die Nase operieren ließ. Von einem Schönheitschirurgen, weißt du. Wie sie sagte, hatte sie danach eine Identitätskrise. Na, wenn ich zehntausend Pfund geblecht hätte, um wie ein Papagei auszusehen, würde ich mir wahrscheinlich auch allerlei knifflige Fragen stellen.«

Das Essen kam. »Das ist überhaupt 'ne Idee«, sagte Mike. »Wenn wir genau rausfinden könnten, wie diese Sache mit den Körpern und den Statuen funktioniert, könnten wir ein Schweinegeld damit machen.«

»Das Wort *wir* ist in diesem Zusammenhang …«

»Wär doch irre«, fuhr Mike fort. »Verstehst du: Für eine bescheidene Gebühr können auch Sie den Körper eines jungen griechischen Gottes haben. Zum Teufel mit dem Verschönern von Nasen, wir sprechen hier von völliger körperlicher Umgestaltung. Hast du eine Ahnung, wie hoch in einem durchschnittlichen Jahr die Gesamteinnahmen der Schlankheitsmittelindustrie sind?«

»Mike …«

»Ganz zu schweigen vom Aspekt der persönlichen Gesundheitspflege. Ist Ihr Körper schrottreif, verliert er Öl, springt er morgens schwer an? Dann rangieren Sie ihn aus, und besorgen Sie sich einen neuen.«

»Mike«, sagte Bianca, »was sollen wir denn jetzt bloß machen, verdammt noch mal?«

»In puncto Drache meinst du?« entgegnete Mike. »Und Sankt Georg und des Gefüges der Wirklichkeit, wie wir es zu kennen meinten? Wer sagt denn, daß wir irgend etwas machen müssen?«

»Ich.«

»Bianca.« Mike tat sein möglichstes, um ernst dreinzublicken, obwohl er nicht genau wußte, wie er das in dem neuen Körper anzustellen hatte; er hatte sozusagen noch nicht herausgefunden, welcher Hebel für die Blinker und welcher für die Scheibenwischer zuständig war. »Ich glaube nicht, daß das Ganze so funktioniert. Leute wie wir sollten sich in solche Sachen nicht einmischen. Den Planeten zu retten, ist nicht unsere Aufgabe. Sammeln Sie drei gerettete Welten, und Sie bekommen *keinen* Gratisradiowecker.«

»Trotzdem.«

Mike versuchte es auf andere Weise. »Und außerdem«, sagte er, »selbst wenn du imstande wärst, irgendwie irgendwas zu tun, woher zum Teufel willst du wissen, was das Richtige ist? Ich nehme jedenfalls an«, fügte er hinzu, »daß du darauf bestündest, langweilig konventionell zu sein und das Richtige zu tun.«

»Selbstverständlich. Ach, nun komm, Mike, benutz mal deinen gesunden Menschenverstand. Es liegt doch auf der Hand, wer im Recht und wer im Unrecht war.«

»Tatsächlich?« Mike machte sich den hohen Grad an dramatischer Spannung zunutze, um etwas von Biancas Nan-Brot zu stibitzen. »Dann laß mal hören.«

Bianca runzelte die Stirn. »Na, der Drache natürlich. Ist doch wohl klar.«

»Meinst du?«

»Mike, dieser Mistkerl Georg hat deinen Körper gestohlen. Meine Statue. Er hat versucht, dich zu töten.«

»Und dem anderen Arschloch ist es gelungen, mich zu töten. Oder hast du das vergessen?«

»Aber das war ein Versehen!«

Jetzt war es an Mike, die Stirn zu runzeln. »Sechzehn

Leute, Bianca, einer davon ich. Na schön, es war nicht absichtlich, aber ich glaube nicht, daß es dem Scheißkerl sonderlich viel ausmachte.«

»Aber Georg hat alle Drachen getötet«, protestierte Bianca. »Das war Völkermord. Das waren unschuldige Leute ...«

»Nicht *Leute*. Nur Menschen sind Leute. Unschuldige Tiere.«

»Okay, okay. Aber sie hatten ihm nie etwas zuleide getan, und er hat sie getötet.«

»Schmeckt dein Lamm? Mein Hühnchen ist lecker.«

»Das ist was *anderes*.«

Mike zuckte die Achseln. »Wie du meinst. Sieh mal, ich sage ja auch nicht, daß Georg der Gute ist. Natürlich ist er nicht der Gute. Ich sage nur, daß die ganze Sache nicht gerade einfach und unkompliziert ist. Vor allem ist sie nicht so beschaffen, daß man bei seiner Entscheidung danach gehen kann, welcher der Kontrahenten knuddliger ist und die schönsten Augen hat.« Mike machte eine Pause, teils um der Wirkung willen, hauptsächlich aber weil sein Essen kalt wurde und er bestimmte Prioritäten setzte. »Die äußere Erscheinung zählt hier einen Dreck. Besonders«, fügte er hinzu, »weil du sie ja selbst erschaffen hast.«

Darüber dachte Bianca einen Moment lang nach. »Trotzdem ist das der springende Punkt«, sagte sie. »Ganz sicher. Ich meine, wenn irgend jemand diese Typen *kennt*, dann doch wohl ich. Ich habe sie entworfen. Ich habe sie so gemacht, wie ich sie haben wollte. Und im tiefsten Innern habe ich wohl immer angenommen, daß der Drache irgendwie der Gute ist. Ich glaube, so habe ich ihn auch gemeißelt.«

»Schön dumm von dir. Ißt du noch was von den Linsen? Ich bin doch hungriger, als ich dachte.«

»Mike«, sagte Bianca, »ich kann es nicht erklären, ich *weiß* es einfach.«

»Das hab ich auch immer bei Prüfungen gesagt, obwohl es mir keiner geglaubt hat. Und ich wußte es auch«, setzte er hinzu. »Meistens weil ich die Antworten auf meine Manschette geschrieben hatte.«

»Mike ...«

»Das ist eigentlich erstaunlich tiefgründig«, fuhr er fort. »Verstehst du, meine Antworten waren richtig, zählten aber nicht, weil ich gemogelt hatte. Dasselbe gilt«, fügte er mit vollem Mund hinzu, »fürs Leben und alles andere.«

Bianca schwieg. Ihr schien der Appetit vergangen zu sein, und Mike aß ihren Pulao-Reis auf. Es sei ein Verbrechen, erklärte er, gutes Essen umkommen zu lassen.

»Na schön«, sagte sie schließlich. »Was sollten wir deiner Meinung nach also tun?«

»Kaffee bestellen.«

»In Ordnung. Und dann?«

»Das werde ich dir sagen, wenn ich Kaffee getrunken habe.«

»Mike ...«

Er lehnte sich auf seinem Stuhl zurück. »Halt die Klappe, Bia«, sagte er.

Der Drache stieß herab.

Er roch das Uran; es war ein unangenehmer, chemischer Geruch, der einen üblen Nachgeschmack im Mund zurückließ. Und er roch Dämonen.

Und dann sah er sie auch. Um sie herum standen lauter Menschen, was ärgerlich war, weil er von denen wirklich nicht noch mehr töten wollte. Es war eben ein Unterschied, ob man sich im hohen Gras an einen menschenfressenden Löwen heranpirschte oder ob man einen nichtsahnenden Igel überfuhr.

Wo gehobelt wird, sagte er sich, fallen nun mal Späne.

Etwas wie Hagel oder Graupel prallte von seinen Schuppen ab, und er begriff, daß die Menschen auf ihn schossen. Eine sagenhafte Frechheit. Wenn sie sich nicht vorsahen, konnten sie ihm ein Auge ausschießen. Er spreizte die Flügel, stieg auf, flog eine Kurve und stieß wieder hinab, diesmal schneller und steiler, so daß er zu einem sehr schwer zu treffenden Ziel wurde. Er wußte Bescheid, denn er hatte genug Übung gehabt.

»Snorkfrod«, wandte Chardonay ein, »wenn du das machst, machst du ihn kaputt. *Bitte* laß ihn los.«

Die Teufelin zog ein finsteres Gesicht. »Er hat mit einem Gewehr auf dich gezielt. Ich werde ihm den ...«

»Nein, wirst du nicht. Ich bin für alle Schäden verantwortlich. Was du mit dem Zaun angerichtet hast, ist schon schlimm genug.«

»Na schön.« Der Wachtposten fiel aus einer Höhe von zwei Fuß zu Boden, strampelte wie ein umgekippter Käfer und rannte davon. »Ich liebe es, wenn du so herrisch bist, Mister C«, gurrte die Teufelin. »Dann erinnerst du mich ganz stark an Kevin Costner.« Chardonay wußte zwar nicht, wer Kevin Costner war, hoffte aber aufrichtig, daß er nicht prozeßsüchtig war. »Gut«, sagte er, »ich glaube, wir sollten lieber zum Wohnmobil zurückkehrenen, denn hier kommen wir offensichtlich ...«

»Mister C.«

»Ich weiß.« Chardonay, der sich mit dem Gesicht nach unten zu Boden geworfen hatte, rappelte sich wieder hoch und starrte auf die riesige Gestalt, die mit Hochgeschwindigkeit über den Himmel fegte. »Das ist er. Dieser Mistkerl ...«

»Soll ich ihn erledigen, Mister C?«

Der Ausdruck in ihrem Gesicht – eifrig und wie elektrisiert angesichts der Chance, etwas tun zu können, um ihn zu beeindrucken und ihm zu gefallen – brach einem fast das Herz. Ihm war klar, daß sie es auch tun würde, er brauchte bloß ja zu sagen. Und vielleicht hätte sie sogar Erfolg. Wenn nicht, dann läge es nicht daran, daß es ihr an Brutalität und Wildheit mangelte. Doch er konnte es nicht zulassen. Der Geist war ausreichend psychotisch, aber das Fleisch war schwach. Sie hätte keine Chance gehabt.

»Red keinen Stuß. Und leg dich hin, bevor er dich sieht.«

»Aber gern, Mister C.«

»Nicht auf mich, bitte. So kriege ich keine Luft.«

»Ist das besser?«

»So kriege ich zwar Luft, aber würde es dir wohl was ausmachen ...?«

Der Luftsog, der entstand, als der Drache über sie hinwegflog, traf sie wie ein Hammerschlag, und Chardonay erkannte zum erstenmal die außerordentliche Kraft und Stärke des vermaledeiten Wesens. Um mit dem fertig zu werden, wären wesentlich mehr erforderlich als bloß sie fünf. Selbst wenn die ganze Abteilung gegen ihn anträte, stünde der Ausgang nicht von vornherein fest. Man konnte ganz einfach nicht abschätzen, wie stark das Ungeheuer war, es sei denn, man ließe sich auf einen Kampf mit ihm ein. Das war ungefähr so, als sage man, es gebe eine simple Methode herauszufinden, aus welcher Höhe man eine Porzellanvase fallen lassen kann, bevor sie kaputtgeht.

»Zum Himmel damit«, sagte Chardonay. »Laß uns von hier ...«

Der Drache stieß herab.

Zumindest drei von ihnen. Die anderen beiden waren sicher irgendwo in der Nähe. Außerdem, überlegte er, habe ich das Gefühl, daß sich ein Punktzielangriff mehr oder weniger erübrigt, wenn ich mein Feuerwerk allzu nahe an diesem Uranzeug abbrenne.

Hmm. Schade drum. Es ist vielleicht nicht das schönste Land der Welt, aber ich kann verstehen, daß man es leicht ins Herz schließt.

Wo gehobelt wird, mein Junge, da fallen Späne. Er visierte sein Ziel an und klappte die Flügel zurück. Die Soldaten ließen ihre Waffen fallen und nahmen Reißaus; die Dämonen blieben aus irgendeinem Grunde auf der Stelle stehen.

»Ihr könnt mir's glauben«, schrie Prodsnap, »er weiß, daß er es riskiert, das Atomkraftwerk in die Luft zu jagen, wenn er hier Feuer speit, und das hieße dann: Ade, Europa! Das wird er nicht tun.«

»Meinst du?«

»Klar.« Prodsnap schloß die Augen. »Er ist ja der Gute.«

»Wie hast du denn das rausgekriegt?«

»Ganz einfach. Georg hat versucht, ihn zu töten, und es nicht geschafft. Das spricht für sich selbst. Deshalb brauchen wir uns jetzt nur ganz ruhig zu verhalten, dann wird der Armleuchter abdrehen und wegfliegen.«

»Kannst du uns das garantieren?«

Prodsnap nickte. »Ihr könnt mir's glauben.«

Job erledigt.

Der Drache ging wieder in die Kurve. Wo die drei Dämonen gestanden hatten, befanden sich jetzt bloß noch ein großer versengter Fleck und ein bißchen geschmolzenes Gestein. Und ein Atomreaktor, bei dem ganz entschieden einiges schieflief.

Schade drum.

Na, egal.

Wo gehobelt wird ...

SECHZEHNTES KAPITEL

Oh«, sagte Chardonay.

»Wenigstens hat er uns nicht gesehen«, meinte Snorkfrod, die hinter einem Stapel ausrangierter Reifen hervorkam. »Ein Glück, denn wenn er uns gesehen hätte, wären wir jetzt ...«

»Ja. Genau.« Merkwürdig, dachte er. Angesichts der Tatsache, daß er jetzt ein naturalisierter Einwohner der Hölle war, hätte er nicht erwartet, daß der Anblick von Feuer ihn je wieder erschrecken würde. War eigentlich richtig nostalgisch.

»Mister C.«

»Na?«

»Ich will dich ja nicht beunruhigen, aber ich glaube, diese ganze Anlage wird gleich in die Luft fliegen.«

Wie kommt es, schoß es Chardonay durch den Kopf, daß die Menschen, immer wenn eine wirklich ernste Krise eintritt, solche gräßlichen, schrillen Alarmsignale auslösen? Ist das als stimmungsvolle Musik gedacht? Als psychologische Klangberieselung? Selbst jetzt, da der Himmel brodelte und die Hitzewellen so stark waren, daß man darin hätte Kuchen backen können, eilten immer noch Menschen mit Manuskripthaltern und Aktendeckeln umher und redeten sich ein, das sei alles nur eine Übung. Warum schuften wir uns ab, um diese Leute zu quälen und zu peinigen? Das schaffen die ja viel besser, wenn man sie sich selbst überläßt.

»Wir sollten lieber verschwinden, Mister C«, drängte Snorkfrod. »Nun *komm* schon!«

Sie versuchte, ihn am Ärmel zu ziehen, aber er riß sich los. »Nein«, sagte er. Dann blickte er sich um und hielt nach dem klugscheißerischen Bauchredner Ausschau, der seinen Körper gerade für diese hirnverbrannte Bemerkung mißbraucht hatte. »Nein, wir können nicht einfach weglaufen. Wir müssen die Katastrophe verhindern. Das ist unsere *Pflicht*.«

Snorkfrods Augen waren so groß und rund wie Gullydeckel. »Mister C«, zischte sie, »diese ganze Anlage, dieses ganze *Land* wird gleich in die Luft fliegen. Wir können nichts tun. Wir werden ...«

»Doch, gibt es. Muß es geben.«

Snorkfrods Klauen krallten sich in seine Schulter und rissen sie beinahe ab. »Sei doch nicht so saublöde!« kreischte sie. »Wir sind Dämonen, wir sind aus der *Hölle*, verdammt noch mal, dafür sind wir nicht verantwortlich.«

»Doch, sind wir.« Vorsichtig löste Chardonay ihre Klauen von seiner Schulter. »Wir sind Beamte der Zentralverwaltung. Und wir sind jetzt hier, am Ort des Geschehens«, hörte er sich sagen; andernfalls hätte er nie geglaubt, etwas Derartiges von sich geben zu können. Das war der nackte ...

»Na gut, Mister C. Was können wir tun?«

Er starrte sie an. Lag es an seinen Führungsqualitäten? War es Liebe? Waren sie beide mit dem Klammersack gepudert? Sie lächelte ihm zu. Gute Güte, das war so, als würde einem ein dußliger großer Hund auf Schritt und Tritt folgen. Wenn sie eine Leine im Mund gehabt hätte, hätte das in keiner Weise deplaziert gewirkt.

»Willst du wirklich mitmachen?« fragte er.

»Natürlich will ich das, Mister C. Wo du hingehst, da geh ich auch hin.«

Wenn das so ist, dachte Chardonay, geschieht es der blöden Kuh recht.

»Ähm«, sagte er. »Okay. Ja. Äh, dann folg mir.«

Von sicher auf kritisch in viereinhalb Minuten; zu schnell. Selbst beim direkten Treffer einer Interkontinentalrakete wäre wohl alles nicht so rasch gegangen. Es gab absolut nichts, was man hätte tun können. Selbst Wegrennen wäre reine Energieverschwendung gewesen.

Noch zwei Minuten.

Chardonays Instinkt sagte ihm, sich an der Hitze zu orientieren; da, wo es am heißesten war, würde der Kern des Problems stecken. Hitze als solche machte ihm überhaupt nichts aus ...

... bloß daß dies hier nicht mehr als Hitze zu bezeichnen war. Die Buchhalter seiner Firma würden aus den Nervenzusammenbrüchen gar nicht mehr rauskommen, wenn es unten bei ihnen irgendwo so heiß wäre. *Stell die Heizung kleiner*, würden sie kreischen, *hast du eine Ahnung, wie hoch die Brennstoffrechnung für das letzte Vierteljahr war?*

»Gehen wir in die richtige Richtung, Mister C?«

»Es wird zweifellos immer wärmer. Du liebe Zeit, wie kann es nur so heiß werden?«

Achtundneunzig Sekunden später warf sich Snorkfrod mit der Schulter gegen eine massive, bleigesäumte Tür aus Chromstahl. Als sie dagegenprallte, stellte sie fest, daß die Tür glühendheiß und *weich* war ...

»Geschafft!« Chardonay blinzelte und merkte, daß er wegsehen mußte. »O Scheiße, und was jetzt?«

Noch siebzehn Sekunden. Chardonays Gehirn arbeitete auf Hochtouren und stellte komplizierte mathematische Berechnungen an, zu denen er sich nie für fähig gehalten hätte, die aber sowieso zwecklos waren. Nur eins konnte möglicherweise noch funktionieren, und da sie ohnehin schon so gut wie tot waren, warum Zeit mit nutzlosen Berechnungen verschwenden?

Chardonay wandte sich Snorkfrod zu, die hellorange leuchtete. Ihr Gesicht drückte teils Entsetzen, teils Verzückung aus.

»Oh, Mister C«, sagte sie mit ihrer schwärmerischen,

übersüßten Schwarzwälderkirschtortenstimme (mit einer Extraportion Sahne). »Ist das alles nicht großartig? Ich meine, daß wir am Ende zusammen sind.«

Gott steh uns bei. Einen Moment lang fragte er sich, ob Snorkfrods unüberwindliche, schmalzige Tränenseligkeit vielleicht die einzige Sache in der ganzen Schöpfung sein mochte, die feucht genug war, um das Feuer zu löschen. Alles in allem wahrscheinlich nicht.

»Ich liebe dich, Mister C.«

»Äh, ja. Super. Also, wenn ich *jetzt* sage …«

Und in dem Moment, da die beiden sich auf den Reaktorkern warfen und unverzüglich in Atome zerkleinert wurden, ertappte sich Chardonay bei dem Gedanken: *Nun ja, wenn alles anders gekommen wäre …*

Wie nichts anderes bringt eine bizarre und totale Vernichtung bei den Leuten die romantische Ader zum Vorschein.

Chardonays letzte, wenn auch leider nutzlose Idee bestand darin, daß die stofflichen Körper von Dämonen das hitzebeständigste Material im ganzen bekannten Kosmos darstellen. Wenn man zwei Dämonen aufs Feuer wirft wie eine Asbestdecke über eine brennende Friteuse, hat man die ganz kleine Chance, es dadurch zu löschen.

Er irrte sich natürlich. Eine ganze Brigade von Gespensterkriegern hätte es vielleicht geschafft, wenn sie etwa achtzig Sekunden früher, bevor die Kernschmelze in ihre letzte Phase eintrat, mit dem Fallschirm auf der betreffenden Stelle gelandet wäre. Zwei kleine Teufel, die im letzten Moment daraufsprangen, waren so wirkungsvoll wie ein Eierbecher voll Wasser, den man in einen Hochofen schüttet.

Eine großartige Geste also, aber völlig nutzlos. Heroismus ist eine Sache, Physik eine andere. In dem Moment, da die beiden Dämonen sich ins Feuer warfen, hätte nur ein Wunder die endgültige Katastrophe verhindern können.

Definieren Sie mal den Begriff Wunder.

Es muß etwas GUTES sein – wer hätte je von einem BÖSEN Wunder gehört? Und es muß unmöglich sein, sonst zählt es nicht.

Folglich ist es etwas Schönes, das einfach nicht passieren kann, aber trotzdem passiert. Beispiele? Nun, wenn wir Steuerrückzahlungen einmal beiseite lassen, wie wäre es denn mit einem Atommeiler, der sich im allerletzten Moment plötzlich wieder abkühlt? Oder mit zwei Teufeln aus der Hölle, die ihr Leben opfern, um Millionen von unschuldigen Menschen zu retten?

Wunder geschehen durchaus, aber nur sehr, sehr selten; das ist, als ob ein absoluter Außenseiter plötzlich wie aus dem Nichts herangaloppiert und den klaren Favoriten schlägt. Man könnte einen ganz schönen Batzen Geld damit machen, auf Wunder zu wetten, vorausgesetzt, man weiß mit Bestimmtheit, daß sie passieren. Aber auch das wäre unmöglich. Hübsch, aber unmöglich.

Oder etwa nicht?

Unangenehme theologische Wahrheit Nummer 736: Hinter jedem Wunder steckt gewöhnlich ein ganzer Batzen Geld interessierter Kreise.

»Einfach so?« fragte Chubby.

Einfach so.

Chubby saß eine Weile still und ruhig da, um darüber nachzudenken, was das alles mit sich brachte. In dem Moment hätte er alles um ein einfaches Kreisdiagramm gegeben, auf dem zu sehen war, wieviel von seiner Seele er noch besaß. Nicht allzuviel, meinte er.

»Dazu brauchten wir also den Drachen«, sagte er. »Meine Güte, ich werde auf meine alten Tage wohl begriffsstutzig.«

Ach wo. Um die Sache überhaupt auszuhecken, war ein Genie erforderlich. Um sie auseinanderzuklamüsern, wäre ein Genie von fast gleichem Rang erforderlich. Mach dir keine allzu großen Vorwürfe, bloß weil du kein Genie bist.

Auf und ab zu gehen trug, wie Chubby feststellte, dazu bei, ein wenig von der überschüssigen Energie zu verbrennen, die seine Zirbeldrüse in sein System pumpte. »Ein Drache«, sagte er, »weil sonst niemand auf Erden verrückt, bösartig, dumm genug wäre, einen Atomreaktor abzufackeln und ein Land in die Luft zu jagen.«

Und selbst dann brauchte ich einen Vorwand, damit er nicht ahnte, was ich wirklich im Schilde führte. Deshalb habe ich ihn auf die Dämonen angesetzt. Ziemlich raffiniert, finde ich.

»Worauf du«, fuhr Chubby fort, »eine Supermegawette auf das Ergebnis abgeschlossen hast. Was für eine Quote hast du bekommen? Tausend zu eins?«

Glaubst du, ich würde mir all diese Mühe für eine Handvoll lumpigen Kleingelds machen? Nein, die Quote war sehr zufriedenstellend, danke der Nachfrage.

»Großartig. Ich mag Happy-Ends ja so sehr.« Chubby setzte sich hinter seinen Schreibtisch, zerbrach einen Bleistift und zermalmte die Teile mit der Ferse auf dem Teppich.

Noch etwas. Du bist gegen meinen alten Freund Fred ungerecht.

»Fred? Oh, tut mir leid, hab ich ganz vergessen.«

Du hast gesagt, er sei verrückt, bösartig, dumm. Fred ist nichts davon. Das ist der Fehler, den alle immer machen, wenn es um Drachen geht. Ich sollte das wohl wissen, ich bin schließlich selbst einer. Oder hast du das vergessen?

»Ich konnte es mir durchaus merken, besten Dank.«

Drachen … Es ist natürlich unmöglich, daß leuchtende grüne Wörter auf einem Bildschirm einen Gesichtsausdruck haben. Jeder Subtext muß vom Leser geliefert werden. In Chubbys Augen zumindest grinsten die Wörter auf dem Bildschirm.

Drachen ist das alles einfach völlig schnuppe, verstehst du.

Gut und Böse ist bloß was für Zweibeiner. Klar, ihr glaubt daran, so wie ihr an den Weihnachtsmann glaubt, wenn ihr klein seid. Wir glauben nicht daran, das ist alles. Wir wollen damit nichts sagen.

»Verstehe.«

Das bezweifele ich. Und weißt du was? Es ist mir auch schnurzegal.

Chubby starrte den Bildschirm lange ruhig und fest an. Er stellte fest, daß er das aus irgendeinem Grund fertigbrachte, ohne wegsehen zu wollen. Er suchte nach einer treffenden Bezeichnung und fand sie: außerirdisches Wesen.

Ich dachte, das sind kleine grüne Männer, denen Antennen aus den Ohren ragen.

Chubby schüttelte den Kopf. »Nee«, antwortete er. »Für kleine grüne Männer könnte man Sympathie entwickeln.«

»Hallo«, sagte Prodsnap, ohne aufzublicken. »Was hat euch denn aufgehalten?«

Chardonay setzte sich auf den Platz neben ihm. »Mußten den Planeten retten«, erwiderte er. »Hast du 'ne Ahnung, was für 'ne Laune der Alte hat?«

Prodsnap schüttelte den Kopf. »Hab ich ihn noch nicht rumbrüllen hören«, antwortete er. »Aber das ist nicht unbedingt ein gutes Zeichen.«

Die fünf Dämonen, mit behelfsmäßigen Körpern ausgestattet, die ihnen aus dem riesigen Weidenkorb zugeteilt worden waren, der inoffiziell als Kostümkiste bezeichnet wurde, saßen in einem zugigen Korridor vor einem Büro mit der Aufschrift *Personalmanager*. Darüber findet sich nichts in Dantes *Inferno*, hauptsächlich weil Dante immer gehofft hatte, eines Tages die Filmrechte verkaufen zu können, und deshalb bemüht war, die ganze Sache im wesentlichen optimistisch-beschwingt und nicht durch und durch düster zu gestalten. Die berühmte Inschrift übers Fahrenlassen der

Hoffnung war über dem Türsturz an die Wand genagelt.

Snorkfrod stieß Chardonay in die Rippen.

»Also, wir möchten, daß ihr es als erste erfahrt«, sagte Chardonay mit der ganzen Leidenschaft und Begeisterung, mit der ein Radiosprecher den Wetterbericht verliest. »Snorkfrod und ich sind verlobt.«

»Ach herrje.« Slitgrind verzog das Gesicht. »Du warst also schon drin, ja?«

»Wie bitte?«

Slitgrind nickte in Richtung Bürotür. »Das ist deine Strafe, nicht wahr, Char? Ich hab zwar immer gewußt, daß er ein rachsüchtiger Misttyp ist, aber … Hey, Prozza, paß doch auf, das war mein Schienbein.«

Prodsnap setzte ein albernes Grinsen auf. »Gratuliere«, krächzte er. »Ich hoffe, ihr werdet beide sehr …«

Die Tür öffnete sich. Eine höllische Sekretärin mit plumpem Kopf und Haifischmaul winkte sie herein.

»Er will Sie sehen«, sagte sie.

»Fred der Gent?« schlug Mister Kortright vor.

Nee. Völlig daneben.

»Ansichtssache. Na gut, dann Rocky Drachiano. Das gefällt mir. Das hat Klasse.«

Quatsch.

»Aureolenschorsch?« Die Stimme des Agenten klang leicht verzweifelt. Selbstzweifel machten Lin Kortright normalerweise nicht zu schaffen, ebensowenig wie Eskimos nachts wach liegen und sich Sorgen machen, weil sie Angst vor einem Hitzschlag haben. Dieser Klient jedoch brachte ihn völlig aus der Fassung.

Lin, das ist Müll. Nun mach schon, angeblich sollst du so was doch gut können.

»Kann ich auch.« Beinahe hätte er gesagt: *Konnte* ich auch. Mit dem Schweiß, der seinen Achselhöhlen entströmte, hätte man ganz Somalia bewässern können.

Klar kannst du das, Lin, klar. Also, der Austragungsort. Irgendwelche Fortschritte?

Kortright nickte, wobei ihm klar wurde, daß der Bildschirm keine Gesten sehen konnte (oder doch? Die Schwingungen, die von diesem Ding zu ihm gelangten, waren ausgesprochen ausgefallen. Wie sagte man in seinem Gewerbe doch so schön: Arbeite nie mit Computern oder Kindern zusammen). »Die Sache ist geritzt, Nosher«, antwortete er voller Zuversicht. »Alles geregelt.«

Geregelt? Oder hundertprozentig geregelt?

»Hundertprozentig. Ich habe einen Vertrag mit dem mongolischen Ministerium für Tourismus und Krieg abgeschlossen ...«

Für Tourismus und Krieg?

»Aus historischen Gründen, Nosher. Dschingis Chan. Du weißt doch, Erlebnisurlaub der ganz besonderen Art. Jedenfalls steht uns zwischen Mandalgovi und Dalandzadgad ein Gelände zur Verfügung, das eine Million Morgen groß ist, man wird uns ein Flugfeld anlegen ...«

Prima. Diese Dinge überlasse ich ganz dir. Was mich anbelangt, so brauchen wir eigentlich nur einen sehr großen flachen Platz mit einem Seil drum rum und zwei Ecken.

Kortrights Stirn legte sich in Falten. »Ecken?«

Ja. Du weißt schon – in der weißen Ecke haben wir Sankt Georg, den Vertreter des Guten, und in der schwarzen Ecke ...

»Ach so, klar. Kapiere. Darum kümmere ich mich, kein Problem. Also, die Cola-Konzession. Die Leute von Pepsi bieten inzwischen sechs Millionen, ich erwarte aber jede Minute ein Fax ...«

Ja, ja. Erledige das mal alles, Lin, sei so lieb. Tschüs solange.

Der Bildschirm in Mister Kortrights Büro wurde dunkel. In Chubbys Bunker (aus Stahlchronit, garantiert sicher, wenn er nicht gerade von einem Neutronenstern getroffen wurde) erhellte sich ein anderer Bildschirm.

Chubby.

»Was denn nun schon wieder?«

Nur ein paar Dinge. Transport ...

»Alles erledigt.« Chubby runzelte die Stirn. »Hast du eine Ahnung, wieviel ein Schiff von dieser Größe pro Tag kostet?«

Ja.

»Dann solltest du lieber – oh.« Chubby zögerte. »Wie wär's mit ein paar Pfund Kredit, ginge das?« fragte er. »Durch das alles bin ich nämlich zur Zeit nicht besonders flüssig. Außerdem vernachlässige ich mein Geschäft. Ich muß Aufträgen nachkommen, weißt du.«

Ganz richtig. Meinen. Und du wirst ihnen nachkommen, ohne zu murren. Zitronen.

»Entschuldigung, ich dachte, du hättest eben Zitronen gesagt.«

Hab ich auch. Für die Kontrahenten, damit sie zwischen den Runden den Saft aussaugen können. Sorg dafür, daß reichlich davon da sind, ja? Oder muß ich alles selbst machen?

»Ist ja gut«, entgegnete Chubby gekränkt, »da braucht dir doch nicht gleich die Tastatur hochzugehen. Ein Container voll Zitronen ist bereits aus Australien unterwegs, zusammen mit sechzig Gallonen Flugzeugbenzin für den Drachen. Für Georg gibt es Apfelbrandy. Nicht zuviel, denn er soll ja nicht umkippen. Okay?«

Gut gemacht. Zum Schluß folgendes: Wie willst du sie eigentlich auf das Schiff kriegen?

Chubby lächelte. »Da bin ich dir weit voraus«, antwortete er. »Wie wäre es, wenn wir die alte Masche mit der Arche versuchen würden? Vorher ein paar Tage synthetischer Regen, weißt du, und dann geh ich rum und erzähle allen, daß ich eine Botschaft von Gott erhalten habe ...?«

Chubby.

»Ja?«

Stell meine Geduld nicht auf die Probe, Kumpel. Ich glaube, ich hatte mal welche, aber seit 1946 hat sie sich nicht mehr blicken lassen, und inzwischen hat sie wahrscheinlich den Löffel abgegeben. Also kümmere dich um alles, sei so gut.

Der Bildschirm wurde dunkel. Chubby streckte ihm die Zunge heraus. Sicher wußte der andere das, aber das machte Chubby nicht mehr sonderlich viel aus.

Die Sache läuft langsam aus dem Ruder, sagte er zu sich.

Wie er wußte, hatte das Ganze mit dem großen Wettsyndikat zu tun. Man mußte nicht Einstein oder Miss Marple sein, um auszuknobeln, daß Nosher auch hinter dem ersten Syndikat gesteckt hatte, das den Drachen damals, im frühen Mittelalter, überredet hatte, den Kampf in der ersten Runde zu verlieren. Und es war klar wie Kloßbrühe, daß dieses Wiederholungsmatch ebenfalls Schiebung wäre. Die Frage war nur, wen Nosher diesmal linken würde.

Und die ganz große Frage war, mit wem das Syndikat eigentlich wettete. Zum Wetten gehören zwei, und als er das letzte Mal am örtlichen Wettbüro vorbeigekommen war, hatte man dort keine Wetten auf den Kampf angeboten. Wer war also der Gimpel, den das Syndikat reinlegte? Wer hatte überhaupt soviel Geld?

Gott? Nein, der spielte nur mit Streichhölzchen. (Sie dachten wohl, alle diese Wälder in Südamerika seien bloß Szenerie?) Wer dann? Er schüttelte den Kopf. Das ging ihn nichts an.

Wollen hoffen, daß es so bleibt, murmelte er vor sich hin.

Spring nicht zu hart mit ihnen um, Phil.

WERDE ICH NICHT. NUR SOWEIT, DASS SIE KEINEN VERDACHT SCHÖPFEN.

Gutes Ergebnis, wie?

DIESMAL HAST DU GEWONNEN, NOSHER. BEIM NÄCHSTEN MAL HAST DU VIELLEICHT NICHT SOVIEL GLÜCK. MANCHMAL

HABE ICH ALLERDINGS DEN EINDRUCK, DASS GLÜCK NICHT ALLZUVIEL DAMIT ZU TUN HAT. ICH MEINE, WARUM IST DAS SCHEISSDING EIGENTLICH *NICHT* IN DIE LUFT GEFLOGEN?

Verstehe nicht ganz, was du meinst, Phil. Jedenfalls freue ich mich darauf, deinen Scheck zu erhalten. Oder wollen wir alles aufs nächste Spiel setzen?

Draußen im Korridor hörten Chardonay und Anhang die donnernde Stimme, ohne indes zu verstehen, was gesagt wurde. Ein paar andere arme Schweine, denen die Leviten gelesen wurden, vermuteten sie.

ABGEMACHT, NOSHER. BIS ZUM NÄCHSTEN MAL, OKAY?

Nachdem sie den ganzen Nachmittag in ihrem Atelier geschuftet hatte – o Gott, das Victoria Square-Projekt! Es war ja ganz gut und schön, durch die Gegend zu rennen und Jagd auf den Drachen zu machen, aber sie mußte auch einem Auftrag nachkommen –, aß Bianca schnell ein Sandwich und ging danach sofort ins Bett.

Sie schlief schlecht.

Die Jagd auf den Drachen – ja, eben. Es gab immer noch einen einflußreichen Teil ihres Gehirns, der die ganze verfluchte Chose als eine Art gigantischer Halluzination betrachten wollte – unreines Dope, Delirium tremens, Käse vor dem Zubettgehen, was auch immer. Das war die beruhigende Erklärung. Die natürlich nicht stimmte. Was immer es war, es war nach wie vor im Gang. Sie hatte sogar das unbehagliche Gefühl, daß es auf irgendeine Art von Krise zusteuerte. Traf das zu, dann wäre es wohl am vernünftigsten, gleich morgen früh in ein Reisebüro zu gehen und sich zu erkundigen, ob Billigreisen zum Alpha Centauri im Angebot waren.

Wenn eine Frau einmal anfängt, sich früh um halb vier über irgend etwas Sorgen zu machen, dann kann sie das Zimmer, das ein gewisser Herr Schlaf bei ihr gehabt hat, ebensogut neu vermieten und seine Sachen in die Altkleidersammlung geben, weil er ganz sicher nicht zu ihr zurückkommt. Um sich von allem ein wenig abzulenken, schaltete sie den Fernseher ein und erwischte die Satellitennachrichten.

... auf dem Victoria Square in Birmingham könnte in irgendeinem Zusammenhang mit der Welle spektakulärer Kunstdiebstähle in Florenz, Rom und Venedig stehen. Außer Miss Wilsons beiden monumentalen Arbeiten für die Birminghamer Stadtverwaltung sind nicht weniger als siebzehn bedeutende Statuen aus italienischen Sammlungen verschwunden, darunter acht Berninis, drei Donatellos, drei Cellinis, ein Canova, der Merkur *von Giambologna und natürlich der unschätzbare* David *von Michelangelo. Der einzige Anhaltspunkt, auf den die Interpol bisher gestoßen ist, sind Fingerabdrücke, die offenbar denen von Kurt Lundqvist ähneln, einem berüchtigten Lohnkiller und Söldner, und die in Italien am jeweiligen Tatort der Diebstähle entdeckt wurden. Es heißt jedoch, Lundqvist sei vor einiger Zeit in Guatemala getötet worden, obwohl man damals von ihm nur sein linkes Ohr fand. Experten des militärischen Abwehrdienstes haben darauf hingewiesen, daß Lundqvist – seinen früheren Straftaten nach zu urteilen – durchaus in der Lage wäre, diese bemerkenswerte Kette von Einbrüchen im Alleingang zu begehen; besagte Experten behaupten sogar: Wenn es jemanden gibt, der imstande ist, den Tod als kleine Unannehmlichkeit abzutun, dieser Jemand Kurt Lundqvist ist, den viele Insider für das Bindeglied zwischen der früheren Milchmarketingbehörde und der Ermordung Kennedys halten. Danny Bennett, Star TV Nachrichten, aus Florenz.*

Pfeif auf denSchlaf. Was Bianca anlangte, so war Macbeth ihr zuvorgekommen.

Siebzehn Statuen. Siebzehn ist sechzehn plus eins. Sechzehn Menschen sterben bei einer Explosion in einem Kulturforum in den West Midlands; gleichzeitig kommen in Italien sechzehn Statuen abhanden. Nein, siebzehn Statuen, sechzehn plus einer.

Für wen war die siebzehnte Statue?

Sie wälzte diesen bizarren Gedanken immer noch im Kopf hin und her, als das Telephon klingelte. Vor

Schreck fuhr sie zusammen. Es erforderte einen ganzen Batzen Entschlußkraft, das verdammte Ding aufzunehmen.

»Hallo?«

»Bianca Wilson?« Amerikanische Stimme, wie hörbares Sandpapier.

»Ja, am Apparat. Wer spricht da?«

»Sie kennen mich wahrscheinlich nicht«, erwiderte die Stimme. »Mein Name ist Kurt Lundqvist.«

SIEBZEHNTES KAPITEL

Mister Lund …«

Der kleine Mann fuhr wie von der Tarantel gestochen auf, warf sich herum und hielt ihr den Mund zu. »Keine Namen, Sie verrückte Zicke!« zischte er. »Los, hier lang.«

Ohne sich umzusehen, stürmte er los. Bianca mußte in Trab fallen, um mit ihm Schritt zu halten. Er war kleiner und vierschrötiger, als sie erwartet hatte, bewegte sich aber, als wäre er groß, schlank und drahtig. Auch einer von diesen ruhelosen Geistern in einem Konfektionskörper? Es war, als sei die ganze Welt auf dem Weg zu einem Kostümfest.

»Okay«, sagte er, als er schließlich haltmachte. »Hier können wir reden.«

Mag sein, dachte Bianca. Aber ob wir auch hören, was wir sagen, steht auf einem anderen Blatt.

In Beantwortung ihrer Frage ›Wo können wir uns treffen?‹ hatte Kurt den Bahnhof New Street vorgeschlagen. Jetzt befanden sie sich in der Bar eines Pubs in der John Bright Street, die bis auf den Barkeeper und die lauteste Hintergrundmusik der Welt leer war. Das war eher Vordergrundmusik, die allen verfügbaren Raum ausfüllte wie Moltofill.

»Danke, daß Sie gekommen sind«, sagte Kurt.

»Wie?«

»ICH HABE GESAGT ...« Kurt rückte seinen Stuhl näher und beugte sich vor. »Ich habe gesagt, danke, daß Sie gekommen sind. Also hören Sie zu, Puppe. Das ist eine böse Geschichte.«

Bianca runzelte leicht die Stirn. Er hatte ihr kurz erzählt, unter welchen Umständen er auf die Erde zurückgekehrt war, und die Anrede ›Puppe‹ schien ihr ein bißchen daneben, wenn sie aus dem Mund einer zum Leben erwachten Aktionspuppe kam. Doch in Anbetracht der Kommunikationsschwierigkeiten ging sie nicht weiter darauf ein.

(Man beachte bitte folgendes: Um Zeit zu sparen und das muntere Sprudeln des Dialogs zu erhalten, sind alle Rückfragen, das ganze Hin und Her – ›Pardon, was haben Sie eben gesagt?‹; ›Sprechen Sie doch lauter, Herrgott noch mal‹; ›Mensch, Sie brauchen doch nicht so zu brüllen‹ etc. – herausgeschnitten worden, weshalb man dieser Passage, als 1996 der Cutter des Jahres gekürt wurde, bereits die Goldene Schere verliehen hat, ebenso wie den Grünen Punkt.)

»Ich weiß«, antwortete Bianca. »Sie haben sich so angehört, als könnten Sie was dagegen tun.«

»Kann ich auch«, erwiderte Kurt und nippte an seinem Sekt. »Aber nicht allein. Und da kommen Sie ins Spiel.«

»Verstehe.«

»Das bezweifle ich.« Kurt aß die restlichen Schweinekrusten, zerknüllte die Tüte und tat sie in den Aschenbecher, bevor er sich eine Zigarre anzündete. Unnötig zu sagen, daß es eine große Zigarre war; Bianca hatte schon kleinere Dinge gesehen, zum Beispiel bei der kanadischen Holzflößerei. »Zuerst will ich Sie mal über den Hintergrund ins Bild setzen. Vielleicht wissen Sie sogar ein paar Sachen, die ich nicht weiß.«

Wie sich herausstellte, hatten sie beide zusammen eine ziemlich genaue Vorstellung von Dem, Was Bisher Geschehen War, einschließlich jüngster Entwicklungen und eines aktuellen Berichts über die Vorbereitungen für den Großen Kampf. »Sie sehen also«, faßte Kurt zusammen, »was für ein beschissenes Durcheinander das ist.«

»Genau.« Bianca nickte heftig. »Und am schlimmsten ist, daß ich offenbar nicht mehr auseinanderhalten kann, wer wer ist. Wer die Guten und die Bösen sind, meine ich.«

»Wir sind hier nicht in 'nem Film«, antwortete Kurt mit strenger Miene. »Wenn man so lange bei der Übernatürlichen Schädlingsbekämpfung gearbeitet hat wie ich, lernt man es, keine Urteile über die Leute zu fällen. Klar, als ich jung war, hab ich mir über so was auch immer den Kopf zerbrochen, nach dem Motto: *Was hat er mir denn je zuleide getan?* Und all so 'ne Scheiße. Heutzutage frage ich mich nur Sachen wie: *Reicht die und die Kanone bei einer Entfernung von dreihundertfünfzig Yard aus?* Ich denke, es macht einem das Leben leichter, wenn einem das alles schnuppe ist.«

»Ist es Ihnen aber nicht, nicht wahr?«

Kurt nickte verdrossen. »Das ist ja der Mist«, antwortete er. »Völlig unprofessionell. Das macht mich bei diesem Scheißjob total fertig. Das Problem ist, daß mein Berufsethos mir vorschreibt, den Job zu machen, für den ich bezahlt werde. Es steht jedoch nichts davon in den Regeln, daß ich meine Sorgen nicht mit einem Außenstehenden teilen darf, jemandem, der nicht vom Fach ist, wie Sie zum Beispiel.«

Bianca zuckte die Achseln. »Ich habe auch ein Berufsethos, wissen Sie, bei dem es hauptsächlich darum geht, keine Meißelspuren zu hinterlassen und Teile, die man versehentlich abschlägt, nicht hinterher anzukleben. Aber ich bin sicher, daß in den Verfahrensregeln auch etwas darüber steht, daß gefährliche Statuen nicht in die falschen Hände fallen dürfen. Muß ich nachsehen, wenn ich wieder zu Hause bin.«

Mißtrauisch beäugten sie einander über die mit Plastik bezogene Tischplatte hinweg; unwahrscheinliche Konföderierte (wenn wir Konföderierte spielen, murmelte Bianca bei sich, dann will ich aber Robert E. Lee sein) in einer unglaublich verworrenen Situation. Von allen Personen der Handlung waren sie wohl am ungeeignetsten, die Welt zu retten – der Berufskiller und die Waffenhändlerin. Vielleicht entschärfte es die Sache etwas, daß die Waffen, die Bianca lieferte, Gliedmaßen, Köpfe und Rümpfe hatten.

»In einer solchen Situation«, sagte Kurt langsam, »kann man lediglich versuchen, das Richtige zu tun. Scheiße, habe ich das eben wirklich gesagt? Dieser Mistjob macht mich wirklich völlig fertig.«

»Eine Statue muß tun, was ihre Pflicht ist?«

»Genau. Und *Sie* müssen folgendes tun.«

Hier ist die Akropolis Marmor Großhandels AG. Danke für Ihren Anruf. Leider ist der Apparat zur Zeit nicht besetzt. Bitte hinterlassen Sie nach dem Piepton eine Nachricht.

Piep. »Hallo, hier spricht Bianca Wilson. Bitte liefern Sie mir sofort siebzehn sieben mal drei mal drei große Blöcke weißen Carraramarmor. COD Birmingham. Danke.«

Hier ist die Hölle. Danke für Ihren Anruf. Leider ist der Apparat zur Zeit nicht besetzt. Bitte hinterlassen Sie nach dem Piepton eine Nachricht. Reservierungen und Vorbestellungen für Gruppen werden jedoch unter folgender Nummer entgegengenommen. Danke.

Hier Nkunzana & Partner. Danke für Ihren Anruf. Leider ist der Apparat zur Zeit nicht besetzt. Ersparen Sie sich die Mühe, eine Nachricht zu hinterlassen. Ich weiß sehr gut, wer Sie sind und was Sie wollen, ich bin nämlich ausgebildeter Medizinmann. Danke.

»Bist du schon mal in der Mongolei gewesen?« fragte Chubby ganz unvermittelt.

Der Drache sah ihn an. »Keine Ahnung«, sagte er. »Ich glaube, ich bin praktisch schon überall gewesen, aber normalerweise mache ich nicht eigens halt, um mir einen Reiseführer zu kaufen. Was ist die Mongolei?«

Chubby zuckte die Achseln. »Hauptsächlich Wüste. Sehr leer, nicht viele Menschen. Und auch kahl und unfruchtbar; große Teile des Landes kommen einer nullprozentigen Feuergefährlichkeit so nahe, wie es auf diesem Planeten überhaupt möglich ist. Eine Gegend der Art, wo du einen Niesanfall haben könntest, ohne sechs große Städte niederzubrennen.«

»Hört sich ein bißchen öde an«, meinte der Drache.

»Ist es auch. Sehr sogar.«

»Ein wenig Langeweile könnte ich im Moment ganz gut gebrauchen«, sagte der Drache, während er sich die Nase mit einer harpunenartigen Kralle kratzte. »Ich nehme an, du möchtest mir vorschlagen, daß ich mich dort hinbegebe.«

»Verliere dich nur sehr ungern«, entgegnete Chubby. »War ein großes Vergnügen, dich hier zu haben, und so weiter. Aber du tust der Einrichtung und den Wänden nicht sonderlich gut, mit Verlaub gesagt.«

»Stimmt. Mir ist eigentlich schleierhaft, wie ihr in solchen Räumlichkeiten leben könnt, ohne an Klaustrophobie zu sterben.«

»Wir sind kleiner als du. Wir finden, das hilft.«

Der Drache gähnte und streckte sich, wobei er unabsichtlich einen Teil der Wand einschlug und einen Durchgang ins nächste Zimmer schuf. »Also die Mongolei. Was ist dabei dein Hintergedanke? Hat es was mit deinem Zeit-Geschäft zu tun?«

»Weißt du, was das Schlimme bei dir ist? Du bist zynisch.« Chubby runzelte die Stirn. »Normalerweise mit gutem Grund«, fügte er hinzu. »Nun, zufälligerweise gibt es tatsächlich einen kleinen Job, den du für mich erledigen könntest, während du dort bist. Nichts Beschwerliches. Könnte dir helfen, nicht vor Langerweile zu sterben. Die Entscheidung liegt aber ganz bei dir.«

»Laß hören.«

»Sofort.« Chubby lehnte sich im Stuhl zurück und knipste das Licht aus. Ein Projektor wurde eingeschaltet und warf das große, leicht verschwommene Bild einer Vase mit Blumen, die auf dem Kopf stand, auf die gegenüberliegende Wand (die einzige, die noch unversehrt war). Chubby drückte irgendwo drauf, und das Bild verwandelte sich in eine Ansicht der Chinesischen Mauer.

»Kennst du das?«

»Hab's schon mal irgendwo gesehen«, antwortete der Drache. »Sagt mir aber nichts. Eine Mauer ist nur eine Mauer, eine Rose eine Rose.«

»Ah.« Chubby drückte wieder. Die Chinesische Mauer kam näher. »Das, alter Kumpel, ist keine gewöhnliche Mauer. Sie ist riesig, sie ist berühmt, und – an der Stelle kommt mein Interesse an dem verdammten Ding ins Spiel – sie ist sehr, sehr alt.«

Der Drache lächelte in der Dunkelheit. »Geschichtsträchtig, wie?«

»Praktisch bis zum Gehtnichtmehr. Nun, ich habe mir meine Gedanken gemacht. Wenn man mal alle Gefühlsduselei beiseite schiebt – was kann dieses Ding eigentlich besser als ein hübscher moderner Stahldrahtzaun, und zwar zu einem Bruchteil der Instandhaltungskosten? Während für mich …«

»Schon kapiert«, warf der Drache schmunzelnd ein. »Du willst, daß ich sie stehle.«

Chubby drückte wieder. Diesmal zeigte das Bild eine Ansicht des Planeten vom Weltraum aus. Die Chinesische Mauer war undeutlich zu sehen, eine dünne Linie, die sich schwach hinter Wolkenfetzen abzeichnete. Es sei denn, am Bildfenster klebte ein Haar.

»Wie du selbst siehst«, fuhr Chubby fort, »ist die Mauer das einzige vom Menschen geschaffene Bauwerk, das vom Weltall aus sichtbar ist. Mit anderen Worten, ein Schandfleck. Wenn die Menschheit tatsächlich einmal den Mond besiedelt, tu ich ihr sogar einen Gefallen.«

»Genau. Was soll ich damit machen, wenn ich sie stibitzt habe?«

Erneutes Drücken. Ansicht einer völlig öden Wüstengegend. »Stell sie einfach dort ab. Einer meiner Leute wird sich darum kümmern.«

Der Drache lächelte. »Ein Hehler für gestohlene Mauern? Ein Mauerspecht?«

»Woher wußte ich bloß, daß du das sagen würdest?«

Eine halbe Stunde später die gleiche Dia-Show, die gleiche Grundeinführung.

»Bloß um sicherzugehen, daß ich das richtig verstanden habe«, sagte Georg. »Deine Organisation will also die Chinesische Mauer stehlen, ja?«

»Mmja.«

»Und dann mitten in der Wildnis abstellen.«

»Das ist keine Wildnis, Georg, sondern ein erstklassiges Erschließungsgelände. Wir haben für dieses Land einen Spitzenpreis gezahlt. Es hat den Vorteil, so weit von allem weg zu sein, wie man nur gelangen kann, ohne eine Sauerstoffmaske tragen zu müssen.«

Georg zuckte die Achseln. »Du verstehst dein Geschäft, nehme ich an. Und wozu brauchst du mich?«

»Hauptsächlich, um auf die Mauer aufzupassen«, erwiderte Chubby. »Außerdem habe ich mir gedacht, da dein Freund mit den Flügeln und dem schlechten Atem immer noch die Gegend unsicher macht, hättest du vielleicht Lust, einen Monat oder so an einem Ort zu verbringen, wo dich ganz bestimmt niemand sucht.«

»Guter Gedanke.« Georg nickte entschlossen. »Bin dir sehr verbunden. Wird mir ein Vergnügen sein.«

Das Licht ging wieder an.

»Das Vergnügen ist ganz auf meiner Seite«, sagte Chubby.

Ein bißchen überkompliziert, meinst du nicht?

Chubby zog ein finsteres Gesicht. »Hör mal zu«, sagte er. »Ich behellige dich nur äußerst ungern mit albernem alltäglichen Kram, zum Beispiel damit, wie ich mir meinen Lebensunterhalt verdiene, aber in den letzten paar Monaten sind meine Geschäfte völlig zum Erliegen gekommen. Ich habe Bestellungen, denen ich nicht nachkommen kann, und Personal, das bei voller Bezahlung bloß herumsitzt und nichts zu tun hat. Zwei Fliegen mit einer Klappe, und jeder ist zufrieden.«

Der Bildschirm wurde dunkel, und das kleine rote Licht, dessen Funktion Chubby in all den Jahren, seit er das vermaledeite Ding besaß, nicht hatte herausfinden können, blinkte zweimal auf.

Aber ich bin damit nicht zufrieden.

»Pech. Tut mir leid, aber du hast gesagt, ich soll mir einen Weg ausdenken, um sie beide zum Austragungsort zu bekommen, ohne daß sie Verdacht schöpfen, und genau das habe ich getan. Und jetzt muß ich mich wieder, wenn du nichts dagegen hast, an die Arbeit ...«

Der Schmerz traf ihn wie ein vom Dach fallender Ziegel. Die Intensität von Schmerzen hängt weitgehend davon ab, welchen Teil des Opfers sie befallen. Chubby tat die Seele weh. Im Vergleich dazu sind Zahnschmerzen ein Klacks.

»Du Scheißgeist«, stöhnte er. »Hör *auf*, ja?«

Im Innern seines Kopfes hörte Chubby Gelächter, ein äußerst beängstigendes Geräusch.

Chubby, bitte. Nach allem, was wir zusammen erlebt haben, kannst du wohl endlich Nosher zu mir sagen. Das tun alle meine Freunde.

»Na dann eben Scheiß*nosher*. Und würdest du jetzt bitte aufhören, bevor du mein Es zerstörst?«

Hast du eine Ahnung, wieviel von deiner Seele ich inzwischen besitze? Ich weiß, daß du es gern wissen möchtest. Na los, frag mich.

Der Schmerz hörte auf, und Chubby sank auf einen

Stuhl. »Laß mal überlegen«, sagte er, als er wieder zu Atem gekommen war. »Na ja, erstens einmal hast du in der letzten Zeit deinen Dein-Wunsch-ist-mir-Befehl-es-ist-mir-ein-Vergnügen-dir-zu-dienen-Sermon bei weitem nicht so oft von dir gegeben wie früher, was ich ziemlich aufschlußreich finde. Und alle unsere gemütlichen Schwätzchen in der jüngsten Zeit müssen ihren Tribut gefordert haben. Ich habe mir in der Tat sehr große Mühe gegeben, nicht darüber nachzudenken.«

Zweiundvierzig Prozent.

»Scheiße.«

Gibt doch wohl keinen Grund, warum das problematisch sein sollte. Wir sind immer recht gut miteinander ausgekommen, du und ich.

»Ja, wie Hund und Katze«, antwortete Chubby. »Was geschieht mit mir, wenn du einen mehrheitlichen Anteil hast? Sterbe oder verschwinde ich oder was?«

Ich bitte dich. Dann harmonieren wir nur noch mehr, das ist alles.

»Und wenn dein Anteil hundert Prozent erreicht?«

Dann werde ich frei sein.

»Hurra, hurra. Und was ist mit mir?«

Du wirst zu den Glückspilzen gehören. Wie Mister Tanashima.

Chubby legte die Stirn in Falten. »Kenn ich nicht. Wer ist das?«

Mashito Tanashima. Geboren 1901, gestorben 1945. Er arbeitete in Hiroshima, Japan, in einer Fahrradfabrik. Sieben Minuten bevor die Atombombe explodierte, wurde er bei einem Verkehrsunfall getötet.

»Mann.« Chubby lächelte freudlos. »Hab ich aber ein Schwein, was?«

Der Bildschirm flimmerte. Das rote Licht erschien, und diesmal blieb es an.

Ja. Niemand soll sagen, ich sei nicht dankbar.

Bianca trat zurück, um ihre Arbeit zu bewundern. Ein Meisterwerk, wie immer. Drei fertig, bleiben noch vierzehn.

Die größte Schwierigkeit hatte darin bestanden, sich die Photographien zu beschaffen. Zunächst hatte sie es beim Lokalblatt versucht, aber dort war man mißtrauisch geworden und hatte sich geweigert, ihr behilflich zu sein. Die Familien der Opfer hatten praktisch die Hunde auf sie gehetzt. Schließlich war ihr der Gedanke gekommen, Mike herumzuschicken, der so tun mußte, als organisiere er einen Hilfsfonds für die Hinterbliebenen der Opfer der Katastrophe von Sadley Grange. Das lag ihr zwar sehr auf dem Gewissen, aber er war mit allen Photographien zurückgekommen, die sie brauchte.

Die Wände ihres Ateliers waren damit bedeckt – Vergrößerungen, Verkleinerungen, Bildmontagen, computergestützte Aufnahmen. Nach einer Weile konnte sie sie nicht mehr sehen, ohne daß es sie kalt überlief. Sechzehn sehr durchschnittliche Leute, die sich zufällig im Sadley Grange-Kulturforum aufgehalten hatten, als es in die Luft flog. Die Opfer.

Bisher hatte sie Missis Blanchflower, Missis Gray und Mister Smith gemacht und war geschlaucht. Konventionelle Darstellungen, keine dramatischen Posen oder drolligen Hüte; sie mußten so naturgetreu wie möglich sein, andernfalls wäre das Ganze Zeitverschwendung gewesen. Das schlimmste daran war die Verantwortung, die sie hatte, denn sie war ja nicht diejenige, die bis an ihr Lebensende mit den Folgen würde leben müssen, falls sie einen Fehler machte. Wenn sie versehentlich einen Zeh wegließe oder ein Arm ihr unproportioniert geriete, würde sie das Leben eines Menschen ruinieren.

Zum Teufel damit, dachte sie bei sich. Hört sich ja so an, als täten sie mir einen Gefallen.

Ja. Nun. Und wessen Drache hat den ganzen Schlamassel erst angerichtet?

»Mike«, krächzte sie, »ich brauche einen brandneuen Satz von den großen Meißeln, noch einen Lederhammer und Kaffee, ungefähr anderthalb Gallonen. Würdest du …?«

»Bin schon unterwegs.«

»Missis Cornwalls Nase. Könntest du mir eine Sechsmal-vier-Vergrößerung von der Warze machen? Hier drauf kann ich nicht erkennen, ob es sich um einen einfachen kugelförmigen Typ oder eher was Bombastisches handelt.«

»Kein Problem.«

Sie seufzte und wischte sich mit dem Ärmel die Stirn ab. »Und wenn du das erledigt hast«, sagte sie, »ob du dann wohl anfangen könntest, Missis Ferguson in groben Umrissen herauszuhauen? Ich habe sie schon vorgezeichnet, und es würde mir sehr viel Zeit sparen.«

»Missis Ferguson heraushauen. Geht in Ordnung.«

»Oh, und Mike.«

»Ja?«

»Danke.«

Mike lachte ohne sonderlich viel Humor. »Ist schon in Ordnung«, sagte er. »Wozu hat man denn schließlich Freunde? Das heißt, außer dazu, schwere Dinge zu heben, Hinterbliebenen was vorzuschwindeln, Speis und Trank zu besorgen und noch andere unbezahlte Arbeiten zu erledigen?«

»Keine Ahnung. Zur moralischen Unterstützung?«

Mike zuckte die Achseln. »Darfst du mich nicht fragen«, erwiderte er, »meine Moral ist schon vor Jahren zusammengebrochen. Bis gleich.«

Als sie allein war, versuchte Bianca, ihren Kopf von allem freizumachen, was nicht mit technischen Belangen der Bildhauerei zu tun hatte. Leichter gesagt als getan; es war so, als wolle man am Abend eines Fußballendspiels eine Kneipe räumen, nur wesentlich schwieriger. Am widerspenstigsten zeigten sich dabei überraschenderweise die Gesichter von den Photographien, die in ihrem Kopf blieben, gleichsam wie unbefugt auf ihre Netzhaut geklebte Plakate, selbst wenn ihre Augen fest geschlossen waren. Sie war sicher, daß das etwas zu bedeuten hatte, hatte aber nicht den blassesten Schimmer, was.

»Entschuldigen Sie.«

Kurt blieb ruckartig stehen, schloß die Augen und zählte bis zehn. In früheren Zeiten war dieses Ritual eine todsichere Methode gewesen, ruhig und gelassen zu bleiben. Jetzt führte es lediglich dazu, daß ihm zehn Sekunden später der Geduldsfaden riß.

»Hei«, antwortete er, während er seinem Gesicht ein Lächeln aufzwang, obwohl seine Visage zum Lächeln nie sonderlich geeignet gewesen war. Seit einigen Tagen neigten freundliche Mienen jedoch dazu, unsicher auf seinem Gesicht zu hocken, wie ein Einradfahrer, der eine Eisbahn überquert.

»Mister Lundqvist.« Es war wieder die Skulptur von Canova. »Kann ich Sie bitte kurz sprechen?«

»Meine Dame ...«

In der klassisch-perfekten Figur von Canova biwakierte alles, was von Missis Blanchflower unsterblich war. Mittels einer großartigen Phantasieleistung hatte Kurt ein Szenario ausgearbeitet, wo er tatsächlich erfreut gewesen wäre, Missis Blanchflower zu sehen, aber das Ganze setzte voraus, daß sie sich im Wasser befand und er ein zwanzig Fuß langer Blauhai war. Der einzige Grund, warum er sie noch nicht tödlich beleidigt hatte, lag darin, daß er nie zu Wort zu kommen schien.

»Mister Lundqvist«, sagte die Canova-Skulptur, »Sie wissen ja, daß ich die *letzte* bin, die sich je über irgend etwas beschwert, aber ich muß wirklich aufs schärfste protestieren ...«

Missis Blanchflower zu entwischen, war natürlich erst der Anfang, nicht das Ende des ganzen Ärgers. Sie war das schlimmste Einzelexemplar, gewiß, die Goldmedaillengewinnerin der Nervensägen-Olympiade, doch gleich nach ihr kamen vierzehn andere, die sich die Silbermedaille teilten. Und es ist kein echtes Entkommen, wenn man sich einem Mohammed Ali entzieht, nur um dann von vierzehn Bubi Scholzens bedrängt zu werden.

»RUHE!« brüllte Kurt deshalb, als er sich an dem Canova vorbei in den zentralen Teil der Nissenhütte drängte. Damit erkaufte er sich, wenn auch zu einem schrecklichen Preis, eine ganze halbe Sekunde absoluten Schweigens.

»Und jetzt HÖRT ZU!« sagte er. »Danke. Also, Leute, kommt mal alle her. Und paßt gut auf, denn das ist wichtig.«

Fünfzehn Statuen begannen alle gleichzeitig, sich zu beklagen.

»Okay.« Kurt wich zurück und kletterte auf einen Stuhl. »Okay«, wiederholte er gerade laut genug, um gehört zu werden. »Wenn ihr nicht nach Hause wollt, dann ist das eure Sache. Also macht's gut. Es war ...«

Tiefe Stille trat ein. Nun ja, *fast* tiefe Stille. Missis Hamstraw (von Bernini) beendete noch schnell ihre Ausführungen über die Sultaninen in ihrem Müsli (*dreimal* habe sie es ihm schon gesagt, der Arzt habe ihr Sultaninen verboten), und Miss Stones stieß zum achtundsiebzigsten Mal die Drohung aus, an ihren Abgeordneten zu schreiben, aber abgesehen davon herrschte eine so vollkommene Stille, daß Kurt zu wissen glaubte, wie es am ersten Tag der Schöpfung um fünf vor neun gewesen sein mußte.

»Andererseits«, fuhr er fort, ruhig und gelassen wie die Zeitansage, »sollten alle, die hier raus wollen, gut zuhören. Also ...«

»Ich bin immer noch der Meinung, daß nach dem letzten Mal ...«

Der Große Bock drehte den Kopf um etwa siebenundzwanzig Grad zur Seite und zog ein finsteres Gesicht.

»Danke«, sagte er mit einer Stimme, die man zum Gefriertrocknen von Kaffee hätte verwenden können. »Wollen wir jetzt fortfahren?«

Ein netter Mann, Doktor Thwaites; ein Urteil, dem alle seine Patienten zugestimmt hätten, desgleichen seine Kollegen, seine Nachbarn, sogar einige seiner Verwandten. Ein freundlicher Mann, dem keine Mühe zuviel war. Ein geduldiger Mann, immer bereit, höflich und aufmerksam jedem Hypochonder zuzuhören, der leichte Verdauungsstörungen für eine Herzattacke hielt. Aber trotzdem nicht ohne Fehl. Bei Albert Schweitzer war es genauso, desgleichen bei Walt Disney.

»Wenn Sie darauf bestehen«, murmelte die Kleine Ziege. »Wo ist denn bloß dieser ekelhafte Schädel?«

Denn Doktor Thwaites, der an Bauer Melrose sechs Monate Pacht gezahlt hatte, um auf der Wiese am unteren Wäldchen Beschwörungsriten durchzuführen, fiel es nicht im Traum ein, die Hälfte seines Geldes – dreißig Pfund, fünfzig Pence – schießen zu lassen. Schließlich blieben noch drei Monate. Für ihn war das eine Sache des Prinzips.

»Sind Sie soweit, Miss Frobisher? Also dann.« Er räusperte sich. »Im Namen von Asmodi und Beelzebub beschwöre ich euch, Geister der ...« Er verstummte. Wenn ihm gerade jemand einen Apfel in den offenen Mund gerammt hätte, hätte er ihn nicht schneller oder wirkungsvoller zum Schweigen bringen können.

»Lassen Sie sich durch uns nicht stören«, sagte der Hauptmann der Gespensterkrieger mit einer Stimme, die so gedämpft war, als befände er sich in einer Kirche. »Tun Sie einfach so, als wären wir gar nicht da, okay?«

Das hätte der Große Bock liebend gern getan, aber leider kam es nicht in Frage. Es erfordert eine besondere Art geistiger Disziplin, um fünfhundert der ausgesuchtesten Krieger der Hölle zu übersehen, die im vollen Kampfdreß in den frühen Morgenstunden an einem vorbeischleichen und bei denen Köpfe und Gliedmaßen an unerwarteten Stellen sitzen, von bizarren Körperauswüchsen ganz zu schweigen.

»Mensch, Doktorchen«, sagte der Weihrauchfaßträger direkt neben ihm. »Das können Sie aber wirklich gut, was?«

Der Große Bock schluckte mühsam. »Offensichtlich«, sagte er. Insgeheim fragte er sich, ob er Bauer Melrose überreden könnte, eine rückwirkende Pachterhöhung vorzunehmen, denn allein der Gedanke, daß in den nächsten drei Monaten jede Woche mit solchen Darbietungen zu rechnen war, reichte schon aus, einen Mann in den Wahnsinn zu treiben. Zunächst einmal müßte er alle seine trauten Vorurteile in puncto Anatomie revidieren.

»Entschuldigen Sie«, sprach der Hauptmann ihn an. Er zwang sich zum Zuhören.

»Pardon, ich war, ähm, nicht ganz bei mir. Kann ich Ihnen irgendwie, äh, helfen?«

»Wir versuchen, nach ...« Der Hauptmann konsultierte einen Manuskripthalter. »... Birmingham zu gelangen. Wissen Sie zufällig, wo das liegt?«

»Birmingham.«

»Ganz recht. Ich habe hier zwar eine Karte, aber die ist auf der Photokopie nicht gut rausgekommen, deshalb wären wir Ihnen sehr dankbar, wenn Sie uns den richtigen Weg weisen könnten.«

Während seine Ungläubigkeit bei voller Bezahlung suspendiert wurde, griff der Große Bock in die Taschen seines Gewandes und holte einen Bleistift und einen Briefumschlag heraus.

ACHTZEHNTES KAPITEL

Der Große Kampf.

Unter rein logistischen und administrativen Gesichtspunkten betrachtet, war das Ganze die größte Show der Geschichte. Jeder, der etwas galt, gegolten hatte oder gelten würde, war da, und das komplexe Problem, eine Telephonzentrale für Ticketvorbestellungen aus Vergangenheit und Zukunft einzurichten, hatte Mister Kortrights Erfindungsgabe auf eine harte Probe gestellt. Oder nehmen Sie die Popcorn-Konzession, bei der ein chronologisches Desaster drohte. Jedes von Besuchern aus der Vergangenheit oder der Zukunft verzehrte Popcorn würde zu einer ernsthaften Unausgewogenheit im Gefüge der Wirklichkeit führen, besonders nachdem es durch das Verdauungssystem des betreffenden Besuchers gegangen und in die Ökologie seines Heimatlandes gelangt war. Um einen Ausgleich zu schaffen, mußte Kortright schätzen, wieviel Popcorn aller Wahrscheinlichkeit nach gegessen werden würde, und dafür sorgen, daß ausgleichende Mengen von Materie an eine ganze Reihe von vergangenen und zukünftigen Bestimmungsorten geschafft beziehungsweise von dort entfernt wurden. Was die Hülle aus künstlicher Zeit betraf, in der sich das Publikum befand, so waren bei ihrer Erschaffung Chubbys gesamte Vorräte bis zur letzten Sekunde draufgegangen. Gott allein wußte, was geschehen würde, wenn der Kampf länger als zwölf Runden dauerte.

Alle diese Schwierigkeiten waren natürlich mehr als angemessen im Preis der Tickets berücksichtigt, und das wiederum rief einen weiteren organisatorischen Alptraum hervor, weil nämlich zum Beispiel Kaiser Nero, um sein Ticket bezahlen zu können, die gesamte Wirtschaft des Römischen Reichs bis aufs Blut ausgesaugt hatte, was nur zu einer totalen fiskalischen Kernschmelze, Gewalt auf den Straßen und dazu führen konnte, daß das Römische Reich mehrere Jahrhunderte vor der Zeit unterging. Glücklicherweise war ein Klient Lin Kortrights, der im ersten nachchristlichen Jahrhundert verschiedene finanzielle Syndikate kontrollierte, in der Lage, Überbrückungsgelder anzubieten; die Katastrophe wurde abgewendet, die Agentur Kortright strich zehn Prozent ein, und Nero (der die erste Rate des Kredits abzahlte, indem er Rom versicherte und dann niederbrannte) saß in der ersten Reihe, mampfte Oliven und versuchte vergeblich, Dschingis Chan dazu zu überreden, fünfzehn zu eins auf Sankt Georg zu setzen.

Es gab auch eine Band und Cheerleader und riesige Scheinwerfer, die soviel Licht und Hitze verbreiteten wie ein kleiner Stern; außerdem waren da Kommentatoren von allen Fernsehsendern aller Zeiten, die ihre Vorbereitungen für eine Simultanübertragung trafen (*Live* war in diesem Zusammenhang ein Wort, das man lieber vermied), und Kameras und Filmteams und Toningenieure und Männer in Lederjacken mit Kopfhörern, die umherliefen und hier und da ein Kabel zurechtrückten, und Techniker, die sich gegenseitig beschimpften, und eben alles, was an Aufmachung und Pomp zu einem Sportereignis der galaktischen Klasse gehörte. Die Jury (zwei Heilige, zwei Teufel und, als Vertreter der Sauriergemeinde, zwei riesige Leguane) wurde vereidigt. Ehrfürchtige Stille trat ein, als die Türen am anderen Ende des Kampfplatzes aufflogen, um den Schiedsrichter einzulassen – keinen Geringeren als Quetzalcoatl, die gefiederte Schlange der Azteken. Hätten seine Verehrer im präkolumbischen Mexiko gewußt, daß er, als er versprach, wiederzukehren, um die Lebendigen und die Toten zu richten, *dies* hier gemeint hatte, dann hätten sie sich vielleicht bei den Gold- und Blutopfern ein klein wenig zurückgehalten.

Es war fast soweit. Die Snack- und Knabberzeugverkäufer verließen den Zuschauerraum mit leeren Bauchläden. Das Stimmengetöse reduzierte sich auf ein erwartungsvolles Gemurmel. Jetzt brauchten nur noch die Kontrahenten zu erscheinen, und der Wettkampf um den ethischen Meisterschaftstitel des Universums konnte beginnen.

Kortright drehte sich zu Stevenson und sagte: »Na, wo zum Teufel sind sie denn?«

Und Stevenson lehnte sich zu Kortright hinüber und sagte: »Ich dachte, sie seien bei dir.«

»Fertig«, stieß Bianca hervor.

Wenn Sie das Ästhetische mal einen Augenblick beiseite lassen, dann war das in puncto reiner Ausdauer die größte Leistung in der Geschichte der Kunst. Mühsam öffnete sie die verkrampften Finger so weit, daß Meißel und Hammer zu Boden fallen konnten, und ließ sich rückwärts in ihren Sessel sinken, nur um festzustellen, daß er bereits besetzt war.

»*Sakubona, inkosazana.*« Bianca sprang wie von der Tarantel gestochen hoch, blickte nach unten und sah einen verhutzelten kleinen Mann, der es sich auf ihrem Sessel gemütlich gemacht hatte. Er trug ein Leopardenfell mit Unmengen ausgefallener Accessoires und in der Hand einen Fliegenwedel.

»Hei«, antwortete sie. »Du mußt Nkunzana sein. Ich habe dich gar nicht hereinkommen hören.«

»Nein«, erwiderte der Medizinmann, »das hast du nicht.« Er nickte in Richtung der Statuen. »Eindrucksvoll«, sagte er.

»Alles mein Werk«, entgegnete Bianca leicht verwirrt. »Du weißt, was du zu tun hast?«

»Ist der Papst Katholik?«

»Okay. Na, dann sollte ich dich wohl besser einfach machen lassen. Brauchst du irgend etwas? Ähm, heißes Wasser, Handtücher oder irgend etwas in der Art?«

Nkunzana schüttelte den Kopf. »Ein Feuer und eine Prise Staub, meine Schwester«, antwortete er. Bevor Bianca ihm weitere Hilfe anbieten konnte, holte er aus dem Katzenfellbeutel, der ihm um den Hals hing, ein großes Feuerzeug aus Messing hervor.

»Staub?«

Nkunzana grinste und fuhr mit der Fingerspitze über die Platte des Tisches neben seinem Stuhl. »Ich weiß«, sagte er. »Ich erinnere dich an deine Mutter.«

»In gewisser Hinsicht«, erwiderte Bianca. »Allerdings hätte sie nie Leopard tragen können. Nicht bei ihrer Gesichtsfarbe.«

Der Medizinmann zuckte die Achseln. Dann zündete er mit einer kaum merklichen Bewegung seines Daumens das Feuerzeug an, verstreute den Staub und murmelte etwas, das Bianca nicht ganz mitbekam.

Und dann …

… Action!

Schnitt, Blende auf für …

Kurts Nissenhütte (die man als Galleria Lundqvist bezeichnen könnte, allerdings nicht in seiner Gegenwart, sofern man den morgigen Tag noch erleben möchte), wo fünfzehn Statuen mit starkem West Midland-Akzent ihm gerade in aller Ausführlichkeit mitteilen, warum sie mit seinem Plan nichts, aber auch gar nichts zu tun haben wollen.

Toneffekte: dahinbrausender Wind, ein vibrierendes, hell klingendes Geräusch (Kürzel für magische Atmosphäre), tiefes und rollendes unirdisches Lachen, gefolgt von …

Stille. Die anderen Geräusche im Off waren lediglich

ornamentale Zutaten, die Petersiliengarnierung auf einer Scheibe nichtgarer Magie. Aber die Stille, das Fehlen nörgligen Gejammers, das ist etwas ganz anderes. Sie »unheimlich« zu nennen, wäre ein Understatement, etwa so, als bezeichne man die Pest als unangenehmen Bazillus, der irgendwo umgeht.

Kurt reagiert; er sagt …

»HURRAA!«

… und das täten Sie auch, wenn Sie gerade mehrere Wochen auf engstem Raum mit Missis Blanchflower, Mister Potts und dreizehn anderen gleichen Kalibers verbracht hätten. An ihrer Stelle fünfzehn der großartigsten, exquisitesten Statuen der Welt; solides Gestein vom Scheitel bis zur Sohle, insgesamt von so geringer Lebenskraft, daß sie noch nicht einmal ausgereicht hätte, um einen Postbeamten in Bewegung zu setzen. Kurt blickte umher und starrte verzückt eine nach der anderen an; im Vergleich zu ihm hätte der wackere Cortez einen verdammt guten Pokerspieler abgegeben. Kein Gejammer mehr. Keine Drohungen mehr, sich beim englischen Verkehrsamt über ihn zu beschweren. Keine beißenden Bemerkungen mehr, weil die braune Soße zum Kalbsschnitzel fehlte.

Langsam, mit fast schlafwandlerischer Bedächtigkeit stand Kurt auf, durchquerte den Raum und nahm eine Tiefkühlpackung Tiramisu in die Hand, das er für das heutige Abendessen aufgetaut hatte. Dann pflanzte er sich vor dem Canova auf, streckte die Zunge heraus, hob das Tiramisu und klatschte es der Statue ins Gesicht.

Schnitt, Blende auf für …

Biancas Atelier. Bianca ist gerade gegangen, ohne die Tür abzuschließen, und hat eine Nachricht hinterlassen.

Toneffekte ab, wie oben, nur die Stille fällt weg. Stattdessen ist eine Fuge klagender, ärgerlich erhobener Stimmen mit West Midland-Akzent einzublenden. Die plötzlich abbricht, da …

… den Statuen klar wird, daß sich etwas geändert hat. Aufmerksam, wie sie nun einmal ist, hat Bianca ihnen gegenüber einen großen Spiegel aufgestellt, der die ganze Figur zeigt. Sie sehen sich selbst. Lassen Sie uns diesen Satz wiederholen, um es besonders deutlich zu machen. Sie sehen …

… sich selbst.

Stille.

Und dann sagt eine von ihnen – ja, absolut richtig, es ist Missis Blanchflower …

»Na also!«

… und sie beginnen alle gleichzeitig zu reden. Unnötig, hier die genauen Worte wiederzugeben, die gesprochen werden; der Kern des Ganzen ist, daß sie alle unendlich froh sind, aus diesen lächerlichen, eiskalten, unbequemen Statuen raus und wieder in ihren eigenen Körpern zu sein, obwohl das natürlich *überhaupt* nichts an der Tatsache ändert, daß man absolut skandalös mit ihnen umgesprungen ist (wenn man's recht bedenkt, war es nicht gerade taktvoll von Bianca, mit Lippenstift *Tut mir leid, wenn Sie Unannehmlichkeiten hatten* auf den Spiegel zu kritzeln), das würde noch ein Nachspiel haben, mein Rechtsanwalt, mein Mann, mein Europa-Abgeordneter …

Im hinteren Teil des Zimmers setzt sich ein schmuddeliges Bündel, das auf den ersten Blick nur ein Haufen alter Lumpen zu sein schien, auf, reißt entsetzt die Augen auf und kauert sich wieder zusammen, während es sich verstohlen ein räudiges Leopardenfell über den Kopf zieht und inständig hofft, nicht bemerkt worden zu sein. Zu spät …

Mit simultanem Wutgeheul stürzen sich fünfzehn erboste Exstatuen auf Nkunzana, schütteln die Fäuste und verlangen eine Erklärung. Der Medizinmann erstarrt vor Schreck und kann sich nicht mehr bewegen. Im Rahmen seiner professionellen Aktivitäten ist er tagtäglich gezwungen, mit ganzen Horden unverständliches Zeug daherredender, ruheloser Geister fertig zu werden, Banden rüpelhafter Gespenster allein durch die Kraft seiner Persönlichkeit zu bezwingen, über Dämonen zu gebieten und den Abschaum von zwölf Dimensionen herumzukommandieren. Ein Kinderspiel. Konfrontiert mit Missis Blanchflower und den anderen Opfern der Katastrophe von Sadley Grange, ähnelt er einer Schlange, die von einem Mungo aus der Fassung gebracht worden ist.

Ihr Geister, zischt er mit gedämpfter Stimme, *im Namen des Großen Nkulunkulu befehle ich euch, mich schnellstens hier wegzubringen!*

Die Geister finden sich ein, wie sie es tun müssen, wenn ein Meister der Schwarzen Kunst sie beschwört. Obwohl nur der *isangona* sie sehen kann, sind sie da, so präsent wie ein Kollegium von Notaren, stehen im hinteren Teil des Zimmers und wirken äußerst verlegen.

Tut uns leid, amakhosi, sagen sie mit unhörbaren Worten. *Diesmal mußt du allein zurechtkommen.*

Schnitt, Blende auf für …

… ein Polizeirevier am allernördlichsten Rande Chinas. Hinter dem Schreibtisch schlummert unter einem sich drehenden Ventilator traumlos ein Sergeant.

Die Tür öffnet sich. Drei sehr betreten wirkende Männer treten ein.

Sie wecken den Sergeanten, der einen Grunzlaut von sich gibt und nach seinem Notizbuch und einem Kugelschreiber langt. Was er für sie tun könne, fragt er.

Sie stoßen sich gegenseitig an. Flehentliche Blicke werden gewechselt. Keiner will derjenige sein, der es sagen muß.

Schließlich wird ein Sprecher gewählt. Er räuspert sich. Sein Gesichtsausdruck ist so jämmerlich, daß der diensthabende Sergeant automatisch anfängt, nach einem sauberen Taschentuch zu suchen.

Wir möchten einen Diebstahl melden, murmelt der Sprecher.

Gut. Prima. Was ist denn geklaut worden?

Eine Mauer.

Wie bitte?

Eine Mauer. Eine ziemlich große Mauer sogar.

Also entschuldigen Sie die Frage, aber haben Sie gerade gesagt, daß jemand eine *Mauer* gestohlen hat?

Ganz recht. Kommen Sie doch und sehen Sie sich's selbst an.

Der leicht verwirrte Polizist steht auf, kommt schlaftrunken hinter dem Schreibtisch hervor, tritt zur Tür des Reviers und blickt hinaus.

Hören Sie mal, soll das ein Witz sein, denn wenn, dann ...

Und dann sieht er die Berge. Und das ist nun wirklich *seltsam,* denn jeder weiß, daß man die Berge von hier aus nicht sehen kann. Weil die Mauer im Weg ist. Ja, wenn man das Tal ein Stückchen weiter hochgeht, dann kann man die Berge sehen. Aber von hier unten ...

Der Sergeant fängt an zu schreien.

Schnitt, Blende auf für ...

... eine riesige Sandwüste, die einem den Verstand raubt und wo die reflektierte Hitze einen wie ein Hammerschlag trifft. Durch den schimmernden Hitzeschleier hindurch flackert die Sonne wie eine Signallampe. Keiner bösen Stiefmutter Lächeln war je so grausam wie das unveränderliche Blau des erbarmungslosen Himmels. Sonne und Sand; ja, Sonne und Sand haben wir, aber trotzdem wollen Sie im August bestimmt nicht für zwei Wochen herkommen.

Wüsten sind per definitionem groß; und dies hier ist eine große Wüste. Der Drache, der im Schatten des enormen Stapels von Kartons, in denen sich die Chinesische Mauer befindet, auf sein planmäßiges Treffen mit Chubby und den Jungs wartet, sieht winzig aus; aus der Ferne könnte man annehmen, er sei eine kleine Eidechse von der Art, wie Wüstenwanderer sie jeden

Morgen, bevor sie wieder aufbrechen, aus ihren Stiefeln schütteln.

Aber das ist die Perspektive, die einem einen Streich spielt, denn der Drache ist natürlich riesig. Und, was in diesem Zusammenhang noch wichtiger ist, ganz unglaublich stark. Vielleicht haben Sie noch nicht ganz begriffen, wie stark der Drache ist; nun, dann denken Sie mal über folgendes nach. Zwischen ein und fünf Uhr früh hat dieser Drache letzte Nacht im Alleingang die Chinesische Mauer abgetragen und Karton für Karton durch die Wüste Gobi hierhergeschleppt, ohne ein Geräusch zu verursachen oder jemanden zu stören. Keine große Sache; für den Drachen war das genauso, als sammle er eine entsprechende Anzahl Legosteine vom Wohnzimmerteppich auf.

Immerhin waren es verflucht viele Legosteine, und die Anstrengung hat ihn, im Verein mit der Hitze, schläfrig gemacht. Seine Seele (nennen wir es in Ermangelung eines besseren Wortes mal so) schwebt in mittlerer Höhe in der Luft, blickt auf den Kartonstapel hinunter und denkt bei sich: *Saubere Arbeit, was?*

Doch plötzlich gerät sie in Panik. Instinktiv macht sie den Versuch, in ihren Körper zurückzuflitzen, schafft es aber nicht. Stellen Sie sich das eklige Gefühl vor, das Sie überkommt, wenn Sie gerade nach draußen getreten sind, um die Milch hereinzuholen, und die Eingangstür hinter Ihnen zuschlägt und Sie aussperrt. Normalerweise hätte die Seele des Drachen die Tür eingetreten und wäre in genau zwanzig Sekunden wieder drinnen gewesen. Aber diesmal, da sie die ganze Nacht auf Mauerklau war und infolgedessen nicht viel Schlaf abgekriegt hat, hat sie einfach nicht die Kraft dazu. Was verhängnisvoll ist, denn …

Schnitt, Blende auf für …

… Sankt Georg, der sich müde und erschöpft eine ausgedehnte Sandböschung hocharbeitet und auf dem Weg zu seinem planmäßigen Treffen mit Chubby, den Jungs und einer Milliarde Tonnen abhanden gekommenen Mauerwerks ist.

Er fühlt sich – irgendwie seltsam ...

Ach, sieh mal an, murmelt er bei sich, ich fliege ja.

Oder zumindest ein Teil von mir. Der Rest – Kopf, Arme, Rumpf, Beine – liegt da unten, mit dem Gesicht zur Erde ...

(Toneffekte ab: dahinbrausender Wind, ein vibrierendes, hell klingendes Geräusch, Kürzel für magische Atmosphäre, tiefes und rollendes unirdisches Lachen ...)

Nkunzana, der sich für einen Mann in seinem fortgeschrittenen Alter mit erstaunlicher Behendigkeit bewegte, kletterte aus dem Badezimmerfenster, ließ sich auf die fünf Fuß unter ihm befindliche Feuertreppe fallen, trappelte wie ein Zehnjähriger die Stufen hinunter und sprintete über die Gasse zu Kurts Lieferwagen, der mit laufendem Motor dastand.

»Schnell!« keuchte er. Weitere Erklärungen erübrigten sich. Ein Quietschen war zu hören, und ein Geruch von verbranntem Gummi lag in der Luft.

»Alles okay?« fragte Kurt, während er einen Blick auf die Straßenkarte warf, die auf seinen Knien lag.

»Nein, überhaupt nicht«, schnauzte der Medizinmann ihn an. »Du hättest mich warnen können.«

»Dich warnen?« Kurt grinste. »Hey, Mann, ich wollte dich ja nicht beleidigen. Ich meine, du bist schließlich Medizinmann und so, ich hätte gedacht, daß du das alles *weißt* ...«

»Zur Hölle mit dir, Käsegesicht! Mal sehen, ob du es noch komisch findest, wenn ich dich in einen Käfer verwandelt habe.«

Da sie das Gefühl hatte, daß die Unterhaltung ein wenig vom Thema abkam, warf Bianca ein: »Kurt wollte eigentlich sagen, ob alles nach Plan geht. Mit den, ähm, Geistern, meine ich.«

»Hä?« Nkunzana runzelte die Stirn, dann nickte er. »Klar, kein Problem. Die fünfzehn toten Leute sind aus den gestohlenen Statuen heraus- und in die Statuen, die du für sie gemacht hast, hineingeschlüpft. Das gleiche gilt für die Seelen des Drachen und des heiligen Georg; ich habe sie aus ihren Körpern herausgezaubert, und der Drache wird nach seiner ganzen Schwerarbeit zu geschlaucht sein …«

Der alte Mann, dessen Augen fest geschlossen waren, hielt inne und lacht glucksend. »Hey, Mann«, murmelte er, »das ist ja drollig. Ich wünschte wirklich, ihr könntet das sehen.«

Schnitt, Blende auf für …

… drei entkörperte Geister, die in den oberen Luftregionen schweben.

Der erste ist der Drache, der wie verrückt an der Tür seines prächtigen, wunderbaren, allmächtigen Körpers kratzt. Doch er ist zu schwach. Er bekommt das verdammte Ding nicht auf.

Der zweite ist der heilige Georg, den die Magie des Zuluhexenmeisters ebenfalls urplötzlich aus seinem Körper exmittiert hat. Genaugenommen nicht aus *seinem* Körper, denn wie Sie sich sicher erinnern, hat er sich, als der Drache aus der Zukunft zurückkehrte und ihn abfackelte, in der von Bianca geschaffenen Statue einquartiert, die eigentlich für Mike bestimmt war.

Georg ist gerade im Begriff, wieder zurückzuschlüpfen, als er gewahr wird, daß er nicht das einzige körperlose Gespenst ist, das an diesem schönen mongolischen Sommermorgen unterwegs ist. Nur ungefähr hundert Meilen westlich von sich bemerkt er die Seele seines ältesten und größten Feindes sowie, was noch wesentlicher ist, den leeren Drachenkörper.

Er zögert. Er denkt nach.

JA!

Na, würden Sie etwa nicht? Überlegen Sie doch

mal. Das gewaltigste, kräftigste, eleganteste, schnellste, schwerstbewaffnete und gepanzerte, geschmeidigste Ding aus Fleisch und Blut, das es in der Geschichte des Universums je gegeben hat, steht da mit unverschlossenen Türen, Schlüssel im Zündschloß, und Sie brauchen es bloß zu hijacken. Also rasch rein und weggefahren, und dann wollen wir mal sehen, wer hier wen in Dampf verwandelt ...

Mit einem nicht sonderlich sanften Schubs und dem munteren Ausruf »Weg da, du Blindschleiche!« drängte Georg die entnervte Seele des Drachen zur Seite, kletterte in den Drachenkörper und trat aufs Gaspedal. Ein Donnern und ein ohrenbetäubendes Knallen waren zu hören, als die enormen Flügel des Monsters Luft aufschaufelten wie Eiskrem aus dem Becher. Rasend vor Wut und Angst, kratzte die Seele des Drachen verzweifelt am eigenen Körper, fand aber keinen Einlaß. Den Bruchteil einer Sekunde später war der Körper verschwunden.

»Scheiße«, wimmerte der Drache. Er sank auf den Sand und begann zu zittern.

Der dritte in Bereitschaft schwebende Geist ist Biancas Freund Mike. Er ist den anderen beiden gegenüber dadurch im Vorteil, daß er weiß, was hier vor sich geht, und in dem Moment, da Georg seine irdische Hülle verläßt und sich auf das Drachenkostüm stürzt, schlüpft Mike heimlich, still und leise aus Sankt Georg, Marmorstatue von Bianca Wilson, und gleitet auf Zehenspitzen durch die Luft zu seiner eigenen alten Gestalt, die leer und unverschlossen zwischen den Dünen steht. Er läßt sich hineinfallen. Er schaltet die Beine in den ersten Gang. Er verduftet.

Und jetzt ist die Seele des Drachen allein. Geschwächt von den Anstrengungen und dem verheerenden traumatischen Erlebnis, den eigenen Körper, gesteuert von ihrem Todfeind, in der Ferne verschwinden zu sehen, verfällt sie immer mehr und steht am Rande der Auflösung. Na, was soll's? sagt der Drache. Dann löse ich mich eben in das sprichwörtliche Nichts auf.

Doch dabei bleibt es nicht. Weil Drachen nicht aufgeben. Und wie man so schön sagt: lieber drittklassig gefahren als erstklassig gelaufen. Dort, auf der Böschung einer Düne, steht leer und verlassen Bianca Wilsons Statue des heiligen Georg. Angewidert, aber voll grimmiger Entschlossenheit schleppt sich die Seele der Letzten der großen Schlangen aus der Frühzeit der Welt durch die trockene sandige Luft und läßt sich verzweifelt in Georg hineinfallen.

Und bemerkt etwas. Und fühlt sich plötzlich ein klein wenig besser, weil dieses Etwas darauf schließen läßt, daß hinter alldem noch mehr steckt.

Denn auf die Rückscheibe von Sankt Georg hat jemand einen kleinen Zettel aus glänzendem weißen Karton geklebt und mit rotem Lippenstift sechs Worte daraufgeschrieben. Sie lauten:

MEIN ANDERES AUTO IST EIN PORSCHE

Ja, murmelt der Drache, dem plötzlich unbändig fröhlich zumute ist, das kann man wohl sagen.

Wie ein Lachs, der den Wasserfall der Sonne hochspringt, stieg der große Drache auf; seine Flügel glühten vor Hitze, Flammen strömten an seinen perfekt gepanzerten Flanken entlang, und das schrille Geheul des Luftsogs übertönte alle anderen Geräusche außer dem Jubelgeschrei seiner Seele, die frohlockend jauchzte:

Irreee! Wow! Sa-gen-haft! Ist das nicht absolut stark?

Bald brach er durch die Wolken wie ein springender Delphin, bald stieß er hinab wie ein jagender Adler; erst war er in großer Höhe, dann flog er tiefer, während der Rausch des Fliegens und der Macht ihn benebelte und sein Blut in Wallung brachte. Mein ist das Reich und die Kraft und die Herrlichkeit, von Ewigkeit zu Ewigkeit.

Und dann traf ein heller Lichtstrahl seine Augen, der ihn wieder ernüchterte. Er blickte nach unten. In der Wüste unter ihm standen zwei Männer neben einem Landrover, auf den ein riesiger Spiegel montiert war.

Drachen haben Augen wie ein Falke – ein äußerst blöder Vergleich, weil Falken bloß Vögel sind, während Drachenaugen die großartigsten optischen Instrumente sind, die es im ganzen Kosmos gibt. Was wir damit sagen wollen: Georg erkannte die beiden Männer mühelos, obwohl sie weit weg waren. Es handelte sich um Chubby Stevenson und einen gewissen Kortright, den er vom Sehen kannte, obgleich er nicht wußte, wer er war. Neugierig geworden, stieß er hinab.

»Hey«, brüllte Kortright durch ein Megaphon, »wo zum Teufel bist du denn gewesen? Komm sofort runter!«

Da fiel Georg ein, daß sie ja gar nicht wußten, daß er es war. Sie dachten, es sei der Drache – sein, Georgs, Feind. Doch angeblich waren diese Leute seine Freunde und gehörten zu den Guten. Scheiß drauf! Er sog die Lungen voll Luft und zielte …

Nein, das eilt ja nicht. Wollen erst mal herausfinden, was hier gespielt wird, bevor wir jemanden rösten, für den wir später vielleicht noch Verwendung haben.

»Hey«, fragte Georg gedehnt, »wo brennt's denn?«

»Frag nicht noch so blöde«, erwiderte Kortright. »Na los, setz deinen Schwanz in Bewegung, die Leute warten schon auf uns.«

»Die Leute?« Georg schwebte mit gefalteten Vorderklauen in der Luft und blickte drein wie die Kuh vorm neuen Tor. »Was denn für Leute?«

Stevenson sah, wie Georg bemerkte, ein wenig betreten aus, als er sich zu Kortright hinüberbeugte und ihm etwas ins Ohr flüsterte. Der Agent wich zurück und starrte ihn an.

»Du organisierst den größten Kampf aller Zeiten«, sagte er, »und kommst nicht dazu, die Kontrahenten davon in Kenntnis zu setzen?«

Georg geriet ins Zittern; das Wort Kampf hatte gerade seine Phantasie gehijackt und verlangte, ins Reich Gottes geflogen zu werden. »Welcher Kampf?« fragte er.

»Du gegen Sankt Georg«, antwortete Chubby. »Das Wiederholungsmatch. Es sollte eine, ähm, Überraschung sein.«

»Die ist dir gelungen.«

Chubby zog ein finsteres Gesicht. »Verstehe nicht, warum du das so patzig sagst«, entgegnete er in selbstgerechtem Ton. »Das wolltest du doch, oder? Eine Chance, um diesen kleinen Scheißer ein für allemal zur Schnecke zu machen. Ich meine, deswegen bist du doch vor allem zurückgekommen, oder?«

»Klar.« Georg nickte heftig. »Um dem kleinen Penner eine Lektion zu erteilen, die er nicht vergessen wird, weil er danach nicht mehr lange zu leben hat.«

»Na also.«

Ein Lächeln fegte über das Gesicht des Drachen, in der gleichen Weise, in der Barbarenhorden einst über Europa fegten. »Es ist sehr aufmerksam von dir«, sagte er, »daß du dir die ganze Mühe gemacht hast, nur um mir einen Gefallen zu tun. Aber wie kommst du darauf, daß die kleine Memme den Mumm haben wird, sich einzufinden? Wenn ich er wäre, würde ich mich sofort dünnemachen, wenn ich von dem Kampf erführe.«

»Er weiß ja gar nichts von dem Kampf, du Dödel.«

»Du meinst«, sagte Georg und grinste vergnügt, »du hast ihn reingelegt?«

»Jawollo. Hör mal …«

»Von Anfang an?«

»Klar.« Chubby sah ihn seltsam an. »Was ist denn plötzlich in dich gefahren?« fragte er.

»Nicht was, sondern wer. Aber das spielt keine Rolle, das klären wir später. Also wo soll ich jetzt hin?«

Kortright zeigte genau nach Norden. »Du wirst es erkennen, sobald du es siehst«, sagte er. »Zeig dich aber erst, wenn wir mit Georg aufkreuzen. Dann kannst du loslegen, okay? Und sag nicht, ich würde dir keine erstklassigen Engagements verschaffen, du undankbarer Armleuchter.«

Georg nickte feierlich. »Ich glaube, von da an werde ich allein damit fertig«, sagte er. »Bis dann.«

Kurze Zeit später landete Chubbys Hubschrauber neben dem riesigen künstlichen Berg aus Pappkartons, der über Nacht mitten in der Wüste gewachsen war, und mit eingezogenem Kopf, um nicht in die sich drehenden Rotorblätter zu geraten, kletterten zwei Männer heraus.

»Georg«, schrien sie, »*Georg!* Wo ist der gottverdammte …«

Sie fanden ihn in einer Art Iglu, das er sich am Fuße des Berges aus Mauerteilen gebaut hatte. Daß er fest schlief, erleichterte ihnen ihre Aufgabe. Chubby legte ihm die Handschellen an, während Kortright ihn weckte.

»Hei, Georg«, sagte Chubby. »Kein Grund zur Beunruhigung, aber du mußt etwas für uns tun, und wir haben einfach keine Zeit, dich davon zu überzeugen, daß es eine gute Idee ist, sondern müssen gleich zum Austragungsort aufbrechen. Auf diese Weise können wir dich unterwegs überzeugen und verlieren keine Zeit damit, daß du wegrennst und dich versteckst.«

»Paßt mir großartig.«

Die beiden Männer sahen einander an. »Schön, daß du so vernünftig bist«, sagte Chubby. »Hier entlang, bitte.«

Im Hubschrauber erklärte Chubby, daß er, als er Georg in Birmingham vor der Polizei gerettet hatte, einen Hintergedanken gehabt habe.

»Du hast … Ach ja, natürlich. Ich hab ein Gedächtnmis wie'n Sieb. Entschuldige, bitte. Erzähl weiter.«

»Ja.« Chubby hatte das unbestimmte Gefühl, daß irgend etwas schieflief, aber das kam seinem normalen Geisteszustand so nahe, daß er darüber hinwegging. »Also, es geht um diesen verdammten Drachen.«

»O ja.«

»Aber sicher.« Chubby seufzte. Auf seinem Gesicht malten sich Frustration und Verdruß. »Der Mistkerl wird allmählich zu einer richtigen Plage, verstehst du? Es muß etwas unternommen werden, bevor er mein Geschäft ruiniert und eine größere Stadt oder so zerstört.«

»Das verstehe ich durchaus«, sagte der Drache und nickte. »Nach dem Motto: *Dieser Planet ist nicht groß genug für uns drei.*«

»Drei? Oh, kapiere, was du meinst. Nun, natürlich brauche ich dich nicht daran zu erinnern, daß du genauso darauf erpicht bist wie ich, daß der Armleuchter bekommt, was er verdient. Nun, jetzt ist deine Chance gekommen.«

»Wirklich und wahrhaftig?«

»Wirklich«, sagte Chubby lächelnd, »und wahrhaftig. Deshalb hat Mister Kortright hier …«

Kortright lächelte »Hei, Georg.«

»Hei, Mister Kortright. Sind wir uns nicht schon mal irgendwo begegnet?«

»Durchaus möglich, Georg, durchaus möglich.«

»Mister Kortright«, fuhr Chubby fort, »und ich haben diesen, ähm, Kampf auf Leben und Tod arrangiert. Du gegen den Bösen Buben. Wir haben eine Arena mit allem Drum und Dran für euch gebaut. Das wird dir alles sehr gefallen.«

»Ganz sicher«, sagte der Drache. »Aber – also ich will ja nicht unken – glaubst du nicht, daß der Kampf ein klein wenig einseitig sein wird? Ich meine, er mit Flügeln und Schwanz und feurigem Atem, ich mit einem Schwert? Ich bin wahrhaftig kein Feigling oder so, bloß …«

Kortright kicherte. »Sag es ihm, Chubby.«

»Das haben wir alles geklärt«, sagte Chubby. »Wir haben dir jemanden zur Unterstützung besorgt. Den besten Mann, den es gibt. Sagt dir der Name Kurt Lundqvist etwas?«

»Nein.«

Chubby zuckte die Achseln. »Der kam wohl erst nach deiner Zeit. Also, wenn der Drache sozusagen aus heiterem Himmel auf dich losstürzt, wird Kurt Lundqvist, genannt der Tollwütige, mit einer sehr unangenehmen Überraschung für den Herrn in einem verborgenen Bunker unter der Pressetribüne auf der Lauer liegen. Der Drache wird nicht wissen, was ihn erwischt hat. Und, was noch wichtiger ist, die Zuschauer, die auf ihn gewettet haben, auch nicht. Sie werden denken, du warst es. Raffinierter Trick, wie?«

»Chubby.« Der Drache sah schockiert aus. »Das ist doch wohl *Betrug*.«

»Richtig. Stört dich daran was?«

Die Augen des Drachen funkelten, und wenn Chubby nicht bemerkte – zumindest nicht bewußt –, daß sie gelb waren und statt einer Pupille einen schwarzen Schlitz hatten, dann war er selbst schuld. »Achte nicht auf mein Gerede«, entgegnete der Drache. »Ich halte den Plan für wunderbar und danke dir vielmals, daß du das alles arrangiert hast. Du mußt mir die Gelegenheit geben, mich zu revanchieren.«

»Georg«, sagte Chubby, »alter Kumpel, vergiß es. Ich meine, wozu sind Freunde denn da?«

Der Drache schüttelte den Kopf. »Chubby«, sagte er, »und Lin. Das ist eine Gefälligkeit, die ich nicht so schnell vergessen werde, das könnt ihr mir glauben. Okay, dann wollen wir mal. Ich kann es kaum erwarten.«

NEUNZEHNTES KAPITEL

Kurt hatte sich vorgenommen, in zwanzig Minuten von Birmingham ins Herz der Wüste Gobi zu gelangen. Dank der kleinen Flasche konzentrierter Zeit, mit der Chubby ihn ausgestattet hatte, schaffte er es spielend.

Eine imposante Gestalt erwartete ihn hinter der Herrentoilette. Sie trug einen Anzug von Karl Lagerfeld über ihrem schaudererregenden, mißgestalten Körper, und auf dem Sattel ihrer schnabelartigen Nase saß eine dunkle Brille.

»Hei«, sagte Kurt. »Tut mir leid, wenn ich Sie warten lassen hab.«

»Pünktlich wie die Maurer, Mister Lundqvist«, antwortete der Hauptmann der Gespensterkrieger und überreichte ihm einen Koffer. »Hier sind die Sachen. Viel Glück.«

Kurt grinste. »Glück«, sagte er, »is was für Verlierer. Ihre Leute halten sich in Bereitschaft?«

»Sind in Position. Sie können sich darauf verlassen, daß sie ihre Sache gut machen.«

Kurt nahm den Koffer auf. »Bis dann.« Er schickte sich an wegzugehen, doch der Hauptmann hielt ihn zurück.

»Mister Lundqvist«, sagte er. »Ich bin sonderbar …«

»Stimmt, aber lassen Sie sich nicht davon unterkriegen. Die Sonnenbrille hilft. Ein wenig.«

»Ich bin sonderbar gespannt«, fuhr der Hauptmann fort, »welchen Sie erledigen werden. Ja, sicher, ich habe meine Befehle, mehr brauche ich zum gegenwärtigen Zeitpunkt eigentlich nicht zu wissen. Ich habe mich bloß gefragt ...«

Kurt grinste. Es war ein breites, boshaftes Grinsen, das einen Wolf in die Flucht geschlagen hätte. »Passen Sie gut auf«, sagte er, »dann werden Sie's erfahren.«

Georg kreiste in großer Höhe.

War er vielleicht von gestern? Er doch nicht. Mit dem Klammersack gepudert? Da müssen Sie jemand anderen meinen. Schließlich hatte er sich, um Heiliger zu werden, einen Pfad durch den gefahrvollen Dschungel der Kampftheologie gehauen und wußte, wann eine Situation absolut nicht koscher war; und wenn je eine Sache gestunken hatte, dann die hier. Seelen verlassen ihren Körper nicht einfach so, ohne Grund; ein machtvoller Zauber war nötig, um das zu bewerkstelligen. Und wenn es dann auch noch kurz vor einem großen, sorgfältig geplanten Kampf zwischen Gut und Böse geschah? Einige von Georgs besten Freunden waren Zufälle, aber das hieß nicht, daß er ihnen auch nur so weit traute, wie er spucken konnte.

Tja, sagte er zu sich, und was täte ich, wenn ich diesen Kampf manipulieren würde?

Leicht zu beantworten. Ich würde irgendwo in der Arena einen Heckenschützen aufstellen. Wenn ich dann angebraust komme, um meinen Gegner abzumurksen, serviert mich der Heckenschütze in dem Moment ab, da ich die Flügel zurückklappe und zum Sturzflug ansetze. Es sieht so aus, als hätte Sankt Georg mich getötet. Das Gute triumphiert zum zweitenmal über das Böse. Ja. Na, das wollen wir erst mal sehen.

Er stieg einige tausend Fuß auf und blickte nach unten. Die riesige Arena unter ihm sah aus wie ein kleiner Grind auf dem Knie der Wüste. Sie war gerammelt voll mit Wettfreaks und Kampfsportfans aus allen Zeiten. Georg kicherte. Seiner Ansicht nach war Zuschauersport bestenfalls eine ziemlich morbide Form von Voyeurismus. War doch viel besser, wenn man direkt am Geschehen teilnehmen konnte.

Er setzte zum Sturzflug an.

Das Schöne daran war, daß der Tod all der Leute, die er gleich abfackeln würde, um ein Ablenkungsmanöver in Szene zu setzen, dem Drachen zur Last gelegt werden würde (der das Böse vertrat, auf recht spektakuläre Weise) und nicht etwa dem edlen, tugendhaften Sankt Georg (der das Gute repräsentierte, mit verkniffenem Gesicht und stark gehandikapt). Angesichts der früheren Taten des Drachen würde jeder ohne weiteres glauben, daß er beschlossen hatte, lediglich aus Jux und Tollerei ein ganzes Stadion voller Menschen auszuradieren.

Er holte tief Luft.

In der weißen Ecke hob der Drache gerade seinen Helm, blies Staub vom Einsatz und setzte ihn auf. Darunter war es heiß und stickig, und es roch nach Mottenkugeln. Aus Asbest war er auch nicht. Ziemlich albernes Teil für einen Drachenkampf, dachte er unwillkürlich.

Wut und ein schneidendes Verlustgefühl durchzuckten ihn, als er weit oben am grellblauen Himmel eine vertraute Gestalt erblickte. Da kam er, der Dreckskerl.

»Okay«, sagte er zu dem Waffenmeister, »kann ich jetzt bitte das Schwert haben?«

Der Waffenmeister grinste ihn an. »Red keinen Stuß, Kumpel«, sagte er. »Willst du den da etwa mit einem überdimensionalen Papiermesser töten? Mann, du bist entweder blöde oder verrückt.«

Der Drache wollte etwas sagen, beschloß statt dessen jedoch, sich sein Gegenüber anzusehen.

»Kenne ich dich nicht?«

»Kann sein, du hast schon von mir gehört«, antwortete der Waffenmeister. »Mein Name ist Kurt Lundqvist.«

Der Drache starrte ihn an. »Aber solltest du nicht eigentlich irgendwo da unten sein? Mit einem Gewehr oder so was?«

Kurt schüttelte den Kopf. »Das, mein Freund, wäre ein schlechter Schachzug. Ich hätte was dagegen, kurz vor dem Sterben denken zu müssen: *Gott, wie konnte ich nur so dämlich sein?* Ich werde genau hier bleiben, wo es sicher ist.«

»Sicher?«

Kurt nickte. »Weil Georg«, fuhr er fort, »wenn ich diesen Scheißkerl richtig beurteile, zuallererst das Publikum abfackeln wird, bloß um sicherzustellen, daß niemand wie ich auf der Lauer liegt, um ihn abzuknallen. Hört sich das nach dem Georg an, den du mal kanntest?«

Der Drache nickte. »Ich werde gar nicht erst fragen, woher du weißt, wer ich bin«, sagte er, »aber wir können nicht zulassen, daß dieser blutdürstige Irre fünfzigtausend Menschen umbringt. Was wollen wir ...?«

»Warum nicht?«

»*Warum nicht?*« Der Drache glotzte Kurt völlig verdattert an. »Herrgott noch mal, du Pflaume, das da draußen sind *Menschen,* deine eigene verdammte Spezies. Und du stehst da wie eine Verkehrsampel und fragst: *Warum nicht?*«

Kurt nickte. »Sicher«, sagte er. »Denk doch mal drüber nach. Fast alle diese Typen schwänzen ihre eigene Zeit, richtig? Und was sind das für Typen? Du weißt es nicht? Ich werde es dir sagen.«

Der Drache packte ihn am Arm. Die fliegende Gestalt kam näher. »Nicht jetzt, du Armleuchter. *Tu* was!«

»Diese Typen«, fuhr Kurt fort, während er gelassen die Hand des Drachen von seinem Arm losmachte, »sind Aristokraten, Staatsmänner, hervorragende Persönlichkeiten des öffentlichen Lebens, Industriekapitäne und ganz allgemein superreiche Bürger. Und jetzt stell dir öffentliche Plätze vor. Marktplätze. Piazzas. Tauben sitzen auf ...«

Plötzlich entspannte sich der Drache und begann zu lachen. »Statuen«, sagte er.

»Endlich ist der Groschen gefallen. Jawollo, Mann, Statuen.« Kurt schüttelte den Kopf und seufzte. »Meine Güte, für ein Wesen mit überlegener Intelligenz bist du ganz schön doof«, sagte er. »Bist du da noch nicht von selbst drauf gekommen? Du bist durch die Gegend gezogen, hast Feuer gespien, Gebäude abgefackelt, diese ganzen Albernheiten, und *niemand ist wirklich gestorben.* Selbst diese ...« Hier schauderte es Kurt, als ihm seine eigenen Leiden einfielen. »... diese *Damen*«, stieß er hervor, »in jener Halle in Birmingham sind nicht wirklich *gestorben.* Deinetwegen stirbt niemand wirklich, du Schwachkopf. Und weißt du, warum? Weil du der Gute bist.«

»Bin ich das?«

Kurt gönnte sich eine theatralische Geste verächtlicher Verzweiflung. »Mann«, sagte er in vernichtendem Tonfall, »bist du *doof.* Sieh mal«, fuhr er fort, »wenn du der Gute bist, dann schaffst du es einfach nicht, etwas Böses zu tun, sosehr du dich auch bemühst. Unfair, sicher, aber so läuft's nun mal. Es gibt immer jemanden, der hinter dir herzockelt – in diesem Falle ich –, um die Sache wieder geradezubiegen und die Toten wieder zum Leben zu erwecken. Gehört in gewisser Weise mit zum Amt.«

»Verstehe«, log der Drache. »Aber Momentchen mal. Diese Sache mit den Körpern – daß er meinen bekommt, ich seinen ...«

Kurt nickte. »Ich habe einen Medizinmann angeheuert, um den Austausch vorzunehmen«, sagte er. »Darauf hätte selbst eine doofe Nuß wie du kommen müssen. Ich meine, wie kann das Gute über das Böse triumphieren, wenn der gottverdammte Drache den scheißheiligen Georg tötet?«

Die Antwort des Drachen wurde von Schreien übertönt. Georg brachte das Publikum um.

Als er damit fertig war, schwebte er einen Moment lang über der Mitte der Arena und wartete darauf, daß der Rauch sich verzog, damit er alles sehen konnte (Zeit, die man für Erkundungen verwendet, ist nie verschwendete Zeit). Als er sich davon überzeugt hatte, daß alles okay war – nichts als verkohlte Körper auf den Bänken, rauchende Leichen, gräßlich verrenkte und entstellte Gestalten, die einmal Menschen gewesen waren –, stieg er auf, drehte zweimal eine Runde, klappte die Flügel zurück und ging, während er sich vom eigenen Schwung tragen ließ, im Gleitflug nieder.

Chubby Stevenson, der noch nicht ganz tot war, sah zu, wie er anmutig über den Himmel glitt – nur das Pfeifen der Luft war zu hören, sonst nichts –, und dachte bei sich, daß er noch nie im Leben etwas derartig Schönes gesehen habe. Und, so schloß er (da es extrem unwahrscheinlich war, daß er in den wenigen Sekunden, die ihm vom Leben noch blieben, ein besseres Angebot bekommen würde), welche bessere Art und Weise des Abtretens konnte es da geben als die, seine Augen an Schönheit zu weiden? Wenn er Glück hatte, lenkte ihn das vielleicht sogar ein wenig von den quälenden Schmerzen ab.

Neben ihm lag sein PC LFZ 6686 der Firma Kawaguchiya Elektronik, der es irgendwie geschafft hatte, während des Feuersturms nicht zu einem formlosen Plastikklumpen zusammenzuschmelzen, und schaltete sich jetzt ein.

Hast du daran gedacht, meine Wette weiterzuleiten?

»Wie?« Der Versuch zu sprechen bereitete Chubbys Körper peinigende Schmerzen. »Du liebe Güte, ja, deine Wette. Nein, hab ich vergessen, tut mir leid.«

Was? Du Knickei! Du blöder, schlampiger, nichtsnutziger …

»Hab nur Spaß gemacht«, sagte Chubby. »Ich hab fünfundzwanzig zu eins für dich rausgeholt. Der Zettel ist in der Asbestbrieftasche in meiner Innentasche. Sag mal, Computer …«

Na was?

»Wenn ich sterbe, wer bekommt dann meine Seele? Ich meine, ich glaube, mir gehört immer noch die Mehrheit davon, so daß doch wohl …«

Das war der Fall, als dieses Gespräch anfing. Aber als du eben das Wort »Mehrheit« sagtest, hat sich die Waage zu meinen Gunsten geneigt. Mach's gut, Einfaltspinsel!

»Scheißkerl«, sagte Chubby und starb.

Der Drache beobachtete, wie die Gestalt größer wurde. Jetzt, da er sich zu erstenmal mit den Augen eines Menschen sah, wurde ihm klar, wie riesig ein Drache eigentlich ist. Genau das ist der springende Punkt, erkannte er. Drachen sind um so vieles größer als Menschen, ganz zu schweigen davon, daß sie schneller, stärker, robuster, intelligenter sind; nur ein Vollidiot könnte erwarten, daß sie nach denselben Regeln leben. Sicher, Georg, der Psychopath, hatte gerade fünfzigtausend Menschen getötet. Na und? Drachen sind anders als du und ich. Das muß man berücksichtigen.

»Wach auf, du Schwachkopf!« zischte Kurt ihm ins Ohr. »Na los, es gibt was zu tun für dich.«

»Tatsächlich? Ach ja. Entschuldigung. Was muß ich mit diesem Ding jetzt machen?«

Kurt schnalzte ungehalten mit der Zunge. »Du hast wohl eben gar nicht zugehört, wie? Also paß auf, du brauchst nur durch das kleine schwarze Rohr zu blicken. Wenn der rote Punkt mitten auf der Brust des Drachen ist, drückst du auf den Knopf.«

»Danke.« Der Drache betrachtete das Gerät, das er in den Händen hielt; im wesentlichen war es ein großes graues Rohr, auf dem ein kleineres schwarzes Rohr saß. Auf dem hinteren Teil waren eine Seriennummer und die Worte Hergestellt in der Hölle eingraviert. Er spähte durch das Zielfernrohr, visierte das Objekt an, und …

Georg explodierte.

Kurt erklärte ihm später, daß er den Herz-Lungen-Bereich verfehlt und statt dessen den Bauch getroffen habe, deshalb sei der Tod nicht sofort eingetreten. Das hätte allerdings auch keine Rolle gespielt, da die Rakete mitten in den Treibstoffreserven in den Eingeweiden des Monsters detonierte. Aus diesem Grunde schwebte der arme Teufel vielleicht zwei Sekunden lang am Himmel, während Kopf und Schwanz gräßlich hin und her zuckten und der Rumpf zu einer gewaltigen orangefarbenen Feuerkugel wurde. Zwei Sekunden später ging das Ganze mit einem dumpfen Knall hoch, der die Erde erbeben ließ und dessen heftige Luftverdrängung verkohlte Stückchen toter Zuschauer aufwirbelte wie dürre Blätter. Ein enormer Feuerball hing vielleicht noch anderthalb Sekunden lang in der Luft, dann sank alles langsam, wie ein brennendes Luftschiff, zu Boden. Der Gestank war wahrscheinlich das Übelste, was man auf diesem Planeten je zu riechen bekommen hatte.

»Gute Güte«, sagte der Drache. »Ich habe mich immer gefragt, wie der Triumph des Guten über das Böse aussieht, und jetzt weiß ich es.« Er zögerte und runzelte die Stirn. »Im großen und ganzen«, fuhr er fort, »könnte ich wohl darauf verzichten. Ich meine, als Abwechslung ist es ja ganz nett, aber ich würde nicht extra Eintritt zahlen, um es mir anzusehen.«

Kurt, der neben ihm stand, wurde ungeduldig. »Was ist bloß mit euch gottverdammten Helden los?« fragte er gereizt. »Hab noch nie einen Helden erlebt, der nicht in einen Monolog ausgebrochen ist, bevor alles erledigt war. Wenn du also fertig bist …«

»Entschuldigung«, sagte der Drache. »Ich war eben völlig weggetreten. Was jetzt?«

»Jetzt«, erwiderte Kurt, »müssen wir nach Birmingham, dem gegenwärtig wichtigsten Ort im ganzen Universum. Vermutlich ganz gut, daß man das dort nicht weiß, sonst würden die Grundstückspreise ins Astronomische klettern. Normalerweise«, fuhr er fort, während er den Reißverschluß einer Tasche seiner höllisch teuren, maßgeschneiderten Kampfjacke mit Überlebensausrüstung aufzog, »dauert die Reise neun Stunden, Auftanken in der Luft mit eingerechnet. Glücklicherweise ...« Er hielt eine kleine Flasche gegens Licht. »Sieht so aus, als hätten wir gute neun Stunden übrig.« Er schraubte den Verschluß auf. »Los, alter Knabe, mach hinne. Mein Jet steht da drüben.«

»Dein ... O Scheiße, daran hab ich gar nicht mehr gedacht.« Der Drache seufzte. Er war kein Drache mehr. Alles, was er je gewesen war, war zu einem rauchenden roten Leuchten geworden, das eine halbe Meile jenseits des mit Leichen vollgestopften Stadions zu sehen war. »Versprich mir, daß du nicht zu schnell fliegst«, sagte er, während er sich aufrappelte. »Sonst werde ich nämlich luftkrank.«

»Und hier«, sagte der Vertreter des Stadtrats, »sollen die Statuen stehen.«

Mehrere ausdruckslose japanische Gesichter drehten sich zur Seite und betrachteten einen großen rechteckigen Steinblock, der genau in der Mitte von Birminghams weltberühmtem Victoria Square stand. Der Vertreter des Stadtrats vermochte in keiner Weise zu sagen, ob ihnen das Ganze gefiel, mißfiel oder einfach schnurzpiepegal war. Unverdrossen machte er weiter und kam sich vor wie der Weihnachtsmann auf einem Mathematikerkongreß.

»Die Statuen«, plärrte er mit dem Rücken zum Sockel, damit er ihn nicht anzusehen brauchte, »werden von Bianca Wilson, dem aufregendsten jungen Talent des Jahrzehnts, angefertigt und sollen Sankt Georg und den Drachen darstellen, jene zeitlose Allegorie des ...«

Die Leute von Kawaguchiya hörten ihm gar nicht zu. Sie starrten auf etwas, das sich hinter ihm befand. Der Weißhaarige beriet sich mit seinen zwei jüngsten Assistenten. Du liebe Güte, wie unhöflich, dachte der Vertreter des Stadtrats, ist ja schrecklich.

»... Kampfes zwischen Gut und Böse«, fuhr er entschlossen fort, »ein Thema, das auch in unserer heutigen, modernen Zeit von permanenter Relevanz ist. Die ursprünglichen Statuen wurden natürlich bei einer Explosion zerstört, aber ...«

Himmel, Arsch und Zwirn, was fanden diese Blödmänner bloß so unwiderstehlich interessant? Unfähig, sich länger zu beherrschen, drehte der Vertreter des Stadtrats sich langsam um und sah ...

»Die ursprünglichen Statuen«, fuhr er übergangslos fort, »sind fachmännisch von einem Team von, ähm, Fachleuten restauriert worden, das vierundzwanzig Stunden am Tag daran gearbeitet hat, und sind jetzt hier wieder in voller Schönheit zu sehen, wie Sie, äh, sehen können. Gut. Nun, wenn wir uns nach links wenden, erblicken wir den preisgekrönten Colmore Tower ...«

Bianca bog, vom Eden Place kommend, um die Ecke, blieb wie vom Donner gerührt stehen und machte große Augen.

Der Drache war wieder da. Genau so, wie und da, wo er gewesen war. Kalter Stein, leblos, leer. Bei seinem Anblick wurde ihr schlecht.

Als sie langsam auf die Statuen zuging, faßte eine ältere Frau in einem Mantel aus Tweedimitat und mit Kopftuch sie am Arm. »He«, sagte sie, als Bianca zusammenfuhr und den Kopf zur Seite drehte. »Sie sind doch diese Bianca Wilson, oder?«

»Hä? Äh, ja, bin ich.«

»Hab Sie im Fernsehen gesehn. Sie sind in die Luft geflogen.«

»Das ist richtig. Also, wenn Sie mich jetzt entschuldigen würden ...«

Die Frau rührte sich nicht vom Fleck. O Gott, dachte Bianca, ich kann mich nicht erinnern. Ist sie nun eine meiner Statuen, oder ist sie echt? Aber ich habe keine Möglichkeit, es festzustellen, es sei denn, ich bürste ihr das Haar aus dem Nacken, um nach Meißelspuren zu suchen.

»Sie haben das gemeißelt«, sagte die Frau.

»Bekenne mich schuldig«, erwiderte Bianca. »Ich meine, ja, stimmt, das ist meine Statue.«

»Tja.« Die Frau sah erst den großen Steindrachen, dann wieder Bianca an. »Mit diesem modernen Zeug kann ich nicht viel anfangen«, sagte sie. »Ich bin mehr für traditionelle Sachen.«

»Nun ja ...«

»Zum Beispiel eine Katze, die einen Vogel beobachtet. So was hat unser Neville im Gartencenter gekauft. Aber er wohnt auch in der Gegend von Shenley Fields, da haben sie mehr Platz für Gärten.«

»Genau. Wenn Sie mich jetzt entschuldigen würden ...«

»Wenn ich Sie wäre«, sagte die Frau, »würde ich mal ein nettes Tier machen, eine Katze oder einen Hund oder so. So was mögen die Leute.«

Bianca schloß die Augen. »Danke für den Hinweis«, sagte sie. »Ich werde darüber nachdenken, ganz bestimmt.«

Die alte Frau ließ ihren Arm los. »Na«, sagte sie, »dann will ich Sie nicht länger aufhalten. War schön, Sie kennenzulernen.«

»Gleichfalls«, entgegnete Bianca. Sie sah der alten Frau nach, die in Richtung Bücherei davontrottete. Dann näherte sie sich langsam der Statue, als ob sie sich an ein Reh heranpirsche. Doch schon während sie das tat, wußte sie, daß es nicht nötig war. Diesmal war niemand zu Hause.

In Biancas Atelier wurde unterdessen das überzählige Standbild, Nummer sechzehn, lebendig. Es fuhr zusammen, als hätte jemand eine Zigarette auf seiner Nase ausgedrückt, und fiel um. Als es auf dem Boden aufkam, war es aus Fleisch und Blut, nicht mehr aus Marmor. Deshalb fluchte es, statt kaputtzugehen.

Und es war auch nicht mehr *es,* sondern *sie*. Was, wie Chubby Stevenson meinte, ein mieser Streich war, den man ihm da gespielt hatte.

Reglos wie – nun ja, zum Beispiel wie eine Statue stand sie da, als ein offener Jeep mit kreischenden Bremsen neben ihr hielt. Sie blickte zur Seite.

»Steig ein!« rief Kurt. »Wir haben noch neunzig Minuten übrig. Brauch dich zwar nicht bei dem, was jetzt kommt, aber ich dachte, du wärst am Schluß vielleicht gern dabei.«

»Eigentlich nicht«, sagte Bianca und sah weg. »Wenn es dir nichts ausmacht. Kurt, da du gerade hier bist, du kennst dich doch mit Sprengstoff und solchen Sachen aus. Hättest du nicht ein bißchen für mich? Nur soviel, um diese Dinger in kleine Stücke zu sprengen, mehr nicht.«

»Untersteh dich!« fuhr der Mann auf dem Beifahrersitz sie an. Sie betrachtete ihn genauer und reagierte entsprechend. Wenn sie eine Katze gewesen wäre, hätte sie einen Buckel gemacht, die Krallen ausgefahren und gefaucht.

»Reg dich ab«, sagte Kurt, »das ist zwar Georgs Körper, aber drin steckt Fred. Kommst du nun mit oder nicht? Wir holen auch noch Mike ab, damit das ganze Team beisammen ist.«

Bianca zuckte die Achseln. »Na schön, warum nicht«, sagte sie. »Solange niemand von mir verlangt, was zu tun, denn dazu hab ich im Moment einfach nicht den Nerv.«

Kurt grinste und öffnete die Wagentür. »Steig ein«, sagte er.

Nun?

Sobald sie durch die Tür waren, die in den Computerraum führte, hatte Kurt diese abgeschlossen und wie aus dem Nichts ein halbautomatisches Remington 870 hervorgezaubert. Bevor seine drei Gefährten auch nur eine Bewegung machen konnten, hatte er durchgeladen und richtete das Gewehr auf sie.

»Hier sind sie alle, Chef«, sagte er. »Der Drache, die Bildhauerin und ihr Hiwi. Georg ist tot.«

Großartig. Und Stevenson?

»Ist auch tot. Es ging zum Schluß etwas, äh, heiß her.«

Kein großer Verlust. Den größten Teil seiner Seele habe ich. Ich brauche sie bloß noch zu formatieren, und dann kann ich hier raus. Das wird vielleicht ein Spaß.

Kurt nickte. »Ganz bestimmt«, sagte er. »Haben Sie Ihren Gewinn bereits einkassiert?«

Noch nicht. Auf dieses Vergnügen freue ich mich schon.

»Guten Schnitt gemacht?«

Einen sehr guten sogar. Vor langer Zeit habe ich mit Asmodi, dem Herzog der Hölle, um eine beträchtliche Geldsumme gewettet, daß Sankt Georg den Drachen töten werde. Damals hat er mir eine Quote von fünfundneunzig zu eins angeboten. Als er verlor, schlug ich ihm vor, alles auf das Wiederholungsmatch zu setzen. Wenn ich aus diesem Apparat raus bin, kann ich mich als recht wohlhabend betrachten.

Der Drache war im Begriff, sich auf den PC zu stürzen, doch dann fiel sein Blick auf Kurts Gewehr, und er blieb, wo er war. »Nosher, du Dreckskerl!« stieß er hervor. »Du warst das. *Du* hast den verdammten Kampf manipuliert.«

Dazu braucht man zwei, Fred. Das Geld hast du jedenfalls sehr gern genommen. Und außerdem ist ja alles bestens gelaufen. Der Drache hat den heiligen Georg getötet, was schon damals, vor all den Jahren hätte geschehen müssen. Doch von einem anderen Standpunkt aus gesehen hat Sankt Georg abermals den Drachen getötet und dadurch bestätigt, daß das Gute dem Bösen überlegen ist. Das habt ihr alle mir zu verdanken.

»Ja, aber ...«, wollte Bianca einwerfen, doch dann wurde ihr klar, daß sie nichts zu sagen wußte. Sie schloß den Mund und setzte sich auf die Kante eines Tischs.

Ihr glaubt doch wohl nicht im Ernst, daß euer Herumgekaspere, euer Körper-wechsle-dich-Spielchen funktioniert hätte, wenn es nicht Teil meines ursprünglichen Plans gewesen wäre? Den Kurt in die Tat umgesetzt hat – ich darf wohl sagen: wie der echte Profi, der er ist. Danke, Kurt.

»Gern geschehen.«

Um Stevenson ist es vermutlich schade. Der Bildschirm flimmerte kurz. *Ich dachte, dieser Kortright hätte ihn schnell mit seinem Hubschrauber weggebracht, als der Drache – pardon, Georg – damit anfing, die Leute umzubringen. Irrtum meinerseits. Aber er war sowieso entbehrlich. Er hat bei der Durchführung des Plans geholfen – mit seiner künstlichen Zeit und der Organisation, die er aufgebaut hat –, aber er war nie Teil davon. Im Grunde war er nicht mit dem Herzen dabei. Mit der Seele schon, wenn auch nur, falls ihr den Ausdruck verzeiht, über seine Leiche. Wie dem auch sei, Ende gut, alles gut, und das Ende ist gut, perfekt sogar. Und wie du immer gesagt hast, Fred: Wo gehobelt wird, da fallen Späne.*

»Habe ich dir je gesagt, daß ich dich auf der Schule insgeheim gehaßt habe, Nosher? Ich habe dich damals schon für ein heimtückisches kleines Arschloch gehalten, und dafür halte ich dich immer noch. Das mußte ich unbedingt mal loswerden.«

Der Bildschirm verdunkelte sich, dann leuchtete er hellgrün auf. *Tatsächlich? Das ist bedauerlich. Na schön, also vielleicht habe ich nebenher auch eine Menge Geld gemacht, aber wenn ich nicht gewesen wäre, hätte das Böse damals über das Gute triumphiert, und genau das gleiche wäre jetzt passiert. Was mich doch wohl zum Guten macht. Oder hat irgendeiner von euch ein Problem mit der Logik des Ganzen?*

Ein langes Schweigen folgte, das schließlich gebrochen wurde, als Kurt sich räusperte.

»Soll ich die Sache jetzt zu Ende bringen, Boß?« fragte er, während er den Sicherungshebel zurückschnappen ließ.

Warum nicht? Maßlose Schadenfreude konnte ich noch nie leiden. Versteht ihr, Leute, das ist ein einigermaßen glückliches Ende, aber noch nicht hundertprozentig. Wie ich Kurt erst vor kurzem erklärt habe, geht es nicht nur darum, daß das Böse besiegt wird. Letzten Endes kommt es darauf an, wer siegt. Das ist wie in der Politik: völlig unnütz, das schlimme und korrupte Regime X zu stürzen, wenn man es sofort durch das schlimme und korrupte Regime Y ersetzt. Das versteht ihr doch, nicht wahr?

Der Drache spannte die Muskeln seiner Beine an. Er würde nur *eine* Chance zum Loszuspringen haben, und er war sich ziemlich sicher, daß Kurts Reflexe genauso gut waren wie seine, wenn nicht sogar besser. Aber wenn er auf Kurt fiele und ihn zur Seite schleuderte, hätten Bianca und Mike vielleicht die Möglichkeit, den Bildschirm mit einem Stuhl zu zertrümmern oder etwas in der Richtung. Das Ganze war wahrscheinlich völlig aussichtslos, aber egal. Er war bereits tot und würde eben noch einmal sterben. Just in diesem Moment entwarf sein Unterbewußtsein eine brandneue Religion, deren zentrale Grunddoktrin die des Dreifaltigen Versuchs war.

Na gut, Kurt, dann tun Sie, wozu Sie angeheuert worden sind. Es ist Zeit, daß Sie ein Heiliger werden, Kurt. Töten Sie den Drachen.

»Wie bitte?«

Seien Sie nicht albern, Kurt. Sie sind Profi, Sie tun, was man Ihnen befohlen hat. Nun töten Sie schon den verflixten Drachen!

Kurt hob ganz leicht das Gewehr. Er hatte aufgehört zu lächeln. »Entschuldigen Sie«, sagte er.

Na was?

»Tut mir leid, wenn ich so spitzfindig bin«, sagte Kurt, »aber unsere Abmachung lautet eigentlich, daß ich einen Drachen töten soll. Nicht DEN. EINEN.«

Kurt. Was in aller Welt wollen Sie …?

Mit einer einzigen geschmeidigen Bewegung stand Lundqvist auf. Die Mündung des Gewehrs beschrieb einen Halbkreis und zielte erst auf Bianca, dann auf Mike und den Drachen. Schließlich richtete sie sich auf den Bildschirm.

»In diesem Zimmer gibt es nur einen Drachen, Nosher«, sagte er. »Wir haben hier einen weiblichen Menschen, zwei männliche Menschen, einen Heiligen und Sie. Schätze, das macht Sie zum Letzten Ihrer Spezies.«

Kurt …

Das Gewehr wummerte achtmal. Glassplitter spritzten durch die Luft, als alle Bildschirme im Zimmer sich in tausend Teile auflösten. Der Drucker in der Ecke setzte sich kreischend in Gang und hatte nach zweieinhalb Sekunden schon zwölf DIN-A4-Seiten gefüllt, bevor ein Schlag mit dem Gewehrschaft ihn für immer zum Schweigen brachte.

»Wieder eine Spezies ausgestorben«, brummte Kurt, während er über einen kleinen Schnitt unter dem linken Auge wischte. »Findet ihr's nicht auch bedauerlich, wenn so was passiert?«

ZWANZIGSTES KAPITEL

Taxi!« rief Chubby.

»Ja, Miss?«

Chubby zuckte zusammen. Nicht daß es kein sehr hübscher Körper gewesen wäre – er hätte ihn sogar als toll bezeichnet –, bloß war es eben nicht sein eigener. Das Tragische daran war, daß er unter normalen Umständen alles darum gegeben hätte, einer derart hinreißend aussehenden Puppe so nahe zu sein, aber irgendwie hatte er das Gefühl, daß es keine gute Idee war, sich selbst anzumachen. Irgendwo hatte er mal gelesen, daß man davon blind wird.

»Zum Flughafen, bitte. So schnell wie möglich.«

Ziemlich mickrig als Ausbeute eines ganzen Lebens voller Arbeit, dachte er, als er den Marks and Spencer-Beutel, der alles Nützliche enthielt, was er im Atelier hatte auftreiben können, auf den Rücksitz des Taxis schleuderte. Zum Anziehen hatte er nur einen alten Overall von Bianca gefunden. Im Stromzähler war genug Geld gewesen, um eine Taxifahrt zu bezahlen. Natürlich mußte er sich noch eine Methode ausdenken, um ohne Ticket und Paß in das Flugzeug und wieder hinaus zu gelangen, aber falls er es bis nach Zürich schaffte, wären seine Probleme gelöst. Er konnte sich an den Code erinnern, der ihm Zugang zu seinen Tresorfächern verschaffte, und war jetzt zum erstenmal in der Lage, die Hypothese zu testen, Diamanten seien der beste Freund eines Mädchens. Er persönlich glaubte nicht daran; wo er herkam, waren indexgebundene Staatspapiere der beste Freund eines Mädchens, und Diamanten waren lediglich jemand, mit dem man bisweilen zu Mittag aß. Trotzdem wäre es ihm ein Vergnügen, diesen Punkt genau zu untersuchen.

Ein Jeep folgte dem Taxi.

Zufall, beruhigte sich Chubby und rutschte auf seinem Sitz weiter nach unten. In einer Stadt von dieser Größe muß es Tausende von Jeeps geben, und neunundneunzig Komma neun Prozent davon gehören sicher jungen Steuerberatern, die in sein wollen. Die Wahrscheinlichkeit, von – sagen wir spaßeshalber mal – Kurt Lundqvist verfolgt zu werden, muß so gering sein, daß sie sich gar nicht in Dezimalzahlen ausdrücken läßt. Deine Phantasie wird dich noch mal umbringen, Stevenson.

Allerdings muß sie sich dann ranhalten, fügte er hinzu, wenn ihr nicht jemand anders zuvorkommen soll. Der Jeep hatte nämlich gerade das Taxi überholt, und auf dem Fahrersitz saß Lundqvist, der ihm mit der Faust drohte.

Oder sollte das ein fröhliches Winken sein?

Red kein Blech.

Mist, sagte Chubby zu sich, ich bin doch heute schon mal getötet worden. Er reckte den Hals und bat den Fahrer anzuhalten.

»Tot?«

Der Drache nickte. Er wollte zwar keine Vermutungen darüber anstellen, wo Sankt Georg hingekommen war …

(»Aber ich bin ein Heiliger, verdammt noch mal. Seid ihr denn blind? Wir gehen in die falsche Richtung.«

Der Hauptmann der Gespensterkrieger kicherte höhnisch. »Ein Heiliger«, wiederholte er. »Warst wohl gerade unterwegs zu 'ner Kostümparty, wie?«

»Ich arbeite under cover, du Depp. Und jetzt laßt mich endlich los.«

Der Hauptmann beachtete ihn nicht. Ehe er sich's versah, waren sie am Tor, wo ihn, verflucht noch eins, fünf nicht ganz unbekannte Gesichter erwarteten.

»Chardonay!« kreischte er. »Snorkfrod! Prodsnap! Sagt diesen Rowdys um Himmels willen, wer ich bin.«

Chardonay und Snorkfrod wechselten Blicke.

»Hab diesen Spinner noch nie im Leben gesehen«, antworteten sie im Chor.)

... aber irgend etwas sagte ihm, daß es dort nicht angenehm sein würde. Nun ja, wäre mal eine Abwechslung für ihn, nach all den Jahren in der anderen Abteilung. Wenn er sich ein paar Millionen Jahre lang anständig betrug, würde man ihm vielleicht einen Job in der Küche geben.

Der Drache schüttelte sich wie ein Hund. »Und was jetzt?« fragte er. »Was ich wirklich gern hätte, ist eine eidliche Erklärung vom Heiligen Geist, die besagt, daß der Rest meines Lebens mir gehört, aber ich will lieber erst mal abwarten.«

Bianca zuckte die Achseln. »Kurt ist bald zurück«, sagte sie. »Er weiß bestimmt Bescheid.«

Sie warteten zwei Stunden, was, wie sich herausstellte, Zeitverschwendung war. Dann schlug Bianca vor, einen Spaziergang zu machen.

»Einen was?«

»Einen Spaziergang. Draußen im Freien.«

»Wieso das?«

»Zum Vergnügen«, antwortete Bianca. »Menschen tun so etwas. Diese Dinge mußt du lernen, wenn du für den Rest deines Lebens ein Mensch bleibst.«

Der Drache sah sie an. »Ist diese Gefahr so groß?« fragte er. »Deiner Meinung nach, meine ich.«

»Was ist denn dagegen einzuwenden, ein Mensch zu sein?«

Der Drache verzog das Gesicht. »Nun hör aber auf«,

sagte er. »Ganz abgesehen davon, daß ihr nicht fliegen kein Feuer speien und nicht mühelos über den Wolken dahinschweben könnt, während ihr die Sonne auf eurem Rücken und den Wind in euren Schuppen spürt, glaube ich, daß ihr Menschen ein wirklich scheußliches Leben führt, was ihr von mir aus herzlich gerne tun könnt. Ich meine, was soll ich machen? Mich irgendwo niederlassen und mir einen Job suchen?«

»Keine Ahnung«, erwiderte Bianca, als sie auf die Straße traten. »Vielleicht gibt es irgendeine Agentur, die dich umsiedelt. Die dich nach Australien fliegt, dir eine neue Identität verschafft, dir einen nützlichen Beruf beibringt, weißt du ...«

»Blas mir doch den Schuh auf! Ich brauche keinen nützlichen Beruf. Und wo liegt überhaupt Australien?«

»Ich glaube, Australien gefiele dir. Es ist groß. Und heiß. Du könntest als fliegender Arzt oder so was arbeiten.«

Schweigend gingen sie eine Weile weiter, bis der Drache sich auf eine Bank setzte und darüber klagte, daß ihm die Füße weh täten.

»Ach, wenn ich doch bloß meine schöne Statue zurückbekommen könnte«, sagte er.

»O nein«, entgegnete Bianca grimmig. »Kommt nicht mehr in Frage.«

»Aber sie ist völlig unversehrt«, erwiderte der Drache und versuchte, gewinnend zu lächeln. »Ich habe sie selbst gesehen. Sie steht wieder auf dem Sockel. Ach nun komm, sei kein Spielverderber. Ich verspreche dir auch, sorgsam damit umzugehen ...«

»Um die Statue mache ich mir keine Sorgen«, sagte Bianca. »Also wenn du versprächest, sorgsam mit unserem Planeten umzugehen ...«

»Ja?«

»Würde ich dir nicht glauben. Meine Güte, sieh mal, wo wir sind!«

Vor ihnen, den attraktiven Victoria Square beherrschend wie ein Rolls Royce einen Aldi-Parkplatz, stand die Statue. Obwohl Bianca sie mit ihren eigenen Händen erschaffen hatte und ihr jeder Quadratinch so vertraut war wie ihr eigener Körper, stockte ihr einen Augenblick lang das Herz, und der Atem blieb ihr in der Kehle stecken wie der unzerkaute Brocken eines Brötchens. Es wäre ihr überhaupt nicht schwergefallen zu glauben, daß die Statue wirklich lebendig war.

»O nein, das wirst du nicht tun«, sagte sie und versuchte vergeblich, Fred zu packen. »Komm sofort wieder her. Laß das!«

Sie verschwendete natürlich nur ihren Atem. Der Drache war auf die Statue zugestürzt; er erkletterte sie und kratzte mit seinen Fingern daran …

Er war immer noch da.

»Bianca«, sagte er leise. »Sie läßt mich nicht rein. Sie ist verschlossen oder so. Sie ist … tot.«

Bianca stand reglos da. »Das tut mir leid«, sagte sie. »Du dürftest sie zwar gar nicht wiederhaben, aber es tut mir aufrichtig leid.«

Der Drache blickte auf, und ihre Blicke begegneten sich. »Macht doch nichts«, sagte er. »Du kannst mir ja jederzeit eine neue machen.«

»Nur über meine Leiche.«

»Wenn du darauf bestehst«, erwiderte der Drache. »Ein Sockel wie der da würde mir zwar vollauf genügen, aber ganz wie du willst, du bist ja schließlich die Kreative von uns beiden.«

»Ich werde dir keine neue Statue meißeln«, sagte Bianca. »Du hast ja schon einen Körper. In der Dritten Welt gibt es zahllose hungernde Menschen, die sich über einen solchen Körper freuen würden.«

»Kannibalen, meinst du?«

Bianca zuckte die Achseln. »Ich könnte dir eine Eule machen«, sagte sie. »Oder eine hübsche Seemöwe. Für eine hübsche Seemöwe würdest du dich eignen.«

»Du weißt, daß das nicht stimmt, Bianca. Ich würde

dahinsiechen oder gegen einen Telegraphendraht fliegen oder in einen Ölteppich geraten, der mir die Federn verklebt. Ich bin ein Drache, Bianca. Ich muß das sein, was ich wirklich bin.«

»Tut mir leid«, antwortete Bianca und schüttelte den Kopf. »Falls es ein Trost für dich ist, du bist nicht der einzige. In der Tat ist die Anzahl der Leute, die … Drache? Ach, du Schande …«

Der Drache war auf seinen eigenen Kopf geklettert. Von dort bis zur Erde war es ein langer Weg, wenn man ein Vogel war. Wenn man ein Mensch war und hinunterfiel, war der Weg nicht ganz so weit, dafür aber die sichere Landung problematischer.

»Was zum Teufel tust du da?« fragte Bianca.

»Ich stehe auf meinem Kopf. Was hattest du denn angenommen?«

»Komm runter!« schrie Bianca. »Das ist gefährlich!«

Reglos stand der Drache da und starrte in die Ferne. Von dort konnte er viel überblicken – fast den ganzen Weg, den er schon zurückgelegt hatte, wie auch den, der ihm noch bevorstand. Zunächst war es nur Bianca, die versuchte, ihn zum Herunterkommen zu überreden. Dann gesellten sich zahlreiche Fachleute zu ihr, ausgestattet mit Megaphonen und Zertifikaten, die nachwiesen, daß sie Experten darin waren, Leute aus schwindelnder Höhe herunterzuholen. Er schien sie gar nicht zu hören. Er war sehr weit weg.

Mitten in all der Aufregung kam ein Jeep angefahren und parkte am Rande der Menge, hinter dem Ü-Wagen des Fernsehens. Die Insassen hörten zu, wie der Reporter munter in sein Mikrophon plapperte.

»Er hat natürlich alles völlig mißverstanden«, sagte Mike.

»War ja zu erwarten«, entgegnete Kurt. »Ist aber vermutlich ganz gut so. Wenn sie genau wüßten, wer er ist, schössen sie auf ihn.«

Auf dem Rücksitz des Jeeps kniete Vater Kelly mit

gesenktem Kopf und aneinandergelegten Handflächen. Kurt wäre es lieber gewesen, wenn er das unterlassen hätte; zunächst war es ja ein klein wenig schmeichelhaft gewesen, als dieser Priester angerannt kam, auf etwas zeigte, das Kurt nicht sehen konnte und das sich etwa drei Inch über seinem Kopf befand, und von Heiligenscheinen und Heiligen schwatzte. Das war vor zwei Stunden gewesen, und seitdem hatte der Priester keine Ruhe gegeben. Darüber hinaus bat er Kurt in einem fort, Dinge zu tun, die dieser nicht tun konnte und auch nicht tun würde, selbst wenn er sie hätte tun können; besonders die Erfüllung der Bitten, in denen es um Abrüstung und Weltfrieden ging, würde Kurt persönlich arbeitslos machen. Kurt hatte ihn zuerst freundlich gebeten, damit aufzuhören, ihn schließlich angeschrien und sogar mit dem Wagenheber geschlagen; der Clown schien das alles gar nicht zu bemerken. Zu guter Letzt hatte Kurt beschlossen, ihn nicht weiter zu beachten, bis er es von selbst aufgab und sich davonmachte. Es bestand die Chance, daß das in vielleicht vierzig Jahren oder so klappen könnte.

»Ach, was soll's«, seufzte Kurt. »Ist wohl besser, ich kümmere mich drum. Ich glaube, das ist das letzte noch offene Problem.« Er kletterte aus dem Jeep, stopfte sich etwas in die Jacke, warf einen Blick in den Seitenspiegel und glättete sein Haar. »Manchmal denke ich so bei mir«, sagte er, »es wär doch vielleicht ganz schön, wenn zur Abwechslung mal ein anderer die offenen Probleme lösen würde. Aber davon kann ich bloß träumen.«

»Da bist du noch gut dran«, antwortete Mike. »Ich träume immer, daß ich von einem sieben Fuß großen Saxophon endlose Korridore entlanggejagt werde.«

Kurt bahnte sich einen Weg bis in die vorderste Reihe der Menge und winkte. Der Drache sah ihn und winkte zurück.

»He, Fred!« schrie Kurt. »Was um Himmels willen machst du denn da oben?«

»Ich benutze meinen Kopf«, erwiderte der Drache. »Folge meiner Nase. Oder so was in der Richtung.«

Kurt zuckte die Achseln. »Wie du willst, Mann«, sagte er. »Wenn du runterkommst, hast du vielleicht noch fünfzig Jahre ruhigen irdischen Lebens vor dir; hier und da ein bißchen Spaß, auch wenn dir Gott von Zeit zu Zeit in die Eier tritt, und schließlich eine Einwegfahrt am himmlischen Fleischerhaken.«

»Kurt«, antwortete der Drache, »du hast deinen Beruf verfehlt. Du hättest in die Werbung gehen sollen.« Er grinste und stand auf einem Bein, während er einen juckenden Knöchel kratzte. »Ich glaube, es war Konfuzius oder einer von diesen Typen, der gesagt hat, daß es nicht unbedingt besser ist, Scheiße zu essen, statt zu hungern.«

»Kommt drauf an«, entgegnete Kurt, nahm eine Tafel Schokolade aus der obersten Tasche seiner Jacke und brach ein Stück ab. »Wenn sie roh und ungekocht ist, dann stimmt das. Was die Sache weniger eindeutig macht, sind Bücher wie *Kochen mit Scheiße im orientalischen Stil* und *Tausendundein fäkales Festmahl.* Mensch, man weiß erst, wie etwas ist, wenn man es probiert hat.«

»Gott segne dich«, antwortete der Drache. »Du könntest so was wirklich gut, wenn du mit dem Herzen dabeiwärst. Aber selbst bei einer Talk-Show habe ich schon größere Aufrichtigkeit erlebt.«

Kurt zuckte die Achseln. »Fang auf«, sagte er. Er zog etwas unter seiner Jacke hervor und warf es dem Drachen zu, der es mit einer Hand auffing.

»Was ist das?« fragte der Drache.

»Ah«, erwiderte Kurt und ging davon. Der Ordnung halber sei noch erwähnt, daß er am dritten Tage in seiner leiblichen Gestalt zum Himmel auffuhr, wo man ihm die Aufgabe übertrug, Neuankömmlinge danach zu durchsuchen, ob sie sich eine Tasche ins letzte Hemd hatten nähen lassen. Er machte das sehr gut, aber es langweilte ihn zu Tode. Schließlich brach er in die Reinkarnationslabors ein, nahm danach Reißaus und schloß sich einem Flohzirkus an.

Der Drache öffnete das Paket, das Kurt ihm zugeworfen hatte. Verdutzt studierte er den Inhalt eine Weile; dann, gerade als die Fernsehkameras es schafften, das Objekt heranzuholen und ins Bild zu bekommen, warf er es in die Luft. Und folgte ihm.

Wie viele andere schrie Bianca auf und sah weg, als er auf der Erde aufschlug. Als sie wieder hochblickte, bemerkte sie, daß ihre Statue von Sankt Georg wieder an Ort und Stelle war, auf sich bäumendem Roß, mit erhobenem Schwert und abwehrbereitem Schild. Das Ganze war hinreißend schön und völlig verkehrt. Schon bevor die Menge sich zerstreut hatte, wußte sie, was sie zu tun hatte.

Drei Monate später erklärte der Vizepräsident der Firma Kawaguchiya Integrated Circuits (GB) den aufgemöbelten Victoria Square offiziell für eröffnet. Es regnete; genauer gesagt, es schüttete wie aus Kübeln, extranasser Regen aus dem Speziallager, dem echtes Wasser beigemischt war und den es nur in Birmingham gibt. Als besondere Vorsichtsmaßnahme hatten ein paar Leute vom Stadtrat dicke Stahltrossen an den Beinen der Statuen befestigt, aber die Mühe hätten sie sich sparen können. Die neue Gruppe von Sankt Georg und dem Drachen blieb an Ort und Stelle.

Die kritische Meinung war wie immer geteilt und reichte von Urteilen wie ›verblüffend innovativ und originell‹ bis zu Ansichten wie ›unnötig pervers‹. Letztere Richtung förderte die Popularität der Statue ganz ungemein, da sich Hunderte von Leuten, die zu wissen glaubten, was ›pervers‹ bedeutet, einfanden, um die Sache zu begaffen. Was sie dann sahen, war ein winziger Drache, der vor einem riesigen, über ihm aufragenden Georg zurückwich, welcher mit hocherhobenem Schwert auf seinen mickrigen Gegner eindrang.

Spätere Kritiker erkannten die wahren Qualitäten dieses Kunstwerks; deshalb ist es jetzt in vielen Büchern abgebildet, und im Andenkenladen der Bücherei am nahegelegenen Chamberlain Square kann man kleine Schlüsselanhänger aus Plastik kaufen, die Sankt Georg und den Drachen darstellen. Jedenfalls war es Biancas letzte Skulptur; sie zog sich aus dem Kunstbetrieb zurück, hängte ihren Meißel an den Nagel und tat sich mit Mike zusammen, um die größte Splitt- und Kieshandelsfirma in den West Midlands zu betreiben. Ehemalige Freunde fragen immer noch mit spitzem Ton, warum jemand wie Bianca, die soviel von ihrem Leben in die Erschaffung von Statuen investiert hat, jetzt ebensoviel Energie darauf verwendet, sie en gros aufzukaufen und in Kalksteindünger zu verwandeln. Wenn man sie danach befragt, lächelt Bianca meistens und sagt etwas von Slumbeseitigung und daß sie ihren Teil dazu beitragen wolle, dem Tod seine Endgültigkeit zurückzugeben, bis Mike sie schließlich unterbricht und erklärt, daß man damit mehr Geld machen könne. Was, nebenbei bemerkt, völlig richtig ist.

Der Drache stieg auf.

So hoch über den Wolken, wenn die Erde nicht mehr sichtbar ist und rundum auch sonst nichts zu sehen ist außer vereinzelten weißen Federwölkchen, geht die Perspektive zum Teufel. Was aus der Nähe wie ein kleiner Drache aussieht, könnte von weitem gesehen ein großer Drache sein – oder vice versa. Obwohl es tatsächlich keine Rolle spielt. Natürlich nicht.

Gewiß, Kurts in Geschenkpapier eingewickeltes Paket hatte lediglich einen sechs Inch langen Spielzeugdrachen aus Plastik enthalten, den er in einem Laden für didaktisches Spielzeug nahe der New Street gekauft hatte. Doch wie Kurt selbst vor der Himmlischen Untersuchungskommission zu Protokoll gab, war doch wohl klar, daß er, da er aus einem Geschäft für unsere Jüngsten stammte, wahrscheinlich auch ein junger Spielzeugdrache war und vielleicht noch wachsen würde.

Oder vielleicht wollte er gar nicht erwachsen werden. Vielleicht war er einfach glücklich und zufrieden, nach Herzenslust herumfliegen zu können.

Es gibt einen urbanen Volksmythos, der besagt, daß jedesmal, wenn ein Kind behauptet, es glaube nicht an Drachen, irgendwo ein Drache stirbt. Das ist sehr unwahrscheinlich, denn wenn es stimmte, würden wir unser halbes Leben damit verbringen, dreißig Fuß lange Kadaver von den Hauptstraßen auf Kipplader zu hieven, und der Gestank wäre unerträglich. Ein wenig glaubwürdiger ist die kuriose Volksmeinung, die behauptet, daß die Regeln immer weniger starr und engstirnig werden, je höher man gelangt; das hat etwas mit Relativität zu tun und ist aus dem einfachen Grunde nicht totzukriegen, weil die Schwierigkeit, es zu widerlegen, so groß wäre, daß sie in keinem Verhältnis zum Wert des Ganzen stünde.

Jedenfalls stieg der Drache auf. Da niemand ihn sehen und niemand Einspruch erheben konnte, war er so groß, wie er sein wollte. Er war *riesig*.

So weit oben ist klein groß und groß klein, schön häßlich und häßlich schön, und das ist prima, weil Probleme nur dann entstehen, wenn die Leute auf der Erde auf etwas zeigen und sagen: »Das ist klein; das ist groß; das ist gut; das ist schlecht.« Was die Moral der Geschichte vor Augen führt: Bleib oben, wahre Distanz, dann kann niemand mit dir Schindluder treiben. Das funktioniert einwandfrei, wenn man ein Drache ist, was nur sehr wenige von uns sind. Unglücklicherweise gibt es keine gleichwertige Perle der Weisheit für Menschen, die deshalb so zurechtkommen und versuchen müssen, das Beste aus der Sache zu machen.

Der Junge, der sich mit Wachs Federn an die Arme klebte und fliegen lernte, stieg schließlich so hoch auf, daß die Sonne das Wachs zum Schmelzen brachte und er abstürzte. Aber auch das war ganz in Ordnung, weil es als schreckliche Warnung diente, und außerdem war er hoch versichert.

Jedenfalls stieg der Drache auf. Durch die gefährliche Hitze der Sonne wurden seine Plastikflügel warm, schmolzen aber nicht. Ein Verkehrsflugzeug, welches das Team von Kawaguchiya Integrated Circuits zurück nach Tokio brachte, flog direkt unter ihm vorbei und sah im Vergleich zu ihm so klein wie ein Kinderspielzeug aus. Ein Stückchen weiter oben gab ein Nachrichtensatellit die verblüffende Meldung weiter, daß vor wenigen Stunden der legendäre Sankt Georg in der Mongolei etwas getötet habe, was man nur als Drachen bezeichnen könne, zusammen mit fünfzigtausend unschuldigen Zuschauern, die weiteren Nachforschungen zufolge jedoch gar nicht existiert hätten, so daß also kein Grund zur Aufregung bestehe. Die Nachricht war zwischen einen Bericht über die neueste Entwicklung in der Serienstar-in-flottem-Dreier-mit-Klempner-Story und eine völlig falsche Wettervorhersage geklemmt; die Jungs vom Fach nennen so was Füllmaterial.

Unter Drachen gibt es das alte Sprichwort, daß jedesmal, wenn ein Mensch sagt, er glaube nicht an Drachen, ein Mensch stirbt, was dem unverschämten Fatzke ganz recht geschieht. Doch da es jetzt nur noch einen Drachen gibt, der sich standhaft weigert, an die Existenz von Menschen zu glauben, besteht kein unmittelbarer Anlaß zur Beunruhigung.

Der Drache breitete die Flügel aus, drehte sich in den Wind und schwebte reglos wie eine Statue in der Luft.